# O LAMENTO DOS RIOS

ANN LIANG

# O LAMENTO DOS RIOS

Tradução
**Carolina Cândido**

Alt

Título original: *A Song to Drown Rivers*

Editora responsável **Paula Drummond**
Editora de produção **Agatha Machado**
Assistentes editoriais **Giselle Brito e Mariana Gonçalves**
Preparação **Yonghui Qio**
Revisão **Michelle Kwan**
Diagramação **Caíque Gomes**
Adaptação de capa **Guilherme Peres**
Projeto gráfico original **Laboratório Secreto**
Design de capa original **Ervin Serrano**
Arte de capa original **Cabelo da mulher © LivDeco/Shutterstock; Cabeça da mulher © Moremar/Shutterstock; Pagode © llopter/Shutterstock**

**Texto fixado conforme as regras do Acordo Ortográfico da Língua Portuguesa (Decreto Legislativo nº 54, de 1995)**

**CIP-BRASIL. CATALOGAÇÃO NA PUBLICAÇÃO**
**SINDICATO NACIONAL DOS EDITORES DE LIVROS, RJ**

L661L
Liang, Ann
O lamento dos rios / Ann Liang ; tradução Carolina Cândido.
- 1. ed. - Rio de Janeiro : Globo Alt, 2025.

Tradução de: A song to drown rivers
ISBN 978-65-5226-074-1

1. Romance chinês. I. Cândido, Carolina. II. Título.

CDD: 895.13
25-98236.0 CDU: 82-31(510)

Gabriela Faray Ferreira Lopes - Bibliotecária - CRB-7/6643

1ª edição, 2025

Direitos de edição em língua portuguesa para o Brasil
adquiridos por Editora Globo S.A.
R. Marquês de Pombal, 25
20.230-240 – Rio de Janeiro – RJ – Brasil
www.globolivros.com.br

*Para Kathleen Rushall,*
*por toda a confiança e orientação*

# CAPÍTULO UM

**Dizem que, quando nasci,** todos os gansos selvagens desceram do céu e os peixes se afogaram em meio às ondas por terem esquecido como nadar. Até mesmo as flores de lótus em nossos jardins estremeceram e desviaram o rosto, de tão envergonhadas que estavam ao terem sua formosura ofuscada diante da minha presença. Sempre achei essas histórias ridiculamente exageradas, mas elas provam uma coisa: minha beleza era algo fora do comum, transcendendo a própria natureza. E essa beleza não é tão diferente da destruição.

Era por isso que minha mãe insistia que eu cobrisse o rosto antes de sair de casa.

— Não atraia atenção indesejada para si mesma, Xishi — alertava ela, erguendo o véu. Ele ondulava e brilhava sob a luz do meio-dia, com as beiradas reluzindo em branco. — É perigoso para uma garota como você.

*Uma garota como eu.*

Havia milhares de significados escondidos naquelas palavras, e tentei não pensar neles, mesmo quando as velhas lembranças começaram a ressurgir. As tias fofoqueiras do vilarejo, de bochechas avermelhadas, que um dia vieram nos visitar e ficaram maravilhadas ao me ver. *Como é bonita,* murmurou uma delas. *Alguém tão deslumbrante assim tem o poder de destruir reinos e arrasar cidades.* Ela falou como se fosse um elogio. Outra tentou me apresentar ao filho, que tinha três vezes a minha idade, trabalhava como lenhador, assim como meu pai, e tinha um rosto que me lembrava um melão-amargo.

— Venha aqui — disse minha mãe.

Dei um passo à frente e permiti que ajeitasse o véu em volta da minha cabeça, sentindo seus dedos finos e calejados — gastos de esfregar seda bruta durante o dia e limpar panelas enferrujadas à noite — mexerem nas cordas. O tecido caiu com delicadeza sobre meu nariz, boca e queixo, um frescor contra o calor pegajoso do verão. Achei que deveria me sentir agradecida pelo desejo de minha mãe de me proteger dos olhares alheios. A mãe de Zhengdan praticamente arrastava a filha pelas ruas e a exibia para quem quisesse ver. E dava certo. Sete homens do vilarejo já haviam aparecido à porta dela, trazendo presentes luxuosos e pedindo sua mão em casamento. Foi a própria Zhengdan quem me contou isso tarde da noite, com a boca franzida de nojo e o punho fechado sob o meu.

— Volto antes de escurecer — prometi para minha mãe, ciente de que ela já começaria a se preocupar muito antes disso, embora o rio não ficasse longe do lado oeste da nossa aldeia e eu já tivesse percorrido o mesmo caminho inúmeras vezes.

Mas, às vezes, garotas como eu desapareciam. *Desaparecer* era uma palavra branda demais, no caso. A verdade era bem pior: eram sequestradas, assassinadas, vendidas. Negociadas entre homens como as mais raras porcelanas. Isso valia ainda mais nos dias de hoje, com as feridas da guerra ainda abertas em nosso reino, os Wu respirando no cangote do nosso povo, e os poucos soldados que sobraram cansados e dispersos demais para se preocuparem com coisas banais como garotas mortas.

— Volte assim que puder — insistiu minha mãe, e empurrou uma cesta de bambu de trama rústica nos meus braços, com rolos de seda empilhados dentro.

Caminhei sozinha pela aldeia, sempre alerta. O longo véu roçava minha bochecha e logo grudou na minha pele, úmido de suor, mas ajudava a amenizar os cheiros menos agradáveis de couro de cabra, terra e peixe cru. Ao meu redor, a maioria das casas ainda estava em ruínas, com buracos enormes nas paredes parecendo feridas perfuradas, ou pedras rachadas que se alastravam pelos quintais, parecendo caveiras. Havia marcas escuras no chão, deixadas quando os soldados de Wu chegaram, com fogo ardendo, espadas cortando, o sangue do nosso povo escorrendo pelas mãos deles. A cena era tão vívida quanto sempre foi, com um quê mais de assombração do que de lembrança. Às vezes, à noite, eu achava que podia ver fantasmas pairando sobre os caminhos de poeira amarela. Todos os aldeões que não sobreviveram.

Uma porta rangeu à direita, me puxando de volta ao presente. Vozes escapavam pelas frestas. Um homem tossiu, expelindo catarro espesso. Acelerei o passo, apertando a cesta contra o peito.

Como sempre, ouvi o rio antes de vê-lo. O som constante e melodioso da água se juntava aos grasnados dos gansos além das árvores, e o aroma fresco e doce era um alívio. Então os olmos se abriram, oferecendo uma vista nítida e magnífica da margem do rio, com a grama ondulando e balançando na brisa e os seixos lisos espalhados pelas bordas, manchados com pontos brancos e cinzas, como ovos de codorna. O lugar estava vazio, exceto por mim, e fiquei feliz por isso. Sempre apreciei o som da solidão, a quietude na minha respiração. Muitas vezes, quando estava perto de outras pessoas e sentia as atenções voltadas a mim, tinha a estranha e incômoda sensação de que meu rosto e corpo não me pertenciam. Como se tivessem sido feitos apenas para o prazer do olhar alheio.

Vagarosamente, desenrolei o primeiro pedaço de seda da cesta e o mergulhei no rio. Uma, duas vezes, de novo. Depois, torci o tecido, e a água escorreu em filetes pelos meus pulsos.

A tarefa parecia simples, mas era mais trabalhosa do que se imaginava. Sem lavar, a seda era áspera e deixava bolhas rosadas em minha pele; lavada, ficava tão pesada nos meus braços que parecia pele de carneiro. Fazia pequenas pausas para recuperar o fôlego e relaxar os músculos. Para massagear a pele sensível sobre meu coração com uma das mãos. As histórias mais estranhas dizem que minha mãe estava lavando seda neste mesmo rio quando foi atingida por uma pérola, e logo depois ficou grávida de mim. Nelas, sou reduzida a algo quase sobrenatural, uma criatura mítica, só que pelo menos explicariam minha saúde frágil desde criança, a dor no peito que às vezes diminuía, mas nunca desaparecia por completo. De vez em quando, imaginava que havia uma fissura atravessando meu coração, algo que eu não conseguia costurar, não importava o quanto tentasse.

A dor ficou mais forte. Eu me encolhi, de sobrancelhas franzidas, e larguei a seda com um respingo. Tentei soltar o ar. Não havia como lutar contra a sensação quando ela vinha; tudo que podia fazer era esperar que passasse. Ainda apertava meu peito quando ouvi um grito distante.

Parecia uma criança.

*Susu*, foi meu primeiro pensamento, mas era tolice.

Endireitei-me e apertei os olhos, o coração disparado tanto pela dor quanto pelo medo. Duas figuras se aproximavam pela margem do rio, uma garota magricela e desalinhada à frente, perseguida por um homem muito maior. Meu sangue gelou ao vê-lo. Os cabelos pretos estavam cortados curtos, no estilo tradicional dos Wu.

*Monstro.*

Um inimigo em carne e osso. Bem ali em Zhuji, na nossa aldeia. Na nossa margem do rio.

— Socorro, me ajude! — gritou a garota, os olhos arregalados pousando em mim. Ela não poderia ter mais que um ciclo completo do zodíaco, mais ou menos a idade que Susu teria, se tivesse tido a chance de crescer. Quando levantou os braços ossudos, vi os hematomas marcando a pele queimada de sol. Pareciam recentes.

A garota e o homem que a perseguia estavam a poucos metros agora. Menos.

*Faça alguma coisa*. As palavras ficavam se repetindo na minha mente, mas pareciam distantes, como se outra pessoa tivesse pensado nelas. Minhas mãos ainda estavam molhadas, o lodo frio preso sob as unhas. Meus dentes batiam. Olhei ao redor em busca de algo, de alguém. No entanto, só havia a luz amarela do sol brilhando na água, os gansos cruzando o horizonte e a seda amarrotada dentro da cesta.

A garota tropeçou. Caiu para a frente, os joelhos batendo contra os seixos. O som reverberou pelos meus ossos, trazendo uma dor que não era minha. Um grito escapou dos lábios dela, mas, nos meus ouvidos, transformou-se no choro de outra criança. Um choro familiar, agudo, carregado de pânico e confusão. Alguém que precisava de mim mais do que tudo.

*Susu. Não, não vá lá, temos que continuar escondidas.*

*Me escute.*

*Volte.*

Por um momento, o tempo pareceu se dividir, e vi minha irmãzinha, seus olhos arregalados, seu rosto macio, feito de tudo que havia de bom no mundo. Vi a espada atravessar seu flanco. Vi seu corpo cair…

— Socorro!

A garota tentava se levantar, mas o homem assomou sobre ela, tão gigante quanto Pangu, das lendas antigas, sua sombra se espalhando sob o sol. Ele avançou, uma bota esmagando com força a ponta da túnica puída da menina. Ela estava presa ao chão, como um pássaro atravessado por uma flecha na asa.

— Ladrazinha — esbravejou o sujeito, o sotaque Wu evidente em suas palavras, na forma como triturava as sílabas entre os dentes. — Achou mesmo que poderia pegar a pera bem debaixo do meu nariz e fugir?

O rosto da garota estava pálido feito osso, mas seus olhos, quando ela os voltou para o agressor, pareciam arder por dentro.

— Era só *uma* pera.

— É minha. Tudo aqui — disse ele, gesticulando para a aldeia e além, para as montanhas azuis ao longe, a cidade capital, todo o Reino de Yue — pertence a nós agora. Não se esqueça.

A garota respondeu com uma série de palavrões tão pesados que só pude me perguntar onde ela tinha aprendido aquilo.

— Chega — rosnou o homem, sacando a espada.

O som metálico cortou o silêncio. Eu ouvira que os Wu eram mestres da metalurgia, assim como nós; que suas lâminas eram tão refinadas que podiam cortar pedras e permanecer afiadas por séculos. Com grande desespero, vi que era verdade. A espada brilhou no ar, o sol se partindo em seu fio letal. Um único golpe, e ela quebraria ossos.

Despertei abruptamente do meu transe horrorizado. O pensamento ressoou mais uma vez, mais alto: *Faça alguma coisa. Salve a menina.*

*Não falhe outra vez.*

Tateei o chão em um frenesi até fechar os dedos em uma pedra solta. Não devia ser maior que um ovo, mas era pesada e tinha uma ponta irregular. O homem não estava olhando para mim; estava concentrado apenas na garota encolhida. No instante antes de a espada descer, arremessei a pedra. Não sei o que esperava ao fazer isso. Gosto de pensar que meu primeiro pensamento não era matar, que só queria distrair, não ferir. Mas, quando a pedra acertou o nariz do homem com um *estalo* alto e ele cambaleou para trás, gritando, as mãos voando ao rosto...

Precisava admitir que senti uma pequena e intensa onda de satisfação.

Só que o medo logo assumiu o lugar. O homem voltava toda sua atenção para mim e, mesmo que matar não tivesse sido *minha* intenção, eu sabia que, naquele momento, era a dele. Seu queixo estava manchado pelo sangue grosso e, enquanto dava um passo em minha direção, mais sangue escorria do nariz para a boca. O sujeito virou a cabeça e cuspiu. Limpou o rosto com a manga esquerda. Na mão direita, a espada brilhava, apontada diretamente para mim enquanto ele declarava:

— No Reino de Wu, dizemos que quem não sabe cuidar da própria vida costuma encontrar uma morte nada prazerosa.

Senti um aperto na garganta.

Soube então, com uma certeza que reverberava pelos meus ossos, que iria morrer ali mesmo, na margem do rio, onde a água encontra o céu e onde minha mãe me esperava de volta, a menos de um quilômetro e meio de casa. Os passos do homem esmagavam os seixos, chegando cada vez mais perto. No desespero, minha mente se voltou para pensamentos absurdos, trazendo à tona protestos frágeis e mal formados. Que eu era jovem demais, que certamente não havia feito nada tão ruim a ponto de merecer isso, mesmo que nem sempre terminasse o arroz ou dobrasse os lençóis; que ainda não havia me apaixonado, visto o mar, pisado em terras além da minha aldeia.

Mas todas as minhas queixas foram ignoradas pelo vasto universo. Arremessei outra pedra no homem, desesperada, mas, naquele momento, ele estava preparado. Desviou com facilidade, assim como na seguinte, arreganhando os dentes escurecidos. Mais uma vez, ele ergueu a espada. Senti a frieza da lâmina como se já tivesse recolhido minha alma, beijado minha carne.

*Não*, pensei, de forma irracional. *Ainda não, ainda não, ainda não*...

Um clarão atravessou minha visão.

O clangor de metal contra metal. Pisquei. Um vento estranho agitou meu véu, e levei um momento para entender o que tinha acontecido. Outra espada havia surgido e desviado a arma do homem antes que ela pudesse encostar em mim. Mas de onde viera a outra arma?

Virei-me, à procura, e logo a resposta se revelou. Uma figura alta e esguia caminhava pelas margens com a graça inquietante de um lince, o sol ardendo atrás dele, seus traços embaçados pela luz. Perguntei-me vagamente se era alguém enviado pelos céus, um guerreiro das lendas... ou se talvez eu já estivesse morta e sonhasse com a cena.

Mas não, aquilo era real. Nada nunca parecera tão real na minha vida. Eu podia sentir o gosto intenso do rio, misturado ao sangue de onde mordi a língua com força. Então, o sujeito girou um pouco o corpo, e a luz mudou, iluminando suas feições. Fiquei surpresa ao perceber que era o rosto de um jovem, e belamente esculpido, além disso. Os ângulos eram perfeitos, definidos, harmoniosos, e a curva natural dos lábios parecia quase arrogante; o conjunto era intimidador demais para se observar por muito tempo.

— Quem é *você*? — gritou o homem de Wu, embora a pergunta saísse como um gorgolejo áspero, engrossado pelo sangue. — De onde é que vocês ficam surgindo?

— Você não tem o direito de falar comigo — respondeu o estranho, com calma. A voz combinava com sua aparência: fria e serena, da mesma forma que uma bainha simples podia esconder uma espada letal.

O rosto do homem de Wu se contorceu. Ele se lançou para pegar a espada, que tinha caído na grama, e desferiu um golpe violento contra o desconhecido.

— Cuidado! — gritei.

Eu não precisava ter falado. O estranho cruzou as mãos atrás das costas e desviou com facilidade. Sua expressão nem sequer mudou. Ele mantinha aquele olhar frio, os olhos escuros e inteligentes, o canto da boca levemente erguido em desprezo, como se tudo aquilo fosse apenas um pequeno inconveniente.

O movimento ligeiro desequilibrou seu oponente. Os braços do homem balançaram descontrolados enquanto o corpo oscilava pela investida em vão. Ofegante, ele firmou os pés e tentou de novo, desta vez mirando direto no pescoço exposto do estranho. Mas, antes mesmo de ajustar sua posição, o rapaz também se moveu; uma mudança sutil, tão rápida que poderia passar despercebida se você piscasse. E assim continuou, de um lado para o outro. O homem de Wu golpeava, avançava, investia como um touro enfurecido até ficar com o rosto vermelho, enquanto o estranho desviava com graça, esquivando-se e abaixando-se sem nem mesmo erguer as mãos.

— Quem é você? — repetiu o homem de Wu, mas agora havia um quê de medo verdadeiro em sua voz.

O estranho não respondeu. Em vez disso, ergueu de leve a perna no exato momento em que o homem de Wu se precipitava mais uma vez. Com um estrondo ruidoso, o homem caiu de quatro, a espada voando de suas mãos. Antes que ele pudesse tentar recuperá-la, o estranho se aproximou, pegou a arma entre dois dedos finos e a atirou, com total indiferença, nas profundezas do rio. As águas ondularam em círculos.

No silêncio, só se ouviam os grunhidos frustrados do homem derrotado.

— Vá embora — disse o estranho, com frieza, virando-se com um suave farfalhar das vestes. — Ou a próxima coisa que lançarei no rio será seu corpo.

O homem empalideceu e, ainda xingando baixinho, com sangue pingando do nariz torto, se levantou cambaleante e fugiu, desaparecendo no bosque de olmos sem olhar para trás. Quando os passos dele se perderam ao longe, o estranho enfim me encarou. De perto, era ainda mais impressionante do que eu imaginava, de uma beleza tão impactante que chegava a ser perturbadora, com um olhar intenso, negro e cristalino que me impedia de desviar a atenção.

— Você está ferida? — perguntou. Sua voz era mais gentil do que quando falou com o homem de Wu, mas não mais calorosa.

Eu me aprumei até ficar completamente ereta — ainda assim, minha cabeça só chegava aos ombros dele — e examinei meu corpo em busca de sinais de dor. Não havia nada além do leve ardor nas palmas das mãos por ter segurado a pedra. Até mesmo a pontada no peito havia sumido, como se nunca tivesse estado lá.

— Não — respondi devagar, ajeitando o véu. Então me lembrei da espada do sujeito. Estava cravada no chão, mas boa parte da lâmina ainda brilhava, prateada e polida, com um padrão de diamantes repetido na frente e no verso e pequenos jades no punho. Havia palavras gravadas nela também. Li enquanto puxava a espada para fora: *A mente destrói; o coração devora*. Elas despertaram algo dentro de mim, como o toque lento de uma corda de guqin, mas não sabia dizer o motivo.

— Obrigada por... tudo — falei, entregando a espada ao desconhecido, um tanto desajeitada, com as mãos estendidas. Não tinha certeza se era o jeito certo de fazer isso. O rapaz claramente vinha da nobreza, com vestes que, sozinhas, valiam mais do que uma dúzia dos nossos melhores búfalos-d'água.

Ele embainhou a espada com um movimento fluido e prateado.

— Não foi nada. — Não parecia estar sendo educado, mas apenas constatando um fato.

— Eu deveria retribuir o favor — insisti, endireitando-me ainda mais. — Devo a vida à você.

Os lábios dele se curvaram, como se questionasse o que eu poderia oferecer que ele já não tivesse.

— Não será necessário — disse. — Já me satisfaz o bastante humilhar um homem de Wu. — O rapaz fez uma pausa, inclinando a cabeça. — Foi você quem quebrou o nariz dele?

Por um breve momento, considerei mentir e encenar o papel da donzela inocente e ingênua, como todos esperavam de mim. Mas algo me compeliu a fazer que sim com a cabeça.

Agora, os lábios do desconhecido se curvaram mais, quase formando um sorriso.

— Impressionante. — Então, seu olhar passou para a menina, que ainda estava caída onde havia tropeçado, boquiaberta de choque. — Ela é parente sua?

Senti um aperto no coração. Como eu gostaria que fosse. Como eu queria poder apontar para alguém e chamá-lo de *irmão* ou *irmã*.

— Não sei quem ela é — admiti, caminhando até a garota, com o estranho logo atrás de mim. — Ela só parecia precisar de ajuda.

— Ainda assim, você a salvou — constatou ele com um toque de surpresa. Algo me dizia que ele raramente se surpreendia, e um estranho orgulho floresceu em meu peito ao saber que fiz algo inesperado.

— Você me salvou — apontei. — E nós nem nos conhecemos.

— Sim, mas eu tinha certeza de que eu não estaria em perigo. Proteger seus interesses não prejudicaria os meus. — O rapaz me olhou de soslaio, embora eu tenha fingido não perceber. — É bem diferente ajudar alguém quando isso coloca você mesmo em risco.

Abri a boca para responder, mas a garotinha falou primeiro:

— O homem mau... foi embora mesmo?

— Foi. Mas não se levante ainda — acrescentei depressa, vendo-a tentar apoiar-se nos cotovelos.

Eu me agachei para inspecionar seus ferimentos. Os hematomas tinham uma terrível tonalidade roxo-azulada, como uma ameixa madura demais, e ela havia arranhado a pele em vários lugares quando tropeçou. Era difícil dizer quantas das manchas escuras em sua túnica eram de sangue ou de lama. Então meus olhos desceram até suas pequenas mãos, e eu recuei, horrorizada. Todas as unhas tinham sido arrancadas, deixando apenas semicírculos em carne viva e irregular. Esses ferimentos eram antigos. E não pareciam acidentes.

— O que... aconteceu com você? — murmurei, engolindo a bile na garganta. — Onde estão seus pais?

— Eles estão mortos.

A garota disse isso de forma apática, como quem recita um poema que já perdeu o significado há muito tempo.

— Mortos?

— Foram assassinados — corrigiu, olhando para o rio brilhante.

— Por quem?

— Quem mais? Os monstros de Wu. Consegui escapar enquanto estavam distraídos com os gritos da minha mãe. Não foi minha intenção — emendou, quase na defensiva, como se achasse que a julgaríamos por ter sobrevivido. — Mas não ia esperar que cortassem minha garganta também. Era o que mamãe teria desejado.

*Ótimo*, quis dizer a ela, com o aperto no peito se intensificando. *Você deveria ter fugido. Deveria ter feito o que fosse necessário para escapar deles. Porque, se sua mãe tivesse vivido e você morrido, ela passaria o resto dos dias sentindo uma dor inimaginável, chorando até perder a voz. Ela se arrastaria pela casa como se tivessem arrancado metade de sua alma. Não há destino mais cruel do que o de cabelos grisalhos enterrarem cabelos negros.*

*Eu sei muito bem.*

— Você fez a coisa certa — afirmou o estranho, quebrando o silêncio. Seu rosto estava mais tenso, e por um instante pensei ter visto um lampejo de ressentimento por trás da aparência fria feito gelo. — Qual é o seu nome?

— Wuyuan — sussurrou a menina.

— Wuyuan. Certo. — Ele não revelou o próprio nome, nem se ajoelhou como eu, mas pegou um odre de água e um lenço limpo de dentro das roupas e se virou para mim. — As feridas dela podem infeccionar se não forem cuidadas. Você sabe como limpar machucados?

— Mais ou menos — respondi, pegando os itens. O lenço havia sido bordado com a imagem de dois peixes circulando em um lago de lótus, e a seda era da mais alta qualidade, tão macia ao toque. Era errado pensar em sujá-lo de sangue, mas o desconhecido não parecia se importar. Enquanto alisava o lenço, avisei a Wuyuan: — Talvez vá arder.

Ela apenas assentiu, ainda com o olhar fixo no rio. Não era a reação que uma criança normal teria à dor. Mas talvez não existissem crianças normais criadas em tempos de guerra. Enquanto limpava suas palmas ensanguentadas, senti um ódio feroz dos Wu. Nosso reino estava em eterno caos desde que seus exércitos capturaram Kuaiji, e agora surgia uma geração de órfãos que conheciam mais o sofrimento do que a paz.

Esperei que o estranho fosse embora, mas ele permaneceu ao meu lado, observando enquanto eu trabalhava. Era uma sensação estranha. Poucos prestavam atenção em mim quando meu rosto estava coberto, e menos pessoas ainda me olhavam como se vissem além, não apenas a aparência suave e agradável, mas os espinhos que se escondiam por baixo.

— Você não é daqui, é? — perguntei, sem levantar o olhar.

— Como percebeu?

Pelo tom brando, era difícil julgar se a pergunta era genuína. Para não correr riscos, respondi mesmo assim.

— Seu... jeito. Sua postura. Não é como os homens daqui.

— Não? E que tipo de jeito eu tenho?

Olhei para ele, para a espada na bainha esculpida, as vestes de cores ricas ajustadas à cintura, o elegante coque em que o cabelo negro feito um corvo estava preso, os adornos de jade balançando no cinto.

— Um jeito pomposo — disse por fim. — O ar de alguém importante. Talvez um nobre. Ou um acadêmico viajante. Ou um líder militar... já que luta tão bem. — Queria que o rapaz me corrigisse, confirmando meus palpites, mas ele apenas sorriu e não falou mais nada.

Quando terminei de tratar os ferimentos de Wuyuan da melhor maneira que consegui, o rapaz colocou uma pequena bolsa nas mãos dela. O tilintar suave foi o suficiente para saber que estava cheia de moedas.

Wuyuan arregalou os olhos, chocada, transmitindo meu espanto.

— O quê...?

— Compre comida e roupas novas para você — instruiu o rapaz. — Mas certifique-se de não gastar tudo. Guarde metade para comprar ameixas verdes pelo menor preço que conseguir... Sugiro o mercado a três quilômetros ao sul daqui, descendo pelo rio. Guarde-as em um lugar seguro, longe do sol. Você verá que os preços das ameixas subirão de forma drástica em três dias. Quando isso acontecer, venda as suas pelo triplo do valor. Entendeu?

Wuyuan assentiu, embora agora estivesse boquiaberta, como se não tivesse certeza se o jovem à sua frente era um mortal ou um deus. Eu já não sabia dizer também.

— Entendi.

— Ótimo.

*Como você sabe?* Quis perguntar. Como poderia prever os preços com tanta confiança? Mas ele já tinha alisado as vestes e começado a descer pela margem do rio, se afastando de nós.

Sem pensar, corri atrás do rapaz.

— Espere, antes de ir...

Agarrei o melhor rolo de seda que pude encontrar na cesta, aquele que já tinha terminado de lavar, e o entreguei.

— Por favor, aceite isso.

Ele parou e inclinou a cabeça.

— Para quê?

Apontei para a bainha de suas vestes. Havia um pequeno rasgo, provavelmente causado por alguma rocha durante a luta com o homem de Wu.

— Para remendar. Ou fazer um novo conjunto. E, se não quiser — acrescentei mais alto, ao perceber que o rapaz parecia prestes a recusar —, aceite como um símbolo da minha gratidão. Sei que não é a troca mais justa: um rolo de seda em troca de uma vida. Mas talvez assim possa se lembrar de mim.

— Não preciso da seda para me lembrar de você — murmurou, tão baixo que quase não ouvi, mas aceitou minha oferta com uma sutil reverência. — Se assim for a vontade do destino, que nos vejamos outra vez.

Observei enquanto ele se afastava, o sol iluminando a linha reta de seus ombros, até que a silhueta não passasse de um borrão no horizonte distante. Mas, assim que o rapaz desapareceu de vista, senti um aperto no peito e arfei, os dedos agarrando inutilmente a gola do manto. Em um piscar de olhos, a dor havia retornado.

Não mencionei como escapei por pouco da morte nem contei o estranho encontro com o jovem quando voltei para casa. Sabia que meus pais se preocupariam demais com a primeira parte e ainda mais com a segunda. Além disso, sob a velha luz familiar do meu quarto, que estava mais para uma cabana do que uma casa, com as paredes de terra batida e o telhado baixo de palha, tudo o que aconteceu ganhou um ar de sonho. Será que acreditariam se eu contasse de um desconhecido belo e misterioso que derrotou um homem armado sem mover um dedo, que podia prever a alta e a baixa dos preços no futuro, que se comportava como alguém criado em um palácio? Nem eu mesma acreditava, e eu estava lá. Eu o vi.

Então, recolhi a seda lavada, limpei as mesas e preparei o jantar. Nosso estoque de feijões estava baixo, e o de arroz mais ainda; quando peguei a quantidade necessária para uma panela de mingau, a concha raspou o fundo do jarro. Ignorei o embrulho de preocupação no estômago. Amanhã lavaria o dobro da seda de hoje para que pudéssemos vender mais no mercado. Isso teria que bastar. Precisava bastar. E quando não bastasse...

Interrompi o pensamento antes que piorasse. Aprendi a medir o tempo em dias, no intervalo entre duas refeições, do nascer ao pôr do sol. Às vezes, parecia que isso era tudo o que minha vida era, tudo o que poderia ser: a repetição de tarefas necessárias para a sobrevivência até que eu envelhecesse e meu tempo expirasse. No entanto, por mais estranho que fosse, sempre que tentava imaginar minha velhice, não conseguia. Era como tentar ver o final de um rio; a imagem ficava turva e se desvanecia no vazio.

— Precisa de ajuda com isso? — perguntou meu pai da porta, o rosto curtido pelo sol. Eu não o achava velho, mas os cabelos já estavam ficando grisalhos, e a postura era curvada pelo peso de troncos grossos e machados enormes.

— Não, pai — respondi.

Ele sempre se oferecia, e sempre com sinceridade, mas, de alguma forma, nunca ajudava de verdade. Talvez porque desse mais trabalho ensiná-lo do que fazer tudo sozinha; duvidava que ele soubesse até mesmo ferver água por conta própria. Mas ainda era melhor que alguns dos outros pais, que batiam nos filhos por não cozinharem rápido o suficiente, ou apenas para descontar a raiva em alguém que não podia revidar.

— Então está bem.

Ouvi seus passos arrastados pelo cômodo, o som baixo do esforço para respirar ao se acomodar na cadeira e, não muito depois, roncos suaves e profundos. E então a água estava fervendo, a vagem flutuando até a superfície, suas cascas se abrindo. Mexi a panela como minha mãe havia me ensinado, e como a mãe dela antes dela.

Depois do jantar, sentei-me ao lado da janela, com os joelhos abraçados ao peito, e olhei para fora. Embora as cabanas em si não fossem muito agradáveis de se ver — mais parecendo um lembrete da violência que havia marcado nossa parte do reino —, todas as árvores, flores silvestres e montanhas estavam pintadas em tons vibrantes de azul e verde. A grama viçosa crescia sobre os lugares onde corpos haviam sido deixados para apodrecer, em uma época em que não havia aldeões suficientes para ajudar a enterrá-los. Borboletas esvoaçavam de um galho para outro, onde antes o sangue havia manchado as folhas.

A natureza havia se curado mais rápido do que nós.

Uma brisa quente entrou e suspirou contra minha pele. Em momentos como aquele, o ar ao anoitecer parecia prender a própria respiração, como se aguardasse a chegada da escuridão. Eu também esperava... mas pelo que, ainda não sabia.

# CAPÍTULO DOIS

**Logo cedo, na manhã seguinte,** quando o céu ainda exibia um preguiçoso tom de rosa, alguém bateu à porta.

Aquilo era bastante incomum. Muitos dos moradores da aldeia acreditavam que a forma mais direta e eficiente de se comunicar era gritar o mais alto possível ao passar; alguns simplesmente entravam sem aviso, munidos com um pedido ou uma fofoca fresquinha. Meu coração acelerou com as possibilidades. Seria um oficial? Estaria outra guerra prestes a começar? Algo terrível teria acontecido?

Minha mãe chegou à porta antes de mim, com as vestes mal enroladas sobre as roupas brancas de dormir, como um manto, ainda esfregando os olhos cansados de sono. Quando ela abriu a porta, me segurei para não arfar.

Ali, diante da nossa casa velha e desgastada pelo tempo, estava o mesmo jovem que tinha visto no dia anterior. Minha memória não havia feito justiça à sua beleza, assim como a lembrança de uma dor nunca é tão intensa quanto a sensação real. Naquele exato momento, usava roupas com tons mais escuros e sóbrios, e os cabelos estavam presos com mais firmeza, destacando os traços finos do maxilar e das maçãs do rosto.

Parecia... diferente. Mais velho. Embora não tivesse sido caloroso comigo quando nos conhecemos, a postura ainda exibia certa tranquilidade, uma pitada discreta de divertimento. Agora, tudo isso havia desaparecido. Não consegui detectar emoção alguma naqueles olhos inteligentes e escuros como o breu, nada que sugerisse o motivo de sua vinda.

Ainda assim, a pontada em meu peito, que era sempre pior ao acordar, suavizou-se.

— Bom dia — disse ele à minha mãe, se curvando com exagero. — Espero não estar incomodando.

— E-eu... Não está — afirmou mamãe, mas pude perceber sua tensão contida. — Me desculpe, mas o senhor é...?

— Fanli — respondeu o rapaz, endireitando-se. — Conselheiro político e militar do rei Goujian de Yue.

Dessa vez, não consegui conter o espanto. *Fanli*. Mas é claro que eu deveria ter percebido. Todos os boatos falavam dele: o conselheiro com a mente mais afiada que espadas e de beleza mais preciosa que jade, que com apenas vinte e dois anos já havia conquistado mais do que homens com o dobro de sua idade. Conseguiu impressionar nosso soberano quando ainda era um mero adolescente e ascendeu depressa aos cargos mais altos, tornando-se um dos ministros mais confiáveis do rei Goujian. Já havia lendas a seu respeito, poemas exaltando seu nome. Para o povo de Yue, ele era incorruptível. O último dos puros sob os Céus. Diziam que não possuía os desejos levianos e vulgares dos plebeus; era um dos poucos que realmente colocavam o reino acima de si.

— Ah! — Após uma breve hesitação, minha mãe logo fez uma tentativa desajeitada de reverência. Era tão raro que nobres aparecessem em nossa aldeia que não tínhamos tradições para seguir nem algo que nos preparasse para esse momento. — Estamos honrados... muito honrados em recebê-lo...

Fanli olhou por cima do ombro dela direto para mim, mas não deu sinal de ter me reconhecido. Exibia apenas uma curiosidade calma e calculada. Então me lembrei de que ele não teria como me reconhecer; só me vira à beira do rio, de rosto coberto pelo véu. Sendo assim, fazia ainda menos sentido que o rapaz estivesse ali. O que queria?

— Esta é a garota que todos chamam de Xishi? — perguntou.

Minha mãe titubeou por um instante e, com ainda mais cuidado, assentiu.

— Sim. Minha filha.

Fanli não desviou o olhar de mim e agora falava apenas comigo.

— Estavam todos certos — declarou de forma serena, estudando-me com uma intensidade silenciosa e ardente. — Você é mesmo linda. — Não soava como um elogio, feito para encantar ou agradar, mas sim como uma confirmação de algo.

Permaneci em silêncio, ainda atordoada. De qualquer forma, não saberia o que responder. As pessoas sempre preferem a beleza que é inocente, alheia ao próprio poder, que cora com facilidade e se surpreende com a aprovação dos outros, que é doce, discreta e carece de confiança a ponto de procurá-la nas opiniões masculinas. Mas isso é uma grande mentira. A vida inteira me disseram, repetidas vezes, o quanto eu era linda. Como eu poderia não saber? Seria como crescer sem perceber que você é alta.

— O senhor está à procura de algo? — perguntou minha mãe, colocando-se entre nós, com a mão apoiada de forma protetora na dobra do meu braço. Ela apertou de leve, uma única vez. Era nosso código, a forma de me dizer que tudo ficaria bem.

— Receio que seja uma longa história — disse Fanli, desviando o olhar por fim. Senti como se um fio tivesse se partido. — Posso entrar?

Vi mamãe hesitar, mas é claro que não poderia recusá-lo. O rapaz trabalhava para o rei — *o rei*. E a vontade do rei era lei.

— Com certeza. Xishi, conduza-o para dentro — instruiu ela, afastando-se. — Vou preparar um chá.

Na realidade, não havia muito para onde eu pudesse levá-lo. A apenas alguns passos dali, paramos diante da mesa, onde

Fanli ajeitou a parte de trás das vestes, arrumou as mangas largas e se sentou com elegância em uma de nossas cadeiras baixas. Sentei-me à frente dele. O silêncio entre nós parecia palpável. Tornava tudo ao redor mais nítido. Do outro cômodo, ouvi minha mãe colocar as folhas de chá no bule — usaria o chá caro, aquele que estávamos guardando para o Festival Lunar — e murmurar algo baixo e incompreensível para meu pai. Os dois vieram depois, mamãe trazendo o bule de barro fumegante em uma bandeja e papai demonstrando um olhar confuso, como se não soubesse se estava de fato acordado.

— Obrigado — agradeceu Fanli quando minha mãe encheu a xícara dele, o aroma rico e verde do chá adocicando o ar. A xícara, na verdade, era minha, mas não haviam outras. O rapaz continuou: — E quanto ao motivo de eu estar aqui, fui enviado diretamente pelo rei Goujian para encontrar uma noiva de beleza incomparável.

Meu coração disparou ainda mais. *Noiva*. Uma palavra que ouvira a vida inteira, mas que ali, com o conselheiro real sentado diante de mim, o sol dourado nascendo pela janela, parecia ganhar um novo significado.

Minha mãe e meu pai trocaram um olhar.

— Para... para o senhor? — perguntou ela, franzindo a testa. — Com toda a certeza deve haver muitas mulheres que desejam se casar com o senhor, por que teria que...

— Não, a senhora me entendeu mal — interrompeu Fanli, pousando a xícara. — A noiva seria para o rei Fuchai, do Reino de Wu, como um tributo de Yue. E após buscas incessantes, acredito que Xishi seja a candidata perfeita.

Soltei um som involuntário, não sabia se de choque, de raiva ou de medo. Senti um frio na barriga só de ouvir aquele nome. Fuchai era infame por seu amor por vinho e mulheres; diziam que frequentara todos os bordéis da capital de Wu e levava os prazeres pessoais mais a sério do que os assuntos do reino. Ainda assim, havia esmagado nossos exércitos, derrotado nosso rei. Era o inimigo do meu povo, a razão de nosso sofrimento.

Era o motivo pelo qual os soldados vieram.

O motivo de Susu ter sido assassinada.

— O quê? — esbravejei. — Mas ele é um homem horrível.

Ao som da minha voz, Fanli me fitou com uma nova emoção nos olhos. Demorou, mas havia me reconhecido. Algo parecido com tristeza, talvez até arrependimento, cruzou suas feições antes que se recompusesse. Tudo isso em segundos. Eu duvidava que um observador percebesse a mudança, de tão sutil que foi.

— Certamente não é uma missão agradável — acrescentou ele, como se nada tivesse acontecido. Embora sua voz soasse mais contida. — Mas você seria noiva apenas no nome. Na prática, seria uma espiã... *nossa* espiã. Você o distrairia de suas funções e o influenciaria a nosso favor enquanto, ao mesmo tempo, reuniria informações cruciais dentro do palácio. Resumindo, você seria a peça central do plano para nos vingarmos dos Wu e conquistá-los de uma vez por todas.

O cômodo foi tomado por um silêncio estarrecido.

A expressão de Fanli era taciturna, as mãos entrelaçadas sobre a xícara de chá, o vapor branco subindo pelo ar feito fantasmas. Ele parecia muito sério.

— Isso é... — Deixei escapar uma risada quando o absurdo da situação enfim me atingiu. — Me perdoe, mas isso é ridículo. Não posso me casar com um rei. Nunca me casei antes. Nunca sequer fui além dos limites da aldeia. Não sei como fazer uma reverência adequada ou comer seja lá o que for que nobres comem...

— Você passaria por um treinamento intensivo ao longo de dez semanas — retrucou Fanli, como se já esperasse por essa resposta. — Eu mesmo supervisionarei tudo, para garantir que o plano siga como esperamos. Com a minha orientação, você estará mais do que pronta quando eu a escoltar até o palácio de Wu. Acredite em mim.

Senti um nó na garganta. A sala pareceu pequena demais de repente, a fragrância do chá forte demais, enjoativa. Eu não conseguia pensar direito.

— Ela é apenas uma plebeia — intrometeu-se minha mãe, balançando a cabeça. Sua voz tremia ao falar. Era raro que recusasse algo, quem dirá um pedido vindo de um rei; fazer isso beirava à traição. Mas ela não se afastou de mim. — Esse casamento... essa missão... não há ninguém mais adequado para isso?

— O plano é enviar dois tributos — informou Fanli. — Uma concubina e uma dama de companhia. Já encontrei outra candidata desta aldeia que acredito se encaixar no segundo papel. Mas, para ser sincero, desde que parti em busca dessa noiva, visitei inúmeros lugares e vi muitas mulheres bonitas. Algumas com a elegância de cisnes e vozes de cotovias. Comparadas a Xishi, no entanto, todas perdem o brilho, como estrelas ao lado da Lua. Foi a fofoca dos aldeões que me trouxe aqui, mas agora que vi com meus olhos, sei que é uma verdade incontestável: Xishi tem uma beleza digna de lendas. Nossa missão só será bem-sucedida se a escolhida for ela.

— E se eu conseguir? — sussurrei.

O olhar dele encontrou o meu e, por um momento, tudo ao redor desapareceu. O lamento triste dos gansos, o farfalhar das árvores. Tudo pareceu encolher até restarmos apenas nós dois. Um arrepio percorreu meu corpo, como se eu já soubesse, no fundo, a importância do que viria a seguir.

— Se você conseguir, Xishi — disse ele baixinho —, salvará nosso reino. Mudará para sempre o curso da história.

Corri para o quintal, arfando.

Embora o ar estivesse quente e o céu clareando para o azul, o frio em meus ossos se tornava mais intenso. Minha cabeça girava. Meus joelhos cederam. Sozinha lá fora, tentei imaginar o futuro que Fanli havia traçado para mim, com salões dourados, trajes vermelhos e segredos — mas minha imaginação não conseguia ir muito além disso. Ao longo de toda a vida, conheci apenas o canto sussurrado do rio e as flores de lótus desabrochando no lago aos meus pés.

Fechei os olhos com força, encostando a testa na parede firme da casa. Mal conseguia respirar. Ainda assim, as palavras dele não saíam da minha mente. *Lenda. Reino. História.* Palavras novas no meu vocabulário. Palavras que carregavam peso, solidez. Rolei-as na língua, e tinham um gosto acre, como metal e sangue. Eram tão diferentes daquilo que eu costumava ouvir: *bela*. Essa bênção antiga, essa maldição cansativa. Tão frágil e passageira, tão fácil de se extinguir, como as flores de ameixeira que murchavam no meio do inverno. E então, enquanto pensava nisso, uma risadinha abafada de incredulidade escapou dos meus lábios.

As tias da aldeia sempre disseram que minha beleza mudaria meu destino. Duvido que alguma delas tenha pensado que seria assim.

Ouvi passos atrás de mim.

Meu corpo se retesou. Eram suaves demais para serem do meu pai e lentos demais para serem da minha mãe.

— Ainda não me decidi — gritei.

— Eu sei — veio a resposta tranquila de Fanli. Ele surgiu por completo, a luz incidindo sobre os fios azuis intrincados de suas vestes e os ângulos definidos do rosto. — Entendo que haja muito para se considerar.

— É a minha vida — falei sem pensar. Talvez não fosse sábio dizer isso em voz alta, sobretudo para ele, mas continuei: — Isso mudaria tudo.

— Eu sei — repetiu Fanli, parando a menos de um metro de mim, embora eu não soubesse o que o mantinha ali. Boas maneiras? Cortesia? Consideração pelos meus sentimentos? Ou será que costumava manter distância de todos?

— E meus pais? Se eu for, quem cuidará dos dois? — Sem que percebesse, cravara semicírculos vermelhos nas palmas das mãos com as unhas. Esforcei-me para relaxar os dedos e escondê-los atrás das costas. — Sou a única filha deles.

As palavras feriram minha garganta. *A única filha que restou*, para ser mais exata, mas isso doeria demais. E eu nem sabia se ainda podia me considerar irmã de alguém. Esse termo era como um fio, ligando uma pessoa a outra, implicando duas partes de um todo. Sem Susu, o fio se rompia; o termo perdia o sentido.

— Com isso, você não precisa se preocupar. Vou garantir que recebam uma compensação generosa, terão roupas e comida pelo resto da vida; nunca mais precisarão trabalhar, a menos que desejem.

— É sério? — perguntei, sem coragem de acreditar.

Mas havia firmeza no olhar dele, nenhum traço de falsidade.

— Dou minha palavra.

— Temo que a palavra de um homem não seja suficiente. Prefiro um documento por escrito, com o selo do rei, estipulando tudo o que você prometeu.

Consegui surpreendê-lo de novo.

— Se assim preferir — concordou Fanli, devagar —, tudo isso pode ser providenciado. Desde que você aceite ir.

Eu podia admitir: era tentador. Era muito tentador, mas...

— Não vou prometer que essa missão será fácil. Pelo contrário, exigirá muito de você e sem dúvidas será perigosa. Terá que deixar sua família para trás. Terá que se adaptar depressa aos costumes da realeza e da nobreza, que são todos lobos em pele de cordeiro. A vida em uma aldeia como a sua é simples, tudo acontece às claras. No palácio, tudo acontece nas sombras. Alguém pode sorrir para você em um momento e no seguinte apunhalar suas costas. E, claro... — A voz dele tornou-se dura, grave. — É claro que há a questão do próprio rei.

Soltei um suspiro pesado, sentindo arrepios percorrerem minha pele. *Sim*, pensei. *Esse pequeno detalhe.*

— Você dividirá a cama com ele — declarou Fanli, com a expressão fria e controlada, como se estivesse discutindo assuntos burocráticos. O que, de certo modo, era o que estava acontecendo. Política e poder, o completo oposto de romance. — Precisará encantá-lo, ganhar a confiança dele, até que não se importe com mais nada no mundo além de você. Ele não é dos homens mais éticos e nunca demonstrou devoção a ninguém.

— E acha mesmo que eu consigo fazer isso? — perguntei, virando levemente a cabeça para olhar nos olhos dele. — Nunca tentei seduzir um homem antes. Pelo menos, não de propósito.

— Duvido que tenha sido necessário.

— Nunca nem fui beijada — confessei.

Fanli hesitou, depois pigarreou. Embora tivesse falado de sedução com tanta naturalidade, sem traço de emoção, foi essa informação que o fez corar de leve. Pela primeira vez, percebi que o rapaz tinha quase a minha idade. Era apenas dois anos mais velho.

Dei um sorrisinho sem querer. Em um impulso repentino, perguntei:

— E você diz que me ensinará a encantar o rei. Vai mesmo poder me ajudar?

A mão esquerda dele se fechou em um movimento involuntário discreto, meio escondido pela manga das vestes.

— Está enganada.

— Enganada sobre o quê?

— Se aceitar essa missão, não serei eu a ajudar você. Será você a me ajudar.

Encarei Fanli, o riso sumindo do meu rosto, o coração disparando.

— Sou eu quem precisa de você — falou ele, como se fosse uma confissão grave. — Fui eu quem sugeriu o plano à Sua Majestade, então sou o responsável por organizar essa missão. Sem você, vou fracassar.

Mordi a bochecha, sem saber o que pensar disso. De tudo. Muitos já haviam deixado claro o quanto me queriam: meu rosto, minha beleza, minha companhia. Mas ninguém jamais havia *precisado* de mim.

Ao nosso redor, a aldeia começava a despertar: o balbucio das crianças pequenas, o som da água sendo puxada do poço, o sussurro do milho seco, o estalo úmido das sandálias de palha na lama. Para os aldeões, era apenas mais uma manhã, como tantas outras. Mas, para mim, poderia ser a última ali.

Como se lesse meus pensamentos, Fanli continuou:

— Conto tudo isso não para te influenciar de alguma forma. Alguns preferem o conforto das mentiras à dor das verdades, mas quero ser sincero desde o início, mesmo que a proposta que eu apresente não seja das mais agradáveis.

— E se me recusar?

— Eu irei embora — respondeu ele no mesmo instante — e nunca mais a incomodarei. Não haverá consequências pela sua escolha.

*Não haverá consequências diretas*, corrigi mentalmente, levantando o queixo em direção à luz dourada do sol. Porque, se o plano fracassasse, o rei de Wu continuaria invicto, protegido nas riquezas de seu palácio, enquanto o povo de Yue sofreria e enfraqueceria dia após dia, vivendo com o medo constante de outra guerra. Observei os grandes olmos verdes, as amoras maduras reluzindo feito pequenas joias vermelhas nas árvores, os brinquedos de madeira espalhados pelo caminho de pedras, as marcas de cascos pressionadas na terra. Todos os sinais de uma vida conquistada com esforço. Tudo o que havia sobrevivido à primeira guerra. Mas sobreviveriam à próxima? Ou à seguinte?

Pensei em Wuyuan, sua pele esticada dolorosamente sobre os ossos, as feridas rosadas onde antes havia unhas. Pensei nos meus pais dentro de casa, que envelheciam e enfraqueciam; mamãe já começava a enxergar mal, apesar de nunca admitir, e papai nunca se recuperou da queda na floresta. Lembrei-me do rosto deles ao entrarem correndo e verem minha irmã caída no chão, o soluço profundo arrancado da minha mãe, como se algo dentro dela tivesse se partido.

E pensei na própria Susu de *antes*, seu sorriso meigo, os bolsos cheios de frutas, os olhos iluminados.

No fim das contas, a escolha era entre um reino ou a minha felicidade.

E quantas pessoas sob os Céus tinham de fato a sorte de sentir a verdadeira felicidade? A felicidade era um acompanhamento, como os bolinhos de arroz doce e glutinoso que mamãe fazia nos festivais, ou as bolinhas macias recheadas com a deliciosa pasta de gergelim.

Já a *vingança*... essa era o sal da vida. Fundamental. Indispensável.

— É uma decisão difícil — disse Fanli ao meu lado. — Mas cabe a você tomá-la.

— Preciso pensar mais um pouco — afirmei, embora a resposta já tivesse me ocorrido. Sempre esteve lá, como se escrita nos pergaminhos da história. Eu só estava me enganando por um momento, tentando adiar o inevitável. — Darei minha resposta até a meia-noite.

— Então estarei esperando por você nos portões do leste, onde o rio corre. No mesmo lugar onde nos conhecemos. — Foi a primeira vez que ele mencionou em voz alta nosso encontro do dia anterior, e isso tremeluziu entre nós feito um segredo, uma chama silenciosa. O olhar sombrio de Fanli pesou sobre o meu, me avaliando. Mas, no instante em que se virou, senti a ausência repentina desse peso. — Me encontre lá.

Passei o dia e a noite inteiros refletindo sobre o assunto. Era impossível pensar em qualquer outra coisa.

Minha mãe falou muito pouco, mas a tristeza em seus olhos, a forma como me abraçou por mais tempo do que jamais me abraçara antes, as mãos macias apesar dos calos, me mostraram que talvez ela já soubesse a resposta. Diziam que mães tinham um sexto sentido, não era isso? Às vezes, parecia que ela sabia como me sentia antes de eu mesma me dar conta.

— Queria poder te manter segura para sempre — sussurrou, e ouvi a parte implícita dessa frase, a dor fresca escondida ali. *Mas eu não posso.* — Meu amor... não quero perder outra filha.

Minhas entranhas se retorceram com uma sensação aguda e dolorosa.

— E sua saúde? — continuou, com a voz firme, embora os lábios tremessem. — Você sempre foi tão frágil. E se...

— Não sou tão frágil quanto a senhora pensa — respondi, e era verdade.

Minha vida inteira, desde que aquela dor inexplicável surgiu no meu peito, fui protegida como se fosse o mais precioso dos vasos, capaz de se partir ao menor dos toques. Mas, mesmo que não pudesse me livrar da dor, podia conviver com ela. É possível aguentar quase tudo, contanto que se tenha algo pelo qual valha a pena viver.

Mamãe pousou a mão quente na parte de trás da minha cabeça, mas não disse nada. Apenas me olhou por um longo tempo, em silêncio, como se tentasse memorizar cada traço do meu rosto. Depois voltou às tarefas.

Fanli já havia partido. O chá estava quase frio, as folhas afundadas na xícara, a água escurecida em um tom de verde amargo e turvo. Todas as xícaras continuavam cheias. Que desperdício.

Talvez eu passasse o resto do tempo vagando pela casa como um fantasma, me aterrorizando com visões do rei Fuchai — alguém com dentes similares a presas, mãos brutais e um sorriso ganancioso, manchado de sangue — e tentando me consolar com a ideia do Reino de Wu em ruínas, sua bandeira sendo pisoteada pelos nossos soldados em uma vitória fácil. Mas, não muito depois de meus pais irem se deitar, uma voz familiar chamou do lado de fora...

— Xishi-jiejie! Xishi-jie, ele veio atrás de você também?

Zhengdan entrou pela porta sem cerimônia, com as vestes esvoaçando atrás de si. Na pressa de chegar, seu cabelo preto começara a se soltar do coque elaborado; ela puxou os grampos de madeira com um suspiro impaciente até que os fios caíssem livres pelas costas. Duas manchas vermelhas surgiam em suas bochechas, e seu tom era urgente. Demorei um segundo para entender o que ela havia perguntado.

— Quem? Você está falando... do conselheiro?

— Eu sabia! — exclamou, balançando a cabeça. Seu rosto mostrava uma expressão curiosa, trágica e triunfante ao mesmo tempo. — Se ele veio atrás de beleza, é claro que não poderia partir sem conhecer você.

— Espera. — Sentei-me no banco mais próximo; ou melhor, meus joelhos cederam por conta própria, o choque me derrubando como se fosse um fardo físico. Zhengdan permaneceu de pé, com as mãos na cintura. — Você era a outra garota de quem ele falou? Você... aceitou ir? Como *dama de companhia*?

— Que outra escolha eu teria? — Ela bufou. — Minha mãe ia me casar com aquele velho, o Lidan... Sabe, aquele que já está ficando careca e sempre tem cheiro de peixe. Prefiro ser uma dama de companhia do que esposa daquele homem.

Não era a primeira vez que eu me maravilhava com a personalidade da minha amiga. Todos comentavam o quanto ela era bela — sobretudo as sobrancelhas, finas e arqueadas como folhas de salgueiro, que expressavam tudo o que Zhengdan não dizia em palavras —, mas esqueciam-se das pequenas coisas, que eram mais importantes. Esqueciam que foi ela quem espantou o grupo de bandidos que tentou roubar a aldeia, deixando um deles tão machucado com um cutelo sem fio que ele saiu mancando e choramingando; que foi ela quem, sozinha, treinou os cavalos da vila, consertou a estrada principal e caçou a raposa que invadiu as cercas e comeu metade das nossas galinhas. A primeira vez que a vi chorar foi quando quebrou o pescoço do animal.

— Você já aceitou o pedido do conselheiro? — perguntou Zhengdan, arqueando as famosas sobrancelhas.

— Não. Ainda não.

— Ainda não — repetiu ela.

Então, com um furor repentino, se agachou ao meu lado e agarrou minha mão. A pele de seus dedos estava cheia de calos antigos e novos; não de limpar ou cozinhar, como se poderia supor, mas de treinar com uma espada em segredo.

— Pense bem, Xishi-jie. Essa missão é... é perigosa...

— E mesmo assim você vai — retruquei. — Não tem medo?

Zhengdan ergueu o queixo.

— Claro que não.

Mas eu sabia que era mentira. Assim como sabia que ela era orgulhosa demais para admitir o contrário.

Aquela expressão sombria e decidida era dolorosamente familiar. Certa manhã, no auge da guerra, vi Zhengdan com o pai do lado de fora da casa deles. Ela estava vestida com a velha armadura dele, arrastando a espada atrás de si, os dentes cerrados pelo esforço. A cena era quase cômica, com o elmo grande demais escorregando sobre seus olhos. Seu pai deu uma gargalhada, depois tirou com delicadeza o elmo da cabeça da filha com as duas mãos.

*Não volte para o campo de batalha*, ela havia implorado, ficando na ponta dos pés e tentando pegar o elmo de volta. Foi inútil; Zhengdan tinha metade da altura do pai. *Me deixe ir em seu lugar.*

*Esse é meu dever*, ele respondeu. *Os céus têm outros planos para você, minha filha. Eu posso sentir.*

Os olhos dela brilhavam com ferocidade, mas, no fim, Zhengdan o viu partir. Todas as manhãs depois disso, eu a encontrava do lado de fora, de coluna ereta, o rosto ansioso e repleto de esperança voltado para o horizonte.

Dois anos depois, naquele mesmo lugar, um oficial de semblante taciturno retornou, segurando apenas o elmo ensanguentado de seu pai. Eu o ouvi dizer que aquela era a mais alta honra que um soldado poderia receber. Sua última batalha foi contra o próprio líder militar do Reino de Wu, o general Ma.

Agora, ao olhar para minha amiga, era como se o passado tivesse voltado com tudo. Ou talvez ele nunca tivesse nos deixado.

— Eu vou com você — anunciei.

As palavras ecoaram claras no cômodo apertado, e ouvi a convicção na minha própria voz. O ar parecia ondular contra minha pele, e o vento lá fora de repente golpeou o papel da janela, como se até os céus soubessem da decisão. Seria a escolha certa? Eu não sabia. Talvez não importasse. Qualquer opção causaria sofrimento; apenas escolhi um tipo em vez de outro.

Zhengdan me conhecia desde sempre. Não tentou mais me dissuadir. Seria inútil, não importava o que argumentasse.

— Se sua missão é seduzir o rei, então a minha será manter você segura. — Ela pegou minha mão mais uma vez ao falar, os olhos ardendo na escuridão.

— Nós *duas* estaremos seguras — corrigi. — Sairemos vivas e bem do palácio.

Ela me deu um sorriso fraco, mas não disse nada.

— Promete? — insisti.

— Está bem, eu prometo — concordou ela, rindo.

Foi como soprar ar frio sobre uma ferida; não curava, mas ao menos aliviava. Naquele momento, com Zhengdan sorrindo ao meu lado e o luar entrando pelas frestas na janela, eu poderia ter fingido que o que nos esperava não era tão terrível. Que seria apenas uma grande aventura, como aquelas das histórias que ouvíamos.

Mas foi muito mais difícil depois que ela foi embora, me deixando na escuridão silenciosa.

Andei na ponta dos pés até o quarto dos meus pais, observando as silhuetas tão familiares, adormecidas, o cobertor estendido só até as barrigas. Minha mãe abraçava a túnica não lavada de Susu, embora seu cheiro já tivesse desaparecido há muito tempo, e os fios começassem a se desgastar. Ela parecia ter um pesadelo. De tempos em tempos, estremecia e agarrava o ar, como se algo estivesse sendo tirado dela. Quis acordá-la, mas não tive coragem. Mamãe já dormia tão pouco. E, se acordasse e visse meu rosto, saberia no mesmo instante no que estava pensando.

Uma pontada aguda atravessou meu peito outra vez. Inspirei sem fazer barulho, tentando ignorar a dor.

Agora que estava de decisão tomada, tudo o que antes dava como certo parecia tingido de tons de nostalgia amarelada. Já sentia falta do calor da presença deles, do leque de palha desbotado ao lado da cama, do pente de madeira com o qual minha mãe penteava meu cabelo todas as manhãs, do cheiro persistente de fumaça do fogão. Com delicadeza, desamarrei o pingente de jade do pescoço e o depositei sobre o baú de madeira. Era o objeto mais valioso que eu possuía, um presente dos meus pais no meu primeiro aniversário. Eles o veriam pela manhã, quando eu já tivesse partido, e entenderiam o significado.

Mais tarde, porém, eu desejaria ter ficado mais tempo. Desejaria tê-los acordado e trocado um forte abraço. Desejaria ter lhes dado a chance de se despedirem de verdade. Mas essas coisas só nos passam pela cabeça em retrospectiva, moldadas pelo antes e depois de tudo o que enfrentamos; enquanto o momento ainda está acontecendo, tudo o que importa é o que vem pela frente.

# CAPÍTULO TRÊS

**Como prometido, Fanli aguardava** às margens do rio, iluminado pela luz pálida e espectral da lua cheia.

Não estava sozinho. Atrás dele, três éguas imponentes estavam enfileiradas, os pelos escuros cintilando, músculos se flexionando enquanto arranhavam o chão com os cascos, e os arreios tão bem polidos que brilhavam mesmo na penumbra. Zhengdan já estava montada em uma delas, com a postura aprumada de um soldado e a mão acariciando a cernelha de sua montaria. Aquelas criaturas majestosas eram para os animais de olhos opacos e meio mancos da nossa aldeia o que a seda é para o rami. Ao ouvir o crepitar dos meus passos sobre os gravetos, uma delas levantou a enorme cabeça e relinchou baixinho.

Fanli também ergueu o olhar e veio ao meu encontro.

— Você veio.

Ele ficava ainda mais belo sob a luz da lua, que delineava a curva de seu maxilar e o contorno do nariz. Se a minha beleza era destrutiva, a dele beirava a melancolia; algo frio e intocável como as estrelas espalhadas pelo céu.

— Quero o arroz da melhor qualidade — foi a minha resposta.

O rapaz inclinou a cabeça, como se perguntasse do que eu estava falando.

— Para os meus pais — esclareci antes que perdesse a coragem. Se ele de fato precisava de mim tanto quanto dizia, iria aceitar, por mais ousadas que fossem minhas exigências. — Você falou que cuidaria deles. Quero que sejam tratados como se fossem sangue do seu sangue. Devem receber peixe fresco dos rios, carne de pato e cordeiro todos os dias. Principalmente de pato. É o prato favorito da minha mãe. Meu pai... uma das pernas dele não está boa. Vai precisar de uma bengala decente e de cobertas quentes no inverno para evitar que a dor piore. O papel da janela também precisa ser trocado e, por causa dos buracos no telhado, sempre tem goteira quando chove.

— Certo. — Se eu não soubesse, poderia jurar que Fanli estava quase se divertindo. — Isso é tudo?

Meu coração martelava como não fazia desde que saí escondida de casa. Eu me esforcei para parecer calma. Se fosse partir, seria com as mãos firmes ao lado do corpo e de cabeça erguida.

— Por enquanto. Mas, se eu pensar em mais alguma coisa, aviso.

— Então está pronta para partir?

É claro que não.

— Estou.

Para minha surpresa, ele se curvou diante de mim, a cabeça tão baixa que quase tocou minha cintura.

— Não encaro sua decisão desta noite como algo trivial — murmurou Fanli. —Todo o Reino de Yue se lembrará de você; isso eu prometo.

Ele endireitou-se devagar, erguendo o olhar sob a sombra dos cílios. Havia algo em sua expressão que eu ainda não sabia como descrever e que logo se desfez por completo. Um tanto brusco e metódico, Fanli me levou até a égua ao centro.

Era a menor das três e tinha uma mancha branca feito uma estrela na testa nobre. Ainda assim, não consegui alcançar os estribos sozinha. Depois que Fanli me ajudou a subir com um braço só, tomando o cuidado de não tocar minha pele, e seguiu para a própria montaria, olhei para o rio e pensei: *Que irônico que aquele que salvou minha vida agora seja quem me conduza em direção ao perigo.*

Viajamos na escuridão, guiados apenas pelo canto do rio.

Foi no meio do caminho que percebi que isso era uma escolha estratégica de Fanli. Não haveria ninguém para nos ver à noite, ninguém para questionar aquela cena: um jovem vestindo as mais finas vestes, acompanhado por duas garotas em idade de se casar. Ninguém para tirar conclusões precipitadas sobre o que aquilo significava.

Minha égua era bem treinada. Mesmo quando passávamos por estradas pedregosas ou por arbustos espinhentos que farfalhavam com pequenos animais noturnos, ela não se assustava nem hesitava. O mais leve toque dos estribos em seu ventre ou um simples movimento das rédeas bastava para guiá-la. O som ritmado de seus passos era reconfortante, como um eco do meu coração. Tentei não pensar em tudo que estava deixando para trás. Ou nas águas escuras nas quais estava entrando, aquele trecho sombrio e nebuloso. Estávamos longe demais da aldeia para voltar.

Ao amanhecer, com o ar morno se espalhando ao nosso redor, enfim chegamos.

Não sabia o que esperar, sabia apenas que íamos para um lugar isolado, onde viveríamos e seríamos treinadas em segredo. Mas talvez fosse melhor assim, pois não teria sido capaz de imaginar o local de qualquer maneira. O chalé erguia-se sobre a encosta de uma montanha, alto o suficiente para ter uma ampla vista da cidade abaixo, mas cercado por ameixeiras e vegetação que o mantinham bem oculto. Os telhados pintados de verde se expandiam feito asas de ambos os lados, e as paredes vermelhas reluziam com o orvalho. Acima das portas da frente, as palavras

Chalé Canto do Rio estavam gravadas na madeira, da direita para a esquerda. Quando inspirei, um aroma novo e estranho preencheu meus sentidos: algo límpido e doce, como o primeiro degelo da primavera.

Um homem esperava na entrada.

O sol nascente tingia seu rosto com tons avermelhados. Não era jovem nem velho, mas carregava o ar cansado e endurecido de quem já vira demais do mundo. As feições eram simples, com um maxilar largo e firme, mas não refinados o bastante para serem considerados belos. Mas o que de fato chamou minha atenção foi seu olhar.

Ele nos observava como um falcão enquanto desmontávamos dos cavalos e nos aproximávamos dos portões a pé. Um pressentimento percorreu meu corpo. Senti um aperto na garganta diante da possibilidade. Seria aquele…

— Você a encontrou? — perguntou o homem, se dirigindo apenas a Fanli, embora sua atenção permanecesse em mim.

— Ela é a melhor das melhores, como prometido. De uma beleza incomparável; pode ver com seus olhos — respondeu Fanli. Então juntou as mãos diante de si e inclinou a cabeça. — Vossa Majestade.

*Vossa Majestade.*

Troquei um olhar rápido e surpreso com Zhengdan antes de me curvar às pressas também, imitando a postura de Fanli. Daquele ângulo, só conseguia ver a grama esmeralda vibrante e o brilho das botas do rei Goujian. Acima de mim, como se vindo de muito longe, ouvi-o comentar:

— Nenhuma delas entende o básico da etiqueta? Meninas devem fazer reverência, não se curvar.

Corei e me endireitei no mesmo instante. Tanto o rei Goujian quanto Fanli me encaravam: Goujian, com um olhar afiado e analítico; e Fanli, sem demonstrar emoção alguma.

— Encontrei as duas em uma aldeia remota — informou o rapaz. — Não se pode esperar que saibam etiqueta como as damas da corte. Mas não há com o que se preocupar... isso pode ser ensinado.

As sobrancelhas de Goujian se ergueram.

— Ah, tinha me esquecido que você também já foi assim, não foi, Fanli?

Senti um lampejo de surpresa. O que ele queria dizer com aquilo? A expressão de Fanli permaneceu impassível, mas a postura ficou mais rígida. Antes que o rapaz pudesse responder, Goujian já havia passado a prestar atenção em mim.

— Elas vão conseguir aprender tudo em dez semanas? Sabe que não temos muito tempo, e já esperei demais por isso. — O brilho em seus olhos beirava a loucura. — Prometemos aos Wu que os tributos chegariam antes do meio do inverno. Se falharmos, a pouca confiança que conquistamos será desperdiçada. Não podemos nos dar a esse luxo.

— É tempo suficiente, eu garanto — afirmou Fanli.

— Bem, você estava certo em relação a ela — concordou Goujian, me examinando de perto, como quem avalia uma espada bem forjada. Lutei contra o impulso de recuar. Afinal, ele era o rei. E eu teria que suportar coisas piores no Reino de Wu. — Ela é *realmente* encantadora. Com o treinamento adequado, Fuchai não terá a menor chance.

A veemência suave com que ele pronunciou esse nome me assustou. Goujian percebeu e sorriu de novo.

— Como você se chama?

— Xishi — respondi, embora não fosse meu verdadeiro nome, mas o que todos na aldeia me deram. De alguma forma, parecia o mais adequado. Lembrei-me tarde demais de acrescentar: — Vossa Majestade.

— Xishi — repetiu ele. — Um nome bonito. Diga-me, Xishi, o que pensa do Reino de Wu?

Ainda não havia recebido nenhum treinamento formal, mas vi a resposta arder nos olhos escuros e penetrantes do rei. Além disso, não precisava inventar uma mentira; bastava me lembrar do sangue borbulhando na garganta da minha irmã, das mãos pequenas que tentavam me alcançar enquanto o soldado cravava a espada mais fundo em seu corpo. Quando Susu morreu, parecia que o universo inteiro havia saído dos eixos. Ali estava a chance de restaurar seu equilíbrio.

— Eu os odeio — sussurrei. — São monstros, forjados na violência e na trapaça. Tudo o que mais quero é ver o reino deles de joelhos.

O rei Goujian assentiu, satisfeito, e disse a Fanli:

— Ela é perfeita.

O chalé estava vazio, exceto pela presença silenciosa e quase sombria de uma criada que desapareceu na cozinha assim que chegamos e pela presença muito mais barulhenta de um guarda da nossa idade. Ele me disse seu nome, mas eu o esqueci quase no mesmo instante, distraída com tudo o que estava acontecendo. Se queria ser uma espiã, teria que aprender a prestar mais atenção. O guarda falava sem parar enquanto nos guiava até nossos quartos na ala leste.

— Presumo que já tenham se encontrado com o rei? — perguntou.

Minhas sandálias de palha deslizavam sem ruído pelo piso liso atrás dele, feito de uma madeira tão escura que conseguia ver meu reflexo distorcido nela, como na superfície da água. Os corredores ali eram muito mais amplos, e não havia uma única rachadura ou infiltração nas paredes.

— Sim — respondi.

O guarda olhou de relance por cima do ombro, com uma expressão astuta e conspiratória. As sobrancelhas arqueadas e o sorriso torto lembravam um pouco uma raposa.

— E o que acharam?

Hesitei. Havia visto o rei partir instantes mais cedo, mas não sabia a quem aquele guarda era leal, ou como essas relações funcionavam. O rapaz parecia servir a Fanli, que servia a Goujian; com certeza isso significava que ele também servia ao rei, não?

Mas enquanto todos esses pensamentos me passavam pela mente, junto com todas as respostas vagas que poderia dar, Zhengdan já havia se pronunciado.

— Sendo bem sincera? Um tanto decepcionante.

Meu passo vacilou, mas ela prosseguiu:

— Esperava que fosse mais… bom, mais majestoso.

Para minha surpresa e alívio, o guarda não a executou ali na hora. Em vez disso, ele riu, o som abafado pela mão, como se estivesse compartilhando um segredo conosco.

— Interessante. E o que você considera *majestoso*? Uma carruagem de ouro? Uma coroa na cabeça? Uma fila de criados esperando por ordens?

Zhengdan deu de ombros. Por mais que admirasse sua coragem descarada, às vezes isso também me dava muita dor de cabeça.

— Para mim, ele não parece tão diferente de um homem comum.

— Mas vocês não ouviram? — O sorriso do guarda se curvou ainda mais de um lado, e ele fez uma encenação dramática ao olhar ao redor, apesar de sermos os únicos naqueles corredores, antes de continuar em um sussurro: — O rei insiste em viver como um homem comum. Dizem que dorme no mato e pendura um pedaço de vesícula no quarto, do qual bebe todas as noites. Também se recusa a desfrutar de qualquer forma de luxo, mesmo quando são oferecidos de bom grado. Tudo isso para não esquecer Kuaiji.

— *Vesícula?* — repetiu Zhengdan, as sobrancelhas se unindo.

— Kuaiji? — murmurei, reconhecendo vagamente o nome. Era a cidade destruída onde Goujian tinha sido forçado a se render aos soldados de Wu. Ainda assim, a maneira como o guarda falava sugeria outra história ali, algo ainda mais vergonhoso do que uma derrota militar.

O rapaz apenas deu uma piscadinha.

— Se não quiserem ter a cabeça cortada por uma espada muito afiada e cara, eu aconselharia que não mencionassem o lugar na presença do rei, caso o vejam de novo.

— Mas o que aconteceu lá? — quis saber.

— Ah, não cabe a mim contar. — O guarda parou diante de uma porta larga, parecendo saborear o suspense, ou a atenção. — Talvez Fanli seja generoso o bastante para contar os detalhes quando estiver de bom humor.

— E quando será isso?

— Provavelmente nunca — respondeu o rapaz, rindo. — Eu o conheço desde os meus quinze anos, e o conselheiro é muitas coisas: honrado, estratégico, sensato, inteligente até demais para o próprio bem. Mas é uma pena que ser simpático não esteja nessa lista.

Entramos em um amplo aposento que exalava um leve aroma de jacarandá e de alguma outra coisa, algo novo. A mobília era simples, mas elegante, com duas camas com dossel e um armário tão grande que duvidei que todos os meus pertences ocupassem sequer uma gaveta. Havia também espelhos sobre a mesa, com um brilho dourado-bronzeado que lembrava a luz de pequenos sóis. Todo o cômodo estava intensamente iluminado. Na parede à nossa frente havia uma janela; através da esquadria de treliça, consegui vislumbrar o lago de lótus no pátio e o verde envelhecido de uma canforeira.

Foi então que percebi: era ali que ficaríamos pelas próximas dez semanas.

Uma onda repentina de saudade de casa me atingiu com força. Apertei com mais firmeza minha bolsa, na qual carregava apenas algumas túnicas de tecido rústico e um grampo de cabelo que papai havia entalhado para mim em madeira. Não soubera o que mais levar. A pele acima da clavícula parecia vazia sem o peso familiar do pingente de jade.

Será que meus pais já teriam acordado? Sabiam que eu havia partido?

Alguém tocou meu pulso. Ergui a cabeça e pisquei para afastar a dor dos olhos. Era Zhengdan. Sua expressão era compreensiva; embora não parecesse tão triste por ter deixado a vila, ela entendia.

— Podem deixar suas coisas aqui — disse o guarda. — Fanli está esperando vocês no salão de jantar.

Eu me recompus depressa e guardei a bolsa. Não pensaria mais na minha família. Eu me tornaria outra pessoa aqui, com um novo quarto, novas roupas e novos desejos. Alguém capaz de enfeitiçar os homens mais poderosos e enganar sem qualquer fraqueza no coração.

Encontrar o salão de jantar não foi difícil. O cheiro de carne assada veio ao nosso encontro muito antes de entrarmos no lugar. Meu estômago roncou, uma pontada aguda de vazio me atingindo com força total. Durante o trajeto até ali, sequer havia sentido fome. Mas, agora, só conseguia pensar em comida. Não nos pães rústicos de painço da nossa vila, nem no mingau de feijão-verde que muitas vezes era diluído até virar uma água levemente saborizada, mas em *carne* de verdade.

Acelerei o passo.

Lá dentro, um banquete já estava servido sobre uma mesa baixa. Fanli estava sentado sozinho de um lado, com a tigela de arroz intacta e os palitinhos repousados, demonstrando pouco interesse pelo que estava bem diante de si: pratos com brotos de bambu crocantes; um peixe inteiro coberto por um molho dourado suntuoso, cuja carne branca era tão macia que chegava a se desfazer; fatias de frango cozidas com castanhas frescas e pimentas. Eu conseguia imaginar o sabor só pelo aroma — o leve estalo do bambu entre os dentes, o toque adocicado misturado ao sabor intenso do molho de soja escuro e do óleo…

— Com fome? — perguntou Fanli, encontrando meu olhar. — Sentem-se. Isso é para vocês.

Não precisava pedir duas vezes. Peguei os palitinhos à minha esquerda e empilhei o máximo de comida que a tigela conseguia suportar. Estava tão quente que o vapor ainda subia do peixe.

Fanli esperou até que tivéssemos provado um pouco de tudo antes de falar:

— No palácio, não é assim que se faz uma refeição.

Eu parei, com os palitinhos suspensos no ar.

— Como assim?

Zhengdan nem sequer parou de mastigar. Com a boca cheia, comentou:

— Não me diga que também vamos ter que aprender etiqueta para *comer*.

— Vão, sim. — Fanli levantou-se da mesa, de olhos frios. — Primeiro, devem esperar do lado de fora da porta até serem chamadas. Depois, precisam fazer uma reverência... deste jeito. — Ele uniu as mãos e as inclinou para o lado, dobrando levemente o joelho. — Não olhem nos olhos dele. Não inclinem a cabeça. Esperem até receberem permissão para se aproximar da mesa pelo lado. — O rapaz gesticulou para nossa esquerda. — Quando se sentarem, os pés devem ficar assim.

Zhengdan o encarou.

— Temos que fazer tudo isso? Toda vez?

— E não para por aí. — Ele voltou a se sentar. — Ninguém pode tocar nos palitinhos, muito menos comer, até o rei começar. Se ele erguer um cálice de vinho para fazer um brinde, devem garantir que o de vocês esteja sempre mais baixo que o dele. E, ao pegarem os palitinhos, precisam ajustar as mangas da forma correta. — Fanli fez uma série de movimentos elaborados com as mangas largas, abrindo-as quase como se fosse dançar antes de erguê-las devagar para cobrir a boca.

Encontrando meu olhar, Zhengdan murmurou para mim:

— Quando terminarmos, todos os pratos já terão esfriado.

Segurei o riso. Tudo aquilo *parecia* mesmo absurdo, todos aqueles gestos desnecessários, aquelas regras sutis e expectativas. E qual era o propósito daquilo, afinal? Fazer o rei se sentir mais importante? Na nossa aldeia, mal havia tempo para comer. Ninguém desperdiçaria tempo com gestos vazios assim. Já tinha perdido a conta de quantas vezes vi um aldeão agachado em um canto, enfiando pedaços de pães de painço na boca como se temesse que alguém os roubasse.

— Podem achar engraçado agora — comentou Fanli com calma. — Mas, no mês lunar passado, um oficial da corte foi decapitado por erguer o vinho acima do copo do rei. Consideraram isso um sinal explícito de desrespeito.

Minha alegria murchou por completo, e senti um frio na barriga. As cenas que invadiram minha mente foram o bastante para acabar com qualquer fome: o jovem oficial que, por um breve descuido, se esquecera de sua posição e erguera o cálice com entusiasmo demais, querendo agradar — e o vinho escorrendo de suas mãos trêmulas, espalhando-se feito sangue pelo chão polido do palácio. Um mal-estar subiu pelo meu corpo. Fiquei mais atenta quando Fanli repetiu os rituais de refeição e consegui imitá-lo na quinta tentativa. Zhengdan acertou na oitava.

— Agora que entenderam o básico — disse ele —, precisam executar com elegância. Lembrem-se, vocês serão observadas o tempo todo.

E assim começaram nossas lições.

# CAPÍTULO QUATRO

**— Sabe qual é o seu problema?**

Essas foram as primeiras palavras que Fanli me falou no dia seguinte, quando me encontrou sentada sozinha à beira do lago de lótus, deslizando os dedos pela água. Estava tão fria que parecia divina, como seda sobre a pele. Era estranho me dar conta de que talvez nunca mais precisasse lavar tecido na vida.

Ergui a cabeça de repente e, apressada, enxuguei as mãos nas vestes. Não esperava ver Fanli tão cedo. Na noite anterior, ele tinha mencionado que planejava conversar com cada uma de nós individualmente, para avaliar melhor nossos pontos fortes e fracos e adaptar o treinamento de acordo com eles. Achei que ele ainda estivesse com Zhengdan, que demorou tanto a voltar que os lençóis dela já estavam frios quando acordei.

— Meu problema? — repeti, um tanto ofendida. — O quê?

O rapaz sentou-se ao meu lado, ajeitando com tranquilidade as camadas das próprias vestes antes de responder:

— Dá para perceber tudo que sente só de olhar para você.

Pisquei, surpresa.

— Eu não...

— Dá sim — retrucou ele com tranquilidade. — Por exemplo, agora mesmo está se perguntando como cheguei a essa conclusão.

— Isso não é...

— E agora está se perguntando como consigo te ler com tanta facilidade.

Um incômodo começou a se formar dentro de mim. O pior era que ele estava certo.

— Isso são apenas suposições.

— Será? — Fanli inclinou um pouco a cabeça, um sorriso discreto brincando nos lábios. — Agora está pensando em como é possível eu estar certo. E não se importaria nem um pouco se eu caísse na água.

— Não estou, não — menti, mordendo a bochecha. *Como ele sabia?* De repente, fiquei ciente de cada movimento nos músculos do meu rosto, de cada gesto mínimo do meu corpo. Estaria entregando algo de mim, mesmo agora?

— Não fique sem graça — disse Fanli, ainda sorrindo. Estendeu a mão sobre a superfície do lago, exatamente onde eu havia tocado a água momentos antes. Observei a luz prateada ondular sobre a pele dele. Suas mãos eram bastante esbeltas para um espadachim, com ossos longos e delicados feito hastes de flechas.

— Está vendo como a água muda com facilidade com a menor das brisas, o mais leve balançar das pétalas de lótus, o mais sutil toque? — Enquanto falava, Fanli passou os dedos pelo lago, formando ondas que distorceram nossos reflexos. — Acontece a mesma coisa com suas expressões faciais. Não preciso olhar muito para perceber se está radiante, com saudade de casa ou ressentida. Ontem mesmo, pude ver o quanto ficou encantada ao ver um bando de gansos voando pelo céu, ou como o som do riacho te fez pensar em uma lembrança triste.

Era desconcertante saber que meus pensamentos mais íntimos eram nítidos para quem se desse ao trabalho de observá-los.

— Então me diga — desafiei, erguendo o queixo, forçando o rosto a permanecer impassível para provar que Fanli estava errado —, no que estou pensando agora?

Talvez tenha sido um erro provocá-lo. Convidá-lo a prestar atenção só em mim. Enquanto ele examinava meu rosto, não consegui me concentrar em nada além da escuridão incomum de seus olhos e da sensação estranha de que o ar entre nós parecia rarefeito. Quando Fanli baixou o olhar, passando do meu nariz até a boca, um turbilhão feroz tomou meu peito, como o uivo do vento sobre um penhasco íngreme.

No mesmo instante, algo sob sua máscara de serenidade vacilou. O rapaz se afastou, apenas um centímetro, mas o bastante para que a mudança fosse perceptível.

— Você está pensando — disse ele lentamente, desviando a atenção para o pátio — em algo que sabe que não deveria.

Um calor subiu pela minha nuca.

— E aonde você quer chegar com isso?

— O que quero dizer é que é arriscado para uma espiã deixar seus sentimentos tão visíveis. Se o rei perceber que há algo de errado, toda a missão vai por água abaixo. — Ao perceber meu desânimo, acrescentou: — Mas isso pode ser controlado com o tempo. É apenas uma questão de força de vontade e técnica.

— Como?

— Olhe para cá — sugeriu Fanli, indicando o lago. A água havia se acalmado, e a superfície parecia um espelho. Olhei para baixo e contemplei meu rosto. Era sempre difícil para alguém se enxergar com objetividade, mas eu havia aprendido que a coluna esguia do meu pescoço era agradável, e o tom naturalmente vermelho-cereja dos lábios combinava com os olhos de cílios espessos e o nariz pequeno. Ainda assim, ao analisar mais de perto, percebi pela primeira vez que os cantos da boca estavam franzidos, como se eu tivesse provado algo azedo, e as sobrancelhas estavam unidas, como se estivesse confusa.

— Tente sorrir.

Tentei. Meus lábios se curvaram, mas os olhos continuaram sombrios e pesados.

— Se sorrisse assim para mim — disse Fanli, com um tom sarcástico —, eu pensaria que está planejando me matar.

Observei meu reflexo se transformar imediatamente em uma careta. Uma careta que só ficou ainda mais intensa quando percebi o quão óbvia era a mudança na minha expressão.

Fanli deu uma gargalhada.

O choque desse som dissipou qualquer irritação do meu rosto. Era a primeira vez que eu o ouvia rir; já estava começando a me perguntar se o rapaz sabia como fazer isso.

Mas ele se recompôs no mesmo instante.

— Tente de novo — pediu. — Desta vez, pense na mente e no corpo como entidades separadas. Não há conexão entre eles. Seu corpo é apenas uma ferramenta, uma tela, uma arma. Está sob seu total controle.

Mais uma vez, sorri para o nada, sentindo-me cada vez mais tola. As linhas do meu rosto continuavam rígidas como sempre. Não conseguiria enganar ninguém, nem a mim mesma. Será que Zhengdan também tinha passado por isso? Por algum motivo, duvidava; embora fosse mais direta do que eu em muitos aspectos, ela também não experimentava emoções tão intensas.

— Talvez seja melhor tentarmos outra abordagem — decidiu Fanli. — Mas sugiro que pratique o máximo que puder diante de um espelho. Estude suas expressões. Veja como elas mudam e o que causa essas mudanças. Esse é um bom ponto de partida, pelo menos.

O sorriso falso sumiu do meu rosto. Suspirei e massageei as bochechas. Não foi assim que tinha imaginado que seria o treinamento.

— Seja paciente. Haverá outras etapas pela frente — comentou Fanli. — Mas quero que você pratique isso por enquanto.

Não tinha tanta experiência quanto ele para ler expressões, mas até eu conseguia perceber em seu semblante que Fanli estava me dispensando. Levantei-me e fiz menção de sair…

— Não vai fazer uma reverência?

Congelei no meio do passo, então me obriguei a virar devagar, abaixar a cabeça e dobrar os joelhos. A posição parecia tão artificial que temi cair a qualquer momento. Eu era como um potro, aprendendo a ficar de pé. Minhas pernas tremiam.

— Sim — murmurou Fanli, mais para si mesmo —, vejo que teremos que trabalhar nisso também.

— Como foi sua reunião com Fanli? — perguntou Zhengdan da porta.

Eu estava sentada diante de um espelho de bronze nos nossos aposentos, avaliando minhas expressões com o máximo de rigor. Não sabia quanto controle poderia ter sobre os músculos, mas já estava ficando cansada da minha própria cara.

— Maravilhosa — respondi. — Ele acha que não consigo esconder nada.

— Ele acha que eu não consigo encantar ninguém — disse Zhengdan. Minha amiga atravessou o quarto e sentou-se ao meu lado, apoiando a cabeça no meu ombro. — Suponho que seja mais um motivo para você ser a concubina, e não eu.

Tive que rir.

— E o que Fanli propôs para o seu treinamento?

A imagem de Zhengdan brilhava no espelho, os olhos vibrantes, a pele corada e saudável. Só fazia um dia que estávamos longe da aldeia, mas ela já parecia mais viva do que nunca.

— Ele me pediu para mostrar as mãos.

— As mãos?

Ela assentiu.

— Foi bem chocante, na verdade. Fanli só deu uma olhadinha e já soube que eu treinava com a espada em segredo. Parecia até que sabia há quanto tempo eu treinava e o nível das minhas habilidades.

Pensei no olhar afiado e calculista do rapaz, como se ele enxergasse tudo.

— Fiquei com medo de que fosse me dar o mesmo sermão de sempre — comentou Zhengdan —, de que não é adequado para uma moça lutar, ou que isso afastaria os homens. Mas adivinha o que ele falou.

Balancei a cabeça, intrigada. Um sorriso se insinuava nos cantos dos lábios dela.

— Ele vai me ensinar a lutar com espada. De verdade. — As palavras saíram rápidas, cheias de empolgação. — Primeiro, porque assim consigo proteger você melhor. Mas também porque ele quer que eu me concentre no exército de Wu. Enquanto você distrai o rei de suas obrigações, minha função será observar os movimentos dos soldados e assistir aos treinamentos. Como dama de companhia, devo conseguir circular com mais facilidade, sem ser notada.

Tentei sorrir para minha amiga. Eu *estava* feliz por Zhengdan; sabia que ela era mais ela mesma com uma lâmina nas mãos. Mas, ao mesmo tempo, fui lembrada de novo de que o fardo de encantar o rei recaía apenas sobre mim. Se falhasse, tudo seria em vão. Todas aquelas pessoas, todas aquelas vidas — o peso de reinos inteiros sobre meus ombros —, e lá estava eu, incapaz de formar uma expressão de falsa alegria.

Não ajudou em nada quando Zhengdan me olhou e comentou:

— Você parece preocupada.

— Vou dar um jeito nisso — decidi, voltando a focar no espelho. Minhas sobrancelhas estavam franzidas, e a boca, apertada em uma linha tensa e ansiosa. — Só preciso praticar.

À noite, me aconcheguei em uma cama desconhecida, a quilômetros de casa... mas, ainda assim, o velho pesadelo me encontrou.

Era sempre o mesmo. No mesmo lugar, na mesma hora. Começando do mesmo jeito.

Susu e eu estávamos sozinhas em casa quando eles chegaram; nossos pais tinham ido à floresta buscar lenha para o inverno que se aproximava. O ar já estava tão frio que eu conseguia ver a fumacinha saindo da boca de minha irmã quando ela ria. Eu contava uma história sobre Nüwa e como a deusa havia criado os primeiros mortais.

— Ela teve muito cuidado, moldando-os com as mãos e modelando-os com argila amarela — contei, sorrindo enquanto Susu se aninhava nas minhas pernas, a boca pequena aberta em meio a um bocejo. — Esses se tornaram os nobres e a realeza.

— E o resto?

Minha irmã tinha aprendido a falar no ano anterior, e suas palavras saíam balbuciadas. Às vezes, ela se frustrava por não conseguir se expressar tão bem quanto nós. Mas estava tudo bem, dizíamos a ela, ainda tinha muito tempo para aprender.

— O resto foi criado quando Nüwa estava cansada. Ela mergulhou uma corda longa na lama e balançou, e as gotas que caíram se tornaram os plebeus. Como nós.

Susu fez uma careta.

— Você não é feita de lama.

— Não?

— Você é feita de flores — disse minha irmã, com convicção, subindo no meu colo. Já estava ficando pesada para isso, mas me recostei sem protestar e deixei que ela se acomodasse, passando a mão pelos cabelos macios, inalando o doce cheiro de leite da pele. Daria minha vida para protegê-la, pensei. — E de água da chuva. E de seda. E de lanternas. Você é feita de coisas boas.

E foi então que os gritos começaram.

O pânico era mais intenso nos meus pesadelos do que nas lembranças daquele dia, uma sensação tão brutal que percorria meu corpo inteiro, porque eu sabia como aquilo terminava.

Sabia que não havia escapatória, mesmo enquanto puxava Susu para dentro do armário apertado, mesmo quando nos enterrava em velhos casacos e tentava conter o corpo inquieto dela.

— Precisamos nos esconder — sussurrei em seu ouvido. Meu coração batia tão alto que eu podia ouvi-lo no escuro, cada movimento tenso e ofegante, com o sangue disparando feito o vento. — Por favor, Susu, me ouça. Você precisa ficar quieta.

Mas ela tinha começado a chorar.

— Mamãe — soluçou minha irmã. — Mamãe, eu *quero a mamãe*...

O estrondo da porta. Passos pesados. Algo se partindo.

Os soldados estavam ali.

— Mamãe — repetiu Susu, se debatendo nos meus braços, as perninhas curtas chutando com força. Ela era forte para a idade; cada chute doía tanto que deixaria marcas, mas eu não a soltei. — Eu tô *com medo*. Mamãe, me leve até a mamãe...

— Ela vai voltar — sussurrei, a garganta áspera de desespero. Eu tremia. Pelo vão entre as portas do armário, vi os soldados invadirem o quarto. Dois homens de cabelos escuros cortados rentes e munidos de espadas manchadas de sangue. — Fique aqui e estaremos seguras, eu prometo. Não saia.

Susu sacudiu a cabeça com força e se contorceu para longe de mim, soltando os braços. As mangas da minha roupa estavam encharcadas com as lágrimas de minha irmã. Ela empurrou a porta do armário com as mãozinhas...

— *Susu*...

Tentei agarrá-la. Tentei alcançar as portas. Mas meus dedos se fecharam no vazio e, no instante em que ela tropeçou para fora do armário, uma dor terrível atravessou meu coração.

*Não.*

*Agora não.*

A doença que me atormentava desde a infância. A maldição sem cura. Meu corpo titubeou; parecia que alguém cravava uma lança no meu peito, a lâmina deslizando entre as costelas. Encolhi-me, ofegante, inútil, enquanto Susu caminhava em direção aos soldados.

*Por favor.*

*Não a machuquem.* Minha boca formava as palavras em silêncio, a dor queimando nas veias. *Ela é só uma criança. Prometi ensiná-la a montar a cavalo, a trançar o próprio cabelo, e amanhã nossa mãe vai preparar a sopa favorita dela, a de raiz de lótus, que minha irmã passou semanas esperando. Esta guerra… este território… as desavenças entre os reinos… nada disso importa para ela. Não significa nada. Deixem-na viver.*

Quando a espada se ergueu, olhei para o rosto do soldado. Não sabia o que queria encontrar — talvez o menor traço de hesitação, de remorso, de desprezo por si mesmo. Mas era como encarar o rosto de um tigre enquanto ele despedaçava a presa. Havia apenas escuridão. O brilho da violência.

A espada cortou o ar.

O sangue salpicou o chão. O sangue dela. O mesmo sangue que o meu.

E eu gritei, gritei até a garganta se rasgar, até sentir o gosto de ferro na língua, até não conseguir mais vê-la…

Abri os olhos de repente. Eu estava deitada na cama, a mão apertando o peito, tentando me lembrar como respirar. Senti uma dor latejante, feito um dente apodrecido.

*Susu.*

Do outro lado do quarto, sob o fino feixe de luar, Zhengdan virou de lado, roncando baixinho. Lá fora, os galhos balançavam, uma cigarra cantava, o rio continuava a fluir. Tudo estava em paz. Mas havia algo anormal naquela calmaria, como se *aquele* fosse o sonho. Talvez estivesse adormecida desde que Susu fora arrancada de mim.

Passei o resto da noite acordada, fitando o teto, os dedos formigando com a promessa de vingança.

# CAPÍTULO CINCO

**Naqueles primeiros dias, Fanli sempre** me procurava pelos lagos de lótus. Às vezes, vestia-se com mantos tão escuros quanto nanquim, a faixa da cintura bordada com os mais finos fios de ouro, formando padrões de magnólias desabrochadas, nuvens sobrepostas, grous em pleno voo. Outras vezes, estava vestido de prata, com as mangas largas flutuando na brisa e fluindo como água, suaves e etéreas, e abanava-se com um leque branco combinando. Eu não conseguia decidir qual aparência lhe caía melhor: deus da guerra ou inspiração para os poetas. Para mim, ele era ambos.

— Vamos aprender uma coisa nova — anunciou ele certa manhã. Estava todo de preto, os traços delicados do rosto parecendo ainda mais frios em contraste. — Acho que você está pronta.

— Para o quê?

Em resposta, Fanli apenas chamou:

— Luyi. Traga aqui.

O guarda veio andando sem pressa pelo corredor coberto, segurando um instrumento de madeira alongado. Reconheci o objeto por suas características distintas, não por já tê-lo visto antes:

as cordas finas feito seda esticadas na horizontal, o brilho quente da madeira sob o sol. Uma das extremidades era curva e um pouco mais larga que a outra, e o instrumento era tão grande que, se fosse colocado de pé ao meu lado, ultrapassaria meus ombros.

— Ande logo — pediu Fanli a Luyi, mas sem parecer de fato impaciente. — Não me diga que é pesado demais para você.

O outro rapaz fez um biquinho exagerado e não apressou o passo.

— É um milagre eu ainda conseguir me manter em pé depois de vasculhar cada canto das montanhas no outro dia. Minhas pernas ainda estão doloridas.

— Você se importa tão pouco assim com sua reputação? — retrucou Fanli com desdém. — Ninguém vai contratar um guarda que reclama só porque teve que escalar alguns quilômetros.

— *Alguns?* — repetiu Luyi, indignado, colocando a cítara diante de nós com um *estrondo*. — Duvido que até mesmo as Montanhas Kunlun sejam tão altas. — Ele sorriu. — E melhor ainda: se ninguém mais quiser me contratar, você vai ter que me aguentar pelo resto da vida.

— Inacreditável.

O sorriso do rapaz se alargou.

— Eu sou mesmo, não sou? Já era hora de você perceber.

— Não — disse Fanli, sem emoção. — Quis dizer como é inacreditável que você se torne mais insolente a cada dia que passa.

Olhei de um para o outro.

— Por que… vocês estavam vasculhando as montanhas? — perguntei.

— Ah, medidas de segurança — explicou Luyi, balançando a mão de forma displicente. — Considerando que tanto o grande conselheiro militar de Yue quanto as futuras tributos ao rei de Wu estão todos reunidos no mesmo lugar, Fanli quis garantir que não houvesse nenhum assassino à espreita. Porque, como você bem pode imaginar, isso seria um tanto inconveniente.

*Assassinos*. Meu pulso acelerou. A palavra evocava visões de sangue e lâminas, homens mascarados de preto, coisas de lendas. Mal pareciam reais.

— Encontraram alguma coisa?

O guarda balançou a cabeça e me ofereceu um sorriso largo, talvez tentando me tranquilizar.

— Olha só que boa notícia: ninguém quer matar você.

— Que maravilha — murmurei.

— Ainda assim — acrescentou Fanli, seus olhos afiados feito lâminas cravados em mim —, isso não é motivo para baixar a guarda. Nunca ouviu dizer que as flores mais belas são as primeiras a serem colhidas? Sua beleza é perigosa... para os outros, mas também para si mesma.

— Você está assustando a menina — comentou Luyi, apontando com o polegar para o meu rosto. Corei, voltando a me lembrar do que Fanli havia dito sobre as emoções estarem estampadas no meu rosto. Seriam mesmo *tão* óbvias assim? — Viu?

— Sim, posso ver claramente. É outro problema que teremos que resolver. — Fanli virou-se para o amigo. — Está dispensado.

Ele fez um biquinho.

— Mas eu queria assistir...

— Se não tem nada de melhor para fazer, então pode vasculhar as montanhas de novo.

— Estava só brincando — acrescentou Luyi depressa, recuando com uma velocidade impressionante. No instante seguinte, já havia desaparecido.

Fanli revirou os olhos para a parede que o guarda contornou e então se posicionou atrás da cítara, gesticulando para ela.

— Você sabe o que é isso?

A palavra surgiu desajeitada aos meus lábios. Só a ouvira ser pronunciada por outros.

— Um guqin.

— Correto. E você sabe tocar?

Hesitando, levei uma das mãos até as cordas. Tinha imaginado que seriam semelhantes à seda, mas, na verdade, eram tão afiadas ao toque que me perguntei como alguém conseguiria dedilhá-las sem ferir a pele. Neguei devagar. Instrumentos assim eram passatempos de nobres elegantes, garotas nascidas em berço real.

— Deixe-me demonstrar.

Fanli se inclinou para a frente, afastou as mangas com um grande movimento fluido, pressionou a extremidade de uma corda e a estalou contra outra. Uma nota baixa e melancólica reverberou no ar. Era tão bela, tão pura, que senti algo se agitar em meu sangue. O ar encheu meus pulmões. Então, ele tocou de verdade, os dedos se movendo rápido demais para que eu pudesse acompanhar. Sem parar, ergueu o olhar e perguntou:

— Isso te lembra o quê?

Fechei os olhos. Uma brisa roçou minha pele, e a música me envolveu feito um calor.

— Me faz pensar em… um rio correndo para o sul. Água sobre as pedras.

Não fazia ideia se essa era a resposta certa, se é que existia uma para esse teste.

Fanli ficou em silêncio por um longo momento.

— E agora?

A melodia mudou, desacelerou. Havia um tom sombrio, algo triste, terrível e um pouco ameaçador.

— Uma cidade destruída. As consequências de uma guerra. Dois amantes separados por margens opostas.

— Agora?

— Fios de nuvens passando diante de uma lua cheia. O silêncio da solidão. Um quarto vazio, partículas de poeira flutuando em um feixe de luz pálida. Arrependimento por algo que não se pode desfazer. Felicidade por alguém que não se pode ter.

A música cessou por completo, e quando abri os olhos, encontrei Fanli me observando de uma maneira diferente. Quase perplexo. Como se o resultado de um cálculo do qual tinha certeza tivesse se embaralhado de repente, e ele não soubesse o que pensar.

— Sim — disse Fanli por fim, aquela expressão se dissipando.

— Sim... o quê?

Mas ele não explicou. Só fez um gesto para que eu me sentasse à sua frente. Obedeci e, de imediato, fiquei ciente dele ali. Estávamos tão próximos que eu podia sentir o leve sopro de sua respiração na nuca descoberta. Embora mal estivéssemos nos tocando, os braços dele me cercavam, e as mãos pairavam sobre as minhas, guiando-as até as cordas. Fiquei aliviada por Fanli não conseguir ver meu rosto daquele ângulo, pois minha expressão certamente teria revelado tudo no que eu estava pensando.

— Tente tocar — instruiu, demonstrando algumas vezes e explicando as diferentes técnicas e posições de tom até minha cabeça girar com tantos termos desconhecidos.

Dedilhei a corda como ele havia feito, mas o som que produzi foi fraco e desagradável. A decepção se contorceu no meu estômago junto a uma pontada de pânico. E se eu fosse péssima em tudo o que Fanli tentasse me ensinar? E se eu fosse exatamente como os aldeões diziam: bonita de se ver, mas sem nada mais a oferecer? De repente, me senti esmagada pelo peso daquela missão. Era impossível. Jamais estaria pronta, nem mesmo depois das oito semanas que ainda nos restavam.

— Não esperava outra coisa por ser sua primeira vez — disse Fanli. — Seria um milagre se você tocasse bem logo de início.

Por um instante, me perguntei se ele havia percebido minha tensão e tentado me confortar. Mas seu tom de voz era objetivo demais para isso. Eu me sacudi de leve. Precisava parar de buscar sentimentalismo onde não havia.

— Ajuste a posição dos dedos aqui. — Fanli moveu meu pulso para a frente. Senti o frio de seus dedos através do tecido fino das mangas. — E não os mexa com tanta força. Essas cordas são sensíveis. Qualquer mudança leve de pressão já altera a nota. Ouça.

Passamos toda a manhã à beira do lago, praticando com o instrumento. Toquei repetidas vezes até que minha pele ficasse em carne viva, mas não reclamei uma única vez. Foi Fanli quem notou o sangue nas cordas finas como fios de cabelo e interrompeu a aula de repente.

— Por que não disse nada? — perguntou, franzindo a testa. — Poderíamos ter feito uma pausa.

— Não. — Eu me recusei a tirar os dedos do guqin. — Acho que estou começando a entender. Me deixe tentar só mais um pouco.

— Assim você vai acabar com as mãos.

Eu o ignorei. Sempre odiei deixar as coisas inacabadas. Mas era mais do que isso: precisava provar a alguém, mesmo que só para mim mesma, que era *capaz* de algo. Que eu era mais do que o rosto bonito com o qual nascera. Que poderia ser tão boa quanto, ou até melhor, que as garotas privilegiadas que aprendiam desde pequenas a dançar, cantar e tocar instrumentos clássicos.

Quando minhas palmas já escorregavam no próprio sangue, descobri que conseguia tocar uma melodia simples do começo ao fim. A onda de satisfação foi tão intensa que ofuscou toda a dor. Virei-me para Fanli, sorrindo. *Viu?* Quis me gabar. *Eu consigo.*

— Bom — foi tudo o que ele disse.

Mas ele estava olhando fixamente para minhas mãos.

Logo criamos uma rotina. As manhãs eram dedicadas ao aprendizado do guqin, além de outros instrumentos, canto e todos os estilos de dança — alguns dos quais eu nunca tinha nem ouvido falar. Havia coreografias com leques coloridos que se abriam nas bordas, enquanto outras exigiam rodopios velozes no mesmo lugar. Nas primeiras tentativas, acabei caindo de quatro, o mundo girando ao meu redor de forma tão violenta que pensei que fosse vomitar.

— Observem o movimento dos cisnes — dizia Fanli a mim e a Zhengdan, apontando para os pescoços esguios das criaturas, para a forma como deslizavam sobre as águas. — Dançar é uma expressão de beleza, e o que é belo sempre deriva da própria natureza.

— Ele só fala essas coisas para não precisar mostrar como se dança — murmurou Zhengdan no meu ouvido durante uma sessão. Precisei me esforçar muito para controlar o riso, a ponto de quase perder o equilíbrio no segundo giro.

Os almoços eram igualmente rigorosos. Parecia não haver fim para a quantidade de regras que acompanhavam uma única refeição. Comer deixou de ser apenas uma maneira de nutrir o corpo, de saciar o estômago vazio e garantir energia para mais um dia de trabalho — passou a ser um ritual bastante complexo. Era uma grande ofensa posicionar a cabeça de um peixe virada para o rei, e um insulto fazer barulhos audíveis ao mastigar em sua presença. Ao meu ver, o verdadeiro problema era nosso soberano; quem mais teria disposição para se ofender com quase tudo? É claro que guardei esses pensamentos para mim. Não havia esquecido o que Fanli nos contou no primeiro dia sobre o oficial decapitado.

Mas, apesar de tudo isso, o que eu mais aguardava eram as tardes. Nesse período, o foco mudava para os clássicos, poesia, política e história. Tudo o que Fanli nos contava — e, para mim, a sensação era a de ouvir fábulas, esses relatos românticos, dramáticos e trágicos que não aconteciam com pessoas comuns — era para lá de fascinante, e se tornava ainda mais interessante pelo fato de ele conhecer pessoalmente muitos dos personagens.

— O que vocês sabem sobre Wu Zixu? — perguntou Fanli, dando a volta na própria mesa.

Estávamos sentadas na sala de estudos dele, um cômodo isolado do outro lado do pátio, longe de nossos aposentos. A luz alaranjada do fim da tarde projetava sombras sobre a mesa. Um mapa do império fragmentado estava estendido ali, marcando as fronteiras entre Wu e Yue, e lugares além dos dois reinos — lugares tão distantes que me pareciam pertencer a outro mundo: Chu a oeste, as estepes mais ao norte, o Mar Amarelo se estendendo ao longo da costa. De longe, as porções de terra pareciam pedaços de porcelana quebrada.

Ao lado do mapa, havia um diagrama denso, com vários nomes, as relações entre eles desenhadas por linhas pontilhadas de tinta e pequenas anotações de Fanli.

— Wu Zixu... — O nome me era familiar, mas não conseguia me lembrar de onde o conhecia. Então me veio à mente um ditado popular, passado de aldeão para aldeão. Em voz alta, recordei: — Wu Zixu é para o rei Fuchai o que Fanli é para o rei Goujian.

As sobrancelhas do rapaz se ergueram discretamente.

— Você está correta, de certo modo. Mas eu diria que ele era mais valorizado como conselheiro pelo pai de Fuchai, o rei Helü. Foi Wu Zixu quem ajudou Helü a assassinar o primo e subir ao trono. Pelos relatórios internos que recebi, Fuchai não confia tanto no conselheiro quanto o pai confiava. O que é bom para nós. Sabe me dizer por quê?

Revirei o pouco que sabia em busca de uma resposta. Os interesses de Wu e Yue estavam sempre em conflito. O que era bom para nós tinha que ser ruim para eles.

— Porque... a opinião de Wu Zixu poderia fortalecer Wu antes que tivéssemos chance de atacar. Porque um rei que não confia no próprio conselheiro é mais fácil de se deixar enganar. Ou porque... o sujeito tem mais chance de suspeitar do plano de vingança do rei Goujian.

Zhengdan assentiu ao meu lado.

— Faz sentido. É preciso ser parecido para reconhecer o semelhante, e Wu Zixu sempre quis vingança, não é?

Virei-me para ela. Minha amiga passava mais tempo no centro da aldeia do que eu, e as fofocas às vezes eram uma fonte surpreendentemente confiável de informações.

— Vingança pelo quê?

— Pelo pai — explicou Fanli, voltando para detrás da mesa. Apontou com um pincel para outro nome no diagrama e traçou uma linha até o do conselheiro. — Wu Zixu veio do Estado de Chu; o pai dele era tutor-mor do príncipe herdeiro. Mas este oficial — disse o rapaz, deslizando o pincel até um nome escrito em vermelho — espalhou o boato de que o pai de Zixu e o príncipe conspiravam para dar início a uma rebelião. Enquanto aguardava a execução, o tutor-mor foi forçado a escrever uma carta aos filhos, pedindo que viessem à capital. Wu Zixu percebeu que era uma armadilha e fugiu para o Reino de Wu.

Senti um frio na barriga.

Traição. Armadilhas. Desonestidade. Quanto mais aprendia sobre aqueles homens e seus métodos para conquistar o poder, mais temia entrar na corte. Eu era só mais uma. Será que conseguiria enganar a todos e seduzir o rei bem debaixo do nariz deles? Como conseguiam dormir à noite, sabendo que um único passo em falso poderia destruir tudo o que conquistaram?

Como se eu tivesse expressado os pensamentos em voz alta, Fanli olhou fixamente para mim.

— Zhengdan tem razão. Wu Zixu é um homem desconfiado por natureza, que não tolera nem o menor grão de areia no olho. Tenha cuidado com ele. Se minhas previsões estiverem corretas, será o primeiro a suspeitar de você e fará de tudo para dificultar sua vida no palácio. — Os olhos dele escureceram com urgência. — Você precisa encontrar uma forma de afastá-lo do rei Fuchai o quanto antes.

— Ou?

Mal conseguia respirar, temendo a resposta.

— Ou ele é quem vai afastar você.

Quando o treinamento terminou naquele dia, deitei-me na cama com a mente girando de tanta informação e ameaças novas, enquanto meu corpo doía em silêncio. Não me lembrava de já ter estado tão cansada em toda a minha vida, nem mesmo quando lavava cestos enormes de seda bruta sozinha.

Então senti um peso se acomodar ao meu lado. O roçar de cabelos longos.

— Xishi-jie — Era a voz de Zhengdan. Ela estava sussurrando, por mais que fôssemos só nós duas ali. — Está dormindo?

Sem abrir os olhos, murmurei:

— Estou.

Ela bufou e se encolheu ainda mais, até que o queixo pontudo pressionasse meu ombro.

— Converse comigo. Estou entediada.

— *Entediada*? — Meus olhos se abriram de imediato, incrédulos. Pisquei três vezes na escuridão azulada até o rosto de minha amiga entrar em foco. — Como você não está exausta? Não acho que nossa rotina possa ser mais atarefada do que já é.

Minhas mãos ainda ardiam enquanto eu falava. Os pontos onde esfregara os dedos nas cordas do guqin já começavam a endurecer e formar calos.

— Pois é, mas não há quase ninguém por aqui.

— E o que há de errado com isso? — No fundo, esse era talvez um dos aspectos que mais apreciava no chalé. Menos olhares curiosos, menos línguas afiadas, menos pessoas com quem me preocupar. — É tranquilo.

— Para você, talvez — resmungou Zhengdan, virando-se de bruços. Ela ficou em silêncio por tanto tempo que pensei que já tivesse adormecido. Então perguntou: — O que acha de Fanli?

De forma irracional, senti o corpo se enrijecer.

— Por quê?

— Como assim, *por quê*? Só quero saber. Não é como se houvesse mais alguém por aqui para fofocarmos.

Fiz um som de indiferença. Na verdade, não queria falar sobre o rapaz nem me permitir pensar nele enquanto estava deitada na escuridão dos meus aposentos; já bastava ter que lidar com sua presença a cada hora do dia.

Enquanto eu ponderava como mudar de assunto, Zhengdan continuou:

— Eu me pergunto se ele tem namorada.

— Calma... o quê?

— Duvido — disse ela. — Se ele passa todo o tempo *com a gente* e seu coração permanece calmo feito a água, e o rosto frio feito gelo, então não deve se sentir tentado por nada. Não é de se estranhar que o rei confie apenas nele para essa missão. Talvez Fanli nem se interesse por amor. Deve ser um daqueles que se dedicam totalmente ao reino e passam a vida inteira sozinhos.

Um gosto estranho invadiu minha boca, como chá envelhecido. Puxei os lençóis até o queixo.

— E isso é da nossa conta?

— Para com isso, Xishi-jiejie — provocou Zhengdan, cutucando-me. — Não me diga que você não tem opinião nenhuma sobre ele.

Por um momento, considerei lhe contar sobre a margem do rio. Sobre a menininha com hematomas descendo pelos braços, e Fanli se aproximando com o sol brilhando às costas, como um guerreiro saído das histórias. Mas algo me impediu. Era como contar a alguém que você sonhou com ela; mesmo que não significasse nada, ainda parecia íntimo demais.

— Ele não revela muito de si — concluí, olhando para as janelas altas. Através do fino papel de arroz, via-se o delicado emaranhado de galhos, as flores surgindo como manchas suaves de cor. — Tudo o que sei é que ele faria qualquer coisa pelo reino.

— Só isso já revela bastante — comentou Zhengdan. — Pense bem: um homem que se libertou de todos os desejos mundanos para salvar o mundo, que jurou lealdade total ao reino e, por isso, não é leal a ninguém. Alguém como ele enfiaria uma espada no próprio coração pelo bem maior. E talvez seja melhor que não tenha namorada — acrescentou, pensativa. — Fanli é virtuoso demais para ter um final feliz com alguma mulher. Em um mundo onde todos vão exigir algo de você, é preciso ter um certo grau de egoísmo para alcançar a felicidade, sabe?

Zhengdan, de grande beleza e mente filosófica. Havia momentos em que me lembrava uma jovem de olhos curiosos, uma irmã mais nova que precisava ser protegida e mimada; outros, parecia um sábio centenário que já enxergara além da poeira vermelha do mundo.

Estendi a mão e dei um leve peteleco na testa de minha amiga, grata pela escuridão esconder meu rosto.

— Já chega por hoje.

Mas mesmo após ela ficar em silêncio, levou muito tempo até que eu adormecesse. Não conseguia parar de me remexer, inquieta com o que Zhengdan dissera sobre Fanli viver sozinho. Esse pensamento me provocou uma pontada no peito, embora eu não soubesse explicar por quê. O que eu tinha a ver com isso? Ainda assim, havia outra voz dentro de mim que respondia algo diferente.

# CAPÍTULO SEIS

**No chalé, os dias passavam** como folhas de outono arrebatadas por um vento forte. Aprendi a tocar as melodias mais suaves no guqin, a ganhar e perder de forma deliberada em um jogo de xadrez, a beber vinho em goles silenciosos e delicados, com o rosto escondido atrás da manga. Memorizei os nomes dos Cinco Hegemônicos e conseguia recitar de cor, até mesmo dormindo, a sequência de conflitos entre Yue e Wu — as tentativas do rei Helü de invadir nosso reino, apenas para ser derrotado na Batalha de Suli e acabar morrendo devido aos ferimentos de guerra. Disciplinei minhas expressões faciais e aprendi a imaginar belas fantasias quando precisava fingir sorrisos e risadas. Quando o treino me exauria, colhia uma ameixa bem madura da árvore e a apreciava calada, sentindo o suco fresco escorrer pelo pulso.

Às vezes, vagava até o pátio, onde Fanli e Zhengdan praticavam. Parecia um privilégio poder ficar ali, só assistindo o rapaz lutar. Nas mãos dele, a espada se tornava fluida, um borrão prateado. A lâmina cortava o ar, o punho de Fanli seguindo uma linha invisível, e as pétalas das flores de ameixa caíam sobre ele como uma chuva de primavera. Mas, quando ele parava e erguia a cabeça, um pouco ofegante pelo esforço, eu desviava o olhar depressa.

Ao longo das semanas anteriores, pude sentir a mudança em mim; no espelho ou no reflexo das águas tranquilas do lago, o rosto que me observava parecia mais encantador, porém mais ardiloso, mais intenso. Havia momentos em que, se fingisse que o tempo podia desacelerar e que o resto dos meus dias seria exatamente daquele jeito, até me sentia contente.

Mas nunca me esquecia de que havia um propósito no que estava aprendendo, e de que *aquilo* seria a minha vida, meu destino, não este interlúdio sereno entre as flores de ameixeira e os frutos que o vento derrubava.

E meu destino se aproximava depressa.

— Daqui a uma semana, você conhecerá o rei Fuchai — contou Fanli. O tempo começava a esfriar, e estávamos dentro de casa, com uma fogueira ardendo por perto. Aproximei os dedos das chamas, observando a luz vermelha-alaranjada dançar sobre minha pele. — Desde o primeiro encontro, você deve fazer com que ele a deseje. Mas o que é o desejo?

— Ganância — respondeu Zhengdan depressa, com um toque de desprezo na voz. Eu me perguntei se ela estava pensando nos homens da aldeia que se jogavam à sua porta, os olhares percorrendo seu corpo, como a chamavam sempre que andava pelas ruas. — Posse.

— Ausência — arrisquei, após certa reflexão.

Fanli olhou para mim e fez um gesto silencioso para que eu continuasse.

— Somos mais tentados pelo que não podemos ter. Homens sonham com as montanhas que ainda não escalaram, os rios que ainda não navegaram, as planícies que ainda não conquistaram. São ensinados desde que nascem que tudo lhes pertence, e, quando não é o caso, encaram isso como um desafio pessoal. — Pensei por mais um momento. — E, de longe, tudo ganha uma beleza maior; podemos inventar nossas fantasias a respeito das coisas. Às vezes, o aroma de um banquete é mais agradável que o gosto.

— Ausência — repetiu Fanli, assentindo. O rapaz se levantou e começou a andar em círculos lentos. — Isso é verdade. E é o que você deve ter em mente quando estiver com o rei Fuchai. Ele acredita, mais do que qualquer outro homem, que é o dono do mundo. Não caia direto em seus braços. Isso seria fácil demais; ele se cansaria em poucos dias. É bem provável que fique mais intrigado se o fizer batalhar por sua atenção. E, sempre que ele acreditar que está perto, perto o suficiente para tocá-la… — Fanli estendeu a mão em minha direção e, por um momento tolo, me perguntei se faria algo como afastar o cabelo do meu rosto. — Você recua. De novo e de novo. — Ele falava baixo. Pela primeira vez, notei uma certa rouquidão em sua voz. — Até que Fuchai só consiga pensar em você.

Fanli recolheu a mão com um movimento brusco da manga e voltou a andar.

Engoli em seco. Minha pele estava quente pelas chamas, mas havia outro calor, mais intenso, subindo pelas minhas costelas. Ausência. O objeto proibido, aquilo que não se pode ter. Por que dissera aquilo, e ainda com tanta facilidade? De onde surgira essa resposta?

Zhengdan me cutucou. Eu me assustei, um estranho rubor de culpa espalhando-se pela minha pele, por mais que não tivesse feito, nem pensado, nada de errado.

— O que foi? — sussurrou minha amiga, enquanto Fanli estava de costas para nós. — Você está com uma cara estranha.

— Não é nada — murmurei de volta.

Ela apertou os olhos, depois apontou para mim.

— Você está ficando vermelha…

— *Não* estou…

— Qual é o problema? — questionou Fanli, virando-se de repente.

Balancei a cabeça depressa, lembrando-me de tudo que ele havia nos ensinado sobre controlar as emoções. Imaginei meu rosto como um lago congelado, uma pedra dura, vazia e impenetrável. Talvez tenha funcionado, uma vez que Fanli não perguntou mais nada.

Voltava da sala de jantar naquela noite quando vi a luz de uma vela tremeluzir no quarto de Fanli. Uma sombra se moveu.

Não sei por que comecei a andar mais devagar. O céu já estava escuro, em um tom profundo de roxo, o ar perfumado e fresco, como costumava ficar ao cair da noite, e eu estava ansiosa para aproveitar o conforto de minha cama e dormir até o cansaço ir embora. Mas, em vez disso, me aproximei em silêncio. A porta de treliça deslizante estava apenas entreaberta e, pelo vão, vi Fanli no exato momento em que ele se abaixava até o chão.

Meu coração disparou.

Estava sozinho, os cabelos pretos feito tinta brilhando, úmidos após o banho e caindo livremente sobre o ombro. Era a primeira vez que o via sem aquele coque alto que costumava usar. Fanli estava de costas para a porta e, enquanto eu observava, quase sem respirar, ele retirou as vestes brancas e finas. Um som subiu à minha garganta, mas logo o sufoquei. Fanli não podia saber que eu estava ali, nem o que havia visto. Suas costas estavam expostas por completo, dos ombros até a coluna e a curva estreita da cintura, mas não foi por isso que congelei.

Estavam cobertas por um mapa cruel de cicatrizes. Contrastavam de forma grotesca com a pele, que tinha uma suavidade delicada, como neve recém-caída. Cada marca tinha a aspereza e a largura de um golpe de chicote, todas desbotadas com o tempo, assumindo um tom arroxeado mais escuro. Não havia qualquer padrão na forma como começavam ou terminavam — eram o testemunho de uma dor brutal, infligida por pura violência.

Então Fanli mergulhou os dedos em um jarro de pomada, o movimento ensaiado, rotineiro, e começou a espalhá-la lentamente sobre a carne ferida. O cheiro forte de ervas chegou até mim — parecia o perfume de flores, mas mais amargo, com um toque penetrante. Meu nariz ardeu, e a garganta formigou. Por mais que tentasse, ele não conseguia alcançar as cicatrizes que percorriam o centro da coluna. Após algumas tentativas, esticando o corpo para cá e para lá, Fanli desistiu com um suspiro quase inaudível.

Eu me perguntei se deveria entrar e oferecer ajuda. Mas, para isso, teria que explicar por que havia parado ali, e com certeza feriria o orgulho dele.

Enquanto ponderava as opções, Fanli ficou tenso de repente e se virou depressa. Tentei me esconder, mas ele foi rápido demais.

— Eu sei que você está aí — declarou o rapaz. — Entre.

Obedeci, sentindo-me como uma ladra pega no flagra pelo dono da casa que planejava roubar. Parecia mais difícil do que nunca controlar minhas expressões, mesmo após todas aquelas aulas. A culpa e o choque deviam brilhar feito chamas nos meus olhos.

— Desculpe — gaguejei, sem saber para onde olhar.

No tempo que levei para dar um passo à frente, Fanli já tinha se vestido, com um manto preto jogado sobre as vestes e uma faixa larga firmemente amarrada na cintura. Mas a imagem das cicatrizes continuava gravada em minha memória.

— Não foi minha intenção...

— Espiar? — perguntou o rapaz, em um tom neutro.

Fiquei em silêncio. Um milhão de perguntas me passava pela cabeça: o que havia acontecido com ele? Quem tinha feito aquilo? Quem *ousaria* fazer aquilo? As cicatrizes ainda doíam? Mais alguém sabia delas? Eu era a primeira? Um impulso selvagem e perigoso tomou conta de mim. Eu me imaginei traçando aquelas linhas irregulares com a ponta dos dedos, pressionando os lábios contra as feridas. Será que Fanli se afastaria? Ou quebraria as próprias regras e me deixaria ficar? Então sacudi a cabeça; era como se tivesse sido jogada em água fria. Não era nisso que deveria estar pensando. O que havia de errado comigo naquele dia?

— Não posso culpar você por isso — acrescentou Fanli —, é o que foi treinada para fazer. Minha única objeção é que foi fácil demais notar sua presença. Eu não deveria ter percebido que estava aqui.

— Da próxima vez, vou me certificar de…

Eu me detive. *Fazer menos barulho ao bisbilhotar?* Essa não poderia ser a resposta certa.

A boca dele se contraiu ligeiramente. Mas, apesar da calma habitual, notei que ele se movia com mais cuidado do que o normal, como se protegesse um segredo. Ao mesmo tempo, percebi que estávamos sozinhos. Sozinhos, no quarto de Fanli, onde eu nunca estivera antes. Senti como se tivesse levado uma pedrada.

— Vamos esquecer isso e ir direto ao ponto. Tem algum motivo para você ter vindo até aqui? — perguntou, analisando meu rosto.

Não tinha um motivo, mas senti que precisava dizer alguma coisa, qualquer coisa, para distrair tanto a ele quanto a mim da sensação proibida que se agitava no meu peito. Olhei ao redor do quarto, desesperada por alguma inspiração. Estava mais bagunçado do que eu esperaria de alguém tão disciplinado quanto Fanli. Havia pergaminhos espalhados por todos os lados, insígnias de honra largadas sobre a mesa, mapas esticados sob pequenos bonecos que representavam frotas e exércitos, a cama coberta por tantos livros que me perguntei se ele tinha espaço para se deitar, ou se sequer dormia. Por fim, meus olhos caíram sobre a espada, que estava bem ao lado de Fanli. O rapaz sempre a mantinha por perto.

— O que isso significa? — soltei de repente.

Ele pareceu surpreso.

— O quê?

— A inscrição na sua espada. Faz um tempinho que eu queria saber. Tem algum significado especial?

*Que pergunta ridícula,* repreendi a mim mesma. *Espera mesmo que ele vá responder?*

Mas, para minha surpresa, Fanli pegou a arma e a puxou, a lâmina sussurrando ao sair da bainha. Sob a luz cálida das velas, o metal brilhava como se tivesse acabado de ser forjado em chamas. E lá estavam aquelas palavras de novo: *A mente destrói; o coração devora.*

— Mandei gravar para me lembrar — disse Fanli com naturalidade.

— Do quê?

Ele hesitou.

— O coração é uma coisa volúvel; sempre quer mais e mais. É fácil de ser persuadido, tentado, enfraquecido. Muitos já se tornaram vítimas de suas vontades irracionais. Mas a mente... a mente é confiável, precisa e mortal. Ela destrói o inimigo, não a si mesma, e garante que façamos o que deve ser feito, não o que queremos fazer.

Meus batimentos aceleraram. De alguma forma, aquilo pareceu um aviso.

Meu teste final aconteceu em uma casa de chá.

Quando as portas se abriram, luz e barulho nos envolveram no mesmo instante, tão intensos que não soube para onde olhar primeiro: os clientes espremidos nos bancos quadrados, sacudindo bolsas de dinheiro; os criados subindo e descendo os degraus íngremes com chaleiras fumegantes; ou os artistas reunidos no primeiro patamar, dedilhando uma melodia animada que me fazia pensar em cavalos selvagens galopando em uma planície aberta. A casa de chá em si era vasta, com vigas de madeira de cores vibrantes cruzando o teto alto. No ar, pairava o rico perfume de terra molhada e musgo, fruto da garoa de mais cedo. Por baixo, havia uma fragrância enjoativa.

Entrei depressa depois de Fanli, que avançava como sempre fazia: com graça e propósito. Desde que ele havia me informado sobre a avaliação que marcaria o fim do nosso treinamento, minha barriga parecia uma mola, tensa de nervosismo. Mal conseguia apreciar o ambiente — ao contrário de Luyi, que claramente estava de bom humor.

— Até que enfim posso esticar os braços — comentou, sorrindo enquanto observava o local e levantava os braços acima da cabeça com um bocejo escancarado. Um garçom precisou desviar dele no último instante para não ser acertado. — E encontrar pessoas de verdade. Faz ideia do desperdício que é alguém com a *minha* aparência e charme ficar preso em um chalé o dia todo? Não que eu me importe, mas é uma pena para os outros. Consegue imaginar viver a vida inteira sem a chance de presenciar uma das maiores obras-primas do Céu?

O rapaz apontou para o próprio rosto.

Fanli não parou de caminhar, mas virou um pouco a cabeça.

— Luyi — chamou.

Ele se endireitou no mesmo instante.

— Sim?

— Vejo que você colocou a língua para trabalhar.

Uma expressão de confusão passou pelo rosto daquela obra-prima celestial antes que o guarda abrisse um sorriso astuto, feito o de um gato.

— Bem, sim, suponho que sim. Mas, sendo sincero, se a gente pudesse viajar mais, eu a usaria de maneiras *tão* melhores…

— Cuidado, senão vou cortá-la fora.

Luyi tapou a boca com a mão, como se Fanli já tivesse puxado a espada, e, obediente, passou a andar atrás de mim. Troquei um olhar meio divertido com Zhengdan. Já estávamos acostumadas com as interações entre os dois e tínhamos testemunhado Fanli ameaçar Luyi vezes o suficiente para saber que ele não cumpriria a promessa. Mas, se fosse com outra pessoa, eu não teria tanta certeza.

No segundo andar, nos acomodamos em uma mesa de canto, com Fanli e eu sentados frente a frente e Luyi e Zhengdan ao nosso lado. Imediatamente, um garçom veio até nós, com cardápios e uma pilha de xícaras.

— Estimado cliente — disse ele, falando apenas com Fanli. Talvez fosse óbvio quem pagaria a conta. — Há algo que gostaria de pedir…

— Só chá verde está bom — respondeu Fanli.

Luyi abriu a boca como se fosse acrescentar algo, mas a fechou de novo, em um biquinho.

Fanli viu e suspirou.

— E bolinhos de arroz com feijão vermelho para o cavalheiro ali.

Luyi se animou na mesma hora.

— Como você sabia?

— Não é preciso ser adivinho para saber — retrucou Fanli, em tom seco. — Você sempre escolhe o item mais doce possível, não é?

— Então você *se importa* — provocou o outro rapaz, levando a mão ao peito de forma dramática. — E eu aqui pensando que toda a sua atenção estava voltada apenas para os assuntos de Estado…

Fanli o interrompeu, olhando para o garçom.

— É só isso. E seja rápido, por favor.

O sujeito assentiu e se afastou. Lá fora, a chuva tinha voltado a cair em um ritmo constante, tamborilando no telhado e no delicado papel das janelas. As luzes das lanternas da casa de chá pareciam brilhar com mais intensidade, e o fluxo natural das conversas aumentou para se sobrepor ao ruído de fundo. Observei os outros clientes com mais atenção. Quase não havia mulheres ali, e as poucas que estavam presentes se encontravam no andar inferior, tocando flauta ou dançando enquanto cantavam. Antes, teria me deixado impressionar pelos movimentos delas, as vozes doces, os passos ágeis. Mas agora eu também via os erros, os sinais de que seu treinamento não fora perfeito. No palácio, não se toleraria erros.

— Vocês duas demonstraram notável progresso no treinamento — comentou Fanli, sentando-se ereto na cadeira. — Mas, para você, Xishi, o verdadeiro teste é agora.

— O que quer que eu faça? — perguntei.

— A tarefa é simples. Encontre o homem mais difícil de agradar aqui e distraia-o pelo tempo necessário para que o chá dele esfrie de vez.

Ponderei por um momento.

— Só isso?

Vi um leve indício de sorriso.

— Está tão confiante assim?

Tinha lá minhas dúvidas. Durante todo o tempo treinando no chalé, ainda não havia tentado usar meu charme em um homem de carne e osso para ver como ele reagiria. Mas Fanli não podia saber disso.

— Todos os clientes aqui parecem bem fáceis de se distrair — respondi, dando de ombros.

— Que tal aquele homem ali? — Zhengdan indicou sutilmente o sujeito sentado sozinho a duas mesas de distância. Tirando Fanli, ele era, sem dúvida, o rapaz mais atraente no recinto; tão jovem que o rosto era impecavelmente liso, com um nariz de traços delicados e lábios carnudos. Enquanto o observávamos, não ergueu o olhar uma única vez.

Mas Fanli balançou a cabeça.

— Eu disse difícil de agradar, não bonito. As duas coisas nem sempre andam juntas.

Fomos interrompidos quando o garçom voltou com nossos pedidos e sumiu mais uma vez logo em seguida. As folhas de chá eram lisas e achatadas, de um verde-jade lindo, com um aroma quente e suave. Observei-as se desenrolarem lentamente dentro da xícara, enquanto segurava a porcelana entre as mãos. Do lado de fora, a chuva engrossava, intensificando-se em um barulho ritmado.

— E quem você sugere, então? — perguntei a Fanli.

Ele inclinou a cabeça em direção a outro homem. Esse cliente estava sentado próximo à balaustrada, com a melhor vista para os artistas lá embaixo. Tudo nele era comum, sem qualquer diferencial. Se Fanli não o tivesse apontado, jamais teria reparado no sujeito.

— *Ele*? — Zhengdan franziu a testa, sem esconder a incredulidade. — Já vi muitos homens iguais na minha aldeia.

— Não se deixe enganar pelas aparências. Percebeu que os garçons nem perguntaram o que ele queria antes de trazerem a refeição? Isso significa que deve vir aqui o bastante para ser um cliente regular, que sempre pede a mesma coisa. Ele aprecia a rotina. Não só isso, o chá aqui é um absurdo de tão caro; então, com certeza, dinheiro não deve lhe faltar. E pessoas ricas sempre são exigentes, com padrões mais rigorosos para tudo. — A voz de Fanli permanecia calma, baixa, mas ali estava ele, dissecando um completo estranho da cabeça aos pés. — Repare também que o sujeito está fingindo ler o mesmo pergaminho há tempo suficiente para que um incenso inteiro queime. Seus olhos nem sequer se moveram. Isso significa que se importa com as aparências, mas não tem paciência nem é versado em cultura para estudar de verdade. E, por fim... viram o que está pendurado no cinto?

Estreitei os olhos. Havia uma bolsa rosa, com a imagem de dois patos-mandarins bordada nela. O bordado era desajeitado, feito por alguém inexperiente.

— Um presente de outra mulher. Talvez uma amante. O homem não tem medo de deixá-lo à vista de todos, mesmo que isso possa afastar aquelas que se interessem por ele. Seu coração já tem dona — concluiu Fanli. — Não será fácil conseguir a atenção dele.

— Bom, me deixe tentar — falei, levantando-me.

Meus batimentos se aceleravam conforme me aproximava do homem. Sentia profundamente o peso de um par de olhos em minha nuca, conseguindo até imaginar a expressão analítica de Fanli sem precisar me virar. Andei mais depressa, endireitei a coluna. Queria provar para ele... o quê? Que tinha aprendido mais do que ele supunha? Que era desejada pelos outros? Que já não era mais a garota que Fanli encontrara na margem do rio, tão ingênua e frágil, tão indefesa que nem saberia usar a arma com a qual nascera?

Diminuí o passo de propósito ao passar ao lado da mesa do homem.

Ele ergueu a cabeça. Era uma pessoa tão comum, mas tão comum que seria fácil esquecê-lo. Meu olhar insistia em passar direto pelo rosto dele, aquela mandíbula larga e o nariz protuberante, mas me obriguei a fitá-lo diretamente, com calma e firmeza.

— Posso... posso ajudá-la, senhorita? — perguntou o sujeito após alguns instantes, franzindo a testa. Sua voz tinha um sotaque refinado, de vogais suaves.

Fingi corar.

— Desculpe. Não queria incomodar, é só que... — Eu falava de um modo bastante desajeitado e doce demais, como se meus lábios estivessem inchados de pólen. O homem mal olhava para mim. — A música — tentei dizer. — É linda, não acha?

Dessa vez ele me encarou, mas com uma expressão irritada.

— Não sei. Não consigo ouvi-la direito, com você tagarelando.

Senti o rosto queimar. Não ajudava o fato de eu saber que Fanli estava me observando.

— Desculpe — repeti. — Eu só... é que...

— Aonde quer chegar com isso, senhorita? — interrompeu ele. Até mesmo a palavra "senhorita" veio carregada de falsidade, seu tom cada vez mais impaciente. — Está tentando me vender alguma coisa?

— Não. Nada. — O calor em minhas bochechas aumentou. — É que você parecia tão encantado com a apresentação...

— Que você ainda está interrompendo. E se não tiver mais nada a dizer, faça o favor de parar de me atrapalhar. Estou ocupado.

Com essas palavras, o homem voltou o rosto para o espetáculo abaixo, recusando-se até a me mostrar seu perfil. A rejeição não poderia ter sido mais clara.

Dei um passo para trás, sentindo a garganta queimar de humilhação. Pelo canto do olho, vi Fanli e os outros. Zhengdan parecia preocupada, e Luyi parecia estar se divertindo muito. A expressão de Fanli mostrava pouco ou nenhum sentimento, seus olhos negros como breu na luz fraca. No entanto, depois de tantas sessões juntos, quase conseguia ouvir suas palavras: *Não aprendeu nada? Vai desistir depois de uma única tentativa? Pense no que ele quer, Xishi. Apele para o ego, não para o coração.*

Recompondo-me, estudei o homem mais de perto, absorvendo cada detalhe. Ele não queria conversar sobre a música, nem parecia ser seduzido apenas por receber atenção. O que mais? Minha atenção se fixou, por fim, no pergaminho em suas mãos. Durante todo esse tempo, ele não o largara.

— Por que voltou? — questionou.

*Porque o célebre conselheiro militar do rei me mandou cumprir esta tarefa, e ele é ainda mais difícil de agradar do que você.*

— Só estava... curiosa para saber o que está lendo.

— Isto? — O homem levantou o pergaminho, com as sobrancelhas arqueadas. Pelo menos não estava me mandando embora.

— Essa foi a verdadeira razão de eu ter vindo aqui antes — expliquei, contando uma meia verdade. Com sorte, isso ajudaria a amenizar a primeira impressão que ele teve de mim. — Parece muito importante, como... como algo que apenas estudiosos ou nobres leriam. Posso ver o que é?

A expressão dele se tornou mais suave, e toda a impaciência desapareceu de seu semblante.

— *Aiya*, você devia ter dito isso antes. — O sujeito estendeu o pergaminho para mim. — Sabe ler?

Inclinei-me para mais perto, fingindo examinar o documento, quando na verdade estava permitindo que ele visse melhor meu rosto. Percebi o exato momento em que se deu conta da minha presença física. Sua respiração mudou, ficando mais acelerada, e, pela visão periférica, pude notar como seus olhos se demoravam no arco das minhas sobrancelhas, na curva do meu nariz. *Ótimo*. Era um começo, pelo menos.

— São poemas — murmurei, baixando a voz para dar a ilusão de proximidade. Confesso que táticas como essa me causavam certo constrangimento por serem tão óbvias e descaradas, mas talvez surtissem efeito. O olhar do homem se fixou mais em mim. — Sempre gostei de poesia, embora não conheça muitas. — Que mentira. Já havia memorizado todos os poemas dignos de nota. Poderia passar um dia inteiro falando apenas em versos, e sabia mais sobre essa arte do que aquele homem jamais saberia. — Você tem... um favorito entre esses?

— Vejo que é bastante culta — comentou ele, admirado, embora a ênfase estivesse em *bastante*. Culta o suficiente para fazê-lo se sentir inteligente e refinado, mas não a ponto de contestar suas opiniões sobre qualquer assunto. — Bem, sente-se, sente-se. Deixe-me mostrar esta ode... Não é linda a imagem dos gansos trinando?

Sentei-me, tomando o cuidado de alisar a saia, de cruzar os tornozelos, fazendo movimentos lentos para que o sujeito pudesse observar toda a minha figura. Ele fingia não estar prestando atenção, até que o encarei, e nossos olhares se encontraram. Curvei os lábios em um sorriso discreto e recatado e desviei o rosto mais uma vez.

— As imagens são mesmo belas — murmurei com doçura. — O que tudo isso quer dizer?

— Ah, sim, bem. Talvez seja deprimente demais para uma moça como você — respondeu ele, o tom de voz mudando. Estava mais grave, deliberado, assumindo ares de um sábio erudito. — Veja a repetição do sol se pondo e do... do rio subindo. Tudo é lançado em um estado de desespero. Só se pode observar, sem mudar nada. Uma tragédia do começo ao fim.

Ergui a manga até os lábios, abafando um suspiro.

— Que horrível. Você consegue interpretar tudo isso com tão poucos versos?

O homem abriu um sorriso, o peito se inflando de orgulho. Um dos dentes da frente era torto. Evitei encará-lo.

— Isso não é nada para alguém como eu. Depois de ler tantos poemas, você começa a captar os padrões nas imagens e nos motivos.

A vontade de revirar os olhos era enorme. Eu já conhecia aquele poema, e interpretá-lo como uma tragédia era deturpar completamente a intenção do poeta. A essência dele estava em descobrir poder nas pequenas e belas coisas. Mas é lógico que não o corrigi. Quando os homens dizem que procuram uma amante, em geral estão atrás de um espelho; algo que reflita a melhor versão de si mesmos.

— Nossa, não consigo *nem* imaginar ser capaz de fazer tudo isso — respondi, maravilhada. — Ainda assim. Não acha que há algo inerentemente romântico em tragédias?

Ele piscou, sem entender.

— Romântico?

Deslizei para mais perto, até que meu antebraço tocasse o dele. Pelo canto do olho, observei a xícara de chá. O sujeito ainda não havia colocado mais água, e o vapor já havia parado de subir. Faltava pouco agora.

— Sim, romântico — murmurei, deixando a palavra deslizar pela língua como mel. O homem respirava com dificuldade. — Todas aquelas oportunidades perdidas; tudo que se foi, murchou e foi enterrado. Amores divididos e corações despedaçados. É uma coisa devastadora, mas linda. Memorável. Toca fundo na alma.

Ele ficou em silêncio por um longo tempo; estava ocupado demais me encarando. Um sentimento cresceu dentro de mim então, feito uma águia abrindo as asas pela primeira vez. *Poder.* Soube, com uma certeza fria e sólida, que se me levantasse, ele me seguiria com o olhar. Se voltasse para casa, ele viria atrás. Se tocasse seu pescoço, ele permitiria. Eu o tinha enfeitiçado, como uma cobra que envolve a presa com o rabo. E, ainda assim, um pensamento estranho surgiu em minha mente: *Será que isso funcionaria com Fanli?* Lembrei-me dele na noite anterior, de costas para mim, com as cicatrizes à mostra. Se usasse esses truques, será que alguma parte dele cederia também? Ou permaneceria com aquela expressão impenetrável de sempre, distante e completamente inabalável?

*Pare.* Eu me forcei a focar na pessoa que de fato importava naquele momento.

— Linda — repetiu o homem em um murmúrio.

Sorri, ainda com aquele sorriso leve e contido, sem mostrar os dentes, e me virei para encará-lo por completo. Vi meu reflexo em seus olhos arregalados, nas pupilas escuras e dilatadas. Era verdade: eu *era* linda, mas tinha menos a ver com como eu me parecia, e mais com o que transmitia.

— Posso perguntar... qual é o seu nome, senhorita? — indagou o homem. — E de onde você é? Tenho certeza de que nunca a vi por aqui antes. Acredite, eu me lembraria.

— Adivinhe — respondi, com um ar travesso, olhando para ele por baixo dos cílios.

O sujeito riu, o som ansioso demais, quase forçado.

— Está tentando me deixar curioso? Porque devo dizer que já conseguiu.

*Não, só estou tentando ganhar tempo.* Olhei mais uma vez para o chá, tocando a xícara com o dorso da mão em um movimento rápido. Estava gelado. Uma onda vertiginosa de triunfo e alívio tomou conta de mim. Tinha conseguido. Passara no teste. No entanto, assim que o pensamento cruzou minha mente, eu me dei conta de algo, e a certeza se cravou em minha pele feito uma lasca de gelo cortante. Era isso, então. O fim de tudo. O treinamento estava completo. A partir dali, o que me esperava era o palácio de Wu.

— Com licença — falei, inclinando de leve a cabeça. — Preciso ir.

— Não, não vá ainda. — As palavras escaparam de seus lábios. Ele os fechou, como se quisesse contê-las, antes de disparar: — É por ter sido grosseiro com você antes? Peço desculpas, não costumo ser simpático com estranhos; afinal, é preciso se dar ao respeito. Mas não me lembro da última vez que me identifiquei com alguém tão depressa...

*Talvez porque ninguém tenha sido tão rápido em bajular sua mediocridade literária.*

— Considere-se perdoado. Ainda assim, preciso mesmo ir.

Empurrei a cadeira para trás, mas ele ergueu a mão.

— Certamente não é nada importante. Não tão importante quanto eu. Que assuntos urgentes as mulheres têm, afinal, além de cozinhar e lavar? Fique — pediu, dando ênfase às palavras. — Eu insisto.

Eu me permiti parar de sorrir. Graças aos céus; meus músculos já começavam a doer.

— Prefiro não ficar — respondi, sem me preocupar em falar com suavidade. Eu me levantei de repente, vendo a perplexidade tomar conta da expressão dele. O homem parecia alguém que acordara abruptamente de um sonho agradável.

— Espere... — A cadeira rangeu. Ele se levantou, todo desajeitado. — Você... você vai embora assim?

— Há pessoas esperando por mim — expliquei. — Obrigada pelo seu tempo.

— Não, espere. — O sujeito me segurou pelo braço. A mão era grande e áspera, e me apertava com firmeza. Cada vez mais forte. Um lampejo de pânico abalou meu orgulho. — O que foi aquilo agora há pouco? Uma brincadeira? Você estava... estava interessada em mim, não estava?

Meu coração disparou. Ainda assim, tentei manter a calma, falar baixo.

— Não sei do que está falando. Agora, por favor, se me der licença...

O homem não afrouxou a mão.

— Você *está* interessada — insistiu, o rosto começando a ficar vermelho. Depois, chegou tão perto de mim que fiquei desconfortável. — Tem que estar. Vi como me olhou agora há pouco. Não finja que não está.

Era estranho que tivesse me sentido tão poderosa havia apenas alguns instantes, feito uma serpente de olhos reluzentes e presas afiadas, e que, naquele momento, me sentisse um coelho preso em uma armadilha. Tentei me soltar, o desespero fazendo minha garganta arder.

— Me solte — ordenei.

— Não vejo mais ninguém por aqui — declarou o homem. Seus olhos brilhavam feito besouros. — Você está sozinha, não está? Venha comigo...

— *Não*.

O homem continuava me encarando como se eu fosse uma refeição.

— Vamos, comporte-se...

— Eu mandei *me soltar*.

De relance, vi Fanli se levantar, mas fui mais rápida. Com o coração acelerado, fiz a única coisa que me veio à mente: mordi o pulso do homem com toda a força que consegui.

Meus dentes afundaram na carne. Senti o gosto de sangue.

Com um grito, o homem me soltou.

— Ora, sua...

Mas eu não tinha terminado. Peguei a xícara de chá da mesa e joguei o líquido em seu rosto. Ele ficou congelado no lugar, de olhos apertados, boquiaberto de horror ou indignação. O chá escorria em filetes pelo nariz e pelo pescoço, encharcando o colarinho das vestes.

— Da próxima vez que se recusar a me ouvir — alertei, deixando todo o meu desprezo transparecer na voz —, vou garantir que o chá esteja quente o suficiente para te queimar.

Enquanto o homem limpava o rosto com a manga, Fanli surgiu ao meu lado. Não fez menção de atacar, mas havia uma violência fria em seu olhar, como o movimento silencioso de uma lâmina pouco antes de se manchar de sangue. Em vez de terror, senti apenas calor, segurança, um ponto de apoio. Meu corpo inteiro se relaxou na presença dele. Por instinto, me inclinei em sua direção e, para minha surpresa, Fanli apoiou a mão na minha lombar, embora continuasse olhando para a frente. Havíamos passado muitas luas cheias juntos, e era a primeira vez que ele me tocava por vontade própria.

*E que diferença isso faz?*, pensei vagamente. O lugar onde o homem agarrara meu pulso havia pouco parecia infestado de centopeias. Mas não me incomodava com a palma fria da mão de Fanli, o formato longo e gracioso dos dedos, o arco protetor contra minha coluna, seu toque, tão leve quanto necessário para afirmar sua presença.

Não me incomodava nem um pouco.

— Você se machucou? — perguntou ele, a voz baixa. Havia algo em seu tom que prenunciava hostilidade se a resposta fosse *sim*.

Consegui balançar a cabeça.

— Vamos embora, então.

Achei que me levaria de volta à nossa mesa, mas passamos direto por Luyi e Zhengdan, que nos observavam com evidente preocupação, e descemos as escadas. Só paramos ao chegarmos do lado de fora da casa de chá, em meio ao ar frio e cinzento, abrigados pelas beiradas salientes do telhado. A chuva caía com mais força do que nunca. Observei a água bater nas telhas molhadas atrás de Fanli, tornando todas as cores mais escuras. Senti o jato frio das gotas contra minhas bochechas.

— Tem certeza de que não está ferida? — perguntou Fanli de novo. Havia algo na chuva que também o transformava. Conferia-lhe um ar etéreo, com o cabelo escuro brilhando feito a luz de uma pérola. Sem querer, eu me lembrei de como suas madeixas caíam sobre os ombros fortes após o banho, a água pingando das pontas.

Fitei-o, confusa.

— Você já me perguntou isso.

— Sim, mas… — Fanli se interrompeu. Nunca o tinha visto tão inquieto, tão agitado. — Desculpe, Xishi.

Minha confusão aumentou.

— Desculpar pelo quê? Você não fez nada comigo.

— Não posso fazer nada por você — afirmou, parecendo mais falar consigo mesmo do que comigo; todas as suas emoções estavam voltadas para algum lugar inacessível, seu rosto desolado, os olhos tão escuros quanto uma tempestade se formando. — No futuro… Quando você se for… eu não posso. Não estarei lá. Mesmo que ele… — Fanli inspirou bruscamente. Suas mãos se estenderam diante de mim, vazias, os tendões tensionados nos dedos longos e finos, similares a uma flauta. — Não vou conseguir impedir. Não importa o quanto queira… E eu… eu estou te enviando para o olho do furacão.

Mal conseguia entender o que ele estava dizendo. Tudo o que queria era suavizar a apreensão entre suas sobrancelhas, acalmar suas mãos.

— Você deve me odiar — comentou Fanli de repente, me olhando nos olhos.

— O quê?

— Você deveria — continuou, em um tom estranho, frio, carregado de autodesprezo, mas desta vez soava quase como uma pergunta. Como se quisesse que eu dissesse aquilo. Como se estivesse me oferecendo o chicote e virando as costas marcadas para mim.

— Eu… — *Não odeio você, nem um pouco.* O cheiro da chuva preenchia minhas narinas. — Você só está fazendo seu trabalho — concluí. — E eu estou fazendo o meu. É assim que a história segue; esses são os papéis que escolhemos para nós mesmos.

Fanli não parecia satisfeito, mas assentiu uma vez. Depois recuou.

— De qualquer forma — continuei, tentando aliviar a tensão entre nós, qualquer que fosse —, eu passei?

— Passou?

— No teste. — Forcei um sorriso. — Provei que consigo fazer qualquer homem me desejar?

Houve uma pausa. O som da chuva parecia acelerar feito os batimentos de um coração.

— Sim, Xishi — respondeu ele por fim, a voz repleta de dor, olhando para tudo, menos para mim. — Você passou com nota máxima.

# CAPÍTULO SETE

**Já não estava mais chovendo** quando Zhengdan e Luyi desceram para se juntar a nós. E eles não foram os únicos. Agora que o céu estava de um azul imaculado, com o brilho escuro da água sobre as pedras e o toque úmido da brisa como os únicos vestígios da tempestade, as pessoas haviam saído junto com o sol. Ao nosso redor, os becos e as ruas pavimentadas começavam a se encher rapidamente com carroças, cavalos e mercadores. Era como se o dia tivesse acabado de começar.

— Você está bem? — perguntou Zhengdan, agarrando minha mão.

Assenti e sorri para ela.

— Claro que estou.

Ela me apertou com delicadeza, mas havia ferocidade em sua voz.

— Aquele filho de uma tartaruga. Eu o teria matado se tivesse te segurado por mais um segundo que fosse.

— Tenho certeza de que Fanli teria feito isso antes de você — murmurou Luyi.

Todos nós nos viramos para ele. Fanli, em especial, tinha certa tensão no rosto, como se fosse um alerta.

— O que quis dizer com isso? — perguntou Zhengdan.

— Nada — respondeu Luyi depressa, captando o olhar do amigo. Houve uma interação silenciosa entre os dois. Seja lá o que fosse, Luyi foi o primeiro a recuar. — Não leve nada do que digo a sério; só falo bobagens.

— Que bom que sabe disso — retrucou Fanli.

O guarda abriu um sorriso largo para ele.

— Sim, tem razão. Você sempre tem razão, meu mais honorável ministro. Só estou feliz por todos estarmos aqui e ninguém ter sido acusado de assassinato.

— Também estou feliz por estarmos aqui — comentou minha amiga, me cutucando com ênfase.

Reconheci a expressão no rosto dela. Era a mesma que exibia quando se esgueirava para dentro da minha casa à noite para fofocarmos; quando roubava ameixas frescas do quintal do Velho Wang; quando fazia varas de pesca com galhos e pescava descalça nos riachos, a água turva chegando até os joelhos; quando me arrastava para a floresta para mostrar uma nova técnica de espada que tinha aprendido sozinha. Era o olhar que exibia quando estava prestes a fazer algo que sabia que não devia, mas que ainda assim queria fazer.

— Agora que o tempo melhorou, não podemos ficar fora só mais um pouco? Não tivemos descanso do treinamento desde que chegamos, e daqui três dias já iremos embora. Nem sei como é a cidade.

— Dá para ver daqui — disse Fanli, acenando com a manga na direção das barracas em ambos os lados da rua.

Uma longa fila começara a se formar em frente a um carrinho que vendia fatias fartas de melancia, lichias e cerejas, de cascas firmes, vermelho-púrpura, reluzindo. Duas crianças passaram trotando por nós, rindo, com suco de melancia escorrendo pelos queixos e moedas tilintando nas bolsas. Deviam ser de famílias nobres; só os ricos podiam exibir tamanha despreocupação e alegria em uma era de guerra e instabilidade.

Presumiam que o dinheiro os protegia de tudo. E a parte mais injusta era que, às vezes, isso realmente acontecia.

— Não é a mesma coisa — reclamou Zhengdan.

Fanli tirou um leque de dentro das vestes e o abriu com um estalo seco e preciso. Ele o abanava lentamente com a mão enquanto falava:

— Ainda temos três textos para estudar esta tarde.

Minha amiga se virou para mim, fazendo bico, como uma criança, e murmurou em silêncio: *Tente você.*

Sempre me considerei mais responsável que Zhengdan. Mas também era eu quem segurava o cesto para ela jogar as ameixas roubadas, quem abria a porta à noite para deixá-la entrar; nunca soube como lhe negar nada. E, assim, ergui os olhos para Fanli.

— Só desta vez — pedi, sem esperar que desse certo. — Por favor.

Ele hesitou. O leque em sua mão parou.

— Podemos voltar antes de escurecer — insisti. — E quando foi a última vez que fez alguma coisa só por diversão? Você também merece um descanso.

Algo percorreu seu rosto, e o gelo em seus olhos derreteu quando ele encontrou meu olhar. Prendi a respiração. Durante todo aquele tempo, tinha achado que os olhos de Fanli eram de um preto puro, mas, agora, conseguia ver as manchas de um marrom quente, o contorno de ouro derretido ao redor da íris, feito âmbar preservado, refletindo a luz de uma coroa reluzente.

— Está bem — respondeu.

Luyi fez um som de surpresa, quase engasgado. Eu também mal podia acreditar.

— Está bem? — repetiu o guarda, mas logo fechou a boca quando viu o rosto de Fanli endurecer de novo. — Só quis dizer... não achei que fosse possível te convencer a fazer qualquer coisa.

A voz de Fanli era seca.

— Quer que eu mude de ideia?

— Não — disse Luyi depressa e, como se temesse que o amigo de fato se arrependesse da decisão, se virou para se juntar à multidão que enchia as ruas. Zhengdan o seguiu de perto, deixando-me com Fanli.

Houve um momento de silêncio entre nós. Aquilo parecia algo novo. *Era* novo experimentar tamanha liberdade, ou ao menos uma ilusão dela, com os caminhos à frente abertos e cobertos por pétalas rosadas espalhadas, o aroma de fumaça de fogos e mel de jasmim-do-imperador pairando no ar.

— O que gostaria de ver? — perguntou ele, inclinando a cabeça. Também era raro que se comportasse com tanta incerteza. — Vou com você.

— Mesmo? Para qualquer lugar?

— Para qualquer lugar — confirmou.

Fanli dizia a verdade. Enquanto eu me esgueirava entre carroças e corria de barraca em barraca, ele me seguia em silêncio, sem reclamar. Toda vez que me virava, ele estava lá, uma das mãos atrás das costas retas feito uma flecha, a outra abanando o leque branco que cobria a parte inferior de seu rosto. E embora eu estivesse cercada por maravilhas com que jamais havia sonhado — rolos de tecido cintilante tão macios que pareciam feitos de magia, grampos de cabelo esculpidos em forma de borboletas e grous com joias no lugar dos olhos, animais do zodíaco moldados em açúcar dourado derretido, doces prensados em moldes intricados de flores —, eu me pegava constantemente distraída pela beleza dele. O jeito com que caminhava pelas ruas, como se tudo o mais fosse insignificante.

Mas não era só eu que tinha notado. Um grupo de moças ria baixinho na sombra, analisando Fanli com olhares famintos.

— Deve ser um estudioso — opinou uma delas, em um sussurro feito para ser ouvido. — Tem mãos tão delicadas, e o ar de um poeta.

— Ou talvez seja um guerreiro. Parece saber como manejar uma espada.

— Fiquem quietas, ele está olhando.

— Devemos convidá-lo para vir aqui?

Parei de repente ao lado da barraca mais próxima e fiz sinal para Fanli se aproximar. Sentia um gosto amargo na boca, como se tivesse mordido uma toranja verde.

— Sim? — disse ele, vindo para perto em um instante. — Quer comprar alguma coisa?

A ideia nem passara pela minha cabeça, com certeza nem se comparava à visão daquelas mulheres chamando Fanli para fazer qualquer coisa, mas o vendedor se aproximou com um entusiasmo evidente, sua barba grisalha tremendo enquanto falava.

— Que tal isto? — sugeriu, gesticulando para as fileiras de braceletes carmesim dispostos sobre o pano. Eram todos feitos de cordões simples e amarrados com uma pequena conta de prata. O sujeito explicou o que eram: — O fio do destino. Ele garante que vocês estejam ligados por toda a eternidade, que suas almas sempre se encontrem em cada vida. Perfeito para um par de jovens apaixonados.

Demorei um momento para absorver a suposição e, quando o fiz, um calor intenso subiu pelo meu pescoço. Esperei que Fanli esclarecesse o mal entendido, mas ele apenas engoliu em seco, parecendo reprimir alguma emoção.

— Você quer? — perguntou-me.

Tive a sensação de que estávamos à beira de algo; um passo em falso, e ambos cairíamos.

— É bonito — falei, usando o mesmo tom neutro que ele.

Fanli se virou para o vendedor.

— Quanto custa?

O homem fez menção de responder, mas peguei minha bolsa e despejei uma pequena quantidade de moedas na mão.

— Isto é tudo que temos — informei.

A boca dele se contraiu.

— Isso não dá para quase nada — retrucou. — Uma única pulseira dessas vale o dobro.

Abri um sorriso inocente para ele.

— A não ser que sejam trançadas com ouro, eu duvido muito disso. Se não estiver disposto a vender por um preço razoável, então vamos procurar outro produto em outro lugar.

Eu me virei. Dei apenas dois passos e o vendedor soltou um suspiro pesado.

— Como é que você sabia o que fazer? — indagou Fanli enquanto eu colocava as moedas no pano. Ele falou com um tom de surpresa genuína, me olhando com atenção, como uma criança que acabara de ver um truque de mágica.

— Nunca pechinchou antes?

Ele balançou a cabeça.

— Mas você deve negociar com frequência na corte, não?

— Esses truques não funcionariam lá — contou, com um tom pensativo. — Precisaria de um dia de antecedência para reunir informações, descobrir as fraquezas, os maiores medos e vínculos de meu oponente, e vasculhar seus registros em busca de qualquer crime que pudesse usar contra ele.

Dei uma risada, então percebi que Fanli não estava brincando.

— Aqui está — anunciou o vendedor, estendendo os dois braceletes. — Tenham um bom dia.

Peguei um e dei o outro para Fanli, meu coração batendo de forma estranha. Quando ele não se moveu, apenas me encarou com aquela expressão indecifrável, hesitei. Talvez já tivesse ido longe demais, forçado demais algum limite invisível.

— Não precisa usar — falei, fingindo indiferença. — Faça o que quiser com ele. Pode até jogar fora, se quiser, ou dar para outra pessoa.

— Não — respondeu Fanli, pegando o cordão vermelho, seus dedos roçando brevemente os meus. A pele dele era macia e quente. Eu me esforcei para não esboçar nenhuma reação, para não reconhecer os sentimentos que se agitavam dentro de mim. — Vou guardar.

Mas, enquanto ele escondia a pulseira dentro das vestes internas, um alvoroço ecoou pela rua. O trote violento de cascos de cavalo, a poeira amarela subindo no ar, encobrindo as vitrines de antiguidades e as bancas de frutas frescas. Ouviu-se uma sucessão de estrondos altos, interrompidos por gritos. Um chicote estalando.

— *Abram caminho para o general Ma!* — bradou alguém. — *Abram caminho ou morram.*

Na mesma hora, Fanli enrijeceu, seus modos mudaram, e, com um movimento rápido, o leque deu lugar ao cabo da espada.

Eu também estava em alerta.

Eles surgiram feito os monstros das minhas lembranças: dez homens em armaduras de bronze, erguidos sobre poderosos cavalos, com a bandeira de Wu tremulando ao vento atrás deles. Cavalgavam sem cuidado, sem disciplina, deixando um rastro de caos por onde passavam. Os longos chicotes acertavam repetidas vezes os flancos dos cavalos, mas eram manejados com tamanha imprudência que atingiam qualquer um que estivesse por perto, rasgando mangas de roupas e derrubando caixas de frutas. Crianças chorando eram puxadas para o lado segundos antes que fossem esmagadas pelos cascos impiedosos. Porcelanas tombavam e se estilhaçavam sobre o chão de azulejos.

Senti um embrulho no estômago.

Foi então que avistei uma das mulheres de antes. Ela estava paralisada no meio da rua, os olhos arregalados de horror. Os soldados não davam sinais de que iriam desacelerar.

Sem pensar, corri até ela e a agarrei pelo pulso, puxando-a para trás com todas as minhas forças. Bem a tempo. Os cavalos passaram tão perto que pude sentir o calor de sua respiração arrepiando minha nuca, o cheiro do óleo e do couro. O ar tremia com a força bruta deles. Até o chão parecia tremer.

— Uma pena que não atropelamos vocês — gritou um dos soldados, olhando por cima do ombro. Os outros morreram de rir.

Meu coração ainda batia forte enquanto me afastava da mulher, embora já não soubesse se era por medo ou por raiva. Agora que o perigo imediato tinha passado, percebi que ela era, na verdade, apenas uma garota, a pele coberta por uma espessa camada de pó, os lábios pintados de vermelho para parecer mais velha. Fora ela quem havia comentado sobre as mãos de Fanli, embora isso já parecesse algo de muito tempo atrás. Tudo parecia tão insignificante em comparação com o que tinha acabado de acontecer, tão fútil.

— O-o-obrigada — sussurrou a menina, ajeitando as vestes com dedos trêmulos. — Os soldados nunca vieram para este lado da cidade antes... Eu não sabia, não esperava isso...

— Está tudo bem — respondi. — Tome mais cuidado da próxima vez. Os Wu são todos monstros.

Ela corou, o vermelho de suas bochechas visível mesmo debaixo daquela maquiagem pesada.

— Eu sou de lá — explicou ela.

Eu a encarei. Algo na minha mente pareceu se partir, e, por um breve instante, as fronteiras dos estados desapareceram. As linhas inimigas se moveram, separando garotas como nós de homens como eles, plebeus de soldados, os vulneráveis dos poderosos.

Mas então me lembrei do puro terror nos olhos arregalados de Susu, do jeito como ela estremeceu contra a espada...

Cerrei os dentes. Não. O inimigo era, e sempre fora, os Wu.

Eu me afastei da garota, deixando suas amigas se aproximarem e a envolverem em um turbilhão de sedas e perfumes. Ao mesmo tempo, Fanli se aproximou, com Zhengdan e Luyi logo atrás.

— Isso foi muito corajoso da sua parte — disse ele, os olhos escuros, o contorno do maxilar rígido —, e muito imprudente.

— Vou escolher encarar isso como um elogio — respondi, endireitando-me. — Nesse caso, estou lisonjeada.

Zhengdan olhava para o horizonte, acompanhando os vultos dos soldados enquanto se afastavam cada vez mais. Sua mão estava cerrada ao lado do corpo.

— Não acredito que o perdi — sibilou. — Ele estava *logo ali*, e eu não pude fazer nada.

— Quem? — perguntei, surpresa com seu tom raivoso.

— General Ma.

Foi só então que parei para pensar no nome. *General Ma*. Na minha mente, vi o elmo amassado nas mãos estendidas do oficial, o bronze manchado de sangue. Zhengdan não havia derramado uma única lágrima quando recebera a notícia. Em vez disso, havia pegado a espada do pai e correra para a floresta. Tinha voltado naquela mesma noite com calos doloridos, os membros tremendo e cortes profundos na pele. Eu a havia encontrado e colocado um jarro de pomada caseira em suas mãos, sem dizer nada. Ainda não sabia lidar com a minha dor. Mas minha amiga me havia entendido.

— Você não poderia ter feito nada, de todo modo — falei com gentileza. — Não sem expor sua identidade.

— Mas um dia… — retrucou, as feições de seu rosto endurecidas com uma fúria resoluta. — Um dia, erguerei uma espada contra o pescoço dele, nem que seja a última coisa que eu faça. Eu juro.

# CAPÍTULO OITO

**Na manhã seguinte,** o rei Goujian veio nos visitar.

Estava vestido como da última vez, sem nenhum dos trajes reais, e cavalgava sozinho em um cavalo marrom. Mas reconheci o rosto de imediato. Era como se a sede de vingança estivesse gravada para sempre em sua expressão, no olhar escuro e faminto e nas bochechas encovadas.

Corri até os portões do chalé para recebê-lo, com Zhengdan logo atrás de mim, nossas saias coloridas esvoaçando ao redor feito nuvens. Ele parou para nos observar, e imaginei o que via. Rostos belos similares a joias reluzentes. Cabelos escuros reluzindo como seda ao longo das costas. Grandes fitas tremulando ao lado dos braços delicados. Nós duas, pisando nos ladrilhos como se fossem água, nos movendo igual a cisnes prestes a alçar voo. Ou talvez, para o rei, fôssemos apenas armas, punhais destinados a serem cravados no coração do inimigo. Por mais que brilhássemos e reluzíssemos a seus olhos, era por causa de nossas lâminas afiadas, de nosso potencial de ferir.

— Vossa Majestade — falei, fazendo uma profunda reverência. Ao mesmo tempo, Zhengdan copiou o gesto atrás de mim, como uma dama de companhia deveria fazer.

— *Ora, ora.* — Goujian parecia bastante satisfeito. Ele encarava algum lugar acima de nossos ombros, e eu soube, pela sutil mudança no ar, pela sombra que pairou sobre mim, que Fanli também estava ali. — Dá para ver que você andou treinando as duas.

— Alguma vez falhei em uma tarefa que me foi atribuída? — respondeu Fanli com calma.

Por mais que eu tivesse entendido o que ele quis dizer e que soubesse que aquela era a maneira adequada de se dirigir a um rei, não pude evitar sentir um aperto na barriga. Isso era tudo que eu era para ele: uma tarefa. Uma obrigação. Fanli e seu inabalável senso de dever. É claro. O que mais poderia esperar dele?

— Ah, senti falta de vê-lo com frequência na corte — confessou Goujian, passando por nós para dar um tapa amigável no ombro de Fanli. Ainda assim, não ergui completamente a cabeça, não saí da posição de reverência, por mais que os músculos do pescoço já estivessem começando a doer. — Mas vejo que fiz a coisa certa ao deixá-lo aqui. Ouso dizer que qualquer outro homem já teria fugido com uma das garotas. Mas você... você pode resistir a qualquer tentação, não é?

Apesar de ter sido treinada para não fazer isso, eu queria, mais do que qualquer outra coisa, ver a expressão de Fanli. Por outro lado, conhecendo-o bem, sabia que seu rosto estaria do mesmo jeito de sempre: frio e controlado, sem revelar sentimento algum.

— Se este seu plano der certo — continuou Goujian — e minha vingança for assegurada, me certificarei de que você seja generosamente recompensado por seus esforços.

— Não é necessário, Majestade. — A voz de Fanli estava branda. — É meu dever servir ao reino.

— Ora, não seja assim. Deve ter *alguma coisa* que você deseje. Ouro, talvez? Vinho? Terras? Se casar com a filha de alguma família nobre? Muitas garotas já demonstraram interesse, sabe? E ouso arriscar que seriam excelentes concubinas, boas o bastante para satisfazer até mesmo alguém como você. Não seria problema algum.

Senti um frio na barriga. *Muitas* garotas. Quantas seriam? Seis? Uma dúzia? Talvez Zhengdan estivesse errada, e Fanli não fosse passar o resto da vida sozinho. Talvez se casasse assim que eu pisasse no palácio de Wu. Fiquei com um gosto amargo na boca ao pensar nisso, como se eu tivesse engolido vinagre.

— Agradeço, Vossa Majestade, mas tais recursos seriam desperdiçados comigo.

Goujian bufou, um som que expressava ao mesmo tempo admiração e divertimento.

— Dentre todos os homens que me serviram, você é o único que insiste em se negar os prazeres básicos da vida. É quase masoquismo…

— Que tal entrarmos? — Fanli o interrompeu. — Creio que o senhor tinha algo para nos mostrar antes de partirmos.

— Ah, sim, sim — respondeu Goujian logo em seguida. Virando-se para nós, ordenou: — Podem se levantar.

Meu pescoço doía, rígido depois de tanto tempo na mesma posição, e queimava onde fora castigado pelo sol. Quando Fanli nos mostrara pela primeira vez as posições corretas para uma reverência, eu havia me perguntado em voz alta se o principal propósito daquilo seria causar desconforto. Que maneira melhor de demonstrar que você leva o poder de outra pessoa a sério do que sofrer por ela?

Foi um alívio voltar para dentro de casa, para o ar fresco da sala de estudos.

— Vejam — falou Goujian, enquanto abria um mapa sobre a mesa baixa de mogno. Para minha surpresa, percebi que ele estava gesticulando em nossa direção. Aproximei-me devagar e fiquei perto o suficiente para enxergar os territórios extensos, os desenhos das montanhas, rios e vales e as cidades meticulosamente rotuladas, mas ainda a uma distância que respeitasse a etiqueta.

— É o lago Tai — falei, reconhecendo aos poucos o lugar para onde ele apontava.

— Isso mesmo — concordou o rei —, é por aqui que vamos entrar.

Levei alguns instantes para entender.

— Entrar no Reino de Wu, o senhor quer dizer?

— Já estou bem familiarizado com o território. A forma mais rápida de entrar não é a cavalo, mas de barco.

— Mas... não há nenhum rio ou canal — comentou Zhengdan.

Goujian deu de ombros.

— Então construam um.

Do jeito que ele falou, era de se imaginar que estava sugerindo que construíssemos um montinho de terra, não uma estrutura tão sofisticada que exigiria o trabalho físico de milhares de pessoas.

— Ou, para ser mais preciso, convença Fuchai a construir um — acrescentou Goujian, batendo com firmeza o dedo no mapa. — Tanto faz qual desculpa você vai usar. Diga que gosta da paisagem de lá, ou que deseja passar mais tempo a sós com ele no canal, ou que acredita que pode descobrir alguma criatura mítica naquelas águas. Se você o tiver seduzido de tal forma que Fuchai esteja rendido aos seus pés de corpo e alma, ele estará disposto a cumprir qualquer desejo seu, por mais irracional que possa parecer.

Senti um aperto na garganta. De repente, o ar no cômodo parecia pesado demais, sufocante. Havia tentado com todas as forças não pensar no rei de Wu, para não me deixar consumir pelo medo da viagem que me aguardava. Mas foi apenas naquela hora, com o rei da minha terra natal falando comigo e o mapa dos dois reinos desdobrado à minha frente, que a coisa pareceu *real*. Todos me observavam. Eu teria que fazer isso. Teria que ser eu, e teria que conseguir, caso contrário...

— Agora que as carruagens e barcos já estão organizados, vocês partirão em dois dias, conforme o planejado. Fanli as escoltará até lá, é claro, e Luyi também as acompanhará. Por mim, já as teria enviado antes, mas Fanli insistiu que você precisava de dez semanas de treino até que estivesse perfeita…

*Dois dias*. Havia me preparado para isso, sabia que esse momento chegaria, mas ainda assim me sentia como se tivesse sido jogada em um quarto escuro e estivesse vendo a porta se fechar bem diante de meus olhos. Fui tomada por um impulso tolo: implorar ao rei que me desse mais tempo. Mais tempo para saborear as doces ameixas do quintal, para admirar as lanternas da aldeia à noite, para adormecer com o ronco suave de Zhengdan ao meu ouvido. Mais tempo com…

Naquele exato instante, o olhar de Fanli encontrou o meu e o ar ficou mais denso, como se houvesse um fio invisível que nos ligasse e que, de repente, estivesse vibrando. Só podia ser fruto da minha imaginação. Devia estar sonhando acordada. Uma projeção do meu próprio desespero sombrio e revolto. Mas os olhos dele pareciam mais escuros, e por um instante achei ter vislumbrado certa tristeza neles, feito a sombra de um pássaro atravessando um lago parado.

— Algum problema, Xishi? — perguntou Goujian. O peso da pergunta pairava como uma marreta, pronta para esmagar meu pescoço. Certa vez, ouvira dizer que reis nunca faziam perguntas, independentemente de como a frase estivesse formulada; eles só faziam exigências.

— Não, Vossa Majestade — murmurei, curvando a cabeça, a mentira queimando na ponta da língua. — Estou pronta.

No meu último dia, sentei-me no parapeito da parede mais alta do chalé, com as pernas balançando sobre a beirada. Era o meu lugar favorito, com uma vista ampla da aldeia abaixo: o céu sereno do amanhecer derramando luz suave sobre tudo, a densidade dos aglomerados de casas, todas conectadas por caminhos tortuosos e estradas poeirentas, os pequenos barcos deslizando pelas águas e, mais ao longe, o rio sinuoso cintilando igual a uma enguia prateada. Às vezes, imaginava que podia enxergar os confins do reino, as linhas que distinguiam Wu e Yue, onde as cores se tornavam mais escuras e as nuvens assumiam formas peculiares.

Ouvi passos atrás de mim.

Eu sabia, sem nem precisar me virar, quem havia chegado. Só Fanli caminhava com a graça de um dançarino e a precisão silenciosa de um assassino. Ainda assim, algo no meu sangue parecia vibrar à medida que ele se aproximava.

*Pare,* ordenei a mim mesma com firmeza, o olhar fixo no horizonte. *Não há nada a esperar dele.*

— É bonito, não? — perguntou Fanli enquanto se sentava ao meu lado no parapeito. Apenas alguns poucos metros nos separavam. Havia um distanciamento respeitoso sempre presente em tudo o que ele fazia. Sempre tão cuidadoso para não ultrapassar um limite invisível que separava o dever de… o que mais pudesse existir.

— É — murmurei.

Esperei que ele mudasse o assunto para alguma técnica difícil de xadrez, ou talvez para a jornada que nos aguardava, mas Fanli permaneceu sentado ali, em silêncio. Incapaz de me controlar, olhei de relance para ele. O contorno de seu rosto se destacava nitidamente contra a luz da manhã, e havia um ar distante em seus olhos, como se enxergasse algo que eu não conseguia ver.

— Muitas vezes, antes de uma batalha — comentou Fanli —, eu costumava subir em algum lugar alto, com uma vista como esta.

Contive um suspiro de surpresa, com medo de que o menor som o desencorajasse a continuar. Era a primeira vez que compartilhava uma experiência desse tipo.

— Era o melhor jeito de me lembrar o quanto sou pequeno diante de tudo isso. Não importava se estava com medo, ou sentindo dor, ou se morreria lutando. O que importava era o que estava à minha frente. — Ele fez um gesto em direção às montanhas, ao rio, às ruas que começavam a encher. — Tudo o que está entre o céu e a terra. Todas as vidas que preciso proteger. O juramento de lealdade que fiz ao Reino de Yue.

Ergui os joelhos e os abracei contra o peito, apoiando o queixo neles. Fanli nunca tinha admitido que sentia medo. Era tão bom em manter a fachada de gelo e pedra, um intelecto frio e calculista, que por vezes eu me perguntava se ele era mortal; se, assim como eu, era capaz de sentir coisas.

— Você pode me contar o que aconteceu? — perguntei após alguns instantes. Sentia meus batimentos nas orelhas, os nervos à flor da pele. *Talvez Fanli seja generoso o bastante para contar os detalhes quando estiver de bom humor,* dissera Luyi certa vez. Bem, eu não sabia ao certo se o estado atual de Fanli podia ser definido como *bom humor,* mas sabia que era o mais próximo que ele já havia chegado disso. E hoje seria minha última oportunidade.

O rapaz se virou para mim tão de repente que quase retirei a pergunta.

— O que aconteceu onde?

— Em... — A palavra ficou presa na minha garganta. — Em Kuaiji.

Algo em sua expressão se endureceu.

— Quer mesmo saber?

Assenti.

Ele soltou o ar, os ombros tensos, como se estivesse se preparando para que alguém removesse uma flecha de uma ferida profunda.

— Depois que os soldados de Wu nos cercaram, eles basicamente nos deram duas opções: morrer ou servir ao rei Fuchai. Claro que Goujian, orgulhoso como é, estava disposto a abrir mão da própria vida para não ser subjugado pelo inimigo. Mas eu o fiz mudar de ideia. — Fanli ergueu o queixo. — Sempre acreditei que saber quando ceder é ainda mais importante do que vencer. Se tivéssemos que nos curvar e nos humilhar diante do soberano de Wu, e assim ganhar a confiança dele com o tempo, poderíamos, um dia, retornar e planejar nossa vingança.

Ele olhou para mim enquanto falava, e senti um rugido estranho no sangue, a sensação de me distanciar do meu corpo, até que eu não fosse mais de carne e osso, mas do mesmo material que compõe o solo das montanhas e a água dos rios e a luz das estrelas. Algo antigo, eterno. *Eu* era esse plano. Eu fazia parte da história do reino.

— Disse a ele que a morte era o caminho dos covardes. A morte era soberana, eliminava qualquer outra possibilidade. Se ele sucumbisse à espada naquele momento, deixaria como legado apenas suas falhas, suas derrotas. Como poderia encarar seus ancestrais nas Fontes Amarelas do submundo? Precisei persuadi-lo veementemente até que cedesse. Tenho certeza de que parte dele ainda me odeia por isso até hoje. Mas nos submetemos ao rei Fuchai e fomos designados para limpar os estábulos. Fomos tratados como servos, ou ainda pior. Suportávamos, contanto que Fuchai fingisse que não existíamos e nos deixasse com nossas tarefas. No entanto, às vezes ele ficava entediado, e aí se lembrava de nós. Então, convocava Goujian para uma visita privada…

Fanli fez uma pausa.

— Há uma coisa que precisa entender: subir na hierarquia não é tão difícil quando se nasce em condições humildes. Se cresceu usando vestes grosseiras de rami, vai descobrir que logo se adapta às de seda. Mas se só usufruiu de poder e riqueza durante toda a vida, e tem a pele delicada, acostumada com os melhores tecidos… qualquer coisa abaixo disso provoca dor no mesmo instante.

*Não é de se admirar que Goujian odeie o rei de Wu,* percebi, recostando-me no parapeito. Lembrei-me do ar sombrio e nefasto nos olhos de Goujian, de como ele vociferava o nome de Fuchai. *Não é uma simples questão política... é algo pessoal. Nosso rei foi ferido de todas as formas possíveis.*

Então, outra dúvida surgiu em minha mente.

— Goujian foi o único que Fuchai humilhou por diversão?

Havia cautela no tom de Fanli quando perguntou:

— Como assim?

— As... as cicatrizes nas suas costas. — Parecia um pecado mencionar aquilo em voz alta. — Elas também foram causadas pelos Wu? Quando foi forçado a servi-los?

— Elas já não doem — respondeu ele após um instante, o que queria dizer *sim*. — Já me acostumei.

Podia ser que Fanli estivesse dizendo a verdade. Suas feições eram tão frias e imperturbáveis quanto a lua no céu. Ainda assim, me senti tomada por uma raiva pungente, um impulso imprudente de causar violência. Eu me lembraria disso. Faria os responsáveis por isso pagarem, aqueles que haviam marcado seu ódio no corpo de Fanli. Causaria com prazer a ruína do reino inteiro deles por essa única ofensa. Minhas unhas se cravaram na pedra.

— Não vale a pena se aborrecer por causa disso — afirmou Fanli, baixinho. Então, em uma óbvia tentativa de mudar de assunto, continuou: — Agora você entende por que Goujian está tão focado na vingança.

— E você? — perguntei, a raiva ainda latente me fazendo falar demais.

— Eu o quê?

— Você sempre fala de reinos e grandes planos, de história e dever, do Céu e das pessoas que vivem sob ele... — Não consegui resistir à vontade de observá-lo, observar a luz da lua delineando seus lábios. E, depois disso, não consegui mais desviar a atenção. — Não tem desejos próprios? Nunca quis algo só para você?

Seu olhar encontrou o meu. Um frio cortante me atravessou, e fiz um esforço consciente para controlar minhas feições e mantê-las neutras, para que ele não soubesse qual resposta eu desejava ouvir.

Houve um longo silêncio.

Algo se mexeu nas árvores: o peso de um pássaro se erguendo, ou uma brisa.

Então Fanli se virou, se ergueu sobre o parapeito e aterrissou no chão com a leveza de um gato. Engoli em seco. Então era assim que seria. Ele não compartilharia nenhuma informação que não quisesse que eu soubesse. Talvez fosse melhor dessa forma. Havia certas coisas que, uma vez ditas, não podiam ser retiradas. E logo partiríamos; era bem provável que nunca mais voltasse a vê-lo.

Fanli começou a caminhar em direção ao chalé. Eu o assisti partir, a sombra se estendendo às suas costas...

Até que ele parou. Moveu um pouco a cabeça, o suficiente para que eu pudesse distinguir os ângulos afiados de seu rosto sobre o ombro. Estava com os lábios comprimidos, as sobrancelhas franzidas, tudo em sua expressão indicando que travava uma batalha interna.

De forma quase inaudível, tão baixo que mais tarde eu me perguntaria se fora um sonho, Fanli respondeu:

— Eu tenho.

Um conjunto de trajes de casamento havia sido disposto sobre minha cama naquela noite.

Eram de um vermelho profundo — o vermelho de sangue derramado, de vinho estragado, de lábios beijados — e bordados com fios de ouro. Ao longo das laterais, das mangas largas e da faixa, havia imagens de pássaros em pleno voo, caudas de fênix, nuvens flutuantes, crisântemos e lírios desabrochados, estrelas em torno de um sol ardente. Era a coisa mais linda e terrível que já tinha visto. Fez meu coração parar por alguns instantes. Em cima das peças estava um bilhete, escrito na caligrafia inclinada e meticulosa de Fanli: *Veja se serve*.

O tecido era tão macio quanto parecia, feito de um tipo de seda que eu só havia lavado, nunca usado. A longa saia se estendia além dos meus tornozelos feito água, formando uma poça carmesim aos meus pés. Servia perfeitamente. As medidas eram exatas, como se tivesse sido feito especialmente para mim.

Prendi todas as fitas sozinha com as mãos trêmulas, alisei a cintura e amarrei o cabelo para trás, prendendo-o em espirais no topo da cabeça com um delicado grampo de jade. Contas de âmbar pendiam da ponta, tilintando enquanto eu andava.

Não fazia ideia do que pretendia fazer até chegar ao quarto de Fanli. Engoli o nó na garganta, minha mão pairando diante da entrada com o punho quase fechado, hesitando. *Bata. Entre. É a sua última chance de fazer isso.* Antes que perdesse a coragem, empurrei a porta, que rangeu alto. Lá estava Fanli, de costas para mim, seus contornos delineados pela luz da vela.

As vestes estavam desfeitas, caindo soltas ao redor da cintura estreita. Ele se enrijeceu ao me ouvir entrar, mas não se virou.

— Xishi?

Era uma pergunta com mais de um sentido.

Meus olhos recaíram sobre o frasco de pomada que ele segurava. Dei um passo à frente, com uma ousadia que não parecia minha.

— Deixe que eu faço isso — pedi, baixinho, ajoelhando-me atrás dele e pegando a pomada de seus dedos fechados. — Me deixe ajudar você.

Eu o ouvi engolir em seco.

— Isso não é tarefa sua.

— Eu sei.

As palavras ecoaram feito moedas lançadas em uma cachoeira, e não pude dizer quando caíram, nem onde. Mas Fanli não me impediu; apenas manteve o corpo ainda mais rígido que o normal, com os olhos fixos à frente. Mergulhei um dedo no jarro. A pomada era fria, suave pelo óleo, e tinha o aroma quase doce de uma flor de inverno que pensei reconhecer.

Os segundos se passaram. Ambos parecíamos esperar algo.

Com muito cuidado, pressionei um dedo contra a cicatriz que serpenteava pelo meio das costas, onde Fanli não conseguia alcançar. A pele dele queimava ao toque. E algo queimava dentro de mim também, uma chama atrás das costelas. Nunca havíamos estado tão próximos; ele nunca estivera tão exposto. Podia sentir a resistência dos músculos tensos, o relevo incomum das cicatrizes, enquanto meu dedo seguia a linha irregular.

Fanli estremeceu.

— Estou machucando você? — perguntei, parando.

Houve um silêncio antes de ele responder:

— Você nunca poderia me machucar.

Mas quando me aproximei mais e toquei o trecho de pele marcado entre suas escápulas, todo o corpo dele tremeu, os músculos tão tensos quanto se estivesse em combate. O aroma da flor esmagada logo tomou o pequeno espaço entre nós. Quase me senti tonta com aquilo, embora minha concentração permanecesse intacta. Toda vez que me aproximava para aplicar a pomada, Fanli se encolhia e tentava virar a cabeça para me observar.

— Fique parado — ordenei.

— É difícil — respondeu ele — não olhar para você.

— Estou quase terminando.

Esperava que Fanli não percebesse o leve tremor na minha respiração. Depois de passar o restante da pomada em suas cicatrizes, fiquei de pé e recuei, deixando que ele se vestisse, meus olhos seguindo os leves movimentos de seus ombros.

— Obrigado — agradeceu-me, rouco. — Ninguém nunca... fez isso antes.

Então o rapaz se virou por completo, e seus lábios se entreabriram ao me ver. Parecia quase... com medo. Um medo primordial, algo que espreitava por trás de sua máscara de gelo.

— Vim te mostrar isso. Acha que ficou bom? — perguntei, girando lentamente diante dele, sentindo o ar tocar a saia e as pedras preciosas balançarem no meu cabelo. *Imprudente*, repreendeu-me uma voz no fundo da minha mente. *Tola*. Já tinha ultrapassado um limite invisível muitas vezes naquela noite, adentrado um território proibido. Mas havia outra voz, uma lembrança de Fanli, a expressão em seu rosto quando disse: *Eu tenho*.

— Sim — respondeu ele. Suas mãos se contraíram, depois se fecharam com tanta força ao lado do corpo que os nós dos dedos ficaram brancos. — Acho que sim.

— Mesmo?

Uma rajada de vento soprou contra os painéis das janelas, espalhando pétalas pelos vãos do quarto. A porta se fechou bruscamente atrás de mim. Meu sangue pulsava nos ouvidos enquanto eu erguia o queixo em um ângulo calculado.

— Olhe mais de perto.

— Xishi — disse Fanli, com um tom de advertência, uma nota de cautela. E não se moveu.

— O quê?

— Pare com isso.

Arqueei as sobrancelhas.

— Parar com o quê?

— Você sabe o que está fazendo. — Ele soltou um leve sopro de ar, como uma risada, mas havia certa tensão ali. A gola de suas vestes, que costumavam ser impecáveis, estava amassada, e a faixa na cintura, amarrada em um nó apressado e desigual. — Isso não é... para mim. É para o rei deles.

— Acha que estou bonita o bastante para Fuchai?

Ajoelhei-me ao lado de Fanli, a saia se espalhando ao meu redor feito sangue jorrando de uma ferida mortal. Meus dedos formigavam, mesmo sem segurar nada. Seria assim com o rei de Wu? Como estar à beira de um grande precipício, a um passo de despencar no vazio, de perder ou ganhar tudo? Eu duvidava muito.

— Sou tudo o que você esperava que eu fosse?

— Você é… — começou Fanli, mas sua voz falhou. Ele engoliu em seco. Virou o rosto para longe de mim, na direção da parede, e vi os músculos da mandíbula se contraírem. Sua respiração, já instável, ficou ainda mais descompassada quando me aproximei. Não sei o que me deu coragem, mas tomei seu queixo com delicadeza, forçando-o a levantar o olhar para mim. Sua pele era mais macia do que eu esperava. Perfeita. Delicada.

— O que sou para você, Fanli? — sussurrei. Parecia um crime dizer o nome dele sem o título, sem qualquer formalidade. Tão íntimo e impulsivo quanto se eu estendesse a mão para acariciar seu cabelo.

Os olhos dele brilharam, depois desceram para minhas vestes. Minhas roupas de casamento. O que eu usaria para saudar seu maior inimigo — o mesmo homem que o humilhara e o desonrara, que supervisionara seu tormento, o responsável pelas cicatrizes em suas costas — como meu marido. Fanli parecia prender a respiração. Seus punhos estavam tão cerrados que conseguia ver os ossos dos dedos.

— Por que… — conseguiu dizer, a voz perdendo parte da neutralidade habitual. — Por que está fazendo isso?

— Eu quero saber — respondi. Minha mão tremia contra o rosto dele. O verniz de minha atuação começava a se desfazer. Eu me importava demais para fingir indiferença. Para agir como se meu coração não estivesse tentando escapar do peito, como se não doesse estar tão perto, *tão perto*, e saber que não poderia ir além. — Eu preciso saber. Antes de partirmos. Tudo será diferente e… — Parei de falar antes que vacilasse. Tinha sido treinada para evitar isso. — Você nunca mais vai poder me ver assim.

— Xishi — chamou-me, em um tom baixo. — Eu não posso…

— Fale comigo normalmente — exigi.

— O que você quer que eu diga?

— Me diga… — Baixei a mão, mas mantive o olhar firme no dele. — Me diga o que sou para você. Por favor — insisti quando Fanli começou a demonstrar resistência, buscando uma forma de fugir da conversa. — Sou sua arma mais poderosa? Ou algo além disso?

Ele inspirou. Parecia se preparar. Então, fez aquele som de novo, uma meia risada, com um quê de incredulidade e autodepreciação.

— Então essa é a sensação — murmurou, quase para si mesmo — de ser cortado pela própria espada.

As velas tremularam. Tudo parecia próximo, abafado, como o ar preso dentro de mãos fechadas em concha. Eu podia ver nossas sombras projetadas no biombo com estampas de magnólias; o jogo de luz fazia parecer que estávamos mais próximos do que de fato estávamos, nossos rostos quase se tocando. Mesmo depois de tudo o que aconteceu, consigo visualizar a cena em detalhes nítidos e íntimos: o guqin ao lado da mesa, o brilho dos fios dourados e carmesim das minhas vestes, o jarro de pomada aberto no chão, a silhueta das ameixeiras floridas logo além da janela. Nos dias que se seguiram, quando estive sozinha, me perguntei o que poderia ter acontecido se eu tivesse sido um pouco mais corajosa, um pouco mais egoísta, um pouco mais irresponsável. Se tivesse puxado a sombra dele para a minha até que nossos corações colidissem, se tivesse falado além dos olhares silenciosos, nomeado aquilo que ardia entre nós naqueles breves e silenciosos momentos juntos. Talvez então tudo fosse diferente. Mas essas coisas tendem a só fazer sentido em fantasias, em lembranças. Na realidade, éramos apenas dois mortais, ligados por nossos respectivos papéis na história, e o que quer que chamejasse entre nós parecia tão frágil quando comparado ao peso imutável das montanhas, dos reinos, da guerra.

Fanli se inclinou para a frente e levou uma das mãos em direção ao meu cabelo. Parou. De perto, suas pupilas estavam dilatadas, tão escuras e profundas quanto lagos congelados no inverno. Bem devagar, como se temesse que eu fosse desaparecer diante de seus olhos, tocou a ponta do grampo de jade com um dedo. A sensação foi tão sutil quanto a de uma borboleta pousando em uma pétala, mas eu a senti nos ossos. Meu coração bateu mais forte, minha boca secou, de tantas palavras que não conseguia dizer.

Então a expressão de Fanli endureceu, e ele retirou a mão. Um breve movimento de tecido. Assim, de repente. O choque foi como emergir da água após um longo mergulho. O ar vazio queimava minha pele.

— É melhor você descansar — sugeriu ele, desviando o corpo, escondendo o rosto de mim. Sua voz tinha voltado a ser fria, cortante, distante demais para que eu pudesse alcançá-lo. — A jornada será longa.

# CAPÍTULO NOVE

**Nossa partida foi discreta.**

Uma carruagem estava preparada do lado de fora dos portões do chalé, com um véu escarlate cobrindo as janelas de ambos os lados e o teto elevado decorado com entalhes intrincados em azul e verde. Luyi já estava na frente, vestindo uma armadura de couro e ajustando as rédeas dos cavalos.

— Não se esqueceu de nada? — perguntou Fanli quando subi na carruagem depois de Zhengdan. Não me encarava enquanto falava, parecendo atento a um pequeno arranhão na porta. Os lábios estavam pálidos, e, quando arrisquei olhar de relance para seu rosto, notei as olheiras cinza-escuras. Talvez não tivesse dormido bem.

— Não — respondi, a voz tão tensa quanto a dele. Dei um tapinha na bolsa pendurada no meu ombro. Estava muito mais pesada do que quando chegamos ao Chalé Canto do Rio, agora cheia de trajes diferentes, pós e enfeites bonitos.

Ele assentiu, ainda sem me encarar.

— Certo.

A porta se fechou com um estalo.

Suspirei e me recostei nos assentos acolchoados, apenas para dar de cara com Zhengdan me observando.

— O que foi? — perguntei.

— Aconteceu alguma coisa entre vocês dois?

— Como assim?

A pergunta saiu mais ríspida do que eu pretendia, e um rubor traiçoeiro subiu às minhas bochechas. *Eu queria que algo tivesse acontecido,* pensei. Mas era um pensamento proibido, que não deveria ser compartilhado com ninguém, não importava o quanto confiasse em Zhengdan, que era quase uma irmã para mim.

— Ele está meio... — Minha amiga parou de falar e ergueu o véu alguns centímetros para espiar Fanli pela janela redonda. O rapaz dizia algo a Luyi, baixo demais para conseguirmos ouvir, mas as costas do guarda se endireitaram de repente, e sua mão livre voou para a espada no cinto. Arqueando as sobrancelhas, ela completou: — ...tenso esta manhã. Não acha?

— Deve ser por causa da viagem — sugeri, esquivando-me da pergunta da melhor forma que pude. — É muita pressão, no fim das contas. Se acontecer alguma coisa conosco, ele terá que arcar com toda a responsabilidade.

Zhengdan deixou o véu cair de novo e bufou baixinho. Era uma das muitas coisas que Fanli a havia alertado a não fazer quando chegássemos ao palácio; não era considerado adequado para uma dama. *Por que me parece que a corte acredita que uma dama deva ser uma casca bonita e vazia, sem personalidade e sem voz?*, reclamou ela comigo mais tarde. *Seria melhor que se casassem com uma estátua.*

— É a sua cara fazer isso.

— Hum?

— Se algo acontecesse com a gente, a minha primeira e maior preocupação seria não ser sequestrada ou morta, e não as consequências que outra pessoa teria de enfrentar.

A carruagem começou a se mover. Logo, o som constante do *toc-toc* dos cavalos e o ocasional estalo do chicote chegavam aos nossos ouvidos, enquanto o canto do rio se tornava cada vez mais distante. Era uma viagem desconfortável, que parecia se estender para sempre. Mesmo com os assentos acolchoados, sentia cada pedra e galho esmagados sob as rodas, cada solavanco da carruagem ao fazer uma curva. Não sabia o que era pior: o tédio absoluto ou o temor implícito que o acompanhava. Era como ser forçada a permanecer paralisada no chão enquanto o inimigo se aproximava lentamente com uma lâmina erguida. Só saíamos de lá de dentro quando a noite caía e precisávamos encontrar uma estalagem para descansar; então, pela manhã, a jornada continuava. Mais de uma vez, considerei abrir a porta, correr para bem longe e nunca mais voltar. Um movimento tão rápido, tão simples. Mas meus dedos permaneciam entrelaçados e úmidos sobre o colo.

Quando o céu começou a escurecer além das cortinas, Zhengdan apoiou a cabeça em meu ombro e adormeceu, a respiração se acalmando até começar a roncar. Fiquei impressionada com sua capacidade de dormir tão rápido, ou de adormecer em si. Meus músculos estavam tão tensos que me parecia absurdo sequer pensar em descansar. Enquanto minha mente vagava até o palácio imenso em uma terra remota e o rei que eu odiava, mas teria que fingir amar, não conseguia imaginar que algum dia voltaria a cair no sono.

Um ruído estranho vindo de fora, feito um chiado, me arrancou de repente de meus pensamentos.

No começo, achei que fosse só o vento. Mas o som sibilante veio outra vez, mais próximo, e, por entre o véu, percebi a sombra negra e rápida de algo fino e pontiagudo. Meu corpo reagiu antes que minha cabeça compreendesse. Meu coração disparou. Endireitei-me no banco, com uma das mãos firmemente apoiada na porta.

Estávamos sendo atacados.

— Zhengdan — sussurrei, sacudindo-a para que acordasse. — *Zhengdan*.

Ela abriu um olho sonolento e esfregou o rosto.

— O que foi? — Sua voz ainda estava grogue. — Estamos quase chegando? Foi mais rápido do que eu…

Lá na frente, os cavalos soltaram um relincho agudo, quase como um grito, enquanto batiam os cascos com desespero. A carruagem inteira chacoalhou. Senti um embrulho no estômago. Reprimi um arquejo, agarrando os lados do assento às pressas para me equilibrar.

Zhengdan arregalou os olhos, agora já bem acordada.

— O que está acontecendo?

Balancei a cabeça, incapaz de falar. Mais flechas cortaram o ar, caindo sobre nós feito raios. Devia haver dezenas delas. Não era uma emboscada aleatória; era coordenada. Não pude evitar. Com a garganta apertada, afastei o véu só um pouco e estreitei os olhos para enxergar na escuridão arroxeada que caía. Estávamos no meio de algum tipo de trilha na floresta, cercados por trechos de vegetação densa. Fanli já havia saltado para o chão, de espada em punho. Tanto ele quanto Luyi partiam as flechas que vinham em nossa direção antes que nos atingissem. Não fazia ideia de como conseguiam; elas se moviam tão rápido que era quase impossível acompanhá-las com olhos humanos, suas pontas letais cintilando à luz da lua. Forcei a vista para encontrar quem nos atacava, mas estavam escondidos em algum lugar atrás das árvores…

A porta da carruagem se escancarou.

Senti o ar frio da noite bater nas minhas costas, junto com algo mais. Algo que fez todos os pelos da minha nuca se arrepiarem.

Zhengdan gritou.

Mãos enluvadas prenderam meu braço, me puxando para fora como se eu não pesasse mais que uma boneca. Me debati, mas foi inútil. Outro par de mãos ásperas agarrou meu cabelo; meus olhos arderam com a dor repentina e lancinante. Zhengdan tentou desembainhar a espada, mas eram muitos — pelo menos seis pessoas nos cercavam, todas vestidas de preto. Não consegui ver nenhum rosto, apenas a escuridão e a saraivada prateada de flechas cruzando o ar. *Distrações*, percebi tarde demais. Aquilo tinha sido planejado para manter Fanli e Luyi ocupados enquanto nos levavam e...

Eu me perdi em pensamentos macabros, enquanto meu coração batia tão forte que fazia o peito doer. Eu me debati de novo, ofegante. Em resposta, as mãos que me seguravam apertaram ainda mais, como se fossem algemas ardentes ao redor dos meus pulsos. Embora não tivesse comido nada o dia todo, meu estômago se revirou. Lembrei-me das histórias de horror que ouvia, do que acontecia com garotas bonitas, jovens, que ousavam andar sozinhas de noite. Era isso que eu me tornaria? Apenas mais uma história, um aviso que mães sussurravam às filhas ao anoitecer, temendo que elas se afastassem demais de casa?

Então olhei para a frente, e todo o ar se esvaiu dos meus pulmões.

Entre as árvores, havia um arqueiro. O arco estava levantado, o joelho levemente dobrado, a corda tensionada ao máximo. A flecha apontava diretamente para as costas de Fanli.

*Não.*

Não havia como ele prever aquilo. Já estava se defendendo de inúmeras flechas ao mesmo tempo, a espada se movendo em um borrão frenético. Não conseguia me soltar das mãos de ferro daqueles estranhos, nem sequer correr para avisá-lo. Então fiz a única coisa que podia: gritei.

No exato momento em que o arqueiro soltou a flecha.

O sujeito estremeceu no último segundo, assustado pelo som repentino. Em vez de seguir uma trajetória perfeita, a flecha desviou. E veio direto na minha direção.

Não tive tempo de reagir. Em um segundo, eu a via disparar pelo ar; no seguinte, senti uma explosão de dor no ombro esquerdo, intensa e instantânea. Brutal. Meu corpo foi lançado para trás, a agonia atravessando todo o meu ser. Eu conseguia *sentir* o metal frio afundando na carne, aquele objeto rasgando minha pele. E então, e então... tudo aconteceu muito depressa. Lá estava Fanli, correndo até mim, rápido como uma sombra, como um herói saído de uma fábula. Minha visão já começava a escurecer, manchas negras dançando à minha frente — e talvez eu só tenha imaginado a emoção descontrolada e feroz no rosto dele, um olhar angustiado que nunca tinha presenciado antes, como se o mundo estivesse desmoronando ao redor. Vi o brilho da espada golpeando, uma luz fria que deixou um rastro em meus olhos. Um som horrível e gorgolejante veio do homem mais próximo de mim. Sangue quente espirrou no meu rosto, o gosto metálico e nauseante inundando minha língua. As mãos do sujeito se afrouxaram e ele caiu inerte no chão, acompanhado de um baque. Algo rolou para o lado. A princípio, pensei que fosse uma pedra, mas uma nuvem se moveu no céu e um feixe de luar iluminou o cabelo emaranhado, os olhos vidrados, o pescoço decepado, ainda jorrando sangue. Meu coração batia tão forte que achei que fosse vomitar. Era uma cabeça.

Em meio ao caos, houve um momento de silêncio puro e inquietante.

O vazio. Como se a terra tivesse congelado.

Então alguém gritou, e todos voltaram a se mover ao mesmo tempo.

Fanli girou a espada para o lado, em um golpe grande e impiedoso, e mais gotas espessas de sangue salpicaram a vegetação. Ele me carregava, me erguia nos braços, mesmo enquanto segurava a arma, cortando quem quer que estivesse no caminho. Minhas pálpebras tremularam. A dor lancinante começava a se transformar em uma pulsação persistente, e eu já não conseguia dizer se o sangue encharcando minhas roupas era meu ou de outra pessoa. Tudo o que eu sabia era que estava exausta, tão exausta. Meu corpo parecia pesado feito pedra. Era um milagre que Fanli conseguisse me carregar e ainda se mover tão rápido.

— Xishi. — Sua voz estava rouca e áspera em meu ouvido. Um sussurro. — Xishi, aguente firme. Estamos quase lá.

*Quase onde?* Eu já não tinha controle sobre meus sentidos. Minha cabeça girava. Consegui ver vagamente as nuvens flutuando lá em cima, os contornos tingidos de uma luz perolada, e os galhos negros das árvores passando depressa dos dois lados. Estávamos saindo da floresta? Ou nos embrenhando mais fundo? Mais flechas cruzaram o céu, as pontas de metal sibilando entre as folhas, mas, por algum milagre, nenhuma delas me atingiu.

— Tenha cuidado — pedi, ofegante. Falar era difícil; meu peito subia e descia em espasmos, e a flecha em meu ombro parecia se enterrar ainda mais, rasgando a carne. Sufoquei um grito. — É... perigoso.

— Você está segura comigo.

Engraçado como isso parecia ser verdade, mesmo quando tudo ao nosso redor indicava o contrário. O ritmo suave e constante dos passos de Fanli, o leve balançar de seus braços enquanto me carregava, o calor de suas vestes contra minha bochecha, tão próximas que conseguia ouvir as batidas fortes e ritmadas de seu coração. Eu poderia ficar assim para sempre. Poderia adormecer. Seria tão fácil; minhas pálpebras já estavam pesadas. Bastava fechá-las, e talvez a dor terrível desaparecesse, talvez pudesse descansar...

— Não feche os olhos. — A rigidez na voz de Fanli interrompeu meus pensamentos. Apertando meu corpo com mais força, ele começou a andar mais rápido. — Concentre-se em mim, Xishi.

Não queria lhe dar ouvidos. Dormir parecia muito mais tentador. Mas havia uma parte de mim, uma parte vergonhosa, ardente, inextinguível, que sempre queria agradá-lo. Então me forcei a olhar para cima. Meus olhos acompanharam o contorno definido de sua mandíbula, a curva sutil de seus lábios. Um pequeno corte descia pela maçã do rosto, ainda fresco, com sangue escorrendo. Senti um aperto no coração. Queria erguer os dedos para tocá-lo, dar um jeito naquilo, mas meus braços pareciam madeira morta, caindo inúteis ao meu lado.

— Você... Você está ferido — sussurrei, as palavras arranhando minha garganta feito areia.

Fanli me encarou, o rosto tenso, os olhos negros como a noite que nos cercava.

— Que ironia logo você mencionar isso.

— O quê?

— Você está sangrando nos meus braços agora mesmo, Xishi. — A voz dele vacilou no final da frase. Ele limpou a garganta, tentando estabilizá-la. Mais controlado, acrescentou: — Seria mais sensato se preocupar consigo mesma primeiro.

— Por quê? Não estou bonita assim?

Consegui sorrir enquanto zombava.

Fanli me olhou com seriedade.

— Está tentando fazer graça?

— Não. É por isso que sou importante para você. Porque sou bonita.

Ele não disse nada por um longo tempo. Segurou meu corpo discretamente com mais força e, por fim, murmurou:

— Bem, pelo menos a sua confiança não foi abalada.

Soltei uma risada suave, mas logo fiz uma careta; o leve movimento fez uma pontada de dor atravessar meu corpo. Ainda assim, murmurei com a voz rouca:

— Será que não poderia ser mais gentil comigo? Só um pouquinho?

Algo cruzou seu rosto, mas não consegui identificar o quê. Minha visão ficava cada vez mais turva, com o branco invadindo as bordas. Tudo — as árvores passando borradas, o céu escuro pairando acima, o cheiro salgado de sangue, terra e árvores velhas — parecia se afastar mais e mais conforme ele corria, escapando do meu alcance. Havíamos adentrado algum tipo de terreno novo. A vegetação começou a se dispersar, e o som baixo e constante de ondas alcançou meus ouvidos. O ar parecia mais fresco, úmido, frio contra minha pele. Estávamos à beira de um rio.

— Fanli — chamei, ou ao menos tentei falar. Minha voz estava tão fraca que não passava de um sopro, dissolvendo-se na brisa. — Eu não… consigo manter os olhos abertos por muito tempo.

— Você precisa. — Os passos dele ressoavam sobre pedras e lama. Algo espirrou na água à nossa frente; ouvi o ranger de madeira, um barulho alto e seco. — Escute. *Me escute*. Se você morrer, meu…

Mas não consegui ouvir o resto. O rugido do sangue em meus ouvidos era alto demais, abafava tudo. Só pude adivinhar o que ele queria dizer. *Se você morrer, meu grande plano será arruinado, minha arma mais valiosa terá se perdido para sempre. Se você morrer, minha reputação será prejudicada, e Vossa Majestade nunca me perdoará. Se você morrer, meu reino não será salvo.* Mais vozes passaram apressadas ao redor da minha cabeça. Desconhecidas, mas urgentes. Um murmúrio incompreensível, tão sem sentido quanto o farfalhar do vento pela grama. Tudo o que compreendia era a certeza da presença de Fanli, da mesma forma que um grou conhecia a doçura dos pinheiros, ou que um corvo-marinho entendia as melodias da água do rio. Ele não tinha me soltado. A última coisa que vi antes de fechar os olhos foi seu rosto, de uma beleza fria e inegável, tenso de preocupação, pairando sobre mim.

Quando acordei, tudo ao redor girava.

Minha boca estava seca, como se tivesse um pano áspero dentro dela, e tinha um gosto amargo feito sangue velho. Meu corpo inteiro parecia oco. À primeira vista, eu estava em um tipo de quarto pequeno, com uma única cama e paredes cobertas por tábuas de madeira. Quando tentei me sentar, uma dor aguda atravessou meu ombro, e ofeguei. Olhei para baixo. Uma atadura branca estava firmemente enrolada ao redor do ferimento, com uma manchinha de sangue brotando bem no centro. A violência da noite anterior invadiu minha mente de repente: a flecha que errou Fanli e me atingiu, os homens saltando das árvores como monstros, o som da respiração quente e irregular de Fanli em meus ouvidos enquanto ele corria...

— Xishi-jie! Ah, graças aos céus, até que enfim você acordou.

Zhengdan correu até mim, suas saias coloridas roçando na madeira. Parecia mais pálida do que de costume, e a mão tremia de leve, algo que não acontecia antes, mas, no geral, ela parecia bem. Ilesa.

Um alívio vertiginoso tomou conta de mim.

— O que aconteceu? — perguntei. Meus lábios estavam rachados, e a voz saiu rouca.

— Beba isto primeiro. Fanli disse que você precisaria.

Minha amiga me entregou um copo de água ainda morna. Dei um longo gole, depois outro. Descia tão doce e trazia tanto conforto que era como se nunca tivesse provado água antes.

— Devagar — advertiu Zhengdan, parecendo ao mesmo tempo preocupada e entretida. — Vai acabar se engasgando.

Balancei a cabeça, nem mesmo disposta a tirar a boca do copo para responder. Deixei-o de lado só depois de beber até a última gota.

— Agora me diga — insisti. — Onde estamos? Quanto tempo se passou desde o ataque? *Por que* nos atacaram? Fanli está bem? E Luyi?

— Uma coisa de cada vez — disse ela, aproximando-se mais e pousando a mão de forma tranquilizadora em meu cabelo. O gesto me trouxe uma lembrança tão vívida de minha mãe que senti uma pontada de saudade no âmago.

— Estamos no barco que o rei Goujian preparou para nós. Fanli acredita que os homens que nos atacaram planejaram interceptar a gente bem no momento do embarque, para impedir que chegássemos ao Reino de Wu. Partimos de Xiaoshan há pouco mais de uma semana.

— *Uma semana*?

Eu me levantei de repente, e me arrependi de imediato. A dor se espalhou feito fogo pelos meus músculos enrijecidos.

— Cuidado, sua ferida acabou de se fechar. — Zhengdan segurou meu braço e me ajudou a ficar em uma posição menos dolorosa. — E, sim, você tem sorte de Fanli ter pensado em pedir para um médico nos acompanhar. Seja lá qual remédio ele tenha preparado, fez você dormir na hora. Mas, por um tempo…

A voz dela vacilou, e Zhengdan desviou o olhar para o balde ao lado da cama. A água lá dentro estava escura, tingida de vermelho. Um pano ensanguentado pendia da borda. Percebi, com um arrepio nauseante, que o sangue era *meu*.

— Por um tempo, você ficou tão imóvel que fiquei com medo de que tivesse nos deixado. Fanli deve ter pensado o mesmo, porque ele… Você devia ter visto, Xishi-jie. Nunca o vi tão… — Ela balançou a cabeça, parecendo não encontrar as palavras certas. — Foi assustador. Fanli se recusou a deixar o médico cuidar dos ferimentos dele e o obrigou a se concentrar só em você. Não saiu da frente da sua porta. Ninguém teve coragem de se aproximar dele nesses últimos dias, nem mesmo Luyi.

Olhei para minhas mãos, o coração acelerando conforme me lembrava de como Fanli tinha me erguido como se eu não pesasse nada e me segurado firmemente contra o peito, mesmo enquanto flechas caíam em torno de nós.

— Bem, é óbvio que ele estava preocupado. Dedicou tanto tempo e esforço para me treinar. — Tentei sorrir e fazer disso uma piada. — Se eu tivesse morrido, tudo teria sido em vão.

— Não é só isso...

A cortina do quarto se abriu. Fanli estava na entrada, o verde-musgo escuro do rio cintilando às suas costas. Seus olhos se arregalaram um pouco ao me observar, antes que ele atravessasse o quarto em três passos rápidos. Parou a trinta centímetros da cama. Seus dedos se moveram em minha direção, como se fosse estender a mão, mas então voltaram a se fechar em um punho ao lado do corpo.

Quando falou, foi a Zhengdan que se dirigiu.

— Poderia ter me avisado que ela havia acordado.

Havia certa aspereza em sua voz, um indício de irritação. Se eu não tivesse ouvido por conta própria, pensaria que minha amiga havia exagerado. *Ninguém teve coragem de se aproximar dele.*

— Não é culpa dela — afirmei depressa. — Acabei de acordar.

Fanli passou a me observar, demorando-se no curativo em meu ombro.

— Como está se sentindo?

— Bem — respondi.

Ele me encarou como se não acreditasse.

— Bem o suficiente — corrigi. — Obrigada por... por me salvar.

*De novo*, quis acrescentar, as palavras não ditas se agarrando à minha garganta. Que destino melancólico compartilhávamos, equilibrado de forma tão precária na tênue linha entre a vida e a morte, a união e a separação, a alegria e o desespero.

— Você me salvou primeiro — comentou ele, balançando a cabeça. — Devia ter deixado o arqueiro atirar em mim.

Só de pensar, só de *imaginar* aquilo, senti uma dor intensa.

— Eu não me arrependo.

O silêncio se estendeu entre nós, exceto pelo som suave dos remos cortando as ondas, o canto distante dos grous. Lembrei-me das últimas palavras que ele dissera, logo antes da escuridão cair. *Se você morrer, meu...* O quê? A pergunta queimava dentro de mim, mas havia certas coisas que só podiam ser admitidas em determinadas circunstâncias. Agora que o perigo havia ficado para trás, a luz amarela e cálida do dia se derramava pelas janelas e Zhengdan estava ali ao lado, nos observando, as coisas eram diferentes. O momento havia passado.

Limpei a garganta e me endireitei.

— Os agressores. Quem eram? Você viu?

— Não vi, mas tenho um palpite. — O tom de Fanli refletia o meu, passando a ficar sério e tomando o cuidado de não transmitir qualquer emoção. — Como já deve saber, e como em breve verá por si mesma, a corte do Reino de Wu é... complicada. Sempre estiveram divididos entre si, em facções. Temos aqueles que se aliaram a favor de Fuchai, em geral os mais jovens, de temperamento mais fraco, mais propensos a ceder à promessa de porcelanas bonitas e concubinas para seu harém. E temos aqueles que desprezam o rei em segredo por ser frívolo e soberbo, e continuam leais àquele que serviram por mais tempo: o pai dele, o rei Helü. Nunca se esqueceram de como o antigo soberano morreu em batalha, nem de suas últimas palavras, que urgiam que ficassem alertas contra os Yue a todo custo.

— Então eles não me querem lá — concluí devagar, com a mente começando a desanuviar. — Certo? Se sabem que os tributos do rei Yue estão chegando, devem ver isso como um sinal de boa vontade, uma extensão da paz. Ou acreditam que é um insulto à memória do rei Helü, ou...

— Ou suspeitam que seja uma armadilha — completou Zhengdan, a expressão grave. — Sabem que Fuchai não os ouviria, então decidiram agir por conta própria. O rei nunca saberia que foram eles.

— Não só isso — acrescentei, um calafrio subindo pela espinha —, mas pareceria um descuido por parte de Sua Majestade, talvez até algum tipo de piada de mau gosto, prometer um tributo de belas mulheres só para anunciar que as duas morreram durante a viagem. Fuchai teria visto isso como uma ofensa pessoal, e o conflito entre os reinos só aumentaria.

Fanli assentiu.

Eu estava tentando não entrar em pânico. Tínhamos sido alertadas inúmeras vezes de que nossa missão era perigosa, de que precisaríamos tomar cuidado, vigiar cada movimento, não confiar em ninguém, por causa do risco de sermos apunhaladas quando estivéssemos distraídas. Mas era algo completamente diferente ter sentido a força fria e impiedosa da ponta da flecha cortando minha carne; ter sido tomada por mãos grosseiras e enluvadas e puxada para fora de uma carruagem; ter provado sangue e morte na língua enquanto fugíamos noite afora.

— Isso atrasou nossa jornada? — perguntei para Fanli. Não sabia que resposta queria ouvir. Parte de mim desejava que o barco desse meia-volta, desejava adiar ao máximo possível minha chegada em Wu.

— Não — respondeu. — Mas quanto ao ataque e à sua ferida...

Os olhos dele relampejaram de raiva ao dizer aquilo.

— Eu entendo — assegurei, ciente do que ele queria dizer.

Quando chegasse ao palácio, não poderia dizer uma única palavra do que havia acontecido, nem mencionar minhas suspeitas. Quem quer que tivesse orquestrado a emboscada fracassada teria ainda mais motivos para se livrar de mim, e rápido. Em vez disso, eu teria que inventar uma mentira convincente, me fazer de boba, tranquilizar todos da corte.

Fanli parecia querer acrescentar mais alguma coisa. Mas então olhou para Zhengdan, que estava sentada ao meu lado e deixava eu me apoiar nela. Após uma pausa, ele se limitou a assentir.

— Estamos quase lá. Avisarei quando for a hora.

# CAPÍTULO DEZ

**O lugar que se estendia** diante de mim não era o reino dos meus pesadelos.

Havia imaginado uma terra estéril, com o céu sempre nublado e a terra espessa de sangue do meu povo. Imaginara ruas vazias e tortuosas apertadas feito masmorras, e casas com telhados salientes como dentes, quintais abarrotados de espadas e esqueletos. Talvez houvesse morcegos voando baixo no horizonte, cobras rastejando pela grama amarelada e leões esperando para saltar das sombras. Não haveria doces, nem seda, nem água límpida, nem flores.

No entanto, sentindo algo semelhante a decepção, vi que o lugar para o qual navegávamos quase poderia ser confundido com Yue. Uma série de amplos canais verdes brilhava à luz do fim da tarde, com nuvens gordas e pesadas de bordas douradas e rosadas. De cada lado das margens, erguiam-se aglomerados organizados de casas, com paredes lisas e brancas desbotadas pela ação constante do vento e da água, os telhados curvados com telhas de ardósia cinza, fileiras de lanternas redondas penduradas nas sacadas, enfeitadas com delicadas borlas de seda. Flutuamos sob pequenas pontes arqueadas, cujos reflexos ondulavam sobre a superfície do canal, de modo que, de longe, tinham o formato perfeito de uma lua cheia. Não era a terra de cadáveres e fumaça que imaginava, mas sim de lagos e jardins, água e terra, barcos de pesca e luzes flutuantes.

Mas até sua beleza fazia meus ossos gelarem. Apertei o manto ao redor do corpo e me firmei no convés. O médico havia recomendado que saísse para respirar ar fresco e deixar o ferimento cicatrizar mais rápido ao sol, mas não sabia se me sentia melhor ou pior.

— Estranho, não? — perguntou Luyi ao meu lado. Também estava olhando para o canal, os cabelos escuros soprando ao vento, de expressão estranhamente séria, sem o costumeiro brilho travesso.

— O quê?

— Como... tudo parece normal — explicou, acenando com a cabeça para os cidadãos nas plataformas de pedra ao nosso redor: mulheres idosas de cabelos grisalhos carregando cestos de tâmaras secas e ervas, crianças correndo alegres umas atrás das outras por uma ponte. — Há um ditado que diz que, para alguém de Chu, seria impossível distinguir um homem de Wu de um homem de Yue. Seria de se pensar que, depois de todos os nossos conflitos... bem, que ao menos haveria algum indício. Um bom motivo.

Eu o olhei curiosa. Ele raramente tocava nesses assuntos.

— Você nunca me contou como acabou a serviço de Fanli.

Luyi se remexeu um pouco, mantendo os olhos à frente.

— É uma história bem sem graça. Meu pai morreu no campo de batalha, e minha mãe foi levada por um soldado de Wu. Fiquei pedindo esmola nas ruas por um tempo até que Fanli me encontrou, quando eu tinha quinze anos, e perguntou se era bom com uma espada. Ele gosta de dizer que viu potencial em mim como guerreiro, mas *eu* acredito que Fanli me mantém por perto por causa do meu charme. — O rapaz olhou para mim e pareceu fazer um grande esforço para sorrir. — Como eu disse, sem graça.

Engoli em seco.

— Sinto muito.

— Não é preciso. Ainda que Fanli me submeta ao treinamento mais rigoroso que qualquer homem neste mundo já suportou, e apesar de que poderia dar risada das minhas piadas de vez em quando, porque *eu sei* que são engraçadas, tenho sorte de ele ter me acolhido. Ele é... uma pessoa boa, sabe? No fundo, bem lá no fundo.

Luyi soltou o ar e se virou para mim, os olhos sombrios com uma compreensão que eu não queria ver. Um eco. Uma semelhança. Meus batimentos se aceleraram. Era como se ele tivesse visto cada sentimento proibido que eu havia guardado em segredo, cada desejo que havia abafado como a chama de uma vela.

— Se heróis nascem em épocas de conflito, então Fanli deve ser um deles. Talvez muito pouco do nosso reino sobreviva às marés da história, mas... acredito que ele vai. Mesmo daqui a centenas ou milhares de anos, acredito que será lembrado como um herói.

— Mas heróis sempre têm finais trágicos — comentei baixinho, sentindo um nó na garganta.

— Ora, sim. Não se pode salvar o mundo e viver em paz. Não é assim que as coisas funcionam.

Algo em suas palavras me lembrou do que eu mesma havia pensado quando estava sozinha fora de casa, com medo, sentindo o peso da decisão em meu peito: *um reino ou minha felicidade*. Nós dois havíamos feito nossas escolhas. Será que já era tarde para nos arrependermos delas?

— O que você vai fazer? — perguntei. — Quando tivermos partido?

Luyi ficou em silêncio. Os remos rangiam e batiam na água em um movimento ritmado, e uma leve névoa se erguia em torno de nós feito vapor branco.

— Não tenho certeza. Mas ficarei ao lado dele. — A expressão do guarda estava calma e determinada, seus ombros bem erguidos. — Vou aonde quer que Fanli vá, pelo tempo que ele me permitir.

Talvez uma centelha de inveja ou de desejo tenha transparecido nos meus olhos, porque ele me fitou, depois jogou a cabeça para trás e riu, o som um tanto amargurado.

— Acredite em mim, não é uma posição muito melhor se comparada à sua — disse Luyi. — Eu sei que ele estará pensando em outra pessoa.

Antes que eu pudesse responder, o barco deu um solavanco. As tábuas do convés oscilaram, e paramos ao lado de uma das margens do canal. Fanli apareceu por trás das cortinas, com a espada empunhada em uma das mãos.

— Já chegamos? — indaguei, confusa. Não conseguia ver o palácio, apenas correnteza de água esmeralda e o brilho carmesim das lanternas.

Fanli balançou a cabeça.

— Não chegamos, mas vou descer aqui.

Foi como se alguém tivesse virado o barco ou arrancado o chão debaixo de meus pés. Não conseguia respirar. Uma dor aguda atravessou minha garganta, ainda mais intensa do que no local onde a ponta da flecha me perfurara.

— Você... você não vai comigo?

— Não. — Era impossível decifrar a expressão dele, os olhos impenetravelmente escuros. — Pensei bem a respeito e não há necessidade alguma de uma despedida dramática. Você deve chegar ao palácio sozinha, sem qualquer vínculo com o Reino de Yue; Luyi estará lá para garantir sua segurança. É melhor assim.

*É melhor assim.* Palavras tão simples, tão frias e pragmáticas, tão impessoais. Quis bater nele, sacudi-lo, segurá-lo pelo pulso e apertar. Será que não sentiria minha falta? Não entendia que essa era a última chance de nos vermos, nossos últimos momentos juntos? Não poderia ser um pouco menos racional, só dessa vez?

Fanli deu um passo à frente e estendeu a espada para mim, com as duas mãos abertas. Da mesma forma que eu entregara a espada para ele, na margem do rio.

— O que é...

— Pegue — pediu. — É sua agora, para se proteger.

Fiquei olhando para ele.

— Mas... você sempre carrega essa...

— Precisa dela mais do que eu. Pode ficar. Por favor.

Havia algo a mais por trás de suas palavras, mas Fanli não tornou a falar, apenas me ofereceu a espada, ainda guardada em sua velha bainha. Engoli em seco e a peguei. No momento em que o fiz, os nós de nossos dedos se tocaram; foi apenas por um segundo, pele contra pele, mas meu corpo inteiro estremeceu e minha garganta se fechou.

A espada era mais pesada do que me lembrava. Eu a puxei um pouco, o suficiente para ver a inscrição no metal polido: *A mente destrói, o coração devora*.

— Lembre-se — pediu Fanli baixinho.

Quando ergui o olhar, ele já estava subindo na plataforma de pedra, de queixo erguido e mãos unidas atrás das costas. Distraído, impassível. Apenas os dedos tremiam. Sem se virar para mim, fez um sinal para que o barco seguisse em frente. Os remos retomaram seu movimento, a água criando uma névoa no ar. Fanli permaneceu de pé. A distância entre nós aumentava, centímetro por centímetro, de forma irreversível.

— Espere! — gritei, o desespero crescendo dentro de mim. Lancei-me para a frente, o mais próximo da borda do barco que podia sem correr o risco de desequilibrá-lo. As lágrimas ardiam em meus olhos, queimavam no fundo da garganta. Minhas mãos agarraram o vazio. Pessoas começaram a olhar da ponte acima, do outro lado do canal, mas não me importava. — Espere... pare... eu não... — Eu me virei para Luyi. A expressão dele estava desolada, os lábios apertados em uma linha tensa e resignada. — Me ajude — pedi, quase implorando. — Faça o barco dar meia-volta. Só mais alguns segundos. Só quero dizer a ele... não consegui dizer que...

Mas Luyi balançou a cabeça de leve e colocou a mão no meu ombro bom. Eu sabia que era um gesto de consolo, mas, naquele instante, só queria a familiaridade do toque de Fanli, sua presença, seu cheiro. Só queria ele.

— Não pode tornar isso um pouco mais fácil para ele? — indagou o guarda, com um tom carregado de piedade. Não por mim, percebi, mas por Fanli.

— *Para ele?* — Minha mente girava. O barco estava se afastando cada vez mais da plataforma. — O que... o que você quer dizer?

Ele suspirou e me lançou um olhar quase exasperado.

— Por que acha que ele está desembarcando antes, Xishi? Quando ele quase nunca larga uma tarefa antes de conclui-la?

*Porque é insensível*, quis responder, por raiva, embora soubesse, mesmo naquele momento, que não era verdade. *Porque não se importa tanto quanto eu. Porque quer se livrar de mim logo. Porque sempre irá priorizar o reino.*

— Não consegue imaginar que deve ser difícil para ele entregá-la de bandeja nas garras do palácio inimigo e vê-la se casar com outro homem? Fanli é disciplinado, Xishi — disse Luyi, enquanto suas palavras zumbiam na minha cabeça feito um enxame selvagem de vespas —, mas não é feito de pedra. Ele também sofre. Em silêncio.

Agarrei minha garganta, emitindo um som embargado de angústia que nunca havia feito antes. Não conseguia suportar. A constatação era avassaladora. Não haveria mais jantares à luz suave e cálida das velas no salão. Não haveria mais passeios ao entardecer, com o céu tingido de roxo, nem encontros à beira do lago, com a imagem de Fanli refletida entre as flores de lótus. Não haveria mais olhares roubados nos corredores, passos diminuindo à sua sombra. Nem mais sorrisos contidos e quase-toques, dedos delicados roçando a seda. Nunca mais o encontraria em seu quarto, a silhueta delineada contra a lareira, e abriria uma frestinha da porta para vê-lo melhor. Não haveria mais flores da primavera ou chuvas de outono. Não haveria mais escapadas ao parapeito mais alto do chalé, para contemplar ao lado dele a fumaça e o fogo da cidade ao longe. Não haveria mais conselhos ou palavras de cautela, nem histórias confidenciadas nos momentos mais leves. Não haveria mais cumprimentos matinais. Nunca mais o observaria em segredo, com a cabeça baixa e um pincel de tinta entre os dedos. Não haveria mais a ternura. Não haveria mais o consolo. Não haveria mais possibilidades.

Restava apenas eu, parada na proa do barco, olhando para Fanli sozinho na margem oposta. Já estava longe demais para que eu conseguisse distinguir os detalhes encantadores de seu rosto, via apenas as linhas dos ombros, a coluna ereta feito uma lâmina. A água ondulava e brilhava entre nós, expandindo-se, as marés empurrando o barco adiante, para longe de tudo o que eu conhecia e em direção ao terrível palácio. Fechei os dedos com firmeza em torno do punho frio da espada, como se pudesse sentir um resquício de seu toque, as marcas que suas mãos haviam deixado na madeira. Eu estava preparada para isso, tinha levado tudo comigo, menos o que de fato queria. Quis chorar, mas as lágrimas pareciam insignificantes, um gesto vazio. O sentimento que se intensificava dentro de mim, feito um mar agitado, era maior, mais pesado, absoluto.

Incapaz de continuar olhando, de encarar o que perderia, desviei o rosto da silhueta de Fanli, que ia desaparecendo. Mas, assim que o fiz, uma nova dor rasgou meu peito, uma dor que não sentia desde o dia em que o conheci, como se meu coração tivesse se despedaçado.

Eu me sentia um fantasma quando cheguei ao palácio de Wu.

Vestia carmesim, a cor viva e alegre de uma noiva. Os lábios estavam tingidos com pó de carmim, e as bochechas, levemente ruborizadas com ruge. As joias em meu cabelo tilintavam e sussurravam com suavidade enquanto eu atravessava os portões gigantescos cravejados de bronze, guiada por uma fileira de criadas cujos rostos eram tão inexpressivos quanto pedras alisadas pelas ondas. Eram bem treinadas. Houve mais despedidas: disse adeus a Luyi, que apertou minha mão e prometeu cuidar de Fanli. Se a tradição permitisse, eu o teria abraçado com força, enterrado o rosto em suas vestes; mas a decência reinava, como sempre, e nos limitamos a assentir um para o outro; as feições dele demonstraram compreensão. Toquei a madeira desgastada do barco, a frieza da água, até que meus dedos adquirissem um leve cheiro de salmoura. Sentia um vazio a cada pequena coisa de que precisava me separar; um buraco havia se aberto entre minhas costelas, e era por ali que meu espírito, minha essência, se esvaía. Mas isso não importava. A pior despedida já havia passado. Meu coração já havia morrido.

E, assim, dei o primeiro passo em direção à minha nova vida.

Meu rosto era uma máscara. Escondia-me atrás de uma expressão falsa de admiração enquanto analisava o entorno. Os edifícios do palácio reluziam em vermelho, com telhados dourados e verdes inclinados e estátuas de grous de uma perna só com tigres no topo. O crepúsculo tingira o céu de rosa, e a luz se refletia nas janelas de treliça de diamante e nas portas com batentes dourados. Observei onde um portão dava acesso a outro como possíveis rotas para uma invasão; onde jardins esplêndidos floresciam por trás de cercas, oferecendo proteção de olhos atentos; onde pilares laqueados de carmesim e balaustradas de mármore poderiam desviar flechas inimigas; onde guardas silenciosos feito sombras haviam sido posicionados a intervalos de um metro e meio. As alamedas ali eram largas e impecáveis, a distância entre uma e outra como aquela entre o céu e a terra, todas apontando para um palácio que se erguia acima de toda aquela magnificência sobre degraus íngremes.

Ali, percebi, era onde o rei Fuchai me esperava.

Meu coração martelava. Olhei de relance para Zhengdan, que caminhava atrás de mim, de olhos abaixados como qualquer dama de companhia obediente. Só eu poderia notar que suas mãos estavam fortemente entrelaçadas e saber a profundidade de seu medo.

Por fim, as criadas nos deixaram e entramos sozinhas no palácio. O ar ali dentro era mais escuro, mais frio. Nossos passos ecoavam sobre os vastos pisos polidos. As paredes cobertas de tapeçarias eram tão altas que me senti uma formiga, algo primitivo e insignificante, correndo em busca de abrigo. Lutei para manter uma expressão agradável, para não tremer. Um trono elaborado estava diante de nós, elevado em um estrado, brilhando como jade escura. E, esparramado sobre o assento, em uma postura tão relaxada que parecia prestes a cair no sono, estava o rei inimigo.

Ele era jovem. Essa foi a primeira coisa que notei, por mais tolo e simples que fosse esse detalhe. Havia imaginado um homem grisalho, de barba rala e pele tão áspera e enrugada que pareceria a casca de uma árvore, um queixo que desaparecia nas dobras frouxas do pescoço. Mas Fuchai parecia estar em idade mais apropriada para ser um príncipe do que um rei: passava pouco dos vinte. Também era bonito de uma maneira surpreendente e perturbadora, com sobrancelhas negras bem definidas e traços afiados e assertivos, feito os de um lobo. E, assim como os outros homens de Wu, usava o cabelo cortado curto, as mechas escuras e onduladas terminando logo acima dos olhos e da nuca. Quis recuar diante daquela visão anormal. Era uma prática que contrariava os céus. Nosso cabelo, pele e corpo eram todos presentes de nossos pais. Não deveriam ser danificados.

O ódio borbulhou dentro de mim, intenso e instantâneo. Aquele era o homem que me arrancara da minha antiga vida, da minha família, de Fanli. Aquele era o homem que atormentara meu povo, que relaxava no trono enquanto seus soldados dizimavam nossos cidadãos como abutres atrás de lebres. Eu deveria ter desembainhado a espada de Fanli e a cravado em seu coração até que o sujeito sangrasse no chão frio de pedra. Queria fazer aquilo com todas as minhas forças. Meus dedos coçavam com a vontade.

Em vez disso, abaixei-me em uma profunda reverência a poucos passos do rei, do jeito que me fora instruído, e mantive o rosto no ângulo perfeito para chamar sua atenção.

— Venha, venha — disse Fuchai. Enquanto as sílabas de Fanli eram nítidas e frias, as dele eram suaves, quase um ronronar, fluindo da língua como vinho. — Quero dar uma boa olhada em você.

Aquiesci, dando passos ágeis e silenciosos nos pisos do palácio. As mulheres não deveriam fazer barulho a menos que fosse para cantar. Mordi as bochechas por dentro para não gritar.

A voz de Fuchai se dirigiu a um dos ministros que aguardavam ao lado:

— Ela é a concubina que Goujian prometeu?

*Goujian*. Nem sequer usou um título antes do nome dele. Era assim que se falava de um servo ou de um velho amigo.

— Sim, Vossa Majestade — foi a resposta baixa do ministro. Olhei de canto de olho para ele. Era um homem alto, de constituição forte, também mais jovem do que eu imaginara, talvez na casa dos vinte e poucos anos, com um maxilar definido e sobrancelhas escuras que, naquele momento, estavam franzidas na minha direção.

— Ele não deixou a desejar; a moça tem uma aparência encantadora. Tem um... aspecto um pouco diferente das nossas mulheres, não tem? — Enrijeci os ombros, mas Fuchai continuou: — É bom ter um pouco de variedade por aqui. Qual é o nome dela?

Essa era minha deixa. Levantei a cabeça um pouco. Quatro garotas vestidas de maneira provocante estavam ao redor do trono, com faixas de seda escorrendo dos ombros delicados até as cinturas finas. O perfume delas deixava o denso com um aroma enjoativo de flores murchas e pó de cinábrio. Quando Fuchai acenou com impaciência, elas fizeram uma reverência no mesmo instante e se retiraram para o fundo do salão.

— Sou Xishi — cumprimentei-o, sustentando seu olhar por três longos segundos. Foi um ato ousado; a maioria tinha medo de encarar o rei diretamente nos olhos. Mas ele retribuiu meu gesto, ficando ainda mais fascinado.

O rapaz desceu do estrado e parou diante de mim, tão perto que eu podia contar o brilho de cada botão de jade costurado em suas vestes. Havia um resplendor sombrio e predatório em sua expressão; os lábios estavam esculpidos em um sorriso que beirava o sarcasmo. Sem aviso, ele segurou meu rosto, os dedos pressionando levemente minhas bochechas para erguê-lo mais. Não foi um toque grosseiro. Na verdade, acho que não poderia ter sido mais gentil. Ainda assim, minha pele ardia. *Inimigo.* Aquela palavra tenebrosa pulsava em mim feito outro coração.

— Xishi — murmurou; quis arrancar meu nome de sua língua, impedir que Fuchai o corrompesse, que substituísse o modo como Fanli me chamava. Não suportaria esquecer nada. — Você sabe como é linda?

Será que ele imaginava o quanto eu já estava imune a esse tipo de comentário? Mas é claro que reagi com a humildade necessária.

— Sou apenas uma camponesa de uma aldeia distante, Vossa Majestade — falei com uma doçura exagerada. — É uma honra estar aqui.

Mentalmente, eu me corrigi com amargura: *É um tormento. Preferia estar em um milhão de outros lugares, inclusive em um chiqueiro.*

— Não seja tão formal. Agora você é uma de nós. — Ele brandiu a manga para indicar o palácio de teto alto, as câmaras douradas, os ornamentos áureos, os ministros, as concubinas e servos prontos para atender a cada uma de suas vontades. — Bem-vinda ao Reino de Wu, Xishi. Bem-vinda ao seu novo lar.

Sorri para não chorar.

— Venha jantar comigo — disse ele de repente, estalando os dedos com uma empolgação quase infantil. — Está com fome? Qual é o seu prato favorito? Mandarei preparar agora mesmo.

— Eu...

As lições de Fanli surgiram na mesma hora em minha mente. Mantive as emoções sob controle, lembrando-me das outras garotas que haviam cercado o trono. Fuchai devia tê-las tratado com o mesmo entusiasmo um dia, mas já nem sequer olhava duas vezes para qualquer uma. Homens como ele gostavam de desafios, de novidades, do prazer da caça. Eu precisava recuar e manter o mistério para continuar a intrigá-lo.

— Adoraria, Vossa Majestade, de verdade... mas temo estar bastante cansada da viagem. Talvez em outra ocasião?

Por um momento, Fuchai pareceu atônito. Não estava preparado para uma rejeição; tinha pouquíssima experiência com isso. Senti um arrepio repentino de medo percorrer minha espinha. E se tivesse me precipitado? E se, em vez de atraí-lo, tivesse feito o oposto, insultando-o a ponto de ele nunca mais querer me ver? Meu estômago se revirou.

Depois de um longo e terrível silêncio, o rapaz assentiu. Um quê de descrença ainda persistia em sua expressão.

— Claro. Você deve descansar. Teremos muitas oportunidades para passarmos tempo juntos no futuro.

— Obrigada, Vossa Majestade.

Esperava que ele não percebesse o alívio em minha voz.

Fuchai já havia retornado ao trono, jogando-se no assento sem o menor cuidado, sem sequer se preocupar em ajeitar as vestes. A coroa dourada em sua cabeça havia entortado, destacando ainda mais seus traços sombrios e selvagens, além das ondas negras e rebeldes do cabelo. De olhos semicerrados, fez um gesto ligeiro com o pulso para o mesmo ministro de antes.

— Zixu, você já terminou de alocar os quartos delas, não terminou?

*Zixu*. Wu Zixu. Meu coração disparou. Então aquele era o homem sobre quem Fanli me alertara.

O sujeito deu um passo à frente e baixou a cabeça. Os olhos de Fuchai estavam quase fechados, então não pôde ver o que vi: a tensão que percorria o corpo de Zixu, o olhar carregado em seu rosto.

— Tudo foi devidamente organizado, Majestade.

— Ótimo, ótimo. Certifique-se de que saibam para onde ir.

Ouvi o tom de dispensa em suas palavras e fiquei aliviada. Não sabia por quanto tempo mais minha máscara resistiria. Podia sentir o ferimento no ombro voltando a sangrar, as ataduras grudando na pele, encharcadas de líquido quente. Teriam que ser trocadas em breve. Ainda assim, ao sair do palácio e me virar devagar, senti a nuca se arrepiar com a sensação perigosa e inconfundível de estar sendo observada por diversos pares de olhos.

# CAPÍTULO ONZE

**Nossos aposentos ficavam no canto** mais afastado do palácio.

Só me dei conta disso no terceiro dia, quando ficou claro que algo estava errado. Nenhuma criada vinha trocar a roupa de cama ou trazer água fresca; nenhuma concubina aparecia com presentes ou sequer para nos cumprimentar. E o som que eu esperava ouvir — o balanço da carruagem do rei enquanto ele percorria as alamedas, em busca de uma companhia para passar a noite — nunca surgiu. Era como se não existíssemos, como se nunca tivéssemos entrado ali. Uma parte de mim, tomada pelo pânico, questionava se eu já havia fracassado, se o rei sempre tivesse planejado aceitar os presentes de Goujian só de fachada, enquanto, na realidade, nos deixava esquecidas em algum lugar remoto e abandonado, para nunca mais sermos vistas ou ouvidas. Mas eu tinha visto como Fuchai me olhara. Mesmo que ainda não *gostasse* de mim, devia pelo menos estar interessado.

— Isso é coisa do Zixu — reclamei para Zhengdan enquanto andava de um lado para o outro no cômodo. Como dama de companhia, o quarto dela ficava ao lado do meu; era muito menor, sem lagos, jardins ou móveis refinados. — Você ouviu o que disse, foi ele quem cuidou dos nossos quartos.

Minha amiga cruzou os braços, reclinando-se na poltrona almofadada.

— O sujeito não confia na gente.

— Não mesmo — concordei. — E essa foi a solução mais fácil que encontrou. Aposto que o rei já deve ter centenas de concubinas para escolher. Contanto que não passe pelos meus aposentos e ninguém na corte mencione meu nome, logo se esquecerá que existo.

— Que inferno — resmungou Zhengdan. — E o que vamos fazer, então? E se eu sair de fininho e encontrar as outras damas de companhia? Perguntar para elas onde está o rei?

Balancei a cabeça.

— Aposto que Zixu já tem guardas posicionados ao redor do palácio para nos vigiar, só por precaução. Se nos afastarmos muito de nossos aposentos, alguém virá nos escoltar de volta. Não podemos procurar o Fuchai por conta própria. Além disso, vai parecer muito intencional. Muitas mulheres são esquecidas até que seus quartos fiquem frios.

Zhengdan me encarou e ergueu uma sobrancelha fina. A expressão era adoravelmente familiar, lembrando nossos dias no vilarejo; ela poderia muito bem estar pedindo para nos escondermos entre as árvores para fugir das broncas da mãe ou colocar pedrinhas nos sapatos de uma tia que a tivesse insultado.

— Então acha que devemos atraí-lo até você?

— Exatamente.

Ela pensou a respeito.

— Mas o que poderia ser tão importante que o rei precisaria vir pessoalmente?

— Precisa ser muito importante. Pode até ser algo que ameace minha vida — expliquei, com os olhos indo para o ferimento no ombro. A pele tinha acabado de começar a fechar, mas ainda estava sensível e delicada.

Zhengdan seguiu meu olhar, depois empalideceu.

— Não pode estar... Não, com certeza, você não...

— Consegue pensar em algo mais eficaz?

Ela abriu a boca, mas logo a fechou, com uma expressão resignada no rosto.

— Só temos uma chance — comentei, já revirando as gavetas em busca de um objeto afiado. Talvez um espelho que pudesse quebrar em pedaços, ou um jarro. — Se não conseguirmos atrair a atenção do rei, só vamos alertar Wu Zixu e os outros ministros de que estamos planejando algo. Eles podem aproveitar a oportunidade para nos prender ou, pior, nos matar. É muito fácil fazer algo parecer um acidente quando há poucas testemunhas por perto.

Por fim, encontrei a espada de Fanli. Eu a havia escondido com todo o cuidado no fundo da gaveta, envolta em um tecido vermelho para que ninguém a encontrasse. Afastei o pano e ergui a arma. A lâmina roçou contra a bainha enquanto eu a puxava lentamente, imaginando as mãos de Fanli segurando o mesmo cabo adornado com joias, as lembranças surgindo feito fantasmas diante de mim. Quantas vezes o vira com a arma ao lado, pronto para proteger ou atacar; treinando com ela nos jardins do chalé, com pétalas de flores de ameixeira caindo ao seu redor; cortando o ar com precisão, o sangue escorrendo da ponta afiada. Senti uma dor no peito, como se alguém estivesse apertando meu coração com força.

*Pare. Concentre-se.*

A espada era pesada em minha mão, mas de algum modo encontrava um estranho consolo nela. A lâmina que o substituía era o mais próximo que poderia chegar da presença de Fanli de fato.

— Xishi-jie. — Zhengdan levantou-se, mas hesitou. Os lábios estavam cerrados em uma linha dura, os olhos carregados de preocupação. — Você não deveria... É um sacrifício grande demais. E se fingisse estar doente? Dissesse que estava com dor de barriga ou com febre?

— Acha mesmo que eu conseguiria enganar o médico real? Ele saberia que estou mentindo e contaria a Wu Zixu.

Ela ergueu o queixo, tão teimosa quanto eu.

— Tem que haver outro jeito...

Balancei a cabeça.

— Esta é a melhor opção que temos. Não se preocupe, já estou ferida. A pele já está destruída de qualquer forma.

Minha voz saiu surpreendentemente firme. Ninguém além de mim sentia como meu coração estava acelerado. Era tão imaturo ter medo da dor. Mas talvez fosse também algo biológico, instintivo, o modo natural do corpo de se defender. Mesmo depois de tomar a decisão, meus dedos tremiam ao segurar a espada. Outra dúvida me atravessou o coração; eu havia zombado dos Wu por cortarem os cabelos, mas agora estava pronta para cortar minha própria pele. Fui tomada de surpresa quando a voz de Fanli ecoou em minha mente, tão clara quanto se estivesse presente: *Qual é a causa maior*? Para ele, quase tudo era aceitável, desde que o resultado final fosse mais vantajoso. E eu sabia exatamente o que ele faria no meu lugar.

Pelo menos foi rápido.

A carne se dilacerou com facilidade sob a lâmina, e o ferimento se reabriu. Gotas grossas de sangue escorreram e deslizaram pelas laterais do meu corpo, encharcando minhas vestes. O ardor veio logo depois, tão intenso que me vi batendo os pés no chão, tentando de qualquer forma me distrair da agonia em meu ombro. A espada caiu com um estrondo nos azulejos marmorizados. *Vou ficar tão furiosa*, pensei, meio histérica, arfando, *se o rei acabar não vindo e eu ficar aqui só sangrando no chão sozinha*.

Eu ainda sangrava quando Zhengdan correu até as portas, as abriu com força e gritou, com uma aflição genuína na voz:

— Socorro! Alguém, por favor... Ajude! Chamem o médico!

O rei Fuchai foi o primeiro a entrar nos aposentos, as vestes roçando o chão, a coroa reluzindo. Um médico idoso veio trotando logo atrás, carregando uma caixa preta laqueada com incontáveis botões e compartimentos.

— O que aconteceu? — perguntou Fuchai, vasculhando o cômodo. Então seu olhar caiu sobre mim, e ele veio em minha direção em dois passos largos e decididos, as botas batendo contra os ladrilhos.

Cerrei os dentes para conter um grito. Estava deitada na cama, as mãos segurando o tecido encharcado de sangue ao redor do ombro. Zhengdan já tinha limpado a espada e a escondido de volta na gaveta, e um vaso jazia quebrado no chão. Apesar dos avisos murmurados do médico, Fuchai contornou os cacos com surpreendente facilidade e parou ao meu lado. Seu cabelo escuro e desgrenhado pendia sobre o rosto, e duas manchas de cor intensa surgiram nas maçãs do rosto salientes.

— Vossa Majestade — falei, rouca, forçando a voz a tremer de dor, que era real. Todo o resto, não. — Não foi minha intenção alarmá-lo...

Ele fez um gesto com a mão, e o médico avançou apressado, com as costas já corcundas se dobrando tanto que parecia prestes a se quebrar ao meio.

— Me diga o que aconteceu. — Os olhos de Fuchai relampejaram feito raios em um céu de tempestade. — Nada que é meu deveria se ferir dentro das paredes desse palácio.

*Nada que é dele.* Não era de se admirar que estivesse tão preocupado. O rapaz interpretava como um insulto pessoal ver uma posse sua avariada, da mesma forma que ficaria angustiado ao ver um de seus melhores cavalos ferido, ou seu manto favorito rasgado.

— Não, não é nada demais — respondi, ofegante. O médico chegou mais perto, examinando o corte em minha carne, com o cuidado de não me tocar sem a permissão do rei. — Foi culpa minha...

Acreditava que Zhengdan e eu havíamos desenvolvido uma compreensão mútua, uma sensibilidade compartilhada até então, pois foi nesse momento que decidiu me interromper.

— Foi culpa *minha*, Vossa Majestade. Eu estava tentando limpar as prateleiras de cima, e ela… ela insistiu em ajudar… e o vaso escorregou do alto e se quebrou. Xishi-jie não queria incomodá-lo em meio aos assuntos de estado, mas o corte foi tão profundo… Fiquei com medo…

As sobrancelhas de Fuchai se franziram.

— Por que *você* estaria limpando as prateleiras de cima? Isso é trabalho para os servos, não para as damas de companhia, e muito menos para as concubinas.

Ficamos ambas em silêncio, deixando que ele chegasse à conclusão por conta própria. Acho que tive sorte de o rei de Wu não ser tão obtuso quanto os boatos do meu reino diziam, ou poderíamos ter permanecido assim para sempre, meu ombro sangrando, o médico agachado diante de mim e Fuchai apenas parado ali, esperando uma resposta.

— Ninguém veio servi-las? — Ele olhou ao redor dos aposentos, como se o estivesse vendo pela primeira vez. As teias de aranha penduradas nas vigas altas e nos armários, a fina camada de poeira amarela que cobria o parapeito da janela, os barris vazios, os lençóis que não eram trocados há tempos. Seus olhos se estreitaram. — *Nenhum* servo esteve aqui?

O médico, que começava a aplicar uma pomada herbácea no meu ferimento com um pequeno bastão, tremeu violentamente ao ouvir a mudança no tom do rei, como se fosse ele quem tivesse despertado sua ira. Até eu senti um arrepio de medo. Havia certa alquimia nessas coisas; mesmo que não reconhecesse Fuchai como *meu* soberano, e mesmo que estivesse tramando a queda de seu reino, tinha plena consciência do que a coroa em sua cabeça podia fazer, do poder que carregava. Talvez isso fosse outro instinto de sobrevivência.

— Que ultraje — murmurou, ainda observando o entorno. — E a que aposentos você foi alocada? Fica tão longe de tudo. Não — disse com firmeza —, essa negligência absurda não pode continuar. Tenho que falar com as criadas.

De repente, uma imagem de dez jovens sendo dilaceradas feito folhas de grama surgiu em minha mente, o sangue delas formando um rio que se espalhava pelos salões dourados. Se o palácio era um lugar de tigres e lobos, os servos eram ratos, presas fáceis. Meu estômago se revirou.

— Acredito que as criadas não saibam onde estamos, Vossa Majestade — falei da forma mais suave que consegui. A pomada começava a arder, e o cheiro amargo das ervas queimava minhas narinas. — Talvez... talvez tenha sido um mal-entendido.

A expressão dele se abrandou. Fuchai se sentou na beirada da cama, balançando a cabeça.

— Você é tão benevolente. Saiba que, se as posições estivessem invertidas, elas não hesitariam em se livrar de você, desde que não levassem a culpa por nada disso.

Eu sabia. É claro que sabia.

— Está tudo bem — insisti. — O ferimento parece pior do que é. Estou envergonhada por tê-lo feito vir pessoalmente por algo assim.

Fuchai fez um gesto impaciente para o médico.

— Deixe o remédio comigo — ordenou, pegando a pomada. — Eu cuido disso.

— M-mas... mas, Vossa Majestade... — A voz do homem tremia, o corpo se sacudindo feito uma folha ao vento. — Vossa Majestade, pensei que tivesse uma reunião da corte marcada para esta tarde...

Fuchai hesitou.

Vendo a oportunidade, soltei um gemido lastimável e fingi me encolher, segurando o ombro. A medicação era surpreendentemente eficaz; na verdade, a dor já começava a diminuir. Mas o rei não podia saber disso.

— Não — repetiu Fuchai, balançando a manga mais uma vez, o olhar fixo em mim. — Diga a eles que tenho outros assuntos para resolver.

O médico não ousou dizer mais nada. Falar uma vez poderia ser interpretado como um lembrete solícito; insistir seria desafiar as ordens do rei. O homem se curvou depressa e saiu dos aposentos. Zhengdan se retirou logo em seguida, mas não antes de se virar discretamente na porta e me dirigir um sutil aceno da cabeça e um olhar que dizia *cuidado* e *boa sorte*. E então, fiquei a sós com o rei. Sentia como se estivesse sozinha com um lobo.

— Agora que todos se foram — disse Fuchai, com um sorriso discreto brincando em seus lábios —, podemos conversar de forma mais confortável. É tão tedioso, não é? *A formalidade da corte*. — Ele revirou os olhos, como se falasse de uma peça de teatro enfadonha. — Todos aqueles ministros, duros feito pedra.

Poderia ser uma armadilha. Mas também poderia ser uma chance de atraí-lo, de fazer o que poucas concubinas ousavam: deixar uma impressão marcante. Antes de fazê-lo me amar, eu precisava fazer com que se lembrasse de mim.

— Então... posso chamá-lo pelo nome? — arrisquei. — Ou prefere *Vossa Majestade*?

Ele não respondeu de imediato, de tão concentrado que estava em aplicar a pomada. Fiquei surpresa ao perceber o quanto era delicado com as mãos e, após cada leve toque do bastão, ele se inclinava e soprava sobre o ferimento. De vez em quando, se eu estremecesse de modo exagerado para ser dramática, Fuchai pedia desculpas e diminuía o ritmo. Precisava admitir: nunca esperaria tanta ternura de um lobo.

Mas, ainda assim, parte de mim continuava esperando que ele mostrasse as presas. Não havia como prever quando mudaria de ideia, quando se cansaria de brincar de curandeiro e procuraria uma atividade mais prazerosa. Já estávamos sentados na minha cama, de portas fechadas e janelas trancadas. E aquele era o rei conhecido por suas visitas aos bordéis, por seu amor por mulheres bonitas.

— Pode — respondeu ele, afastando-me de meus pensamentos.

Demorei alguns instantes para me lembrar do que estava falando.

— Certo — falei devagar, só para testar. — Fuchai.

Sua boca se abriu em um largo sorriso, e ele me olhou com um charme repentino.

— Gosto de como soa. Diga de novo.

— Fuchai.

Ele se recostou por um momento, de olhos fechados, contente, como um gato se aquecendo ao sol.

— Meu Deus, faz tanto tempo que ninguém me chama assim.

No meu reino, nem mesmo o rei se referia a si mesmo pelo nome verdadeiro. Mas fingi surpresa.

— Ninguém?

— Parece que todos pensam que é uma brincadeira — explicou, em tom seco, os olhos se abrindo lentamente para me observar de relance, o sorriso assumindo o tom sarcástico de sempre. — Acham que basta dizerem meu nome uma vez e… — Fuchai fez um movimento brusco de corte no pescoço com a mão livre. — Vão perder a cabeça. Claro, não estão tão errados assim. Talvez porque já tenha matado um soldado por fazer exatamente isso, mas, em minha defesa, ele estava sendo *muito* irritante.

Pequenas pontadas de medo percorriam meu corpo. Ele falava com tanta casualidade da morte de um homem. Mas, sob o temor, fervilhava uma raiva antiga e já conhecida. Não importava o quão gentil fosse ao tratar e enfaixar minhas feridas; aquele rapaz havia causado danos muito maiores à minha família, ao meu povo, à minha terra. Ao meu amor.

Apaguei tudo isso do meu rosto.

— Zixu está sempre dizendo que não posso matar pessoas só porque acho que são irritantes. O problema para ele não é tanto o assassinato em si, é claro, mas com a forma como faço isso. *Imagine se o seu sábio, perfeito e infalível pai estivesse aqui.* — Fuchai imitou a voz grave e séria do ministro com tanta precisão que me peguei esperando que o sujeito aparecesse no quarto. — *Ele saberia quais peças mover para obter os mesmos resultados sem parecer um tirano bêbado.* Mas por que eu deveria ter que elaborar uma série complicada de trinta e tantos passos apenas para me livrar de um homem? Qual é a graça de ser rei se nem isso eu posso fazer? Mas, por favor — acrescentou, com um olhar conspirador —, não diga a Zixu que falei isso. Só Deus sabe os longos sermões que tenho que ouvir, todos, em tese, para o meu bem.

— Zixu — repeti, moldando as feições para tomarem um leve ar de curiosidade. — O nome me é familiar... Ele é o ministro que nos alocou a estes aposentos?

Fuchai franziu a testa. Quase dava para ver os pontos se ligando em sua mente; às vezes, só era preciso um empurrãozinho para guiar alguém na direção que você queria.

— É verdade. Vou ter que perguntar por que escolheu o lugar menos conveniente para vocês ficarem. Sério, ele sempre diz que tem seus motivos, mas às vezes... — Fuchai suspirou, irritado, e então colocou a mão sobre a minha. Sua pele era insuportavelmente quente, desconfortável de tão estranha, lisa e sem nenhum vestígio de calos. Fiz um esforço para não me mover. — Não se preocupe, vou me certificar de que lhe arrumem um quarto novo. Que tipo de acomodação prefere? Algo com uma boa vista para os lagos ou, talvez, mais espaço para dançar...

— Qualquer lugar que fique perto de você — respondi com doçura, contendo a vontade de vomitar —, assim pode me visitar sempre que quiser.

*E assim fica mais fácil monitorar os movimentos dos seus generais e ministros.*

O rosto dele se iluminou como o de um menino.

— Seu desejo é uma ordem — declarou.

A palavra do rei era mesmo a lei.

Fomos transferidas para outro lugar naquela mesma noite, um cômodo de janelas amplas e abertas que deixavam a luz entrar em forma de losangos. Havia com grandes rochedos e árvores de flores rosadas no jardim lá fora, as lanternas penduradas nos galhos parecendo estrelas. Estávamos tão perto do coração do palácio que os sons de passos chegavam com frequência aos nossos ouvidos, junto com um chamado oscilante e um sino que logo descobri ser usado para anunciar a chegada do rei.

Mas, embora estivéssemos mais próximas, ainda assim eu não conseguia encontrá-lo — e não por falta de esforço.

Na primeira semana, procurei usar os ferimentos a meu favor, chamando o médico com frequência e me queixando de uma dor aguda repentina ou de sangue manchando minhas vestes. Mas quem apareceu foi outro homem, e Fuchai não o acompanhava.

— Onde está aquele que me tratou antes? — perguntei.

O sujeito fungou, então despejou álcool diretamente na minha ferida, sem o menor cuidado ou delicadeza. O líquido ardeu feito fogo. Tive que conter um grito e cravar as unhas na pele.

— Aquele é o médico real, o mais alto no escalão do palácio. Ele deve servir apenas à Vossa Majestade.

— E você, serve a quem? — perguntei, tremendo de dor.

Ele não respondeu, mas dava para adivinhar. Wu Zixu. O ministro devia ter enviado o médico antes que qualquer outra pessoa pudesse fazê-lo.

Na segunda semana, quando meu ombro já estava quase curado, improvisei uma pipa com pedaços de tecido velho, galhos e linha. Zhengdan e eu costumávamos fazer várias em nossa aldeia, mas eu sabia que seria uma novidade para quem fora criado nos luxos do palácio. Quando os sinos soaram e Fuchai se aproximou, disparei pelos corredores com a pipa voando alto acima da cabeça, desejando que ele viesse. No entanto, mal havia soltado a pipa por alguns segundos quando um misterioso dardo negro a atravessou, fazendo-a cair no chão feito um pardal machucado. Apertei o dardo na mão enquanto o som dos sinos se distanciava.

Na terceira semana, amarrei pequenos sinos dourados nos tornozelos e pulsos e me aventurei pelos jardins do palácio. Quando Fuchai passou em sua carruagem elevada, comecei a dançar, os sinos tilintando suavemente aos meus movimentos, e a música se espalhou pelo ar. Mas, justo quando ouvi a carruagem desacelerar e senti a esperança crescer no peito, foi a temida voz de Wu Zixu que chegou até mim por entre as árvores.

— Não devemos atrasar nossa próxima reunião, Vossa Majestade — dizia. — É de extrema importância.

Na quarta semana, após Zhengdan descobrir que Fuchai chegaria dali a pouco, preparei um banho quente para mim mesma e mergulhei nas águas perfumadas com jasmim, o vapor se erguendo ao meu redor, quente e espesso. Mandei todas as criadas saírem e deixei a porta entreaberta, esperando que ele entrasse e me visse. Mas os passos que enfim se aproximaram eram leves e ágeis demais.

Água respingou no chão quando me virei depressa.

Uma das criadas havia voltado.

— O ministro Wu Zixu chamou Vossa Majestade para aprovar os preparativos de seu aniversário esta tarde. Ele pediu que eu avisasse, para que não fique esperando em vão.

— Entendo — respondi com firmeza. E de fato entendia. Vi o que o sujeito estava fazendo. Não importava o quanto eu fosse charmosa ou bem treinada, nem ao menos me davam a chance de ver o rei.

Mas, sem querer, ele me lembrou de outra coisa: o aniversário do rei, que seria dali a uma lua. Todos seriam obrigados a comparecer, desde os ministros mais prestigiados até os servos mais humildes. E nem mesmo Wu Zixu poderia me impedir de estar lá.

# CAPÍTULO DOZE

**O aniversário do rei** era uma ocasião feliz apenas para ele mesmo. Para todos os outros no palácio, era motivo de grande aflição.

Nas semanas que antecederam a ocasião, os servos podiam ser vistos correndo freneticamente de um lado para o outro pelos corredores interligados, pendurando bandeiras e esfregando cada superfície envernizada até que ficasse limpa o suficiente para ser lambida. Os cozinheiros mandaram homens escalarem montanhas remotas em busca de ervas raras e cozinharam sopa de galinha por sete noites e sete dias em panelas de barro. E, dentro das propriedades imensas e por trás das portas de tela bordadas, as concubinas escreviam cartas para mestres de caligrafia e fornecedores de joias, requisitando os presentes mais elaborados.

Eu não tinha riqueza nem conexões naquele reino, então só podia contar com minhas mãos. Fiquei acordada durante semanas à luz trêmula das velas, costurando um rico bordado de dragões e fênix. Cada escama e pena reluzente continha uma infinidade de cores, um conjunto de centenas de pontos minúsculos e cuidadosos.

Quando o dia chegou, coloquei o bordado dobrado em uma caixa de jacarandá para as criadas levarem e, então, juntei-me às outras no grande pavilhão do lado de fora.

Ali, em meio às flores de lilás e glicínias, protegido do sol, o rei estava sentado em um trono elevado de pedra branca. Vestia camadas de mantos de brocado tão finos que era difícil acreditar que haviam sido tecidos com materiais mortais. As bainhas eram forradas com pele macia, as mangas decoradas com chamas de prata. O rapaz estava terrivelmente belo, da mesma forma que lobos são belos sobre uma camada de neve manchada de sangue.

Decidi que, naquele dia, ele seria meu. Cravaria as unhas em seu coração e o forçaria a se lembrar de mim.

Por um momento, Fuchai pareceu olhar em minha direção, embora fosse difícil ter certeza. Eu estava em uma fila de vinte concubinas, cada qual vestida com suas melhores roupas, seguidas pelas damas de companhia. O ar estava carregado com a fragrância artificial de uma dúzia de perfumes diferentes. Meu nariz coçou, mas mantive uma expressão agradável.

Uma a uma, as garotas se aproximavam e ofereciam suas bênçãos. O conteúdo era dolorosamente repetitivo, alguma variação de *Que Vossa Majestade viva dez mil anos* ou *Que Vossa Majestade seja abençoado com paz, saúde e prosperidade*.

— Pode apresentar seu presente agora — pediu Fuchai, em tom entediado, acenando para que se aproximassem, como se estivessem lhe fazendo um favor.

Caixas valiosas e pergaminhos foram entregues e abertos. Um ovo de ganso feito de ouro puro. Um navio esculpido em marfim. Um rouxinol treinado para recitar um poema em louvor ao rei — algo bastante impressionante da primeira vez, mas que logo se tornou irritante.

— Coloquem isto bem longe dos meus aposentos — ordenou Fuchai, entregando a gaiola de bambu a um dos servos.

O pássaro já começava a recitar o poema pela décima vez. — Quem é a próxima?

A senhorita Yu deu um passo à frente, trazendo consigo uma estátua de mogno de um leão em salto. O trabalho do escultor era impecável, os detalhes tão bem feitos que o animal quase parecia estar vivo.

— Que bonito — comentou Fuchai, distraído. E foi só isso.

A essa altura, minhas mãos suavam, e a garganta apertava. Os maiores tesouros do mundo estavam ali expostos diante dele, e o rapaz mal olhava duas vezes para o que recebia. Quando a senhorita Yu fez uma reverência e saiu, fiz sinal para que a criada trouxesse meu presente.

— Espero que me surpreenda — disse Fuchai, inclinando a cabeça de lado.

Embora estivéssemos ao ar livre, o espaço parecia pequeno, sufocante, os pilares do pavilhão se erguendo imponentes. Todos estavam em silêncio, me observando. Ainda assim, antes mesmo de abrir a caixa, eu sabia que algo estava errado. A tranca estava solta. Olhei para cima e vi Wu Zixu parado nas sombras ao lado do rei, de expressão cuidadosamente neutra, exceto pelo leve arquear do lábio.

Um arrepio de pavor percorreu meu corpo.

— O que houve? — perguntou uma concubina em voz alta. — Vê se não demora.

Fuchai também se inclinou para a frente.

— Nada — respondi, mantendo o tom leve. À minha esquerda, Zhengdan estava tensa, a preocupação passando por seus olhos. Também devia ter sentido que algo estava errado. — *É* uma surpresa, afinal. Um pouco de suspense é necessário.

Levantei a tampa devagar, temendo o pior, e, mesmo assim, senti um frio no estômago. O bordado havia sido rasgado em pedaços irreconhecíveis, os fios mutilados como se uma faca tivesse passado por eles às pressas. Apresentá-lo ao rei não era uma opção. Mas então eu ficaria de mãos vazias, e, mesmo que não fosse punida com chicotadas por desrespeitar o trono, poderia ter certeza de que jamais cairia em suas graças.

Fiquei parada, congelada, segurando aquela maldita caixa, a mente trabalhando tão rápido que me senti tonta. O que fazer? Era uma tarefa tão impossível quanto abrir os mares ou conjurar a lua. Quis gritar de frustração, marchar até Wu Zixu e derrubá-lo no chão. O homem estava sempre lá, sempre arruinando tudo. Aquela era para ser minha oportunidade de ouro.

*Não reaja. Pense*, ordenei a mim mesma, meu sangue pulsando. *Encontre uma saída.*

— Senhorita Xishi? — chamou um servo, sem esconder a impaciência. — Não temos tempo a perder…

— Olhem! — gritou Zhengdan ao meu lado.

Levantei a cabeça de repente. Todos se viraram para olhar na direção para a qual ela apontava, mas havia apenas o céu azul-claro e o contorno distante das montanhas.

— O quê? — perguntou alguém.

— Um pássaro — disse Zhengdan, com tanta convicção que ninguém poderia imaginar que estava tentando me ganhar tempo. Meu peito se encheu de gratidão. — Era um pássaro gigante com penas iridescentes e bico vermelho… Já li a respeito dele. Só aparece na presença de uma entidade divina…

Sem jamais perder a chance de ser puxa-saco, um servo exclamou:

— A entidade divina deve ser Vossa Majestade! Que sinal afortunado.

Enquanto os outros murmuravam entre si e esticavam o pescoço em busca de um pássaro inexistente, olhei ao redor. Tinha apenas alguns segundos. Meus olhos pousaram sobre os seixos aos meus pés, e uma ideia para lá de ridícula surgiu em minha mente. Tão ridícula… mas eu estava desesperada.

Com um movimento rápido, abaixei-me e peguei um seixo liso, limpando-o com as mangas antes de colocá-lo na caixa.

Quando todos perderam o interesse na aparição do pássaro, eu já estava de pé, sorrindo como se nada tivesse acontecido.

— Aqui está meu presente — anunciei, com a boca seca, e estendi o seixo.

Houve uma pausa longa e considerável.

Meu coração batia feito um coelho assustado. A expressão de Fuchai era impenetrável, as sobrancelhas escuras levemente erguidas, os olhos fixos em mim.

— Isto? — questionou. — É um seixo.

Mesmo com todo o treinamento, os servos posicionados de ambos os lados do rei deram risadinhas. Outros olhavam horrorizados, como se já pudessem prever o chicote rasgando minha pele. Como se já estivesse morta.

Mas recuar não era mais uma opção. Endireitando a postura, segui em frente, minha voz firme enquanto inventava a mentira.

— Há muitos que lhe desejarão glória e sucesso, mas essas coisas costumam vir às custas de sua felicidade pessoal e sanidade. Para o seu aniversário, Vossa Majestade, e todos os dias que se seguirem, desejo apenas que tenha mais tempo para si mesmo. Que possa aproveitar os prazeres tranquilos da vida, como jogar pedrinhas na água, colher um fruto maduro diretamente de uma árvore, ou passear pelos jardins ao anoitecer...

— Que ousadia — interrompeu um servo, lançando-me um olhar furioso. — Como alguém como *Sua Majestade* poderia se rebaixar a realizar tais... tais atividades mundanas?

Pelos olhares desconfortáveis que os demais presentes trocaram entre si, todos pareciam pensar o mesmo.

Uma nova onda de pavor se chocou contra minhas costelas. Será que o rei ficaria ofendido? Presumiria que estava zombando dele? Perceberia a mentira?

Então, Fuchai sorriu. Não havia feito isso durante toda a manhã, e a atmosfera inteira mudou em resposta, o ar ficando mais leve de imediato.

— Traga aqui, Xishi — pediu.

Minhas pernas estavam tão fracas, tanto pelo medo quanto pelo alívio, que precisei me concentrar para andar em linha reta, segurando a pequena pedra com firmeza entre os dedos. Quando alcancei o trono, o rapaz estendeu a palma da mão e esperou, ainda sorrindo. O olhar dele era tão gentil quanto a brisa que soprava ao nosso redor.

Coloquei o seixo em sua mão, e Fuchai ficou olhando para aquela coisa bruta e áspera como se fosse um tesouro valioso, melhor do que todo o ouro, jade e porcelana com os quais havia sido presenteado, diferente de tudo o que já tinha visto.

— Obrigado — disse ele baixinho. — Eu me lembrarei de você.

# CAPÍTULO TREZE

**As decorações de aniversário** mal tinham sido retiradas quando o servo do rei apareceu do lado de fora de meus aposentos.

— Sua Majestade solicitou que o acompanhe esta noite — anunciou.

Meu coração disparou. *Até que enfim*. Parecia que meu presente havia causado uma boa impressão, no fim das contas; Fuchai se lembrara de mim. Mas não fui me banhar em água de rosas nem trocar de roupa por um traje limpo, como se esperava. Não podia desperdiçar uma oportunidade tão facilmente. Se fosse até ele naquela noite como uma noiva bela e obediente, não haveria mais expectativa, nem mistério.

Então, virei as costas para as portas de treliça deslizantes e respondi com uma calma forçada:

— Diga que estou muito cansada. Talvez em outra ocasião.

Houve um momento de silêncio prolongado.

Sentia o coração acelerar, o sangue correr ferozmente pelas veias. Sabia que era arriscado. Sabia que havia a possibilidade de toda a boa vontade conquistada com o presente, se desfazer. A possibilidade de que a impaciência do rei sobrepujasse a curiosidade e ele ordenasse minha expulsão do palácio, ou talvez minha execução imediata. Fechei os olhos com força, tentando afastar a imagem de uma lâmina caindo, de meu sangue escorrendo pelas pedras frias.

— É uma grande honra receber tal convite — foi a resposta do servo. Ouvi a incredulidade em sua voz e, por baixo dela, a acusação implícita: *Quem você pensa que é para negar ao rei o que ele deseja?* — Muitas mulheres matariam por essa chance.

— Isso não muda o fato de que estou cansada — respondi firmemente, caminhando para o fundo dos aposentos, com as longas vestes arrastando-se pelo chão.

Passei o restante da noite acordada, inquieta, atenta ao som de passos, quase convencida de que o servo retornaria com minha sentença. Mas apenas os galhos de jasmim-do-imperador batiam na janela, e as lanternas ardiam baixas.

Outro convite veio na noite seguinte.

— Sua Majestade espera que agora esteja bem descansada — disse o servo. Mesmo com a porta entre nós, o tom de desprezo era evidente. — Ele gostaria de vê-la esta noite.

Mordi o lábio. Devia estar grata por ainda estar viva. Mas até quando conseguiria prolongar aquilo? Quanto tempo até que a paciência do rei se esgotasse?

— Receio que não possa. Meu coração voltou a dar sinais de fraqueza — respondi, e não era mentira. Desde que me despedi de Fanli no canal, a dor se alojara profundamente, como se uma criatura tivesse aberto um buraco no meu peito. Sentia essa terrível pontada, a traição do meu corpo, a todo momento.

— Não à toa dizem que as garotas de Yue não tem modos — murmurou o servo enquanto se afastava.

Mas ele voltou na noite seguinte. E na outra depois dessa. Cada vez que o dispensava, prendendo a respiração, sabia que as desculpas se tornavam menos convincentes. Naquele ritmo, ou o rei ficaria obcecado por mim, ou passaria a me odiar. Eu até gostaria de dizer que era tudo parte de um plano, mas também sentia medo. Não sabia como Fuchai agiria quando estivéssemos, de fato, a sós.

— Tem certeza de que isso vai funcionar? — questionou Zhengdan certa tarde, quando o servo se foi.

— Claro — afirmei, com muito mais convicção do que realmente sentia. Já fazia dez dias. Talvez o rei desistisse. Talvez encontrasse alguém mais disposta, mais ansiosa para agradá-lo. Havia tantas mulheres no palácio, todas tão encantadoras quanto um lírio-d'água. — Tem que funcionar.

Quando ouvi os passos do lado de fora dos meus aposentos, já estava preparada.

— Diga a Sua Majestade que estou prestes a me deitar — falei, passando o pente pelos cabelos brilhantes. — Talvez outro dia.

Mas não fui recebida pelas reclamações amargas do servo, como já estava acostumada. Em vez disso, as portas rangeram ao se abrir, e o próprio rei Fuchai apareceu na entrada. Usava um manto de brocado negro envolto nos ombros, o céu ao fundo tingido de violeta. Seus olhos cintilaram, o canto da boca se curvou para cima. A expressão era afiada demais para ser um sorriso, mas sincera demais para ser deboche.

O ar congelou nos meus pulmões.

— Vossa Majestade. — Coloquei o pente de lado e fiz uma profunda reverência, mantendo os olhos fixos em seu rosto.

— Que joguinho é esse seu? — perguntou com suavidade, fechando a porta atrás de si. Na mesma hora, o quarto pareceu encolher, a distância entre nós diminuindo. Quis recuar, mas isso seria um sinal de fraqueza.

Em vez disso, ergui o queixo.

— Não estou fazendo joguinho nenhum — declarei.

— Então por que não deseja me ver? — insistiu ele, dando um passo à frente. Sua voz me fez hesitar. Havia algo surpreendente nela: Fuchai parecia quase magoado.

— Estou vendo você agora, não estou? — retruquei, cheia de inocência e compostura. Não tinha como ele saber que meu coração estava acelerado.

O rapaz deu mais um passo. Levantou a mão para afastar uma mecha solta do meu cabelo, depois roçou os dedos de leve na lateral do meu rosto. Suas mãos não pareciam as de um assassino. Eram lisas, sem cicatrizes. Quentes.

— Tenho pensado em você — disse, agitado, no tom de uma confissão embriagada. Ou talvez estivesse mesmo bêbado. Pude sentir o cheiro sutil de vinho amarelo impregnado em suas vestes. — Não consigo parar de pensar em você.

Sorri.

— Então não pare.

Seu rosto ardia de desejo. Isso o fazia parecer mais jovem, menos cruel. Ele se inclinou, e eu dei um pequeno passo para trás, só o suficiente para ficar fora de alcance. As mãos dele se fecharam de frustração enquanto tentava de novo. Dessa vez, deixei que seus lábios roçassem os meus antes de virar o rosto.

*O que é o desejo?*

*Ausência.*

Fuchai me encarou no silêncio, os olhos ardentes.

Minha garganta se fechou de medo. Se realmente quisesse, poderia me dominar ali mesmo, me beijar sem pedir. Reis nunca precisavam de permissão. Mas, apesar da respiração irregular e das mãos ainda cerradas, Fuchai se retraiu.

— Não precisamos fazer isso — disse, por fim. — Não faz sentido se você não estiver disposta.

Fiz o possível para esconder o espanto. Não era disso que os boatos haviam me advertido.

— Posso ficar aqui esta noite? — perguntou o rapaz e, ao notar para onde meu olhar se dirigia, esclareceu: — Só para dormir ao seu lado.

Minha atenção vagou até as sombras do lado de fora das janelas. Guardas. Se Fuchai fosse embora naquele instante, logo se espalharia a notícia de que o rei não estava interessado, de que eu havia fracassado em cair em suas graças. Mas, se permanecesse, pouco importava o que fizéssemos ou deixássemos de fazer. A mera suposição já seria suficiente.

— Se assim desejar — respondi, tomando cuidado para não soar nem muito ansiosa, nem muito indiferente. Era como caminhar à beira de um penhasco.

Enquanto Fuchai abria o fecho do manto, voltei a pegar o pente, torcendo para que ele não percebesse o leve tremor em meus dedos.

Adormeci muito tempo depois dele. E, quando sonhei, sonhei com sangue.

O sangue de Susu, escorrendo de sua boca e formando poças no chão. O terrível som gorgolejante de sua garganta. Os dedinhos agarrando o ar debilmente. A pele tão macia e delicada, como só crianças que ainda não viveram o suficiente para serem maculadas pelo mundo podem ter. Até aquele momento. Como a espada dilacerou tudo aquilo com tanta facilidade. Lembrei-me de mamãe cuidando dela quando machucou o polegar na ponta de um brinquedo de madeira. Era uma linha fina de sangue, não passava de um arranhão, mas até aquilo já parecera demais. Nos reunimos ao redor dela: minha mãe apertando seu pulso, meu pai trazendo água fresca para limpar o corte, secando suas lágrimas, cantarolando para fazê-la rir. Susu era o sol da família, a fonte de toda nossa luz.

Eu gritava por ela, mesmo sabendo que era inútil. *Susu. Minha irmã, minha vida.* O sangue se espalhava, manchando a madeira. Eu podia desfazer aquilo, dizia a mim mesma. Era uma questão de segundos. Um único movimento. Como tinha sido o suficiente para tirá-la de mim?

Mas não conseguia me mover. Só assistir.

O mesmo pesadelo, os mesmos fantasmas, o mesmo fim terrível e imperdoável.

O soldado apertou o punho da espada, inexpressivo, envolto em sombras. Então, eu pisquei, e seu rosto se transformou no de Fuchai.

*Não.*

Abri os olhos de repente. Estava encharcada de suor frio, o peito arfando como se tivesse corrido até ali. *Ali*: enredada em lençóis de seda, em uma luxuosa cama com dossel, no palácio inimigo, ao lado do rei deles.

Fuchai ainda dormia.

Olhei para o travesseiro escuro entre nós, para a luz da lua deslizando sobre sua pele. Seus cílios lançavam sombras sobre as maçãs do rosto. As sobrancelhas estavam serenas, os lábios ligeiramente entreabertos, a respiração, lenta. Parecia tão tranquilo que quase não consegui acreditar. Eu me peguei olhando para a cavidade de sua garganta. *Um único movimento.* Foi só disso que precisaram para arrancar Susu de mim. Bastava isso para cravar a presilha em sua veia, para acabar com ele de uma vez por todas.

A tentação era tão forte que formava uma pedra áspera em meu ventre. Eu sabia, com uma frieza certeira, que, se Fuchai desaparecesse, o equilíbrio das coisas voltaria ao lugar. Mas não podia. Ainda não. Isso não fazia parte do plano.

*Seja paciente*, lembrei a mim mesma, prendendo o ar. Do lado de fora, uma coruja piou, e as nuvens moveram-se, prateadas, pelo céu, enquanto os jardins do palácio permaneciam em silêncio absoluto. Lá dentro, o rei continuava dormindo profundamente ao meu lado.

Fuchai passou a visitar meus aposentos todas as noites depois disso. Às vezes, me levantava e sorria para cumprimentá-lo, provocando-o com brincadeiras sobre os mantos extravagantes que usava ou os incontáveis servos que o seguiam por toda parte. Em outras ocasiões, fingia estar absorta em um pergaminho ou em uma pintura, e o fazia esperar. Para ele, aquilo devia ser uma grande novidade, já que ninguém jamais lhe negava coisa alguma. E era isso que o motivava a continuar voltando. No final da noite, ele apagava as velas, deitava-se ao meu lado e sussurrava:

— Boa noite, Xishi.

Havia sempre um quê de expectativa em suas palavras. Eu me inclinava, perto o suficiente para ver seus olhos se arregalarem, mas nunca ia além disso.

— Boa noite.

Enquanto eu ocupava a mente do rei, Zhengdan ocupava a agenda com as outras damas de companhia. Juntava-se a elas para assistir ao treinamento dos soldados todas as manhãs, fingindo admirar sua força e poder, enquanto, na verdade, observava suas técnicas com a espada. Muitas vezes, reunia informações cruciais apenas com os cochichos das damas, sobre qual general estava prestes a ser promovido ou qual soldado havia sofrido um ferimento grave. Às vezes, também falavam de Fuchai, seus gostos e preferências, e tudo o que Zhengdan descobria, ela me relatava.

— Dizem que gosta particularmente do perfume de jasmim — comentou certa manhã. Estávamos sentadas juntas na sala de jantar, acomodadas entre peles e sedas.

— É mesmo? — murmurei. — Talvez eu coloque um pouco de perfume de jasmim nos pulsos esta noite… ou no pescoço.

— Vai acabar fazendo o coitado do rei perder a cabeça por você — respondeu Zhengdan, sem qualquer compaixão, estalando a língua.

— Ótimo. Quanto mais rápido ele perder a cabeça, mais rápido seu reino...

De repente, as portas se abriram. Uma criada entrou, carregando minha refeição.

Meu coração disparou enquanto eu tentava agir naturalmente. Será que tinha ouvido a conversa? Será que seria capaz de adivinhar o que estávamos planejando? A mulher não disse nada, mas nos olhava de maneira estranha ao avançar para dispor a bandeja. De perto, vi que tinha um rosto redondo e achatado, com sobrancelhas finas e olhos bem separados. Não era a mesma que costumava me trazer comida.

— Temos uma nova bebida na cozinha hoje — murmurou, com os olhos baixos. Havia um sotaque regional em suas palavras, desajeitado. As mãos eram ásperas, feito as de uma camponesa, e tremiam enquanto a garota levantava a tampa de uma elegante taça. Um rico aroma subiu até nós, doce como jasmim-do-imperador e tâmaras caramelizadas. Dentro, havia um líquido verde-escuro que lembrava chá.

— É bom para a digestão. Experimente.

Procurei em seu rosto qualquer sinal de desconfiança enquanto levantava a taça até os lábios...

— *Não beba isso*! — exclamou Zhengdan, agarrando meu braço.

A taça escorregou da minha mão e se espatifou com um som alto e tilintante, o líquido turvo formando uma poça no chão. O silêncio que se seguiu foi ensurdecedor. Conseguia ouvir minha respiração furiosa, meu coração disparado.

Os olhos de Zhengdan brilhavam de medo.

— Não beba — repetiu. — É veneno.

# CAPÍTULO CATORZE

**A criada recuou aos tropeços,** o rosto branco de tão pálido. Seus olhos arregalados iam do líquido derramado no chão até meu rosto, e depois voltavam a descer.

— Não é, não! — gaguejou, sacudindo a cabeça com tanta força que a trança de seus cabelos quase se desfez. Mal conseguia formar as palavras, com os dentes batendo. — E-eu juro... Não sei de nada... Por favor, senhorita...

— Eu sei quem você é — declarou Zhengdan, e vi o efeito imediato do que disse. A criada se enrijeceu e recuou como se minha amiga tivesse levantado a mão para lhe dar um tapa. — Você estava com as damas de companhia outro dia. É uma das criadas de senhorita Yu, não é?

A criada não respondeu, apenas soltou uma lamúria baixa.

De alguma forma, o pânico dela funcionou como um antídoto, neutralizando o meu. Senti uma curiosa sensação de calma tomar conta de mim e desanuviar minha mente. Um caminho se abriu à minha frente, tão natural e óbvio quanto se tivesse sido traçado pelos céus. Tudo o que precisava fazer era segui-lo.

— A criada de senhorita Yu — repeti devagar. Agora percebia que o que tinha interpretado como desconfiança era, na verdade, culpa. — Foi ela quem deu o veneno para você?

A criada sacudiu a cabeça de novo.

— N-não. Não é isso. Não é veneno...

— Mesmo? — Dei um passo adiante, sentindo o peso da minha presença, meus olhos escuros fixos na garota. — Então beba.

Ela estremeceu.

— O-o quê?

Apontei para a poça de líquido no chão.

— Ainda sobrou um pouco. Se beber, acreditarei no que diz.

Por um momento, a criada pareceu ficar paralisada, o rosto contorcido de desespero. Parecia muito jovem, talvez tivesse catorze ou quinze anos, no máximo. Talvez tivesse sido enviada ao palácio pelos pais, na esperança de ascender socialmente, o típico sonho dos plebeus: trabalhar ali, ser notada e adorada pelo rei, e um dia ser escolhida como concubina. Ou talvez a família já estivesse morta, e a menina não tivesse para onde ir. Senti uma pontada de culpa, mas minha postura não se abrandou. Então houve um som seco. Com um soluço engasgado, a criada caiu de joelhos e se prostrou, quase batendo a cabeça no piso de madeira dura, a voz tremendo tanto quanto o corpo pequeno.

— P-por favor, me perdoe, senhorita. Eu sinto muito. Sinto muito mesmo. Não queria...

— É óbvio que queria — respondi com uma risada seca. — Sabia muito bem o que estava fazendo. Se minha dama de companhia não tivesse intervindo, eu estaria morta agora.

— Sinto muito — tornou a balbuciar. — Eu só... não quero morrer. Farei qualquer coisa, o que você quiser. Por favor. Por favor, senhorita, me poupe.

Por cima do corpo encolhido e trêmulo da jovem criada, Zhengdan me lançou um olhar firme. Um aceno de confirmação. Eu sabia que, se tivesse sido ela a ser quase envenenada, minha amiga não teria problemas em virar a página e permitir que a criada fosse embora com uma simples advertência. Mas, como era comigo, não havia espaço para misericórdia.

— Olhe para mim — instruí.

A criada hesitou, mas levantou a cabeça devagar. As bochechas estavam marcadas de lágrimas, a pele manchada de rosa e vermelho.

— Qual é o seu nome? — perguntei.

Ela visivelmente achava que era uma armadilha, que talvez eu fosse correndo contar para o rei. A garota apertou os lábios, recusando-se a responder.

Zhengdan se agachou ao lado dela e colocou a mão em seu ombro. Ela se enrijeceu ao toque, como se fosse um golpe mortal.

— Se não quiser morrer, sugiro que responda a tudo que a senhorita Xishi perguntar — avisou.

Um momento de silêncio se passou. A criada engoliu em seco e, então, falou:

— Xiaomin.

— Xiaomin — repeti, olhando para ela sem demonstrar qualquer emoção. Aquilo era uma oportunidade rara, e eu não a desperdiçaria. — Você tem duas opções. Posso chamar o rei Fuchai neste instante e contar a ele que tentou me envenenar. Ele com certeza a sentenciará à morte; a questão é *como*. Talvez seja por mil cortes. Talvez uma decapitação pública. Talvez a amarrem a cinco carruagens diferentes, para ser dilacerada. Ou talvez cortem seu nariz e a deixem sangrar até a morte sozinha.

Um gemido lamentável escapou da boca de Xiaomin. Ela segurou o nariz como se já tivesse sido arrancado.

— Ou — continuei, mais alto, por cima de seus soluços — posso perdoá-la por seus crimes. Não direi uma palavra sobre o que aconteceu hoje a ninguém. Podemos resolver isso entre nós, desde que prometa lealdade absoluta a mim daqui em diante.

Xiaomin parou no meio do choro, seus olhos castanhos e cálidos brilhando pelas lágrimas.

— V-você está falando sério?

— Se concordar. — Olhei para a garota, levantando um dedo antes que ela pudesse falar. — Mas, se me der qualquer motivo para duvidar de sua confiança mais uma vez...

Deixei a ameaça pairar no ar frio e escuro.

— Eu prometo — respondeu, ofegando e levantando-se desajeitadamente. — Vou provar que sou digna de confiança.

Assenti, me dando por satisfeita. Já começava a compilar na mente uma lista de informações que Xiaomin poderia obter para mim, tarefas que poderia realizar sem que ninguém soubesse. Um arrepio percorreu meu sangue. Criadas eram treinadas para se manter nas sombras, para que ninguém as notasse, mas, na verdade, eram os olhos e os ouvidos do palácio, sempre escutando, sempre observando.

— Muito bem. Pode começar me contando onde está a senhorita Yu. Quero ter uma conversinha com ela.

Encontrei a senhorita Yu sozinha em seus jardins particulares. Estava de costas para mim, inclinando delicadamente a cabeça enquanto podava uma vibrante flor de peônia. Poderia facilmente se misturar às flores ao seu redor, vestida de camadas cuidadosamente sobrepostas de organza rosa, bordadas com padrões florais intricados que desciam pelas costas. Ao seu lado, havia uma fonte branca de águas correntes e prateadas que tilintavam feito pequenos sinos. O ar estava pesado e impregnado com o perfume de crisântemos, azaleias pálidas e inúmeras outras plantas cujos nomes eu desconhecia, uma espécie de paraíso isolado na terra.

Esmaguei as pétalas caídas ao andar, e a garota se virou depressa. Por um instante, seu rosto se iluminou, talvez presumindo que fosse o rei, mas logo a expressão mudou, como a careta de alguém que mordeu uma ameixa podre.

— Você — disse ela rigidamente, sem se preocupar com formalidades. Ao menos seria rápido. — O que está fazendo aqui?

— Surpresa por me ver viva?

A expressão dela não mudou. Precisava admitir que a senhorita Yu era uma boa atriz. Apenas sua mão a denunciou; um leve arrepio, as flores tremulando sob os dedos. Uma pétala flutuou até o chão.

— Não faço ideia do que esteja falando — retrucou.

Adotei um tom indulgente, tornando a voz amigável.

— Gostaria que eu explicasse em detalhes?

A garota apertou os lábios. Analisei seu rosto enquanto esperava. Era bonita, sem sombra de dúvidas; não pela disposição dos traços, mas pela forma como os exibia. Nunca havíamos trocado mais do que algumas palavras, mas eu ouvira os rumores sobre como seus beijos eram irresistíveis, a pele macia feito seda, a cintura fina e elegante como a de uma enguia. Tinha visto como muitos ministros e guardas a desejavam em segredo, embora jamais ousassem demonstrar. Diziam que o rei a visitava ao menos sete noites a cada lua cheia, encantando-a com palavras doces, promessas e presentes generosos; aquele jardim era um deles. Mas eu não acreditava que Fuchai tivesse sequer colocado os pés nos aposentos dela nas últimas semanas.

— Para economizar nosso tempo, sua criada já confessou — declarei, mantendo o tom agradável. Poderíamos estar falando das flores ou admirando as borboletas que dançavam entre as pétalas. — Talvez tivesse sido melhor ter feito com as próprias mãos. Teria sido menos óbvio, pelo menos. Quem sabe até tivesse conseguido.

Ela ficou tensa, cobrindo o rosto com a manga.

— Ainda não sei do que está falando.

— Isso ajuda a refrescar a memória? — Tirei um pequeno frasco de dentro das vestes; o veneno se agitava no interior. As pupilas dela se estreitaram, tornando-se finas e negras como as de um gato. Em outro movimento fluido, guardei o frasco de novo. — Se levasse isso agora ao médico real, o que acha que ele diria?

— Você não faria isso — respondeu a senhorita Yu, mas parecia insegura.

— Tem razão. Tenho uma ideia ainda melhor. Convocarei Sua Majestade aos meus aposentos…

O rosto dela empalideceu; foi como observar a neve fresca endurecendo até virar gelo.

— O rei não pode ser… ser *convocado* por uma simples concubina… ele é quem deveria convocar você…

— Mas *eu* posso — respondi, sorrindo. Sabia que estava sendo cruel e que, se as posições fossem invertidas, eu teria me dado um tapa. Mas, naquele instante, sentia mais pena do que qualquer outra coisa por aquela garota. Mesmo assim, continuei. — Basta uma palavra minha, e ele deixará tudo para vir correndo até mim. — Fiz uma pausa. Dei outro sorriso. — Por acaso ele não é assim com você?

Ela permaneceu em silêncio.

— Mas o que eu estava dizendo mesmo? Ah, sim, eu o chamarei, junto com o médico, o provador de comida, minha dama de companhia Zhengdan e, claro, sua *fiel criada*, Xiaomin. Será como uma festa, com todos nós reunidos. Podemos repassar os eventos do dia e decidir sua punição juntos. — Quando a senhorita Yu não respondeu, girei nos calcanhares, dando-lhe as costas. — Não acredita em mim? Vou agora mesmo. *Eu* certamente não tenho nada a perder.

Comecei a caminhar, contando cada passo enquanto me afastava.

*Um.*

*Dois.*

*Três.*

*Quatro...*

— Espere. — A voz dela cortou o ar. — Você... vai mesmo contar à Sua Majestade? — perguntou por fim, deixando a máscara cair.

— Isso depende. — Dei de ombros, fingindo admirar uma das begônias penduradas em um vaso de argila. As largas pétalas eram tingidas de vermelho-sangue nas bordas e iam clareando aos poucos em direção ao centro. — Talvez não mencione nada a Fuchai se ficar satisfeita com nossa conversa.

Um caule se quebrou entre os dedos dela.

— Como se atreve a chamá-lo pelo nome?

Fizera de propósito para provocá-la, para avaliar sua reação.

— Foi ele que me pediu para fazer isso — respondi, tranquila.

A careta voltou ao rosto dela.

— Que adorável.

— Me diga uma coisa: você o ama de verdade?

Ela ficou sem reação. Eu a havia surpreendido.

— Amor — repetiu a senhorita Yu, devagar, com um tom que beirava o desprezo. — Garotas como eu não foram feitas para amar; fomos feitas para sermos desejadas. — Então, me olhou com cuidado por baixo das pálpebras pesadas e se corrigiu: — Garotas como *nós*.

As palavras familiares arderam em minha garganta. Por um instante, sem querer, lembrei-me da figura de Fanli se distanciando, a névoa azulada cercando-o, as águas do canal batendo suavemente contra o barco enquanto ele se afastava cada vez mais. *Pare*, ordenei a mim mesma, antes que meu coração se partisse outra vez. *Faça o que é útil*.

— Com certeza, existem coisas que amo — continuou a senhorita Yu —, se poder for considerado uma delas. E coisas bonitas. Talvez isso me torne uma pessoa fútil, mas não é natural ser atraída pelo que é belo? — Ela acariciou um dos botões de flor, depois tocou as pulseiras douradas que tilintavam em seus pulsos delicados, as pedras preciosas incrustadas que brilhavam sob a luz do sol. Por fim, voltou a me olhar. — Essa resposta a satisfaz?

Atravessei toda aquela vegetação exuberante, parei ao lado da fonte e me sentei na borda. Senti a frieza da pedra contra a pele. Dei um tapinha no espaço vazio ao meu lado.

— Me conte mais.

— O que há para contar?

Esperei até que senhorita Yu se sentasse, com toda a relutância de alguém que está prestes a se acomodar ao lado de um leopardo, antes de continuar.

— Só estou tentando entender você. Veneno é uma tática bastante extrema, não acha? E complicada também. Você devia estar desesperada.

Uma expressão de confusão cruzou seu rosto. Com ironia, ela comentou:

— Você não parece muito irritada, para alguém que poderia ter morrido.

— Ah, mas estou irritada — assegurei-a. — Furiosa, na verdade. — Fiz uma pausa. — Mas não só com você.

Estas eram as regras que moldavam nossas vidas desde o nascimento: *seja bela, seja encantadora, seja a garota mais desejada de onde quer que esteja, ou então você não será ninguém*. Para os homens, tudo era tão fácil; o caminho para o poder era direto. Mas nós precisávamos manipular, manobrar e lutar com unhas e dentes para conquistar metade do que eles tinham.

As sobrancelhas de senhorita Yu se franziram, a única ruga visível em seu rosto liso e delicado como uma pétala. Quando voltou a falar, sua voz estava mais baixa, com um leve toque de amargura.

— Você não entenderia. Meu pai comanda uma parte da guarda real. Sempre que minha posição no palácio enfraquece, a dele também. Todos os servos estão falando de como Sua Majestade costumava frequentar meus aposentos como se lhe doesse estar longe de mim por mais de um dia... e de como, agora, parece nem lembrar que existo.

Meu coração acelerou. *A guarda real*. Vim em busca de uma aliada, mas encontrara algo ainda melhor.

— Que tal fazermos um acordo?

A garota me olhou com cautela.

— Um acordo?

— Posso pedir para Fuchai te visitar mais vezes e lembrar a ele de suas qualidades, omitindo gentilmente seus defeitos pessoais, como o impulso de envenenar as pessoas de vez em quando. Isso será o suficiente para impedir que os servos fofoquem, e todos se convencerão de que você é valiosa para o rei. O cargo de seu pai estará seguro, e o poder da sua família só crescerá a partir daqui.

— E você não se importa em dividir?

O tom dela ainda era seco, cheio de sarcasmo, mas eu podia ver o brilho de interesse espalhando-se por suas feições, a atenção em seu olhar. Ela estava certa, afinal. Nenhuma de nós estava ali por um motivo tão trivial quanto o amor.

Balancei a cabeça.

— E qual é a condição?

Ainda não podia revelar meus planos, então apenas disse:

— Lembre-se deste favor. Do que fiz por você e do que perdoei. Quando precisar de você e de seu pai, darei mais detalhes.

Ela riu com certo desdém, mas sem muita malícia.

— Você é diferente do que imaginei, sabia?

Dei um leve sorriso.

— Não somos todos?

Houve um silêncio. Um vento forte e abrupto soprou pelas azaleias, levantando uma torrente de pétalas rosadas que rodopiaram ao nosso redor. Algumas pousaram na fonte, sequer provocando ondulações. Minhas vestes esvoaçaram feito asas de pássaro e meu cabelo roçou nas bochechas, algumas mechas escapando dos nós elaborados. Ainda assim, permaneci imóvel, prendendo a respiração, enquanto a senhorita Yu ajeitava a organza que cobria os ombros. Seus olhos estavam pensativos.

— Então? Temos um trato? — perguntei, estendendo a mão.

Ela a encarou por um longo tempo, então assentiu, fechando os dedos finos ao redor dos meus. Suas pulseiras tilintaram suavemente, cintilando sob a luz enquanto apertávamos as mãos.

# CAPÍTULO QUINZE

**O inverno chegou aos poucos.**

As flores nos jardins murcharam e secaram, seus tons rosados desbotando até se transformarem em um marrom seco. A água dos sinuosos riachos artificiais do palácio endureceu, formando camadas de gelo. Vestidos de organza leves foram trocados por grossos e luxuosos casacos de pele branca de raposa e lobo. As criadas se ocupavam, enchendo e reenchendo baldes com água fervente e trazendo carrinhos carregados de lenha fresca. Sempre que saía, minha respiração tremulava no ar pálido e gélido, e eu logo perdia a sensibilidade na ponta dos dedos. Meu ombro havia se curado, mas a dor no peito se intensificou, embora não soubesse dizer se era por causa do frio congelante, da minha velha doença ou de algo mais. Em meio a tudo isso, podia sentir meu tempo se esgotando. No Reino de Yue, já estariam preparando o próximo passo do plano, treinando os soldados, forjando novas espadas, traçando as frentes de batalha com as informações que tinham... e esperando que eu fizesse minha parte também.

Nevava quando cheguei à corte do rei. O branco contrastava de maneira gritante com os telhados verde-esmeralda escuros e os beirais carmesim, a geada cintilando feito finos cristais. Sob a neve, o palácio parecia mais ermo do que nunca, um lugar feito para fantasmas e não para mortais, de uma quietude parecida com o silêncio entre uma respiração e outra. Todos os degraus de mármore eram varridos de hora em hora pelas criadas, que também espalhavam sal para derreter o gelo e evitar que alguém escorregasse. Uma fileira silenciosa de guardas aguardava de ambos os lados, as alabardas erguidas à altura da cabeça e os olhos fixos à frente. Segurei com mais força a bandeja de vinho e subi com cuidado, as bochechas coradas pelo frio.

A corte estava vazia, com apenas Fuchai esparramado no trono, de cabeça inclinada para trás e uma perna pendendo sobre o apoio dourado do braço. Mechas de cabelo preto feito penas de corvo caíam sobre sua testa, e a pele de raposa negra em volta do pescoço o fazia parecer uma divindade da ruína e da destruição.

Ao me ver, endireitou-se de imediato, um sorriso surgindo nos cantos dos lábios. Havia momentos em que me olhava com tanta sinceridade, com uma empolgação juvenil tão pura, que eu quase esquecia o quanto o odiava.

Mas me lembrava de novo.

— Trouxe vinho — anunciei, encurtando a distância entre nós.

Fuchai examinou a bandeja em minhas mãos, os olhos brilhando com um interesse que crescia rápido. Depois, olhou para as janelas, onde quadrados gordos de luz do dia entravam e esbranquiçavam o tapete, transformando os fios dourados em prata.

— A essa hora? — perguntou. — Tenho uma reunião com alguns ministros logo mais... Dizem eles que é importante.

*Eu sei*, pensei, sorrindo muito satisfeita para o rei. Foi por isso que vim. No dia anterior, Xiaomin ouvira Wu Zixu se preparando para a reunião.

— Só um pouquinho — falei, servindo o vinho amarelado em um cálice fundo. — Vai ajudar a relaxar. Além disso, já aqueci para você.

— Parece um tanto imprudente — comentou Fuchai, mas já estava estendendo a mão para o copo, como se boca e corpo não estivessem conectados. Girou o líquido algumas vezes, tomou um gole com cuidado e depois deu um longo trago.

Enchi o cálice depressa e o ergui para ele.

— Você é meu ponto fraco, sabia disso? — murmurou o rei, mas bebeu obediente, os olhos fechando-se devagar.

Observei o movimento de sua garganta ao engolir e senti um lampejo de expectativa. Ele sempre ficava mais maleável quando bebia, mais fácil de manipular, disposto a concordar com qualquer coisa. Mas todos aqueles anos haviam lhe dado uma considerável tolerância ao álcool; seriam necessários mais do que alguns cálices para atingir o efeito desejado.

— Estive pensando — comecei devagar, enchendo o copo até quase transbordar — se eu poderia acompanhar sua reunião hoje. Só para assistir.

Fuchai se virou para mim, as sobrancelhas erguidas de surpresa, mas não havia qualquer traço de desconfiança em sua expressão.

— Por quê? É um tédio total; mal consigo ficar acordado, e os ministros vivem tagarelando entre si feito cães brigando pelas coisas mais ridículas. A maioria dos pedidos poderia ser resolvida com algumas palavras simples: *sim*, ou *claro que não, seu grande idiota*, ou *chamem o carrasco*. — Ele soltou um som exasperado, como se sofresse só de pensar naquilo, e esvaziou o cálice em dois goles. — Não gostaria de submetê-la a esse tipo de tortura.

*Palavras dignas de um grande rei*, ponderei com ironia. Mas olhei nos olhos dele e dei um sorriso insinuante.

— Sei muito bem como é tedioso para você — continuei. — E é por isso que estou aqui. Para te manter entretido.

Fuchai ergueu o rosto, me estudando por trás da borda polida do cálice.

— Afinal — prossegui —, seria cruel te deixar lidando sozinho com essas chatices.

Com uma das mãos na minha cintura, ele me puxou para si em um gesto rápido, tão brusco que quase derramou o vinho. Ele mal pareceu perceber.

— Me entreter, você diz — repetiu Fuchai. — De que maneira?

Mordi a bochecha por dentro. Me preparei. Se quisesse participar da reunião, precisaria de mais do que vinho para entorpecer a mente dele.

— Assim.

Então apoiei a mão devagar em seu peito, ergui o rosto e o beijei.

Fuchai emitiu um discreto ruído de surpresa que veio do fundo da garganta; talvez não esperasse que eu fosse tão direta. Mas logo estava retribuindo o beijo sem hesitação, a mão deslizando para minha nuca, os dedos se enroscando no meu cabelo. Ele cheirava a vinho doce e fumaça fria; tinha gosto de traição. Sentia seu coração martelar sob a palma da minha mão, rápido e forte como as asas de um pardal. Cada uma de suas respirações irregulares ecoava no vasto e antigo salão vazio.

Fechei os olhos e imaginei que fosse outra pessoa. Alguém com a pele fria feito gelo, cabelos escuros feito um rio à meia-noite. Os lábios seriam suaves, o toque leve. Seria contido, cuidadoso e preciso, apesar do coração disparado — e eu faria de tudo para ver se conseguiria fazê-lo bater ainda mais depressa.

Quando tempo suficiente havia se passado, me afastei. Os olhos de Fuchai brilhavam, seu sorriso torto mal disfarçado, a coroa pendendo sobre a cabeça. Tons vivos de rubor se espalhavam pelas bochechas e pescoço. O rapaz já parecia embriagado. Talvez estivesse mesmo.

— Então era disso que falavam, em todos aqueles poemas — murmurou ele mais para si mesmo, depois riu. — E eu achava que eram apenas tolos exagerados e sentimentais demais. Agora entendo. Nunca me senti assim antes.

Com dificuldade, afastei Fanli para longe de meus pensamentos e ergui o olhar para o rei de Wu. Ainda não havia tirado a mão do peito dele; meus dedos estavam fechados na parte da frente de suas vestes.

— Não concorda que as coisas ficam mais divertidas quando estou por perto?

Ele tomou mais um gole de vinho e enxugou os lábios distraidamente.

— Sim. Sim, sem dúvida.

Quando os ministros entraram no salão, portando toda a formalidade rígida dos trajes de corte e a solenidade do silêncio, me encontraram aconchegada ao lado de Fuchai, dividindo o assento do trono com ele. Eu lhe servia mais vinho; o rapaz já havia bebido mais cálices do que eu conseguia contar, e o rubor em seu rosto agora se estendia até as pontas das orelhas. Quando falou, a voz saiu arrastada.

— Não fiquem parados aí feito estátuas; assumam seus postos.

Os ministros eram bem treinados o bastante para controlar as próprias expressões, mas meu treinamento fora ainda melhor e, assim, podia ler os mais sutis lampejos de emoção. Nos olhos deles, vi os pensamentos implícitos — choque, exasperação, ressentimento, desprezo. Havia dez no total, e reconheci os homens à frente: Wu Zixu, de olhos frios e queixo erguido; Bo Pi, de pescoço grosso e corpo atarracado, que há tempos aceitava subornos de Fanli e nos fornecia informações valiosas; e o general Ma. Senti uma pontada aguda de desgosto por Zhengdan. Agora que o general não estava mais escondido sob um elmo pesado e não avançava pelas ruas a cavalo, vi que era bonito, mas não o suficiente para se portar com a arrogância que exibia.

— Vossa Majestade. — Zixu deu um passo à frente, então hesitou. — O senhor está... bêbado?

Havia um leve tom de desdém naquelas palavras, a pergunta mais parecendo uma acusação, mas Fuchai não pareceu notar.

— Não, de jeito nenhum — balbuciou, as bochechas ficando cada vez mais vermelhas. — Só estou tomando uma coisinha. Não posso aproveitar esses pequenos prazeres sem culpa? Ou toda reunião da corte precisa ser tão entediante a ponto de me causar dor de cabeça?

Um músculo se contraiu na mandíbula de Zixu, mas ele baixou a cabeça.

— Claro, claro, Vossa Majestade. E quanto à senhorita Xishi...

— Algum problema? Eu quero que ela esteja aqui — retrucou Fuchai, com um olhar firme e sombrio que ameaçava de morte qualquer um que o desafiasse. Ainda assim, suas mãos permaneciam pousadas de maneira gentil ao redor da minha cintura.

O general Ma avançou também. Apesar da reunião ser dentro do palácio, ainda vestia a armadura, as placas de bronze no peito e ombros rangendo e se chocando conforme ele se movia. Percebi que não era por necessidade, mas por status, um lembrete constante de sua posição.

— Vossa Majestade. Perdoe-me a presunção, mas... o senhor acha mesmo apropriado permitir que a senhorita Xishi assista a esta reunião? Em primeiro lugar, ela é uma mulher...

— Sim, acredite se quiser, estou bem ciente desse fato — disse Fuchai com rispidez, girando o cálice entre o polegar e o indicador, o vinho ali dentro se movendo em círculos.

O desconforto do general Ma era visível. Ele, no entanto, insistiu:

— Ainda assim, os assuntos discutidos são... bastante sensíveis, não são algo em que qualquer um deva se envolver, e, caso qualquer informação caia nos ouvidos de um estrangeiro...

Ele falou demais.

Pareceu se dar conta disso antes mesmo de Fuchai baixar os olhos para ele do trono elevado, o ar ao redor deles paralisado pela presença do rei.

— Xishi não é uma estrangeira — rosnou o rapaz. — E ela com toda a certeza não é *qualquer uma*.

Eu me mantive em um silêncio estratégico, com o rosto impassível enquanto continuava a servir vinho.

Os ministros trocaram olhares inquietos. Depois de um momento de silêncio, Bo Pi pigarreou e se pronunciou:

— Sua Majestade tem razão. Toda concubina do rei é um membro valioso e de confiança do Reino de Wu. Vamos prosseguir com a pauta de hoje, sobre nossa posição militar atual em relação ao Reino de Yue...

Enquanto o homem discorria sobre alguns pontos introdutórios, fitei o ministro com aprovação silenciosa. Então Fanli não havia subornado ele à toa.

— Devemos lançar outro ataque — sugeriu Zixu primeiro, com uma expressão dura. — Atacar enquanto ainda estão fracos. A economia deles ainda não se recuperou desde a última guerra, e os soldados estão ou feridos, ou mortos; pelo que ouvi, restam apenas alguns milhares sob o comando deles. É a oportunidade perfeita para erradicar uma das maiores ameaças às nossas fronteiras.

Meu coração foi parar na garganta. *Outro ataque*. Rostos e lugares passaram pela minha mente: minha mãe, meu pai, as tias irritantes, mas inofensivas, que moravam mais abaixo na rua da nossa casa; o mercado matinal; as margens do rio. Tudo reduzido a escombros e cinzas. O Reino de Yue não conseguiria resistir.

Fuchai tomou um gole de vinho e girou o cálice na direção do general Ma.

— Você — exclamou. — O que acha dessa estratégia?

O sujeito se curvou.

— Acho sensata, Vossa Majestade. Por mais que os Yue não estejam nos incomodando ultimamente, são como baratas, drenando recursos e correndo por todo lado. — Ele torceu o nariz. — O melhor a se fazer é subjugá-los enquanto podemos, antes que se multipliquem e infestem nosso reino.

*Mantenha a calma*, ordenei a mim mesma, lutando contra a raiva crescente. *Não dê motivos para suspeitarem que está defendendo os interesses dos Yue.* Então, em vez de dar um soco no nariz do general Ma, deslizei os dedos pelo braço de Fuchai e ergui o queixo para ele. Senti seu corpo estremecer sob meu toque.

— Isso... me parece um pouco exagerado, não acha? — perguntou o rei, de olhos fixos em mim. — E Goujian prometeu que não nos prejudicaria.

Os ministros trocaram olhares carregados.

— Podemos mesmo acreditar que ele manterá essa promessa? — questionou Zixu. — O homem pode muito bem estar reunido com seu conselho de guerra neste exato momento, preparando as tropas para uma invasão.

Antes que Fuchai pudesse responder, inclinei-me para a frente.

— Conselho de guerra? — repeti, franzindo a testa como se me surgisse uma dúvida em aula. — Mas pensei que tivesse sido dissolvido depois que os Yue perderam, e que a maioria dos ministros tivesse morrido ou sido dispensado. Há um novo conselho do qual não estou sabendo?

Wu Zixu me lançou um olhar fulminante.

— Vossa Majestade, mais uma vez, preciso perguntar se é apropriado que a senhorita Xishi esteja presente...

— Ela só está curiosa — explicou Fuchai, enquanto eu me fazia de envergonhada, abaixando o rosto. — E não ouviu o que ela disse? Os Yue já se desfizeram do conselho de guerra. Como poderiam estar se preparando para uma batalha?

Wu Zixu não se deixou abalar.

— O senhor não acha possível que Goujian guarde rancor?

— Me desculpe a intromissão — falei, piscando de aparente confusão —, mas... não consigo entender. Por que ele guardaria rancor? Todo mundo sabe o quanto Goujian admira Sua Majestade. Os dois são amigos, não são?

— Sim, sim, sem dúvida — opinou Bo Pi. — E o sujeito já enviou muitas demonstrações de sua boa vontade: os cem mil rolos de tecido de cânhamo, os nove recipientes de madeira cheios de mel, os dez barcos e as peles de raposa...

Fuchai assentiu, embriagado e satisfeito.

— Ele tem sido bom para mim, não tem? É um homem humilde. Inofensivo.

Mal tive tempo de respirar aliviada quando, abaixo de nós, vi uma sombra passar pelo rosto de Wu Zixu.

— Mesmo que seja inofensivo — declarou, em um tom que deixava explícito que duvidava muito disso —, não se pode subestimar seu conselheiro militar, Fanli.

Ouvir o nome dele, dito em voz alta naqueles corredores frios, fez uma dor aguda atravessar meu peito. Quase ofeguei quando um turbilhão de emoções veio à tona. Nostalgia, pesar e um tipo de... possessividade. Parecia errado ouvir o inimigo falar dele com tanta casualidade bem na minha frente.

— Ah, sim, Fanli — comentou Fuchai. — Foi ele quem insistiu em acompanhar Goujian até o nosso reino, não foi? Aquela estátua de gelo e jade? Eu me lembro bem dele; mesmo em trapos, tinha um rosto refinado. Dizem que era mais bonito que o de uma mulher.

Wu Zixu cerrou a mandíbula. Certamente não era essa a reação que esperava do rei ao mencionar o conselheiro inimigo.

— Receio que Vossa Majestade esteja se esquecendo do ditado completo: um rosto mais belo que o de uma mulher, com *uma mente mais letal que a de uma serpente*. Se ele revidar…

— Mas já não teria revidado a essa altura? — interveio Bo Pi depressa. — Depois de toda a humilhação que sofreu em nossas mãos?

Meu coração se contraiu.

— É verdade — concordou Fuchai, como quem rememora uma lembrança antiga, mas querida. Um arrepio de pânico percorreu minha coluna. Não queria ouvir o que quer que viesse a seguir. Não suportaria. — Também me lembro. O rapaz era bem orgulhoso. Mesmo quando o fiz se ajoelhar de quatro, ele se recusou a curvar a coluna. Nem com os bambus, nem com a sola da minha bota. Tanto sangue derramado… e, ainda assim, nem implorou por misericórdia.

De repente, senti-me enjoada. Minha mente se agitou com aquelas palavras cruéis, e logo surgiu uma imagem vívida de Fanli, o estimado conselheiro militar e político de Yue, o jovem prodígio, forçado a se prostrar diante de uma multidão zombeteira de nobres e soldados de Wu. A cabeça dele continuava erguida naquele ângulo frio e presunçoso, os olhos, de uma escuridão intensa, mesmo enquanto os chicotes de bambu talhavam cortes ensanguentados em suas costas. Logo, as imaculadas vestes brancas estavam manchadas de vermelho, a respiração dele curta e acelerada. E Fuchai pairava sobre ele. O cruel, soberbo e indiferente Fuchai, sua bota de couro repousando sob o queixo de Fanli, forçando-o a encarar seu sorriso de deboche. A multidão rugia de expectativa, os rostos repletos de prazer…

Ondas e mais ondas de náusea reviraram meu estômago. Minha pele formigava onde ainda encostava nas vestes de Fuchai.

E ele continuava ali, bebendo, completamente alheio. A arrogância natural de quem saiu vitorioso de uma longa batalha, de quem vira os melhores homens de outro reino serem subjugados. *É por isso que preciso dar meu melhor.* Minha determinação se agarrou a esse fato crucial, como um punho se fechando.

— Ainda não consigo entender — falei com timidez, os olhos arregalados. — Por que estamos gastando tanto tempo debatendo se devemos derrotar um reino que já foi derrotado?

— Uma excelente observação — murmurou Fuchai, inclinando-se contra a palma da minha mão.

— *Vossa Majestade.* — Wu Zixu avançou até parar logo abaixo do trono e falou com uma ferocidade quase incontrolável: — Vossa Majestade, por favor. Não baixe a guarda contra os Yue. Já se esqueceu do último desejo de seu pai?

Ao ouvir isso, os olhos do rei, que estavam prestes a se fechar, se abriram de novo.

— É óbvio que não me esqueci — respondeu com rispidez. — Sou lembrado disso todos os dias. — Ele franziu o rosto e olhou em volta. — Lembrança! Onde está você?

No mesmo instante, um servo magricela correu para dentro do salão e caiu de joelhos com um baque alto.

— Vossa Majestade, precisa lembrar-se de seu rancor contra o rei de Yue por ter causado a morte de seu pai! — Assim que terminou de dar essa declaração dramática, o homem se levantou e saiu da sala.

— Viram? — disse Fuchai à corte, que estava em silêncio absoluto. Ele abanava a manga com irritação ao recostar-se no trono. — É meio difícil esquecer.

— Mas... — Wu Zixu tentou insistir, os dedos tremendo.

— Esta reunião acabou — decretou o rei, falando por cima dele. — Minha decisão está tomada: não atacaremos os Yue e, em vez disso, vamos nos concentrar em fortalecer nosso reino. Goujian não é meu inimigo, nem uma ameaça.

Não havia mais espaço para discussão. Meu coração pareceu ficar mais leve conforme todos os ministros na sala se curvaram profundamente e responderam em uníssono:

— Sim, Vossa Majestade.

No entanto, quando Wu Zixu se ergueu mais uma vez, seus olhos negros cintilantes se fixaram em mim, transmitindo uma sensação estranha que fez um arrepio percorrer minha coluna.

— Sabe o que andam falando sobre você?

Ergui as sobrancelhas para Zhengdan e balancei a cabeça em silêncio. Estávamos sentadas juntas à beira do lago do palácio, aquecidas por peles de raposa e chá de gengibre fumegante. Acima de nós, os galhos nus das árvores se estendiam, cobertos por uma leve camada de neve branca.

Zhengdan me lançou um sorriso cúmplice por cima da xícara.

— Que você é um espírito de raposa de nove caudas.

Dei risada.

— Um *espírito de raposa*? Sério?

— Bem, essa é a explicação mais popular. Estão todos convencidos de que lançou algum tipo de feitiço sobre o rei. Do contrário, por que ele continuaria voltando aos seus aposentos, uma vez após a outra?

— O que mais estão dizendo? — perguntei, curiosa.

Zhengdan se virou para Xiaomin, que estava de pé atrás de nós. Desde o incidente com o veneno, a garota havia se mostrado tão leal quanto prometera, aparecendo cedo todas as manhãs para me receber com fofocas fresquinhas e uma variedade sempre nova de doces da cozinha. *Não me diga que envenenou esses também*, comentei da primeira vez que os trouxe. A criada caiu de joelhos na mesma hora, balbuciando e jurando inocência, até perceber que eu estava fazendo uma piada.

— Xiaomin, venha se sentar conosco — pediu Zhengdan, acenando para que ele se aproximasse. A jovem se sobressaltou, como se não acreditasse que estávamos mesmo falando com ela. No palácio, criadas só eram chamadas e ouvidas quando havia algo a ser feito. Então, com passos pequenos e hesitantes, Xiaomin se aproximou e se sentou lentamente no banco de pedra ao nosso lado.

— O que você ouviu das criadas? — perguntou minha amiga.

A garota pigarreou.

— Eu... Bem... Por favor, não se ofenda, mas...

— Não se preocupe, a senhorita Xishi não se ofende com facilidade — brincou Zhengdan, sorrindo. Revirei os olhos. — É só contar a verdade.

Xiaomin olhou ao redor para garantir que ninguém estivesse por perto, então baixou a voz.

— Nesse caso... os ministros... não todos, mas muitos... estão preocupados que a senhorita Xishi esteja *envolvida* demais...

— Por favor, não meça as palavras — interrompi, apoiando o queixo nas mãos. — E não sacrifique a precisão pela delicadeza. Pelo menos não quando estiver comigo.

— Tudo bem... Eles acham que está se intrometendo em assuntos que não lhe dizem respeito e que vai levar o reino inteiro à ruína — confessou Xiaomin. — E que a culpa de todas as decisões tolas que o rei tomou é sua. — Assim que essas palavras saíram de sua boca, a criada ficou vermelha e me olhou com olhos arregalados e aterrorizados, como se temesse que eu fosse saltar do banco e agredi-la.

Mas não estava com raiva. Na verdade, não estava nem surpresa. Quantas mulheres, ao longo da história, haviam levado a culpa pelas fraquezas dos homens? Éramos bodes expiatórios convenientes. Fomos criadas para sermos discretas e silenciosas, para aceitar o que nos era dado e nada mais.

— Isso tem a ver com o palácio? — perguntou Zhengdan. Distraída, minha amiga pegou uma pedrinha da grama amarelada e a lançou no lago. Ela quicou uma, duas, três vezes antes de desaparecer na água gelada com um leve respingar. Zhengdan franziu a testa, frustrada, e tentou de novo, a expressão tensa de concentração. Dessa vez, a pedra saltou sete vezes.

Segurei a risada. Só ela conseguiria transformar algo como jogar pedrinhas em uma competição, mesmo sem ninguém por perto para desafiá-la.

— Uma parte tem a ver — concordou Xiaomin, que me olhou de canto e mordeu o lábio inferior. Quanto mais tempo passávamos juntas, mais eu percebia o quanto ela era jovem. Às vezes, tinha vontade de chamá-la de *xiaohai*, pequenina, mas não deveríamos criar esse tipo de intimidade com as criadas. E, por mais que brincasse com ela, estaria mentindo se dissesse que confiava indiscriminadamente na garota.

— Seja o que for, diga logo — pedi, achando graça.

— É verdade? — perguntou Xiaomin. — Que pediu ao rei para construir um palácio só... só para você?

— É verdade, de certa forma — respondi, observando Zhengdan lançar mais uma pedra. O objeto quicou treze vezes no lago, mal tocando a superfície da água. — Mas talvez seja mais correto dizer que ganhei um palácio.

Na semana anterior, havia trazido Fuchai para aquele mesmo lugar e colocado uma pedrinha na palma de sua mão, parecida com a que havia lhe dado de presente de aniversário.

— Que tal uma competição? — propus, sorrindo. — Para deixar as coisas mais interessantes.

— O que o vencedor ganha? — perguntou Fuchai.

— Um desejo — respondi, já preparada. — Qualquer coisa.

Os olhos dele brilharam.

— Tudo bem. Você primeiro.

Encontrei outra pedrinha, meio enterrada no solo úmido, e a lancei longe na água, observando-a quicar uma única vez antes de afundar em algum lugar distante da margem. Quando me virei, vi Fuchai rindo de mim, segurando a lateral do corpo como se tivesse acabado de assistir à cena mais engraçada do mundo.

Na vez dele, a pedrinha quicou duas vezes — quase igual à minha, mas o rapaz comemorou feito uma criança.

— Viu isso? — exclamou, se gabando.

— Vi. E eu ganhei — informei.

Ele se deteve.

— O quê?

— Não especifiquei as regras da competição — falei com um sorriso malicioso, sacudindo a poeira das mãos. — O objetivo era ver quem jogava a pedrinha mais longe.

— Você me enganou — reclamou Fuchai, mas sem raiva na voz. Ele preferia a novidade à vitória; e o inesperado a um desejo. Ainda assim, a verdade se agitava no meu estômago como uma vespa: aquele era o menor dos meus truques. Cruzando os braços e exibindo um olhar caloroso, perguntou: — Então, qual é o seu desejo?

— Que tal… um lugar para dançar em particular para você? — respondi, como se tivesse acabado de ter a ideia. — Um lugar bonito. Um palácio só nosso, nas colinas.

Era óbvio que não me importava de verdade em ter algo assim. Mas precisava drenar o tesouro nacional, desviar todos os fundos do exército para outra coisa, e um palácio era a opção mais cara que conseguira imaginar. Era melhor do que joias raras, melhor do que pinturas valiosas, porque a escala de construção exigiria uma quantidade imensa de mão de obra e recursos. E, conforme os cofres fossem lentamente se esvaziando, sempre que as criadas, os guardas e os ministros passassem por aquele novo e reluzente palácio, seriam lembrados dos excessos do rei, de sua imprudência, de seu gasto desenfreado. Mesmo aqueles que antes o defendiam ficariam sem desculpas para isso, até que tudo o que restasse a Fuchai fosse a ilusão de mim.

— Ouvi das outras criadas que já começaram a construí-lo — comentou Xiaomin, arrancando-me dos devaneios. — E que o rei está chamando o local de Palácio das Belas Mulheres. Em sua homenagem.

Forcei um sorriso.

— Que gentil da parte dele.

Ela aceitou minhas palavras como sendo da mais absoluta sinceridade.

— Ah, é *mesmo* muita gentileza. É tão romântico. Como algo saído das cantigas de época. Muitas garotas ficariam com inveja... Imagine só o rei construir um palácio só para *você*. — Então, ao se dar conta do que dissera, se corrigiu às pressas. — Não... não que eu esteja com *inveja*... não estou dizendo isso... só acho um gesto bonito. Esta humilde criada jamais ousaria desenvolver qualquer afeto pelo rei...

Por sorte, Zhengdan desviou o olhar do lago e se pronunciou antes que a pobre garota entrasse em colapso.

— E há alguém por quem você *tenha* afeto?

O tom dela era brincalhão, provocativo. Era como se falasse com uma amiga.

Xiaomin abaixou a cabeça, mas vi o rubor subir por suas bochechas.

— Há, sim — declarei. — Está na cara.

— Não é ninguém — murmurou ela, mas o vermelho se intensificou, e seus lábios se curvaram em um sorriso tímido, como se não conseguisse evitar. — Só... só um dos guardas...

— Ah, então ele trabalha no palácio? — perguntou Zhengdan com interesse.

De repente, também fiquei interessada, mas por motivos diferentes. Já imaginava todas as maneiras como aquele relacionamento poderia ser útil para nós. Se houvesse um guarda que pudéssemos distrair, alguém que pudéssemos trazer para o nosso lado, seria muito mais fácil entrarmos e sairmos despercebidas. E os guardas eram a chave para se comunicar com o mundo do lado de fora. Por muito tempo, este tinha sido meu dilema: havia reunido uma quantidade considerável de informações, mas não tinha como enviá-las para Fanli.

Até aquele momento.

— Sim, trabalha — confirmou Xiaomin, corando ainda mais. — A primeira vez que nos vimos... eu passei enquanto ele estava treinando, e ele era tão... lindo, sabe? Nunca tinha visto ninguém se mover daquele jeito.

— E ele também gosta de você? — quis saber.

Ela não respondeu, mas levou a mão ao pescoço. Um pequeno amuleto de madeira pintada pendia de seu colar. Aquilo já era resposta suficiente.

— Deveria nos apresentar ao rapaz algum dia — sugeri, mantendo a voz casual. Ao meu lado, Zhengdan lançou outra pedrinha, o movimento do pulso rápido feito um chicote. Dezessete vezes. Um novo recorde. — Aponte para ele da próxima vez que estivermos passeando pelos jardins.

— Ele será enviado para patrulhar as fronteiras em breve — contou Xiaomin. — Mas... vai voltar no ano que vem, se ainda quiser conhecê-lo. Ele disse... Disse que vai pedir minha mão em casamento quando retornar.

Havia um brilho distante em seus olhos ao falar, e, apesar dos lábios rachados e da pele áspera de trabalhar em meio às ventanias rigorosas do inverno, seu sorriso era sereno. Radiante. O sol de inverno derramava luz sobre ela. Aquela era a expressão de alguém completamente, inegavelmente apaixonada. *Tome cuidado*, quis avisá-la, sentindo uma pontada no peito, aquela velha aflição do coração. *O amor é uma faca de dois gumes.*

Mas não falei nada.

No inverno seguinte, a construção do Palácio das Belas Mulheres enfim foi concluída. Nesse tempo, eu havia quase finalizado um grande mapa que estava elaborando com tudo o que observei enquanto estive ali, em meio a inúmeros banquetes, visitas à sala de estudos particular de Fuchai e partidas de xadrez nos pavilhões. O mapa continha o interior do palácio, além de todas as entradas e saídas. Identifiquei cada jardim e câmara, cada lago e lagoa, cada passagem secreta conhecida apenas pelas damas de companhia, até mesmo o caminho para o retiro de verão de Fuchai no Monte Guxu.

Havia acabado de guardar o documento quando o rei entrou, apressado, convidando-me para visitar o novo palácio. Fuchai estava animado, como se o presente tivesse sido feito para ele, e não para mim. Olhei para o rubor juvenil em seu pescoço, a expectativa estampada no rosto, e quase senti pena.

De qualquer forma, chegamos juntos, de braços entrelaçados. Devíamos ser uma visão e tanto: o rei, com a coroa torta sobre os cabelos negros feito a noite e os olhos brilhantes, e, ao seu lado, a bela e perigosa figura das lendas, radiante em joias recém-adquiridas e lançando seus feitiços silenciosos. Nenhum dos servos enfileirados na entrada ousou me encarar diretamente, mas eu sentia os olhares me seguindo enquanto caminhava. Talvez estivessem procurando minha cauda de raposa. Tinha certeza de que, no dia seguinte, os boatos chegariam aos meus ouvidos, um mais exagerado que o outro. *Que digam o que quiserem*, pensei, erguendo o queixo. Tantos rumores sobre mim surgiram ao longo do último ano que passei a achá-los divertidos; às vezes, até pedia a Xiaomin que os contasse como histórias para dormir enquanto eu pegava no sono.

O palácio erguia-se na encosta da Colina Yanshi. O horário de nossa chegada foi calculado com perfeição. A luz dourada do sol se inclinava sobre as paredes e desaparecia atrás das montanhas. Tudo reluzia em branco e dourado. E, apesar de nunca ter desejado aquele lugar para mim, fiquei sem ar ao vê-lo. Era deslumbrante. Parecia um lar digno dos deuses, como se sua divindade fizesse os azulejos reluzirem feito conchas, as mãos habilidosas esculpissem padrões intricados de nuvens e constelações nos pilares. Riachos e lagoas fluíam ao redor, refletindo tons de azul, e os jardins eram pontilhados por formações rochosas, pavilhões e bosques de jasmim-do-imperador.

— Gostou? — perguntou Fuchai. Não estava olhando para o palácio, mas para mim, com muita atenção.

— Claro que sim — respondi.

— De verdade?

— É ainda melhor do que imaginei. Um lugar dos sonhos.

Ele abriu um sorriso enorme e me puxou pela mão, conduzindo-me adiante. Para onde quer que eu olhasse, havia uma nova maravilha, algum grande esplendor: câmaras de mármore, pedras preciosas, colunas de madrepérola e os mais ornamentados utensílios de bronze recém-forjados. Bandos de cisnes brancos e pavões percorriam os gramados meticulosamente aparados, as penas caindo feito neve.

— Já que gostou, pode me fazer um favor? — disse Fuchai. As câmaras eram tão vastas que sua voz ecoava.

Eu me fiz de desentendida, como de costume.

— Depende do que for.

— Você dançaria para mim neste instante? — pediu, quase encabulado.

— Mas não há música — retruquei, rindo.

— Há, sim. Mandei prepararem.

Ele gesticulou para um canto que eu ainda não havia notado — de fato, lá estavam os instrumentistas se posicionando, as cítaras brilhando sob a luz, flautas e tambores prontos para tocar.

E, então, dancei. Meus braços esguios se moviam em círculos graciosos, como os cisnes que alçavam voo em torno de nós. Meus pés eram leves e silenciosos sobre a pedra. Tinha total controle do corpo, de cada membro, cada músculo. E, conforme a música fluía, senti... não era felicidade, jamais seria isso. Mas satisfação. O sol brilhava sobre meu rosto, e Fuchai me observava como se tudo no mundo tivesse desaparecido e ele estivesse pronto para abrir mão de qualquer coisa, menos de mim.

# CAPÍTULO DEZESSEIS

**O campo de treinamento se estendia** plano e sereno sob as temperaturas baixas do inverno. A terra era de um vermelho vivo, o céu por trás dela, de um azul profundo; juntos, pareciam dividir o horizonte em duas partes. Os melhores soldados do palácio estavam enfileirados de uma ponta à outra da arena aberta, os rostos corados pelo frio, as mãos firmes em torno das espadas. Todos olhavam adiante. Deviam estar congelados, e, ainda assim, não tremiam, nem sequer vacilavam em suas posições.

Mas, lá no alto, nas arquibancadas de madeira elevadas, ao lado do rei e das outras concubinas e damas de companhia, eu estava aquecida. Recebíamos aperitivos a cada cinco minutos, e todas vestíamos os casacos mais grossos. Abaixo de nós, uma lareira ardia com força, o calor subindo em ondas até onde estávamos.

— Esta sempre é a competição mais divertida do ano — explicava Fuchai, acariciando distraidamente as costas da minha mão. Estávamos sentados bem na frente, com a melhor vista para os soldados. Até nossos assentos eram bem acolchoados. — Há prêmios envolvidos: ouro, promoções, equipamentos melhores. Mas é claro que, na verdade, o que de fato está em jogo aqui é a honra. Observe.

Um gongo soou.

Os soldados romperam a formação e se espalharam em um grande círculo, enquanto dois homens avançavam para o centro. O ar pareceu mudar, se enrijecer, estalando de tensão. Os competidores eram jovens, de rosto ainda liso, e a forma como se moviam me lembrava os potros criados nos estábulos do palácio, pura energia bruta e músculos vigorosos.

Mal consegui ver o instante em que o primeiro homem puxou a arma. Foi apenas um lampejo prateado, uma lâmina de luz. A espada colidiu com a outra no ar. Houve um som áspero e violento antes que ambos recuassem, ofegantes.

Ainda assim, poucos segundos depois, o soldado atacou de novo, dessa vez com a espada em riste. De seus calcanhares se ergueram nuvens de poeira vermelha. O corpo dele era um borrão; o sol reluziu contra a armadura. Soltando um grunhido, ele lançou todo o peso no próximo golpe e rasgou o ar com a espada. Metal retiniu contra metal. O golpe atingiu o ombro do segundo soldado, que cambaleou, o braço que segurava espada tremendo.

A multidão explodiu em aplausos.

— Isso... é tudo? — perguntei. — Ele já venceu?

Fuchai apenas sorriu.

— Continue assistindo.

O soldado ferido pareceu sentir o olhar do rei. Seu rosto ficou vermelho feito brasa. Então, ele cerrou os dentes e correu, atirando-se contra o outro homem e derrubando-o. O baque dos corpos foi tão alto que pude sentir nos meus ossos, mas nenhum dos dois hesitou. As espadas jaziam abandonadas no chão. Naquele instante, eles apenas trocavam socos brutais, os punhos golpeando a carne repetidas vezes. Um deles se virou e cuspiu algo espesso e vermelho, misturado a algo branco. Parecia um dente.

— Viu só? — Fuchai inclinou a cabeça. — Esse é só o começo.

Os gritos da plateia ficaram mais intensos, mas senti um frio na barriga, uma náusea subindo pela garganta. Era difícil esquecer que aqueles deviam ser os mesmos soldados que invadiram nossas terras, que mataram nossos homens. A luta era tão… agressiva. Impiedosa. O primeiro estava montado sobre o outro, socando seu maxilar repetidas vezes enquanto o oponente se debatia e se esforçava para se desvencilhar. Segundos depois, ouvi o estalo nítido de um osso se quebrando.

As concubinas e damas de companhia arfaram ao mesmo tempo, mas, para onde quer que eu olhasse, todos assistiam com deleite. Todos, exceto Zhengdan, que estava sentada logo atrás de nós, de rosto tenso e sobrancelhas franzidas.

Ela não olhava para a luta, e sim para o general Ma, parado em um canto.

Um grito rouco me fez voltar à arena. O atual vencedor pressionava o calcanhar da bota na boca do estômago do outro homem, a expressão carregada de uma satisfação fria. Por um instante, em meio à luz e à sombra, ele me pareceu igual ao sujeito que invadira nossa casa. O mesmo que havia dilacerado Susu, deixando-a sangrar até a morte no chão.

O toque de Fuchai na minha mão de repente parecia gelo. Mas eu não podia me afastar, não sem um bom motivo. Eu me virei e avistei a senhorita Yu sentada ao fundo, abrigada sob um guarda-sol pintado. Apesar da poeira que rodopiava pelo campo de treinamento, ela usava um conjunto rosa-pêssego impecável, e a maquiagem estava tão perfeita quanto sempre, destacando o volume dos lábios e a curva arredondada do rosto.

Havíamos sido treinadas para reparar na atenção que nos dispensavam. No mesmo instante, os olhos dela encontraram os meus. Sua expressão era mais curiosa do que hostil. Era uma pergunta silenciosa: *Você se lembra do nosso acordo*?

É claro que me lembrava. A família de senhorita Yu era uma peça crucial no meu plano.

— Fuchai — murmurei, diminuindo a voz perto do ouvido dele. Lá embaixo, os gritos e grunhidos dos soldados continuavam, como os de animais moribundos. — Fuchai, a senhorita Yu não está linda hoje?

— Hum? — respondeu ele distraído, com o olhar ainda fixo na arena.

— É um penteado novo? — insisti. — Ele valoriza o rosto e a silhueta dela, não acha?

Por fim, o rapaz deixou a luta sangrenta de lado e também espiou por cima do ombro. A senhorita Yu soube cooperar; escolheu aquele exato momento para ajeitar o casaco, abrindo-o um pouco na frente para exibir toda a pele leitosa e macia abaixo das clavículas. O cabelo reluzia, e os olhos cintilavam como o sol sobre o grande Lago Tai. Era preciso admitir: havia razão para ela ter desfrutado das afeições do rei nos anos anteriores à minha chegada.

Eu sabia de meu valor para Fuchai, mas não era arrogante a ponto de achar que o havia mudado por completo daquele rei devasso das histórias, amante de vinho e de mulheres. Seu olhar se demorou nela.

— Hum — repetiu, de um jeito pensativo. — Suponho que tenha razão.

— Ouvi dizer que há inúmeros soldados que a desejam em segredo — comentei. Foi uma afirmação dramática, mas não era mentira. — Está vendo os que estão lutando?

Fuchai franziu a testa. Lá embaixo, um dos homens estava com o braço torcido em um ângulo grotesco, o rosto pálido de dor enquanto se contorcia em meio à poeira, feito um peixe fora d'água.

— Sim?

— Pode ser que estejam lutando pela honra, mas... não acha que também podem estar tentando impressioná-la?

Fiquei quieta, deixando que ele chegasse à conclusão sozinho.

Logo, uma sombra escura passou pelo rosto de Fuchai. Nada era mais tentador do que alguém desejado pelos outros, nada mais excitante do que a possibilidade de ter competição. Como minha mãe costumava dizer: a comida no prato alheio sempre parecia mais apetitosa do que a sua.

Esperei que o rei fosse na mesma hora para o lado da senhorita Yu, mas ele hesitou e apertou minha mão.

— Vai se sentir sozinha se eu for?

*Vou erguer as mãos para o céu e agradecer.*

— Um pouco — menti. — Mas tenho sido egoísta, ficando com você só para mim nessas últimas semanas. E, contanto que esteja feliz, eu também estarei.

Fuchai apertou minha mão de leve mais uma vez e se levantou, subindo pela arquibancada. Ouviu-se uma grande comoção. No mesmo instante, todas as concubinas e damas se puseram de pé e fizeram uma reverência profunda, expondo as nucas. A luta continuava na arena, mas o verdadeiro espetáculo estava acontecendo ali em cima. Quando Fuchai se sentou ao lado da senhorita Yu, observei como os espectadores assimilavam aquele detalhe, os olhos cintilando e as bocas murmurando discretamente. Senhorita Yu se endireitou e sorriu. Estava triunfante.

O gongo ressoou de novo, um som forte e reverberante. O vencedor cambaleou para fora do círculo sob uma salva de palmas. O outro soldado foi arrastado para longe. Aqueles que aguardavam nas laterais se reagruparam, e novos competidores entraram para ocupar seus lugares. E então começou tudo de novo: o zunido das espadas, o canto do metal, as feridas sangrentas. Um passo à frente, um passo atrás. Uma vez após a outra, a terra sob os soldados escurecia, tingida de um vermelho ainda mais escuro pelo sangue, enquanto as concubinas afundavam confortavelmente nos assentos, envoltas em peles lustrosas, e os servos nos ofereciam uvas frescas em bandejas.

Peguei algumas, mas não comi quase nada. A sensação de mal-estar só crescia conforme o cheiro metálico da violência subia da arena até nós.

O sol se ergueu no céu azul e gélido. O círculo de competidores foi diminuindo à medida que mais e mais soldados entravam e eram derrubados logo em seguida. Os perdedores eram eliminados no mesmo instante. Os vencedores então lutavam uns contra os outros, até que restasse apenas o mais forte. Ninguém se surpreendeu quando a única pessoa que permaneceu no círculo dos vitoriosos — o que acumulou a maior sequência de vitórias — foi o general Ma. Algo curioso acontecia em cada duelo que ele travava: o oponente, que no início parecia mais veloz e mais robusto, demonstrando progresso evidente, sempre se cansava dramaticamente perto do final da luta. No fim das contas, ter autoridade era mais importante do que ter aptidão física. Aqueles que *poderiam* derrotar o general Ma não o faziam por medo das consequências, por receio de envergonhar alguém de posição superior. Toda aquela encenação cheirava a egos frágeis e bajulação.

Um soldado havia chegado a tropeçar nos próprios pés e se atirado de cara no chão diante do homem, implorando por misericórdia.

Um filete de sangue escorria do lábio cortado do general Ma. Ele o deixou pingar, então lançou um olhar carregado de desafio aos que estavam ao redor.

— Há mais alguém para me enfrentar? — bradou. — Alguém?

Silêncio. Todos pareciam determinados a evitá-lo.

O sujeito sorriu de canto.

— Mesmo? Ninguém ousa tentar a sorte?

— Eu quero.

Houve uma pausa confusa, um farfalhar de tecidos e metal enquanto as cabeças se viravam de um lado para o outro, tentando encontrar a origem daquela voz, que não viera de um dos soldados na arena, mas, sim, das arquibancadas.

Meu coração parou.

Zhengdan se levantou, de queixo erguido. Já começava a arregaçar as mangas, como se aquele momento tivesse sido predestinado, como se ela tivesse treinado por anos à espera daquela oportunidade. E talvez tivesse mesmo. Havia uma sensação terrível de inevitabilidade em tudo aquilo: o céu gelado, o silêncio pesado. Anos haviam se passado desde que o oficial aparecera com o elmo de seu pai, mas ela ainda era a mesma garota que ficava do lado de fora todas as manhãs de inverno, aguardando que ele voltasse para casa.

— E então? — perguntou Zhengdan. Seu tom era leve, quase brincalhão, mas havia algo perigoso por baixo, como uma cobra deslizando pela grama, pronta para dar o bote.

Levou um instante para o general Ma se recuperar. Ele franziu a testa.

— Você?

— Sim, eu. Algum problema?

O homem se virou para encarar o rei, repetindo a pergunta em silêncio: *Algum problema?*

Não achava que houvesse regras específicas que impedissem damas de companhia de participar de um duelo de treinamento, mas também não conseguia imaginar que isso já tivesse acontecido antes.

Fuchai olhou do general para Zhengdan, com uma expressão indecifrável. Todos pareciam prender a respiração. Notei que os servos já dobravam os joelhos, prontos para se atirar ao chão ao menor sinal de fúria do rei. Mas, após um instante, um sorriso cruzou o rosto de Fuchai feito um raio. Ele se inclinou para a frente.

— Bem, isto está ficando ainda mais divertido do que eu esperava — cantarolou. — Por que não?

O olhar de Zhengdan ficou cortante.

— Obrigada, Vossa Majestade — disse ela, fazendo uma reverência ainda mais baixa que o normal.

— Tem certeza de que consegue enfrentá-lo? — questionou Fuchai, avaliando a constituição física de minha amiga. Ela era ainda menor do que eu, os braços tão finos que, mesmo se alguém envolvesse o pulso dela com a mão inteira, ainda sobraria espaço. — Ele não vai pegar leve com você.

— Eu sei — respondeu Zhengdan, jogando o cabelo para trás. — Mas eu também não vou pegar leve com ele.

O sorriso do rei aumentou.

— Que... interessante. Nesse caso, por que não vai se preparar? Tenho certeza de que podemos encontrar uma armadura para você, embora talvez fique um pouco folgada.

Alguns dos soldados lá embaixo começaram a zombar, mal conseguindo abafar as risadinhas e esconder os comentários que faziam entre si. As concubinas também cochichavam; algumas pareciam genuinamente impressionadas, enquanto outras fitavam Zhengdan com preocupação, como se tivessem certeza de que aquela seria a última vez que a veriam inteira.

Senti o medo se cravar em mim feito um espinho. Tentei chamar a atenção de Zhengdan quando ela passou por mim, ereta como qualquer soldado treinado. *Pare,* implorei em pensamento, agarrando a beirada do assento, torcendo para que, de alguma forma, minha amiga me ouvisse. *Você não está pensando direito.*

Quando nossos olhares se encontraram, ela apenas me deu uma piscadinha e falou, sem emitir som: *Não se preocupe. Eu consigo vencer.*

Mas era exatamente isso que eu temia.

Quem entrou na arena já não era a Zhengdan que eu conhecia. Não tinha mais os delicados grampos de borboleta na cabeça, nem as pérolas em torno da garganta fina. Os cabelos pretos estavam presos sob um elmo de bronze, igual ao que o pai usava. Os ombros, reforçados por uma grossa camada de proteção; o corpo, coberto por placas reluzentes que brilhavam feito escamas de dragão sob o sol. Até os traços do rosto pareciam mais afiados quando ela parou diante do general Ma e assumiu postura de combate. Segurava uma espada pesada em uma das mãos, enquanto a outra estava erguida, com dois dedos apontados diretamente para o oficial, em uma linha reta perfeita.

Diante disso, o general Ma também mudou. Até então, mantinha uma leve expressão de quem achava graça de alguma coisa, como se tivesse sido forçado a disputar uma luta que mal valia a pena vencer. Mas devia ter reconhecido a firmeza nos movimentos de Zhengdan, a familiaridade com que ela manejava a arma.

Senti as palmas das mãos úmidas em meu colo. Mal conseguia respirar.

Assim que o gongo soou, ela avançou. Sua espada rasgou o ar, disparando em direção à garganta do general. Ele desviou a tempo, mas parecia mais um reflexo automático do que uma estratégia calculada. Seus pés vacilaram um pouco, os calcanhares afundando na terra. Havia uma expressão perplexa em seu rosto, um tipo de incredulidade atordoada. O mesmo olhar se espalhava entre os muitos espectadores ao meu redor. Os cochichos cessaram. A única coisa que se ouvia em todo o campo de treinamento era o sibilo cortante da lâmina de Zhengdan.

Ela era tão elegante em combate. Tão linda. Seus movimentos eram fluidos feito água escorrendo sobre pedras, ou como o vento serpenteando por entre as árvores. Cada golpe se sucedia ao próximo sem hesitação nem erro. Podia imaginá-la invocando relâmpagos vermelhos com um simples gesto de pulso, liderando um batalhão de milhares de soldados para uma guerra no fim do mundo. Ali, Zhengdan estava em seu estado mais puro, fazendo exatamente o que queria. Sua habilidade com os pés era impecável, ajustando-se sem esforço aos golpes abrangentes e pesados do general.

Uma investida. E mais outra. Ela avançava pela terra, empurrando-o cada vez mais, a espada um borrão prateado.

Todos os olhares estavam sobre minha amiga. Até os céus pareciam observá-la.

A garota contra o general. A Yue contra o Wu.

— Quem treinou você? — gritou o general Ma, desviando por pouco da estocada seguinte.

— Ninguém — respondeu Zhengdan. — Aprendi sozinha.

Apesar do receio, uma parte de mim se encheu de orgulho. Se ela nunca tivesse saído de nossa aldeia, se tivesse ouvido a mãe e se casado com um daqueles homens velhos, sem vida e de olhos caídos, teria ficado presa lá para sempre, feito um pássaro enjaulado. Tudo dentro dela teria murchado até restar apenas a beleza.

Mas, ali, Zhengdan brilhava. Resplandecia a cada golpe de espada, a cada giro do corpo. E era impiedosa.

Na primeira brecha, ela avançou, a lâmina parando a um centímetro do pescoço do general. Ele congelou. Sua espada caiu no chão.

Era uma inversão das histórias populares que circulavam entre os aldeões. A bela garota com sangue sob as unhas, que não precisava ser salva porque *ela* era o perigo.

Zhengdan pressionou a lâmina mais perto, o suficiente para cortar a pele, se assim quisesse. E eu sabia o quanto ela queria. Na minha mente, ouvi um eco de sua voz: *Um dia, erguerei uma espada contra o pescoço dele*. Vi esse impulso violento atravessar seu rosto naquele momento.

Diante dela, o homem se mantinha imóvel, os tendões no pescoço tensionados pelo esforço de resistir ao ataque. Seu medo pairava, denso, entre os dois.

— Eu venci — anunciou Zhengdan em voz alta, firme, antes de deixar o braço que segurava a espada cair.

No silêncio que se seguiu, ninguém se moveu. O general Ma encarava a própria arma caída, as mãos vazias, como se não compreendesse o que acabara de acontecer. Ele ofegava, e sangue escorria aos borbotões do corte no lábio; a testa estava encharcada de suor. No início, seu rosto estava vermelho. Depois, conforme o momento se estendia, uma sombra escura e macabra distorceu suas feições. Foi rápido — rápido o bastante para quase passar despercebido. Mas meus dedos formigaram com um mau pressentimento.

Palmas vagarosas interromperam o silêncio. Eram de Fuchai.

Ele estava de pé, as peles sedosas e escuras do casaco esvoaçando em torno do corpo, a boca esticada em um sorriso de lobo.

— Que espetáculo fascinante — elogiou. — De verdade. Nunca vi nada parecido.

Seguindo seu exemplo, os outros espectadores explodiram em aplausos. Parecia o estrondoso rufar de tambores de guerra após uma batalha, reverberando na terra vermelho-ferrugem, anunciando a derrota de um dos lados. E Zhengdan ficou ali, na posição de vencedora, admirando os céus, como se esperasse que mais alguém estivesse assistindo. O sol brilhava forte como o olho de um deus; a luz se derramava sobre minha amiga.

Ainda assim, não consegui evitar o arrepio que percorreu minha coluna.

Naquela noite, eu aquecia as mãos junto ao fogo quando Fuchai entrou em meus aposentos, seguido de perto por uma fileira de criadas. Cada uma carregava uma caixa envernizada.

— O que é isso? — perguntei, levantando-me lentamente, a seda de minhas vestes deslizando sobre a pele. Mais cedo, havia retocado o pó e passado água de rosas no pescoço, sabendo que ele viria.

Fuchai apenas sorriu e bateu palmas. No mesmo instante, todas as caixas foram depositadas no chão e abertas, ofuscando minha visão por um momento. Estavam transbordando das joias mais brilhantes, uma abundância de jades verde-escuras, espelhos de bronze e pérolas, porcelanas decoradas e esculturas de marfim em forma de fênix.

— São suas, é lógico — disse o rei, pegando um dos colares cravejados e caminhando devagar até mim. Com outro gesto discreto de sua mão, todas as criadas fizeram reverência e se retiraram. Tinham sido bem treinadas, então trancaram as portas atrás de si ao saírem, garantindo nossa privacidade. — O que achou?

Inclinei a cabeça, oferecendo a nuca para ele.

— É alguma ocasião especial? Estão distribuindo joias de graça no mercado matinal?

Senti o sorriso de Fuchai às minhas costas. Seus dedos eram surpreendentemente ágeis, e fecharam o colar na primeira tentativa.

— Considere isso uma compensação. Por ter feito você assistir ao resto dos duelos sozinha.

Havia um quê de constrangimento em sua voz, como o de uma criança se desculpando por brincar quando não devia, e percebi, espantada, que ele se sentia culpado. Isso era um tanto... incomum. Ao longo de toda a história de que temos conhecimento, sempre se presumiu que um rei deveria ter incontáveis concubinas. Se ele lhes dedicasse um instante de atenção, elas deveriam chorar de gratidão. E se as negligenciasse, deixasse esquecidas até a morte... Bem, isso também fazia parte do acordo. Será que eu o havia amolecido tanto assim?

— Foi uma luta interessante — comentei, desviando do assunto. É óbvio que não estava de fato irritada; eu *queria* que ele fosse até a senhorita Yu. Mas não custava nada deixá-lo sentir que me devia algo.

— Foi mesmo, não foi? Acho que nunca vi o rosto do general tão vermelho, nem depois de sete jarros de vinho. Deve ter sido uma experiência humilhante.

Eu me virei e vi que ele ria.

— Não está incomodado? — perguntei, intrigada.

— E por que estaria? — As mãos de Fuchai permaneceram sobre o fecho do colar, e o calor de seus dedos roçava minha pele. — Foi uma disputa entre minha dama de companhia e meu general. Ambos me pertencem. Independentemente do resultado, quem vence no final ainda sou eu.

Às vezes, ele me surpreendia com sua forma de pensar.

— Duvido que o general veja dessa forma — comentei, fingindo um tom leve.

— Acredito que não. — O rei deu de ombros. — Zixu acha que eu deveria massagear um pouco o ego dele, ajudá-lo a recuperar o orgulho.

*Wu Zixu de novo.*

— E como o ministro sugere que você faça isso?

Mas Fuchai já estava entediado do assunto.

— Não importa. Vamos parar de falar disso agora — murmurou ele, deslizando a mão até minha cintura. Pude sentir o cheiro do sangue do dia impregnado nele, misturado a um perfume frio. — Hum?

— Parece um assunto importante — tentei insistir.

O rapaz não disse nada, apenas pressionou os lábios contra meu ombro.

— Fuchai — chamei. Um grande erro. Quis chamar a atenção dele, mas pareceu ter o efeito oposto.

— Acho que nunca vou me cansar de ouvi-la dizer meu nome. — Ele me abraçou mais apertado. Deu outro beijo no meu pescoço e encostou a boca nas contas do colar. — Às vezes, juro que só me sinto alguém quando estou com você. Isso faz sentido?

— Eu... acho que sim...

— Ótimo.

— Mas, Fuchai...

Ele soltou um som baixo e suave, quase como um suspiro, e, em um instante, me contornou, parando diante de mim e segurando meu rosto. Seus olhos estavam escuros e dilatados, os cílios tão longos que lançavam sombras sob a luz das lanternas. Passando os lábios em uma linha lenta e preguiçosa pelo meu pescoço, começou a dizer:

— Sabe, eu costumava acreditar que os céus foram cruéis demais comigo. Me forçaram a assumir o trono quando nunca quis ser rei. Tiraram meu pai de mim.

Entre uma palavra e outra, ele me beijava de novo, desesperado e faminto, como se estivesse envenenado e eu fosse a única coisa capaz de salvá-lo. Não era desagradável. E isso era terrível. Fisicamente falando, estava longe de ser desagradável. Mesmo que, no fundo da alma, eu o odiasse e quisesse vê-lo morto, meu corpo não conseguia evitar reagir.

— Tiraram meus amigos de mim assim que colocaram essa maldita coroa na minha cabeça. Todas as pessoas com quem cresci, com quem estudei... foi como se tivesse me tornado um estranho para elas. Não tinha ninguém com quem conversar, ninguém em quem confiar.

Enquanto falava, Fuchai puxou a coroa da própria cabeça, e ela deslizou, bagunçando seu cabelo e deixando os fios negros soltos e desgrenhados sobre a testa. Mais um puxão, e a coroa caiu sobre a cama ao nosso lado, o ouro polido brilhando contra os lençóis brancos.

*Isso deve estar violando algum tipo de lei*, pensei vagamente, enquanto ele beijava a curva do meu maxilar, o canto da minha boca, a respiração cada vez mais curta.

— Eu sei o que os ministros pensam de mim — continuou, a voz rouca. — Acham que sou uma decepção, uma sombra do meu pai. Todos gostariam que ele ainda estivesse no trono... — Fuchai deu uma risada amarga, os dedos se fechando em minhas vestes. — Bem, eu também gostaria. Assim, não estaria preso a tudo isso... *a tudo isso*. Mas os céus ainda devem ter piedade, porque colocaram você no meu caminho. Minha bela Xishi. — Ele me puxou para ainda mais perto, como se cada centímetro de distância entre nós lhe causasse dor. — Você ainda vai acabar comigo.

Deixei que o rapaz passasse os dedos pelo meu cabelo, que me empurrasse devagar para longe do fogo. Mesmo quando o calor se espalhou pelo meu corpo, me esforcei para manter a mente alerta, fria feito gelo. Era um jogo de xadrez. Não podia simplesmente ceder ao momento, não podia esquecer o que estava fazendo ali.

— Me beije — pediu Fuchai, rouco, sincero e tolo. — Me beije até que eu esqueça tudo.

Obedeci, envolvendo seu pescoço com os braços e ficando na ponta dos pés. Seus lábios eram terrivelmente macios, mas esmagaram os meus para aprofundar o beijo. Podia sentir algo doce, como vinho de flor de pêssego, em sua língua. Minha mente se movia mais rápido do que meu corpo, saltando erraticamente entre diversos pensamentos, alguns mais úteis que outros. Os boatos de que Fuchai visitava todos os bordéis da cidade deviam ser verdade. Suas mãos eram habilidosas e, sem dúvidas, experientes.

— No que você está pensando? — perguntou ele. — Agora. Quero saber.

— N-nada.

Ele me beijou com mais intensidade, até minha mente se diluir.

— Me diga.

— Nada. Ninguém, só... — *Você,* era o que deveria ter respondido. O que estava na ponta da língua. Mas o que saiu foi: — Fanli.

Só percebi o que havia dito quando Fuchai se afastou de repente, como se tivesse levado um tapa. Ainda respirava pesado, de lábios inchados, mas seus olhos estavam arregalados, atônitos.

— O que foi que acabou de dizer?

— Eu... eu não... — O pânico irrompeu dentro de mim. *Explique-se.* Precisava explicar, precisava consertar a situação, mas nada surgia em minha mente. Tudo o que conseguia ouvir era um zumbido baixo. Meu coração martelava. — Eu...

— Você disse o nome Fanli — afirmou o rei. Ainda havia certa hesitação em seu tom, como se quisesse que eu o corrigisse. — Fanli. O conselheiro militar de Yue.

Se eu não estivesse prestes a desmaiar, talvez tivesse rido. Às vezes, Fuchai era tão descuidado que chamava os próprios ministros pelos nomes errados, ou se dirigia a eles apenas usando "você" em vez do título adequado. Ainda assim, ele se lembrou sem nenhuma dificuldade justamente *daquele* nome.

— Foi um equívoco — falei, forçando a voz a permanecer calma. Torci para que qualquer traço de culpa desaparecesse do meu rosto. — Não foi intencional. Foi só porque... — Busquei desesperadamente alguma desculpa. Qualquer coisa. — Foi só porque estávamos falando de Wu Zixu mais cedo. E eu... estava me perguntando quem ocupava uma posição semelhante na corte de Yue.

A expressão dele era indecifrável. Mesmo com o fogo rugindo na lareira, o quarto parecia mais frio do que nunca.

— Enquanto me beijava?

Apesar de todo o treinamento, não consegui evitar um leve rubor.

— Eu... Minha mente foi longe por um instante. Só isso. Não quer dizer nada.

Mas o rosto de Fuchai estava voltado para as chamas, o olhar distante, as mãos cruzadas atrás das costas, o corpo inteiro rígido. Era uma coisa ridícula de se pensar naquele momento, sobretudo depois de vê-lo tão vulnerável havia instantes, a boca roçando meu pescoço como se fosse um garoto apaixonado e afobado... mas, ali, ele parecia um rei. Alguém com o poder de executar centenas com uma única ordem. O medo me dominou.

— Talvez Zixu estivesse certo, afinal — murmurou Fuchai para si mesmo.

Era como se alguém tivesse acertado meus pulmões com um malho pesado. Minha respiração travou. Tudo parou. Temi que fosse desmoronar por completo no chão. Isso não podia estar acontecendo. Eu não podia ter cometido um erro tão terrível, não depois de tanto planejar e me preparar. Sim, Zhengdan havia sido impulsiva no campo de treinamento, mas eu sempre fora cautelosa.

— Certo... sobre o quê?

O rei não respondeu. Seu rosto era uma máscara fria, impenetrável. Com um movimento brusco das mangas, virou-se e saiu pela porta. Ouvi as saudações surpresas das criadas que estavam do lado de fora, vi o tremeluzir das lanternas conforme ele passava, e senti um tipo diferente de horror: até o dia seguinte, os boatos já teriam se espalhado de como o rei saiu dos meus aposentos antes que qualquer coisa pudesse acontecer. Todos opinariam sobre o que eu teria feito para enfurecê-lo, mas duvidava que alguém chegasse perto da verdade: que meu coração havia traído minha língua. Que, por um breve momento, havia sido gananciosa o suficiente para imaginar os lábios de outra pessoa nos meus.

Tremendo, me deixei cair de joelhos, sozinha naquele quarto insignificante, repleto de joias cintilantes.

# CAPÍTULO DEZESSETE

**Passei as semanas seguintes esperando** receber algum castigo. Quase desejei que o rei tivesse me punido naquela mesma noite, em vez de deixar minha imaginação me torturar. Era como estender o pescoço durante uma execução, sem saber direito quando o machado cairia — apenas que cairia em algum momento. E, no entanto, tudo permanecia tão calmo que chegava a ser estranho. Fuchai nunca mais mencionou o incidente e continuava vindo aos meus aposentos sempre que podia. Não foi cruel, nem frio, nem sequer mesquinho. Admirava-me quando eu dançava, ouvia-me quando eu cantava. Sorria e me provocava com a mesma facilidade de antes, e se certificava de que eu vivesse no absoluto luxo. Às vezes, quando estávamos juntos, vislumbrava uma sombra cruzar seu rosto, mas era sempre tão sutil que eu não sabia dizer se era apenas fruto da paranoia, um fantasma da minha própria culpa.

Cinco dias se passaram, e tudo seguiu em paz.

Mais cinco dias se passaram, e, ainda assim, tudo continuava em paz.

Bem quando comecei a acreditar que ele de fato havia esquecido o incidente, o machado desceu.

Fui convocada à corte.

Não houve qualquer explicação ou informação que eu pudesse decifrar. Só podia obedecer. Ao atravessar as portas arqueadas de bronze, deparei-me com um silêncio sepulcral. Todos lá dentro estavam de cabeça baixa. Um arrepio gelado percorreu minha espinha. Algo estava errado. Fuchai estava sentado no alto do trono, e seus olhos encontraram os meus de imediato.

— Você chegou. Ótimo.

Senti a garganta se fechar. Duvidava de que o que viesse a seguir fosse algo bom.

O rei sorriu para mim, mas havia algo estranho em sua expressão, uma certa rigidez. Apenas a pele do rosto se moveu; a carne e os músculos por baixo permaneceram imóveis como pedra. Seus dedos longos tremiam um pouco sobre os braços do assento. Se não o conhecesse, diria que estava… nervoso. Mas por quê?

— Há alguém que quero que conheça.

— Quem, Vossa Majestade? — perguntei. Minha voz saiu baixa demais naquele enorme salão, engolida pelo espaço escuro ao redor. Não me sentia tão insegura e impotente desde o primeiro dia em que pisei no palácio de Wu.

Fuchai apenas deu um leve tapinha ao seu lado no trono, convocando-me para junto dele. Assim que me sentei, ele sacudiu a manga.

— Podem trazê-lo — ordenou.

Eu me virei e tudo dentro de mim congelou.

Ele entrou pelo lado mais distante do salão, com a luz do sol se derramando às suas costas, de modo que, a princípio, tudo o que vi foi uma silhueta, uma sombra. Mas eu o reconheci no mesmo instante. Seja em sonhos, na névoa, na escuridão, através das águas do Rio Amarelo, ele sempre seria tão familiar para mim quanto minhas próprias lembranças. O andar suave, os ombros retos, a inclinação orgulhosa do queixo. Seus passos eram silenciosos sobre o chão de pedra, os movimentos precisos e controlados como os de um predador em seu território. Meu coração subiu à garganta. Ele se aproximou, perto o suficiente para que visse seu rosto. Desde a última vez que estivemos juntos, seu cabelo negro feito tinta havia crescido, e os traços esculpidos do rosto pareciam ter sido talhados por uma lâmina impiedosa que eliminara o pouco de suavidade que um dia existira. Seus olhos — escuros feito a morte — estavam completamente insondáveis. Mas, por um breve instante, como se contra sua própria vontade, eles se voltaram para mim. Parei de respirar.

Fanli.

Carne do meu coração, luz do meu sol. Ele estava ali, no reino inimigo.

Um turbilhão descontrolado de emoções se agitou no meu estômago, indistintas umas das outras. Se me perguntassem se estava feliz por vê-lo, teria dito que sim. Senti uma alegria tão intensa que poderia ter transformado aqueles salões hostis em um paraíso, e a mim, em uma deusa. Mas, ao mesmo tempo, a dor que senti era pior do que qualquer coisa que já havia suportado antes, mais cortante e incandescente do que quando a ponta da flecha perfurou meu ombro. Ardente, dilacerante, implacável. E, é claro, havia o medo, aquele arrepio gélido subindo pela nuca e descendo até a ponta dos pés.

Foi então que me dei conta de que alguém me observava. Não, mais de uma pessoa. Enquanto Fanli avançava, tanto Fuchai quanto Wu Zixu estudavam minha reação, como se tentassem descobrir algo…

*Para ver se eu sentia algo por ele. Se meu coração falava a verdade.* A resposta veio feito um trovão. Engoli o horror e forcei o rosto a permanecer calmo, neutro. Olhei para Fanli como se fosse apenas um velho conhecido, nada mais.

As suspeitas se confirmaram quando o rei fez outro gesto preguiçoso com a manga, e todos os criados e ministros posicionados nas laterais da corte saíram, fechando as portas largas atrás de si. Todos, exceto Wu Zixu, que permaneceu aos pés do trono, tal qual um cão farejando sangue.

— Você o reconhece? — perguntou Fuchai. Ainda me observava, com os olhos negros estreitados.

Obriguei-me a desviar completamente a atenção de Fanli; era como pisar no vazio à beira de um precipício, como desferir um golpe de machado contra a própria mão. Curvando os lábios em um sorriso de vago reconhecimento, respondi:

— Acho que sim. É o conselheiro militar do Reino de Yue.

Pronunciei as últimas palavras em tom distante, como se não fosse minha terra natal, o lugar que me viu nascer, o lugar onde um dia descansariam meus ossos. Às vezes, parecia que Fuchai se esquecia de que eu tinha raízes, de que era uma pessoa de carne e osso, com família e relações com o mundo. Já me ressentira muitas vezes por isso, mas, naquele dia, pedi a cada divindade dos céus, a cada deus nas nuvens e a cada espírito na terra que ele continuasse esquecendo.

A ruga entre suas sobrancelhas suavizou-se um pouco, embora a mandíbula continuasse tensa. Então, ele se levantou um rei em toda a sua imponência e glória, a coroa equilibrada no topo da cabeça, e abriu os braços para Fanli. Um gesto que poderia quase parecer fraternal, não fosse pela história sombria que os unia.

— Fanli, que bom rever você. Já faz tanto tempo.

O outro rapaz parou a poucos passos de distância, os olhos frios fixos apenas no rei de Wu. Meu coração se apertava por sua causa.

— Digo o mesmo — respondeu, sem emoção alguma na voz. Nem sequer deu sinal de notar minha presença.

Senti sua falta durante todo esse tempo, com tanta intensidade que o peito doía. Mas, de alguma forma, doía ainda mais agora que ele estava ali, em pessoa, como se os poucos passos que nos separavam se estendessem por quilômetros. Poderia ter saído do lado do rei, corrido até Fanli e me jogado em seus braços, que se danassem as consequências. Poderia tê-lo beijado como se a história não existisse, como se a guerra fosse apenas um mito. Poderia ter roçado os dedos ao longo de suas maçãs do rosto, segurado sua mão esguia entre as minhas. *Poderia, poderia, poderia.* Todas essas possibilidades floresciam outra vez, brotando na presença dele. Mas, em vez disso, permanecemos imóveis em nossos respectivos lugares, como dois perfeitos estranhos.

— Já conheceu minha mais nova concubina?

Fuchai gesticulou em minha direção, como se exibisse um grande prêmio. Baixei a cabeça, esperando que aquilo fosse o fim do assunto. Mas o rei me chamou para mais perto, puxando-me para o colo e deslizando o braço sobre meu ombro nu. De manhã, ele havia pedido que eu usasse as vestes que mandara confeccionar para mim: um conjunto de seda rosa, tão fino e delicado quanto teias de aranha, adornado com pérolas lustrosas que reluziam a cada movimento meu. O tecido mal se segurava no topo e subia demais nas pernas, revelando minha pele clara como a lua. Era uma roupa inconveniente, feita para o prazer de quem olhava, e não de quem vestia. Agora eu via que isso também fazia parte do plano.

Uma raiva silenciosa borbulhava em minhas veias, misturada a um sentimento ressentido e amargo, algo parecido com traição. Há quanto tempo ele vinha planejando aquilo? Desde que o nome de Fanli escapou dos meus lábios, ou até antes? Quantas noites dormi ao seu lado enquanto ele arquitetava maneiras de testar meus sentimentos por outro homem? Só de pensar nisso, meu estômago se revirava.

Mas eu estava dando crédito demais ao rei. Fuchai era meu maior inimigo, mas não era naturalmente desconfiado. Era Wu Zixu quem devia ter tramado tudo aquilo desde o início.

Não deixaria que o ministro tivesse o gostinho da vitória.

— Ela não é linda? — vangloriou-se Fuchai, segurando meu queixo entre dois dedos firmes, enquanto a outra mão acariciava a lateral do meu rosto. Eu me forcei a inclinar para a frente, a erguer o olhar por baixo dos cílios, como se enxergasse apenas ele.

Ainda assim, de canto de olho, percebi a atenção aguçada de Fanli sobre nós. Seu rosto estava impassível, sem revelar qualquer pensamento ou emoção. Apenas a mão esquerda se fechou lentamente em um punho ao lado do corpo.

Sua voz era de uma firmeza impressionante ao responder:

— É claro que sim, Vossa Majestade. Escolhemos o melhor do nosso reino para agraciá-lo.

— Ah, quase me esqueci. — Fuchai riu, e o som ecoou pela ampla câmara. — Você teve um papel na escolha dela, não teve? Que gosto refinado. Tenho que admitir que o subestimei, Fanli... pelo que ouvi sobre sua reputação, achei que não tivesse interesse algum nas mulheres. Lembra-se da época em que servia aqui em Wu? Quantas garotas lindas mandei para você... e, ainda assim, não aceitou nenhuma.

Meu corpo se enrijeceu. A voz do rei soava casual, mas havia pequenas lâminas escondidas sob cada palavra, prontas para cortar ao menor toque da pele.

— Não é questão de gosto, mas de objetividade — retrucou Fanli, inabalável como sempre. — Diria que qualquer um que a visse seria incapaz de negar sua beleza.

— Você tem razão.

Fuchai me puxou para ainda mais perto, e tudo o que eu podia sentir era seu cheiro: notas escuras e doces de tinta, metal polido e terra molhada à meia-noite. Quando eu tinha acabado de chegar, sentia o perfume de outras mulheres impregnado em suas roupas o tempo todo. Mas agora o odor era apenas dele, e qualquer fragrância que o envolvesse vinha de mim. Isso deveria me satisfazer, servir de prova do meu poder, da minha influência, mas era difícil sentir qualquer prazer com Fanli parado diante do trono, nos observando.

— Pensando bem, acho que deveria agradecê-lo — acrescentou Fuchai, um sorriso torto e feroz surgindo nos lábios. — De verdade. Acho que não dormia tão bem desde que ela chegou ao meu palácio.

A expressão de Fanli permaneceu impassível, esculpida da pedra jade mais pura, mas vi um músculo pulsar de leve em sua mandíbula. A cor em seus olhos se aprofundou.

*Pare de falar*, supliquei mentalmente a Fuchai. *Por favor. Deixe que ele vá embora.*

O rei parou de falar... mas apenas para aproximar os lábios da minha orelha. Sua respiração roçou minha pele, como se não houvesse mais ninguém na sala. Seu pulso latejava forte e quente ao lado do meu, e minha mente se encheu de mil fantasias, todas terríveis. Mas, acima de qualquer outra coisa, imaginei uma lâmina atravessando sua garganta, o sangue escorrendo enquanto Fuchai desabava sobre o próprio trono.

Diante de nós, Fanli permaneceu imóvel feito uma estátua, os lábios pálidos e contraídos em uma linha rígida. Vi o modo como Fuchai ergueu uma sobrancelha para ele, seus olhares se cruzando enquanto o rei apertava o braço ao redor da minha cintura, com uma expressão provocante e sombria como uma tempestade. Se os dois estivessem se enfrentando corpo a corpo, bastaria um piscar de olhos para Fanli subjugar Fuchai. Mas um campo de batalha era um campo de batalha — e uma corte, uma corte. Eram mundos separados, e ali o rei de Wu detinha todo o poder.

Um longo momento se passou. Silêncio. Tudo que eu ouvia era o fluxo feroz do sangue em meus ouvidos, como se dez mil rios corressem ao mesmo tempo.

Por fim, Fuchai recostou-se no trono e afrouxou o abraço ao meu redor. Fanli mal havia reagido, e eu forçara o rosto a permanecer indiferente o tempo todo. Com certeza, a essa altura, havíamos passado pelo teste perverso que ele e Wu Zixu tinham elaborado. O rei assentiu, um gesto discreto, quase imperceptível, e fui tomada de alívio. Tinha acabado. Tinha que ter acabado…

Um lampejo de prata.

Depois, vermelho.

Engasguei em um grito mudo. Zixu tinha avançado em um instante e desembainhado a espada, rápido demais para que eu pudesse acompanhar. A lâmina já havia perfurado o peito de Fanli. O sangue jorrava da ferida, escurecendo suas vestes azul-claro, e escorria pela mão estendida do ministro. O rosto de Fanli estava contraído de dor, e um tendão se retesava em seu pescoço, mas ele não emitiu som algum. Nem se moveu.

*Isso não pode ser real. Não pode ser.* Senti-me enjoada, fora de mim, como se o mundo estivesse se distanciando. Minha pele gelou de repente. Queria gritar até a garganta se rasgar, arrancar a espada das mãos daquele homem, matá-lo. Queria matar todos naquele salão… todos, exceto Fanli.

Fanli, que não podia morrer. Fanli, que estava sangrando.

A dor pulsava em mim, tão aguda quanto se a lâmina estivesse cravada no meu peito, atravessando minhas costelas. Respirar doía.

— Qual… — Um gorgolejo horrível saiu da boca de Fanli, mas seu tom era o de alguém fazendo uma pergunta inocente, sem relação com o que estava acontecendo nem muito interesse pela resposta. — Qual é… o objetivo disso?

— Perdão — disse Fuchai, com um sorriso acanhado.

Eu continuava presa em seu colo, sendo obrigada a assistir de longe. Zixu segurava a espada com firmeza. Teria chegado perto do coração de Fanli?

— Estive conversando com alguém no outro dia e me lembrei de que você matou muitos dos meus homens na guerra. É claro que não foi o bastante para *vencer,* mas, bem, uma perda ainda é uma perda. E eu sei, eu sei — continuou o rei, sem pressa alguma, a voz quase um ronronar, como se Fanli não estivesse à beira da morte —, essas são velhas rixas. Mas não prefere que eu desconte meu ressentimento agora e acertemos logo as contas? Ou seria melhor me lembrar disso mais tarde, quando estiver com um humor muito pior, e decidir arrasar todas as suas aldeias? Você é uma pessoa inteligente. Há de concordar comigo.

Fanli não respondeu. A cada segundo que se passava, sua pele ficava ainda mais pálida, os olhos, duas pedras negras. O sangue pingava sem parar, formando uma poça aos seus pés.

Eu não conseguia mais suportar. Abri a boca para gritar, para exigir que alguém o salvasse — mas, de repente, o rosto de Fanli se virou para mim, carregando um aviso. Embora as câmaras do palácio estivessem quase que em completo silêncio, exceto por sua respiração entrecortada, ouvi a voz dele com absoluta clareza, como se tivesse falado em voz alta: *É uma armadilha. Não caia nessa, Xishi. Você é mais esperta do que isso.*

Cerrei os dentes. Por baixo do zumbido do pânico, da batida ensurdecedora do meu coração, compreendi que aquele era o teste final. Se demonstrasse preocupação demais por ele, se desse a Wu Zixu e Fuchai qualquer motivo para suspeitar que nosso relacionamento era algo além do normal, todos os planos estariam arruinados. Todo o tempo que passei treinando, todos os dias que desperdicei longe de casa, todas as noites encolhida sozinha em aposentos frios e vazios, sonhando com ele. Toda a nossa estratégia, todas as esperanças e sonhos do nosso reino.

— O que acha, Xishi? — perguntou Fuchai, virando-se para mim, os movimentos lentos e preguiçosos, enquanto a outra mão colocava uma mecha de cabelo atrás da minha orelha. Achei que não poderia odiá-lo mais do que já odiava, mas estava terrivelmente enganada. — Este homem já me prejudicou no passado. Como devo puni-lo?

A garganta ardia enquanto me obrigava a rir, um som brilhante, tilintante, como se aquele que sofria não significasse nada para mim, quando, na verdade, ele significava tudo. Eu precisava convencer o rei. Era a única forma de garantir que Fanli saísse vivo dali.

— Como desejar, Vossa Majestade — falei, com um sorriso malicioso nos lábios. Percorri com um dedo a manga de suas vestes, roçando o local onde um tigre fora bordado em fio de prata. — O que o deixar mais satisfeito.

E lá estava aquele maldito cão, Wu Zixu, olhando para mim. O sujeito afundou a espada ainda mais, e um suspiro áspero escapou pelos dentes cerrados de Fanli, o primeiro som de dor que fazia. Ele cambaleou por um momento, os pés trêmulos.

Minha mente estava em polvorosa, meu coração se despedaçava. Tudo que queria era chorar, mas apenas observei. Não podia ser eu a pedir que parassem. Tinha que ser a vontade de Fuchai, ou Zixu.

— Dói, não dói? — murmurou Fuchai, arrastando as palavras, abrindo um sorriso que revelava dois dentes pontiagudos. — Dói tanto quanto as cicatrizes em suas costas?

Fanli apenas encarou o rei de Wu, o olhar firme e afiado feito a ponta de uma lâmina, as costas deliberadamente retas. Já tinha aprendido isto há muito tempo: ele jamais daria a ninguém o prazer de vê-lo fraquejar. Escondia toda a sua dor, suas dúvidas, seus medos — e fazia isso com tanta perfeição que os rumores o imortalizaram como alguém que não sentia nada, que não tinha fraquezas, nenhum ponto fraco do qual se aproveitar. Mas eu o conhecia. Já sentira a batida errante de seu coração, ouvira o leve tremor em sua respiração. No fim das contas, era apenas um garoto, teimoso e disciplinado até demais.

Apertei os dedos dentro das mangas com tanta força que achei que os nós fossem estalar. *Basta*, implorei em silêncio. *Por favor. Chega. Parem com isso. Eu faço qualquer coisa, desde que parem.*

Ouviu-se outro sibilo. Mais um centímetro frio da lâmina afundava-se na carne. Mordi a língua para conter um soluço. Mais um movimento, e…

— Estou ficando entediado — reclamou Fuchai, revirando os olhos e recostando-se no trono. — Qual o sentido de torturar uma pessoa que nem reage? Ele é mesmo feito de pedra. Zixu, já pode parar.

O ministro parecia insatisfeito, mas assentiu e arrancou a espada com um som horrível de rasgo. O sangue espirrou no chão do palácio. Fanli cambaleou para trás, pressionando o ferimento com a mão, e se apoiou no pilar mais próximo. Observei o movimento brusco e irregular de seus ombros subindo e descendo. Uma mecha escura escapara do coque bem-arrumado, caindo ao lado do rosto. O suor brilhava acima das sobrancelhas. Depois de um momento tenso, ele perguntou, com a voz baixa e rigidamente controlada:

— Deseja mais alguma coisa, Vossa Majestade?

Fuchai ponderou por um instante.

— Não, nada que eu consiga pensar. Ah… Mande meus cumprimentos a Goujian, pode ser? Vocês têm sido *tão* generosos comigo.

— Como desejar.

Fanli começou a se virar com movimentos rígidos e mecânicos, como alguém consumido por uma dor silenciosa. Enquanto fazia isso, seus olhos encontraram os meus por apenas um segundo, mais breve que um suspiro. Seu rosto estava pálido, encharcado de suor, a boca manchada com o próprio sangue. Ainda assim, poderia jurar que seus lábios se curvaram de leve — e em sua expressão havia algo parecido com orgulho.

# CAPÍTULO DEZOITO

**Fanli deixou um rastro de sangue para trás.**

Esperei até que Fuchai fosse chamado para outra reunião antes de segui-lo. Mantive a expressão neutra e me movia sem pressa enquanto buscava por sinais de onde Fanli havia passado. O vermelho-escuro se esparramava sobre os azulejos brancos e lisos, manchava os galhos baixos das árvores. Como se um animal ferido durante a caçada arrastasse o corpo enfraquecido para longe dos cães, tentando lamber as próprias feridas em silêncio. Sangue, sangue, sangue, no formato das pegadas dele.

Imaginei-o desabando em algum canto do imenso palácio, sozinho, o corpo esfriando. Imaginei-o cambaleando na escuridão, as mãos buscando apoio onde não havia nada para segurar. Nada a que se agarrar. Ninguém para ajudá-lo.

Meu coração parecia estar sendo esfolado.

No final de um corredor vazio, o sangue se engrossava e se espalhava. Gotejava das folhas de um bambu, a cor intensa contrastando com o verde suave da vegetação. O rastro terminava ali.

Olhei ao redor, a respiração fraca, o pânico crescendo rápido dentro de mim. Ninguém nunca vinha para essa parte do palácio; os aposentos mais próximos pertenciam à senhorita Gu. Zhengdan ouvira de outras damas que ela exalava um aroma estranho, que fazia a grama murchar e a água ficar estagnada. Claro que eram mentiras, provavelmente disseminadas por algum ministro ardiloso ou uma concubina invejosa, para desencorajar Fuchai de lhe dar atenção. O único cheiro que eu sentia naquele momento era o do bambuzal e do sangue.

Ele tinha que estar ali. *Tinha* que estar. Mas onde...

De repente, a mão de alguém cobriu minha boca.

Meu grito ficou entalado na garganta quando vi o rosto dele. Fanli, de olhos escuros e insistentes, me arrastava para trás da parede mais próxima, nos ocultando nas sombras.

Por um instante, tudo que existia entre nós era um silêncio perfeito e repleto de choque. Ele estava de pé, ou ao menos tentando. Tirou a mão dos meus lábios e apoiou um dos ombros nos tijolos, a postura tensa e as feições contorcidas de dor. Senti um nó no estômago ao perceber até onde o sangue já havia se espalhado. A frente de suas vestes parecia ter sido mergulhada em tinta vermelha.

— Não devia ter me seguido até aqui — sussurrou ele. Cada palavra parecia lhe custar um esforço imenso.

Engoli em seco. Pisquei algumas vezes para afastar a ardência nos olhos.

— Eu sei — respondi —, eu sei, e vou embora rápido. Só precisava ver... precisava garantir que você continue vivo.

De algum jeito, Fanli conseguiu sorrir. Um feixe fino de luz tocava seu rosto, projetando os padrões das folhas.

— Estou bem.

Se não estivesse ferido, eu teria lhe dado um murro ali mesmo.

— Não, não está. Tem que sair do palácio. Você estava... você está sangrando, Fanli, e ele usou a espada. Ele cortou você com... Há tanto, tanto sangue... — Eu me engasgava com uma lâmina invisível contra a garganta, todas as emoções que havia sufocado na ausência dele. Tudo parecia um borrão, e as cores e formas do entorno se distorciam. Nada parecia real. — Meu Deus, como pode ter… Como pode ter tanto sangue? O que ele *fez* com você? Como pôde…

— Xishi. — Sua voz era tão terna. Tão familiar. — Não é tão grave assim. Não vou morrer por isso, o ferimento está longe o bastante do meu coração.

— Não se mexa — ordenei, falando por cima dele. *Ataduras*. Precisava de ataduras, de algo para estancar o sangramento, mas estava de mãos vazias. Após um segundo de hesitação, agarrei a manga dele e rasguei uma longa tira de tecido da barra.

— O rei deles a machucou? — perguntou Fanli. Sua voz vinha de cima, enquanto eu me abaixava para envolver no tecido em seu peito, que subia e descia em ritmo irregular, no esforço de realizar uma única respiração.

*Machucou mais ver você sofrer.*

— Não — respondi. — Ele não encostou em mim.

— Então… aconteceu algo entre vocês dois?

— Foi minha culpa. — Fiquei grata por não estar olhando para Fanli. A vergonha e a culpa me atravessavam do coração ao estômago. — Foi tudo minha culpa. Não estava pensando direito. Não… Eu cometi um erro.

— Que erro?

Não era o momento para me sentir constrangida, mas, ainda assim, senti o calor se espalhar pelas bochechas ao explicar:

— Disse seu nome. Quando ele me beijou, eu… eu disse seu nome.

Um instante de silêncio se passou.

Fanli ficou tão quieto que não consegui evitar olhar para seu rosto, apavorada com o que encontraria. Fiz isso devagar, notando a inclinação firme do queixo, a linha rígida dos lábios — e, por fim, seus olhos, ardendo nos meus. Meu coração disparou.

— Me desculpe — continuei, desesperada para falar alguma coisa. — Não... não devia ter dito aquilo. Devia ter evitado de alguma forma e... te protegido. De tudo. — Terminei de ajeitar o tecido sobre o ferimento e o estiquei o máximo que pude.

Um silvo escapou por entre os dentes dele.

— Me desculpe — sussurrei de novo. Minhas mãos tremiam ao dar o nó final. A bandagem improvisada estava desajeitada, claramente feita às pressas. Por ora, impediria que Fanli sangrasse até a morte. Mas e se ele não conseguisse sair do palácio a tempo? E se a ferida infeccionasse no caminho de volta para Yue? Algo estremeceu dentro de mim, como se uma criatura com presas estivesse presa sob minha pele, fazendo de tudo para escapar.

Como se eu estivesse a um suspiro, a um instante de desmoronar por completo.

— E se eu fosse com você? — soltei de repente. A simples visão de seu sangue me atormentava, e algo no fundo da minha mente estava se desfazendo.

O olhar de Fanli se fixou em mim. Vi sua hesitação, senti seu coração vacilar — por um breve segundo. As possibilidades cruzaram seus olhos, feito estrelas riscando o céu. Então, ele se recompôs e balançou a cabeça.

— Você não pode.

— Quem disse? Quem nos impediria? — Sabia que estava sendo irracional, que sequer verbalizar essa fantasia era perigoso, mas estava tão cansada de fingir. De ser altruísta. — E se fugíssemos agora mesmo? Eu te levaria a um médico e cuidaria de você enquanto se recupera. E depois, você poderia renunciar ao cargo de ministro, e eu assumiria uma nova identidade... *Por que está balançando a cabeça*?

— Prometi à Vossa Majestade que o ajudaria a se vingar — disse Fanli baixinho. — Você tem razão. Ele não poderia fazer nada comigo se eu renunciasse. Sei de muitos segredos dele;

tenho conexões valiosas demais. Goujian não pode me ferir sem se ferir também. Mas até que sua missão esteja completa, precisamos honrar nossas promessas ao reino.

— Mas...

— Eu sei — declarou. Fechou os olhos. — Eu sei.

Meu próximo suspiro saiu vazio. Havíamos feito uma escolha. Desde o momento em que nos encontramos à beira do rio, vínhamos tomando decisões — mas, desta vez, parecia definitivo. Irrevogável. O caminho bifurcado por onde andávamos terminava ali, e a partir daquele instante, não importava o que acontecesse, só havia apenas uma única trilha, descendo rumo à escuridão.

E como se o universo quisesse apressar nosso fim, ouvi passos ecoando sobre as pedras ao longe. Guardas. Àquela hora, estariam patrulhando os corredores. Se me vissem saindo dos aposentos da senhorita Gu, saberiam que algo estava errado.

— Você tem que ir — pediu Fanli. Ele pressionou a mão contra o peito, como se tentasse conter fisicamente a dor. — Vou ficar bem. Acredite em mim.

*Mentiroso*, quis gritar, mas já não tínhamos mais tempo. Os passos se aproximavam. Ainda assim, permaneci paralisada, com o olhar fixo no rosto dele, na palidez frágil, na postura abatida. Queria admirá-lo só mais um pouco. Queria que o mundo parasse.

— Xishi. *Vá*.

Era irônico que, quando estávamos separados, tudo o que eu queria era estar ao seu lado. Mas, assim que nos reencontramos, tudo o que fizemos foi mandar um ao outro embora.

— Vá — repetiu Fanli, quase em uma súplica. — Antes que te peguem. Corra.

Corri sem olhar para trás, sem pensar. As lágrimas ardiam nos olhos, queimavam na garganta, mas não podia deixá-las cair.

Sempre havia servos por aí, observando tudo em silêncio. Corri mais rápido, os pés batendo forte contra o piso. Minhas vestes esvoaçavam atrás de mim, se agitando ao vento. Nunca me considerei uma pessoa violenta, mas queria, com todas as minhas forças, destruir o mundo, atear fogo em alguma coisa pelo puro prazer perverso de vê-la queimar. As paredes escarlates do palácio passavam em um borrão diante de mim, cada corredor, salão e caminho se fundindo. Transtornada, pensei que tudo não passava de um labirinto. Uma prisão dourada. Eu estava condenada a vagar por aquele lugar para todo o sempre, até que meu coração apodrecesse em suas entranhas. Ainda assim, continuei correndo, como se perseguisse algo. Podia ver o futuro se afastando de mim, tão distante quanto uma estrela, minha vida sendo arrastada pela maré de algo muito maior do que eu.

*Impotente, impotente, impotente.*

As palavras ecoavam na minha cabeça como uma afronta. E não importava para onde olhasse, aquela maldição ancestral parecia me encarar de volta. As criadas suavam enquanto disparavam de um aposento a outro, carregando lençóis usados e água fresca. As costureiras caminhavam em fila única, as mãos debilitadas pelo constante manuseio da agulha e da linha.

Não percebi para onde estava indo, nem a quem queria ver, até que escancarei as portas dos aposentos de minha amiga.

— Zhengdan! — gritei.

Minha voz ecoou e então se dissipou no ar parado, feito uma pedra lançada em um poço vazio. Um cheiro estranho entrou pelas minhas narinas. Devia ter me dado conta naquele instante, mas estava transtornada demais, a respiração engasgada em soluços. Tudo o que conseguia ver na mente era a lâmina atravessando o peito de Fanli, de novo e de novo.

— Zhengdan. Zhengdan, você está...

Então meus olhos pousaram em suas vestes.

Foi a única coisa que notei, a única coisa que absorvi. Achei que tivessem caído da cama para o chão. Ela sempre fora um tanto desleixada com essas coisas, preferindo empilhar as roupas sujas até não ter mais nada para vestir. Mas, quando olhei de novo, meu coração parou. Não eram só suas roupas. *Era ela.* Estava esparramada no piso, os olhos semicerrados. A pele tinha um aspecto terrível, mais pálida que a própria morte.

Um frasco vazio rolava ao lado de seu corpo inerte.

— Zhengdan. — Eu me ajoelhei ao lado dela, os dedos trêmulos. Não conseguia ver ferimento algum. — O quê... não entendo...

Minha amiga ainda estava consciente. Virou um pouco a cabeça, estremecendo, e franziu a testa para mim. Sangue brilhava em sua boca.

— Estava chorando? — perguntou ela, a voz rouca. — Alguém te machucou? Me diga... quem foi.

Balancei a cabeça com força. Minha mente estava em branco, incapaz de pensar em qualquer coisa além de:

— Eu... eu vou chamar o médico. Eles vão saber... Vão poder te ajudar... Espere aqui...

— Ninguém vai vir.

— O quê? — Não conseguia entender. Estava em pânico, o coração indo parar na garganta. — Do que está falando? É o trabalho deles... Têm que...

Os lábios dela se curvaram em um sorriso fraco.

— Quero dizer que não têm permissão de vir. Eu já... fui considerada culpada. Ninguém pode escapar... da punição.

— Por quem? Quem não deixaria...

Eu me calei. Foi então que soube. O cheiro amargo no ar pareceu se intensificar, e então notei, pela primeira vez, a adaga cravejada de joias caída ao alcance dos dedos de Zhengdan. Era uma adaga ornamental, feita para ser admirada, não usada. Olhei mais uma vez para o frasco. Havia um veneno de ervas específico, em formato de bola, que dissolvia os órgãos por dentro: o castigo oficial para ladrões.

— General Ma — falei, com uma estranha sensação de estar fora do próprio corpo. Minha voz não parecia minha. — Ele te incriminou.

— Eu deveria... ter esperado por isso — disse Zhengdan, fazendo uma careta. Sua respiração ficava mais fraca a cada palavra, como se mal tivesse forças para continuar falando. — Eu... o humilhei...

Não. *Eu* deveria ter esperado por isso. Um gosto de bile encheu minha boca. Temia que o homem buscasse vingança de alguma forma, e esse truque covarde — acusar alguém de roubar uma adaga valiosa — parecia exatamente o tipo de coisa que ele faria. Eu deveria tê-lo me precavido. Deveria tê-lo atacado primeiro, convencido Fuchai a removê-lo do cargo. Melhor ainda: deveria tê-lo matado.

Mas, assim como com Fanli, eu sabia que havia alguém atrás das cortinas, movendo todas as peças. Alguém que sempre suspeitou de Zhengdan e de mim.

— Mas não me arrependo — murmurou minha amiga. — Foi... o melhor momento da minha vida. Ver... a cara que ele fez. Acha que... meu pai estava assistindo?

Era a primeira vez que ela mencionava o pai em anos.

— Sim — sussurrei. — Claro... claro que sim.

— Ótimo. Ótimo. Se ao menos eu tivesse... lutado contra todos eles.

E Zhengdan riu, um sopro curto que logo se desfez em uma tosse horrível e áspera. Cobriu a boca com um lenço branco. Quando o abaixou, estava salpicado de sangue.

Minha visão tingiu-se de vermelho.

Eu ia morrer.

Eu ia matar alguém.

— Você ainda não me contou... Xishi-jiejie — sussurrou ela. — Quem te magoou? Talvez... quando eu virar fantasma... possa assombrá-los no seu lugar...

— *Não diga isso* — exclamei em tom cortante. Sentia rachaduras se formando sob minha pele, tudo prestes a desabar. O que restaria, afinal? Eu já não tinha mais nada. — Por favor — pedi, mais baixo, desesperada. — Não vou aguentar…

— Não tenho medo… de morrer — afirmou Zhengdan. — Só queria… poder te acompanhar por mais tempo…

— Vou matá-lo — sussurrei com veemência, minhas unhas cravando-se na palma da mão. As imagens se fundiram na minha mente: o rosto pálido e o corpo abatido de Zhengdan; a expressão de dor silenciosa de Fanli, a forma como mancava. Todos que eu mais amava tinham sido arrancados de mim, e o sofrimento deles fora exibido diante dos meus olhos enquanto tudo o que eu podia fazer era assistir e fingir que meu coração não estava devorando a si mesmo. *Impotente, impotente, impotente.* — Vou cortá-lo em pedacinhos com a espada dele.

— Não, Xishi. Não quero que você… manche as mãos… por minha causa. — Um tremor violento percorreu seu corpo. Zhengdan estremeceu e se encolheu feito um bebê no ventre da mãe. Suas pálpebras pesaram. — Por que está tão… tão frio aqui…

— É porque as criadas não trocaram a lenha hoje — balbuciei, puxando seu corpo para o meu colo e cobrindo-a com meu manto. Ela era tão leve que quase não pesava nada. — Vou acender a lareira mais tarde. Logo. E então… então você vai se sentir melhor.

— Sim. Deve ser isso — murmurou, fechando os olhos. Tive que abaixar a cabeça para escutá-la. — Já estou… me sentindo melhor.

Apertei o manto ao redor dela, sentindo o calor de sua pele esmorecer. O pulso estava fraco, tal qual um riacho de montanha no inverno seco, e ficava cada vez mais lento. Zhengdan. Minha amiga destemida, radiante, imprudente. Minha família longe de casa. A garota que deveria ter vivido cem verões, brilhando como um cometa no céu. Naquele instante, sua luz se apagava diante dos meus olhos.

— Está doendo — sussurrou, rouca.

— O quê?

— Tudo. — Então, parecendo arrependida de ter falado isso em voz alta, se corrigiu: — Só... um pouco. Eu consigo... suportar.

Segurei sua nuca e senti meu coração parar.

— *Jiejie*...

Ela parecia prestes a me dizer algo, mas quando abriu a boca de novo, não saiu nada, a não ser um filete escuro de sangue. *Jiejie*. Um ruído subiu em minha garganta, algo entre um soluço e um grito. Durante aquele tempo todo, eu estivera de luto pela morte de uma irmã. Não suportaria perder a outra. Era demais.

A cabeça de Zhengdan tombou em meu colo. Ela estava completamente imóvel, o pulso tão silencioso quanto um túmulo, mas continuei segurando-a. Esfreguei suas mãos gélidas e sem vida, tentando aquecê-las. Eu acenderia o fogo. Faria o quarto inteiro ferver. E, quando isso não bastasse, reduziria aquele reino a cinzas, transformaria todos os seus homens em fumaça. Eu faria, eu faria.

Não chorei.

Minhas lágrimas haviam secado, meu coração se tornara um abismo escuro. Qualquer vestígio de sentimento, qualquer resquício de doçura, tinha sido arrancado por completo, como a areia sendo lavada de dentro de uma concha vazia. Tudo o que restava era uma fúria fria e incandescente. E eu sabia exatamente o que precisava fazer.

Coloquei o corpo de Zhengdan no chão de novo. Limpei o sangue dela dos meus dedos. Endireitei o manto. Ao me virar, vi meu reflexo no espelho de bronze sobre a mesa de cabeceira dela; meu rosto estava vazio, os olhos tão negros que pareciam absorver toda a luz. Pela primeira vez, vi a sombra da mulher fatal que diziam que eu era, da lenda que me tornaria. Mal consegui me reconhecer.

Então voltei para meus aposentos sozinha, as costas eretas e os passos firmes como se nada tivesse acontecido, e aguardei a notícia.

Como era de se esperar, Fuchai veio mais tarde naquele mesmo dia, os lábios comprimidos em uma linha fina.

— Tem uma coisa que preciso te contar — anunciou. A voz estava suave e o pesar parecia genuíno. Talvez já se sentisse culpado pelo encontro com Fanli, depois de concluir que ele não era uma ameaça. — Seria melhor você se sentar antes.

Eu me acomodei na cama, obediente, com uma expressão de pura confusão.

— O que foi? O que aconteceu?

— É sobre sua dama de companhia, Zhengdan — explicou. *Claro que era.* Fuchai segurou minhas mãos, as mesmas que haviam acariciado as bochechas de Zhengdan enquanto ela definhava, os órgãos corroídos pelo veneno. Ainda podia sentir o cheiro das ervas e do sangue impregnado no quarto dela. Ainda sentia o frio anormal de sua pele. A bile subiu em minha garganta; engoli em seco e me obriguei a permanecer parada. — Ela foi pega roubando e, por causa disso… — O rei hesitou. — Teve que ser punida. O corpo já foi enterrado.

Foi então que dei o maior espetáculo de atuação da minha vida. Meu corpo vacilou, como se eu fosse desmaiar. Deixei o choque transparecer no rosto, depois a angústia, de olhos arregalados e lábios trêmulos. Uma pena que ninguém mais estivesse ali para apreciar minha performance. Zhengdan teria ficado impressionada.

— O quê? — questionei.

— Sei que isso pode ser difícil de assimilar — continuou Fuchai, acariciando minhas costas em um gesto de consolo. — Ainda mais porque ela te serviu por tanto tempo. Mas o general Ma viu com os próprios olhos quando sua dama de companhia roubou uma adaga muito valiosa, que mais tarde foi encontrada nos aposentos dela. Não sabemos ao certo o que pretendia fazer com isso, mas... as provas são irrefutáveis.

Olhei para o rei e me perguntei o quanto ele tinha contribuído para forjar aquela prova. Será que tinha sido ele a emprestar a adaga ao general Ma? Ou só fez vista grossa enquanto seu sempre prestativo ministro, Wu Zixu, armava o golpe bem debaixo de seu nariz?

— Isso é terrível — me obriguei a dizer, enxugando os olhos com a manga. — Mas... bem, nesse caso... fico feliz que você esteja seguro. Odeio pensar no que poderia ter acontecido.

Os olhos de Fuchai se estreitaram, formando dois pontos escuros. Senti os dedos dele titubearem.

— É mesmo?

— É mesmo o quê?

— Você se preocupa tanto assim com a minha segurança?

Ele me fitava com uma intensidade feroz, o olhar desvairado, esperançoso e terrível. Fuchai me agarrou com mais força, mas por trás de toda a firmeza e autoridade real, pude sentir o tremor da incerteza, como um garoto segurando com força a linha de uma pipa, com medo de que ela escapasse a qualquer momento.

— Claro — menti. Era tudo o que eu fazia ultimamente. — Você é o que mais importa para mim. Não há ninguém além de você.

Fuchai suspirou entredentes. E então se deitou perto de mim na cama e murmurou:

— Às vezes, devo admitir que é difícil acreditar que você sinta o mesmo que eu. Deve estar ciente do que faz comigo. — Enquanto falava, puxou minha mão e a colocou sobre o próprio peito. Senti o *tum-tum-tum* acelerado de seu coração. *Seria tão fácil*, pensei, fechando os olhos por um instante, *arrancá-lo dali*.

Ordenei a mim mesma que tivesse paciência. Um passo de cada vez.

— Está convencido agora, meu rei? — perguntei, deitando-me ao lado dele até que nossos ombros quase se tocassem. Com a outra mão, acariciei seu rosto com toda a ternura falsa que consegui transmitir. — Ou precisa de mais provas?

— Eu… Não. — Ele engoliu em seco. — Depois de hoje, você já me convenceu mais do que o suficiente. — Então me fitou de novo, os olhos emoldurados por aqueles cílios longos. — Você está bem mesmo? Sempre achei que gostasse muito dela.

Um punhal se cravou na minha garganta. Saboreei a dor em silêncio, deixando que ela me endurecesse.

— É com você que estou preocupada, Fuchai — respondi.

— Comigo?

— Pense: em um único dia, o conselheiro militar de Yue foi gravemente ferido e o tributo que escolheram a dedo para você foi morta. Se qualquer uma dessas notícias chegar ao rei Goujian, temo que isso azedaria muito a relação entre os dois reinos. Já se travaram guerras por muito menos, não é?

Ele franziu a testa, mas não disse nada.

Avancei com cuidado, como se pisasse em uma fina camada de gelo.

— Posso ajudar a apaziguar a situação — falei. — Afinal, nasci em Yue e estou mais familiarizada com seus costumes. E o rei Goujian é um homem razoável. Só precisaríamos explicar que Zhengdan cometeu um grave crime primeiro. Essa situação não precisa acabar em tragédia. Só receio que, bem…

— O quê?

— Vai parecer horrível, eu sei, mas… — Hesitei de propósito, torcendo os lábios. — Quem quer que tenha sugerido tais decisões não parece ter os interesses de Wu em mente. É quase como se *quisessem* provocar uma guerra.

Não havia necessidade de especificar quem. Só poderia ser Wu Zixu.

O olhar de Fuchai se aguçou. Em um instante, ele se endireitou, os cabelos negros levemente bagunçados caindo sobre os olhos. Tirou-os da testa com irritação.

— O que está querendo dizer?

— Já falei demais.

— Não, quero que você me diga a verdade. — Em voz mais baixa, acrescentou: — Não há ninguém em quem eu possa confiar.

Se fosse qualquer outro dia, eu teria sentido o leve peso da culpa. Mas ainda sentia o sangue de Zhengdan em meus dedos. A silhueta de Fanli ainda estava gravada em meus pensamentos. Depois de tudo isso, nem hesitei.

— Ontem à noite, quando estava passando pelo Salão da Harmonia Celestial, ouvi a voz de um homem... — Por conveniência, omiti o fato de que havia passado por ali de propósito, após receber um aviso de Xiaomin sobre a presença de Wu Zixu. — Não consegui identificar de quem era a voz, só o que estavam comentando. Mas ouvi mencionarem o Estado de Chu.

A inquietação se espalhou pelo rosto de Fuchai.

— O Estado de Chu?

— Alguma coisa sobre ser a oportunidade perfeita se tudo corresse conforme o planejado. Na hora, não dei muita atenção, e talvez eu esteja errada em pensar nisso agora... Talvez estivessem falando de algum tipo de comércio. Mas não consigo deixar de me perguntar: se Wu e Yue voltassem a se enfrentar em batalha, quem teria a maior vantagem?

Havia terminado de tecer minha história. Só me restava prender a respiração e torcer para que Fuchai enxergasse a imagem.

— Isso é mesmo interessante. — Seu rosto estava coberto pela sombra, o que tornava difícil ler sua expressão. Mas então ele se levantou, alisou as vestes e murmurou para si mesmo: — E eu que pensei que Zixu tivesse cortado todos os laços com Chu. Ele jurou que sim.

Fingi surpresa.

— Zi-Zixu? Quer dizer... seu conselheiro, Zixu?

— Ele mesmo.

— Não pode ser — exclamei, levando a mão ao peito. Devia parecer tão ingênua, tão encantadoramente inocente. — Apesar de sempre ter insistido bastante em conquistar os Yue, com certeza ele não iria *tão longe*... e é um homem respeitado por muitos pelos sábios conselhos que dava ao seu pai.

O canto dos lábios de Fuchai se retorceu. O antigo rei sempre fora um assunto delicado, uma ferida aberta em seu orgulho. Às vezes, era preciso saber o ponto exato da ferida para cutucar.

— Pode ser que meu pai confiasse nele. Mas não significa que eu deva.

Quase conseguia ver as sementes venenosas que eu havia plantado brotando diante de mim, uma escuridão florescendo na mente dele. A confiança era uma coisa tão frágil; levava décadas para ser construída, segundos para ser destruída e uma vida inteira para ser restaurada. Disfarcei um sorriso. Se os ministros me chamavam de espírito de raposa, de bruxa — então uma bruxa eu seria. Faria o que fosse necessário.

— Venha — chamei, puxando-o para perto e abaixando o véu do dossel da cama, cobrindo nosso mundo com seda e fios vermelhos. — Não se preocupe com isso agora, meu rei. Podemos voltar a esse assunto quando a manhã chegar.

Fuchai suspirou, massageando as têmporas.

— Tudo isso é tão cansativo.

— Eu sei — concordei. Era hora do próximo passo do meu plano. — Que tal fazermos uma viagem só por lazer? Apenas nós dois? Ouvi falar tanto sobre os belos canais da capital, mas, para ser sincera, quase não tive a oportunidade de vê-los de perto.

— Uma viagem só por lazer — repetiu ele.

Esperei, com o coração batendo feito uma águia desesperada para alçar voo.

— Sim, parece uma ótima ideia — respondeu Fuchai. — Pedirei para prepararem um barco.

— Perfeito. — Com isso, pressionei os lábios com delicadeza nos dele, selando o veneno ali dentro.

No dia seguinte, o barco já estava pronto e atracado do lado de fora dos portões do palácio. Era feito de uma madeira vermelha vibrante, tão polida que chegava a brilhar. A lateral fora esculpida no formato do corpo sinuoso de um dragão, cada escama meticulosamente gravada na superfície lustrosa, e a cauda despontando feito chamas. Em movimento, imaginei que pareceria um dragão de verdade, mergulhando e emergindo das águas, a cabeça se erguendo das ondas esmeralda.

A viagem deveria ser privada, mas, como sempre, o rei e eu nunca estávamos de fato sozinhos. Entre a tripulação havia três criadas, três servos, dois cozinheiros, uma costureira, um pescador e dois experientes timoneiros que se revezavam nos remos. Perguntei-me se o barco aguentaria o peso de todos e qual seria o propósito da costureira a bordo.

— Para onde vamos? — perguntou Fuchai quando a embarcação se afastou do cais.

*Para casa*, quis dizer, mas sabia que era o único lugar para onde não podia voltar. Ainda não.

— Para qualquer lugar — respondi, inspirando fundo. O ar cheirava a maresia, a chuva que ainda não caíra. — Me leve a algum lugar bonito.

E assim fomos. Ainda era tão cedo que uma névoa fina pairava sobre tudo, como um feitiço, suavizando os contornos das margens de pedra e das pontes arqueadas. Ao nosso redor, erguiam-se construções antigas, de paredes branco-acinzentadas e cobertas por trepadeiras densas. O céu se tingia de um tom de rosa suave, depois de um azul-miosótis pálido.

Sentei-me na beirada, o mais longe que podia sem correr o risco de cair na água, e deixei a brisa bater no meu rosto. A espuma branca borbulhava ao redor dos remos que cortavam o rio, e o balanço lento do barco quase me reconfortava. Era só ar fresco, um espaço sem fim, os canais se estendendo até se perderem de vista. Podia fingir que o palácio não existia, que não havia portões para me prender, mas...

— No que está pensando?

A voz de Fuchai interrompeu minha paz.

*Mas era tudo uma ilusão.* Estava ali por um propósito, não por lazer.

— Só... em lembranças — disse.

Os caminhos em torno dos canais estavam cheios de aldeões, nobres, vendedores e estudiosos que se abanavam enquanto caminhavam. Clientes entravam e saíam das barracas, comprando fatias de melão, amuletos de jade e gafanhotos em gaiolas de bambu. Fumaça preta subia das panelas wok. *Fumaça e sal:* era assim que os poetas sempre descreviam o mundo mortal. Podia sentir o cheiro, o gosto na língua. Seguimos em frente. Passamos por uma menininha carregando rolos de seda nos braços magricelas; o tecido estava empilhado tão alto que quase cobria seu rosto. Ainda assim, caminhava firme sobre as pedras úmidas.

— Ela parece muito jovem para estar trabalhando — comentou Fuchai.

Eu o encarei. Ele estava falando sério.

— Você não faz ideia de como é lá fora — respondi. — Em qualquer vila, meninas com metade da idade dela dariam conta de trabalhos ainda mais árduos.

— É mesmo?

Os olhos do rapaz se arregalaram.

Ele e sua ingenuidade de quem nunca vira a realidade.

— Claro.

— Mas por quê?

Será que não sabia? Não, sua expressão era da mais pura inocência, de um garoto criado entre muros dourados. Mesmo quando sangue escorria diante dele, era sobre ladrilhos de mármore e sob suas ordens.

— Elas precisam para sobreviver — murmurei, meu tom leve enquanto o barco deslizava pelos canais feito uma criatura na névoa.

Lembrei-me da primeira vez que minha mãe me ensinou a lavar seda bruta. Tinha quatro anos e mal conseguia andar sem tropeçar. Ela foi gentil e paciente, tornando aquilo um jogo. *Veja isso,* dissera, segurando a seda seca contra a luz. *Observe como ela muda.* Então a mergulhara na água e esfregara com os dedos ásperos e calejados, antes de erguer o tecido de novo. Bati palmas, encantada, e minha mãe me entregou o rolo seguinte. *Agora é sua vez.*

Lembrei-me disto também: a seda era mais dura do que eu esperava. Machucava meus dedos se segurasse por muito tempo, e ficava tão pesada quando encharcada que quase caí de cabeça no rio junto com ela. Minha mãe me segurou pelos ombros no último segundo, impedindo a queda.

*É muito difícil para você?*, havia perguntado.

A pele das minhas mãos ardia, mas balancei a cabeça com firmeza, sem querer decepcioná-la.

De repente, o barco deu um solavanco e me puxou de volta ao presente. Um borrão de cor cruzou minha vista, e o tempo pareceu se distorcer ao meu redor. Vi toda a cena se desdobrando em detalhes nítidos: o servo que passava ao nosso lado com um bule de água fervente, provavelmente para fazer chá; ele perdendo o equilíbrio; o medo em seus olhos quando a tampa caiu e a água começou a se derramar em minha direção.

— Cuidado!

Um braço quente me envolveu e me puxou para trás. Apertei os olhos com força, mas a dor escaldante que eu esperava nunca veio. Só havia a voz do servo, atropelada e entrecortada pelo pânico, sob o som das correntezas dos canais.

— Mil perdões, mil perdões, Vossa Majestade... Deixe-me ajudá-lo a pegar outra coisa... Me perdoe, este servo desajeitado merece morrer...

*Vossa Majestade?* Com o coração disparado, abri os olhos e quase parei de respirar. Fuchai havia me envolvido com os braços e me protegido com o próprio corpo. Um trecho de pele rosa brilhava em seu pulso, em carne viva, enquanto as mangas arregaçadas estavam encharcadas. A água estava tão quente que ainda soltava vapor em pequenas nuvens brancas que subiam para o céu.

Ele me protegeu.

Não houve espaço para hesitação. Ele agiu a tempo, e só podia ter sido por instinto, sua primeira reação. Uma dor indescritível tomou meu peito, como se uma parte do meu coração também tivesse sido queimada.

— Você se machucou? — perguntou Fuchai, a voz rouca. Balancei a cabeça, mas, ainda assim, ele recuou um passo e me analisou dos pés à cabeça, parando apenas quando teve certeza de que eu não estava ferida. Visivelmente aliviado, falou: — Ótimo. Isso é ótimo.

Ao nosso lado, o servo parecia prestes a chorar. Mas era disciplinado o bastante para se prostrar no convés sem que ninguém mandasse, os ombros tremendo como uma folha ao vento.

— Me perdoe — repetia. — Me perdoe, Vossa Majestade, por favor.

— Pare com essa ladainha — resmungou Fuchai, impaciente. — Quer me dar uma dor de cabeça além dessa queimadura?

O servo engoliu em seco e se calou. Era bem possível que estivesse em choque.

— Como se sente? — perguntei ao rei, examinando seu pulso. A pele já começava a enrugar. Doía só de olhar.

— Péssimo — respondeu ele, fazendo uma careta exagerada. — Dói tanto que nem consigo pensar direito.

— Sério?

Senti um aperto no coração, e a preocupação que surgiu em meu rosto era fingida só em partes. Não deveria sentir nada, mas... talvez eu não fosse tão fria quanto gostaria. E não podia negar o óbvio: Fuchai se machucara por minha causa. Nada disso fazia parte dos meus planos para a viagem.

— Você aí — chamei o servo, que ainda estava naquela posição humilhante. — Vá buscar molho de soja. E ataduras, se tiver. Se não tiver, pode ser um pano limpo.

— S-sim, senhorita Xishi. — O rapaz ergueu a cabeça devagar. — E-eu vou agora mesmo, neste exato instante.

— Depressa.

O servo saiu em disparada, tropeçando duas vezes quando o barco balançou contra as ondas, e sumiu atrás da cabine.

Fuchai soltou um gemido abafado de dor, atraindo minha atenção de volta para ele.

— Ainda dói — falou.

— Eu sei — respondi, com a voz suave. — Vou te ajudar.

Ele piscou para mim, depois franziu as sobrancelhas escuras.

— Agora há pouco... Eu ouvi direito? Você pediu para o servo trazer molho de soja?

A confusão no rosto do rei era tanta que quase me fez rir.

— Não é para comida. É um antigo remédio caseiro. Deve ajudar na dor e evitar cicatrizes. — Minha mãe vivia se queimando na cozinha, mexendo com lenha, fogão e água fervente. Acontecia tantas vezes que ela nem reclamava mais, só esticava a mão com toda a calma para pegar o molho de soja na prateleira de cima e passava na própria pele. Que engraçado lembrar disso justo agora. Parecia que as memórias pertenciam a outra pessoa. Acrescentei: — Prometo que funciona.

— E eu achando que você só queria temperar a refeição enquanto eu sofria.

Meus lábios formaram um sorriso.

— Não seria tão cruel assim.

— Tem razão — concordou ele, sem a menor dúvida. Senti aquela estranha dor no peito de novo. Ignorei, ou pelo menos tentei. Então Fuchai soltou um chiado entre os dentes e ergueu mais o pulso para que eu visse. — Está horrível, não está? Será que estou morrendo? É o fim?

— Você não está morrendo.

— Mas parece que estou — retrucou, fazendo outra careta. — Não consigo me mexer sem a pele arder.

— Então é melhor parar de se mexer.

No entanto, em vez de ficar quieto, Fuchai se aproximou mais e pousou a cabeça no meu colo, feito uma criança petulante. Seu cabelo estava quente, os fios negros como penas de corvo, levemente ondulados pela umidade, os olhos reluzindo da cor do âmbar sagrado.

— Assim me sinto melhor — declarou, aninhando-se ainda mais contra mim.

— Não vejo por quê. Isso não faz diferença para o seu braço.

— Não poderia me mimar um pouco, Xishi?

O grosso lábio inferior dele se projetou em um biquinho.

— Não tem medo de que os outros vejam você assim? — perguntei, adotando o tom provocador que costumava usar quando estávamos sozinhos. — O rei, em plena luz do dia, reclamando de um ferimento e descansando no colo de sua concubina?

— Que todos vejam — respondeu, displicente, com a facilidade e a arrogância de um jovem príncipe. — Vão apenas me invejar.

Passos pesados ressoaram no convés. O servo voltou, carregando um pequeno frasco de molho de soja e tiras de pano branco. Ele corou ao nos ver juntos, mas não desviou o olhar.

— I-isso serve? — guinchou.

— Sim — respondi, pegando os itens. — Obrigada.

Ele ainda encarava Fuchai, talvez esperando seu perdão, ou se preparando para a sentença de morte. *Você é mesmo tão suicida assim?*, eu quis repreendê-lo. *Vá, enquanto ele está distraído, e talvez ainda possa viver.*

— Há mais alguma coisa que eu possa trazer para Vossa Majestade? — perguntou.

Engoli um suspiro exasperado.

Fuchai, que até então relaxava — um pouco *demais*, eu diria — no meu colo, franziu a testa ao ouvir a voz do servo, e um músculo se contraiu em sua mandíbula. Sentindo o perigo, falei por ele:

— Deixe que eu cuido do rei. Agora pode ir.

Antes que Fuchai pudesse chamar o pobre rapaz de volta e chicoteá-lo, como tenho certeza de que adoraria fazer, pinguei algumas gotas de molho de soja sobre a ferida e esfreguei com cuidado antes de enfaixá-la. Ainda assim, ele se encolhia aos poucos e soltava curtos gemidos com tanta insistência que, por um momento, me perguntei se havia se queimado não com água comum, mas com algum tipo de veneno corrosivo.

— Agora deve estar melhor — anunciei, franzindo a testa ao olhar para o pulso dele.

Seu bico se aprofundou.

— Talvez melhore se você soprar.

Naquele momento, tive certeza de que Fuchai estava fingindo. Mas resolvi agradá-lo, então inclinei a cabeça e assoprei sobre o pano enrolado.

— Ainda está doendo?

— Sim. — Ele me fitou por baixo dos cílios longos e curvados. Se não fosse por eles e pelos lábios carnudos, teria a aparência de um verdadeiro tirano, um rei cruel. Mas isso dava à sua expressão a pitada certa de vulnerabilidade, suavizando os traços afiados de seu rosto. — Me console, Xishi. Sinto uma dor excruciante.

*Cara de pau*, pensei, mas claro que não disse isso em voz alta. Sorri com toda a indulgência de alguém cuidando da pessoa que mais amava e passei os dedos pelos cabelos dele, dando um leve afago no topo da cabeça. Nessa hora, Fuchai suspirou, como um gato sendo acariciado atrás das orelhas, e se aproximou de minha palma.

Senti seu olhar escuro sobre mim o tempo todo. Fingi me ocupar verificando os curativos por alguns instantes, mas sua atenção parecia atravessar minha pele, meus pulmões.

— Seria tolice dizer que estou feliz por ter me queimado? — murmurou.

— Seria — respondi.

Ele não pareceu se importar.

— Então que eu seja um tolo. Estou mais feliz do que jamais estive. — Fuchai moveu a cabeça lentamente contra minha mão, os olhos meio fechados. — Faz tempo que você não me olha assim.

Meu corpo ficou tenso, mas me obriguei a permanecer em silêncio, mesmo enquanto minha mente corria solta. Será que ele havia notado? Será que percebia meu ressentimento? Suspeitava dos meus planos? Não, não podia ser. Se soubesse de algo, não falaria comigo com tanta doçura.

— Não fique mais brava comigo, está bem? — pediu baixinho. — Não suporto isso.

Fiquei paralisada. Ele não se dirigia a mim como rei, mas como um menino pedindo perdão. Quando estava comigo, não escondia nada, entregava-se por inteiro, expondo completamente as emoções e pensamentos. Ainda assim, eu escondia tudo dele. Fuchai nem sequer sabia por que eu havia insistido naquela viagem pelos canais.

— Já são águas passadas — garanti, alisando seus cabelos.

Mas, na minha cabeça, vi Fanli lutando para manter-se de pé diante do trono, os lábios pálidos, a lâmina pressionada contra sua pele. Vi Zhengdan, encolhida no chão, coberta com meu manto, ainda tentando sorrir para mim enquanto a respiração enfraquecia. Eu jamais me esqueceria; jamais me permitiria esquecer.

*Jiejie.*

*Xishi-jie...*

*Se ao menos eu tivesse lutado contra todos eles...*

Qualquer centelha de afeto dentro de mim se apagou naquele instante. Já havíamos nos afastado bastante da capital interna, as casas pintadas ficando para trás, dando lugar a uma paisagem vasta e verde. Olhei sobre a beirada do barco. A água ali era tão cristalina que conseguia ver as algas flutuando sob a superfície azulada e os cardumes de peixes prateados nadando depressa de um lado para o outro, desviando dos remos. Um grande pássaro voou sobre nós, com penas lustrosas que refletiam todas as cores possíveis, como uma fênix reencarnada.

A embarcação desacelerou.

— Não podemos seguir além deste ponto — avisou um servo diferente, de cabeça baixa.

Eu já sabia, mas franzi a testa para ele.

— Por que não?

— O canal termina aqui, senhorita Xishi — explicou. — Mais adiante fica o Lago Tai, mas não há como chegar de barco.

— Mas eu estava torcendo para visitarmos justamente ele — murmurei, lançando um olhar furtivo a Fuchai.

— Outra hora — prometeu ele. — Basta pedir.

— T-temo que isso não seja exatamente p-possível, Vossa Majestade — balbuciou o servo. — No sentido físico, quer dizer. Este canal não chega até lá...

Cerrei os lábios e tirei os dedos do cabelo de Fuchai. Ele reclamou com um pequeno ruído, mas o ignorei de propósito.

— Não seria maravilhoso se houvesse uma maneira mais fácil de viajar por lazer aqui? Dizem que o Lago Tai é lindíssimo, ainda mais na primavera. Imagine: sempre que quiséssemos ficar sozinhos e dar uma escapadinha do palácio, tudo o que precisaríamos fazer seria zarpar… — Virei-me para o servo. — Não há mesmo nenhuma outra rota?

— N-não, senhorita Xishi. Receio que não…

— Entendo. — Deixei que a decepção transparecesse na minha voz.

— Ora, sejamos razoáveis — interrompeu Fuchai. — Se não há um canal agora, então podemos fazer um. Não deve ser tão difícil assim.

Meu coração acelerou. Tive que me esforçar para não demonstrar nenhum sinal de empolgação.

— I-isso… seria um empreendimento gigantesco, Vossa Majestade — comentou o servo. — Não sou especialista, mas para construir algo dessa magnitude…

Cruzei os braços e soltei um suspiro alto e cansado. Sentia os olhos de Fuchai sobre mim.

— Mas é possível que seja construído ou não? — questionou o rei.

— É… É possível, sim — respondeu o rapaz às pressas. — Desde que Vossa Majestade ordene.

— Quero um plano completo na minha mesa até o meio-dia de amanhã.

— Sim, senhor.

Mas Fuchai já havia voltado a se concentrar em mim, roçando a mão na minha, com intenções bem explícitas. Dessa vez, cedi, levantando os dedos e passando-os por seu cabelo macio.

— Você faria mesmo qualquer coisa por mim, não é? — murmurei, fitando-o.

O rei que acabara de entregar ao inimigo as chaves do próprio reino e sequer percebia, de lábios curvados em um sorriso satisfeito, o rosto tranquilo. Quando os historiadores escrevessem sobre o destino de Wu anos depois, será que conseguiriam capturar aquele exato momento? Saberiam como a ideia surgiu? Será que culpariam a ele, ou a mim?

— Claro que faria — respondeu Fuchai, o sorriso se alargando. O rapaz me olhava como se eu fosse uma deusa. — Qualquer coisa por você, minha Xishi.

# CAPÍTULO DEZENOVE

***Foi assim que tudo começou.***

*Foi assim que tudo terminou.*

As palavras martelavam meu crânio como um malho enquanto eu seguia Xiaomin pelos corredores varridos e limpos. Segurava com força o mapa finalizado, que incluía um diagrama detalhado do canal ligando ao Lago Tai. Era o que o rei Goujian estava esperando. A informação de que precisava antes de lançar o ataque contra Wu. Talvez, depois disso, eu estivesse livre — para voltar para casa, para reencontrar meus pais, para ver Fanli...

Ao virarmos um canto vazio e sombrio, dobrei com cuidado o papel até que formasse uma flor e a arrumei nos cabelos, encaixando-a logo atrás da orelha. Quando voltamos para a luz pálida do dia, minhas mãos estavam vazias.

— Nunca tive a chance de perguntar — disse Xiaomin, virando-se para me observar. — Você está bem? Depois do que aconteceu com...

Zhengdan. O nome pairou no ar entre nós, sem ser pronunciado.

Engoli o nó na garganta. Isso quebrava a regra que havia imposto a mim mesma, de nunca pensar nela a não ser que fosse no contexto de vingança, de corpos imóveis e sangue derramado.

Mas Xiaomin continuou:

— Também já tive alguém como ela. Certa vez. — Sua voz falhou, só por um instante. — Nascemos na mesma aldeia, no mesmo dia. Ainda me lembro do quintal da família: plantavam de tudo, até os próprios damascos, os mais doces que já provei, tão macios e sempre frescos. Todo verão, ela nos convidava, a mim e à minha irmãzinha, para colhermos as frutas juntas. Era uma cabeça mais alta que eu e sempre pegava os que eu não alcançava...

Estávamos quase nos portões do sul, e a cidade se erguia além daqueles muros escarlates. A contragosto, não consegui evitar a pergunta:

— O que aconteceu?

— A guerra — respondeu ela com um tom amargurado, e descobri que aquilo não me surpreendia, como se já soubesse a resposta o tempo todo. Era a mesma história que corria pelas veias do nosso reino, apenas com os papéis trocados, o inimigo invertido. — Os monstros de Yue massacraram nossa aldeia... Poucos sobreviveram. Eu fui uma delas; peguei minha irmã e fugi. Mas ela... não teve a mesma sorte.

De repente, não conseguia respirar.

— Você chama os Yue de monstros?

— Claro. É como todos nós os chamamos. — Xiaomin me lançou um olhar confuso, mas logo pareceu se dar conta de algo. Seus olhos se arregalaram. — Ah, me perdoe, senhorita, esqueci que você... Bem, não a considero mais Yue. Você é tão Wu quanto eu. E não é nenhum monstro.

Forcei um sorriso discreto, mas meu estômago se revirava. Acelerei o passo, ansiosa por deixar aquela conversa para trás, para me afastar da minha própria culpa. Se Xiaomin soubesse o que estava me ajudando a fazer, jamais me consideraria Wu.

Ela parou de repente.

— É ele.

A voz dela mudou, tornou-se suave e tímida, e as bochechas ficaram coradas. Em qualquer outra ocasião, teria rido dela. Foi estranho, mas senti uma pontada de inveja. Como seria fácil, que luxo seria olhar para alguém e dizer: *É ele. Ali está ele.*

O guarda postado diante dos portões virou o rosto, talvez sentindo nossa atenção. Era jovem, tinha dezessete ou dezoito anos no máximo, um rosto quase juvenil e naturalmente bronzeado, além de olhos em formato de meia-lua. Eles se enrugaram nos cantos ao avistar Xiaomin, embora não tenha se esquecido de se curvar para mim primeiro. A etiqueta, afinal, reinava.

— Senhorita Xishi — saudou.

Fiquei surpresa.

— Você sabe quem eu sou?

— Sim — respondeu, um pouco rápido demais, sem ousar erguer o olhar para encontrar o meu. — D-duvido que haja alguém no palácio que não a conheça.

— Pode relaxar — disse a ele. — Só estou de passagem.

Ele pareceu é ficar ainda mais rígido. Isso, sim, me fez rir de verdade.

— Foi Xiaomin quem quis visitá-lo — acrescentei. — Ela fala muito de você.

O olhar do rapaz disparou em direção à criada corada, e por um instante ele pareceu ter acabado de engolir o sol, tamanha a euforia estampada em seu rosto. Não fiquei para assistir aos pequenos gestos de carinho entre os dois, às expressões envergonhadas, às demonstrações de amor jovem e inocente. Dei um passo adiante, em direção ao portão.

— E-e-espere, senhorita Xishi — chamou o guarda, desviando os olhos de Xiaomin com dificuldade. Suor frio brotou em minhas palmas. — Sinto muito, mas ninguém pode passar sem permissão por escrito.

— Só quero sair por um momento — expliquei, estampando um sorriso casual no rosto. — Serei rápida.

Ele hesitou.

— Mas... recebemos ordens de...

— Não deve ser um grande problema, não é? — perguntou Xiaomin, fitando-o com expectativa.

— Eu... — Observei-o vacilar, enquanto meu coração se revirava no peito. Mas então o rapaz voltou a olhar para a criada, para sua expressão doce e encantadora, e apertou os lábios. — Suponho que não.

Não perdi tempo. Com um empurrão firme, o portão rangeu ao se abrir. Eu me esgueirei feito um fantasma, a flor ainda presa nos cabelos. Os mundos dentro e fora dos muros do palácio eram tão diferentes entre si quanto dois reinos distintos. O vento cortante atingiu minhas bochechas, e poeira amarela se ergueu no ar. Enquanto tudo no palácio era vasto e espaçoso, dando a impressão de que se podia vagar pelos corredores para sempre, sem nunca chegar ao fim, ali, as casas antigas e lojas estavam espremidas umas contra as outras. Meus olhos percorreram os rostos que passavam, jovens e velhos, até que enfim encontrei quem procurava. Ele cuidava de uma carroça que vendia jarros de frutas cristalizadas, que reluziam em tons de dourado e vermelho. Uma cicatriz marcante descia pela lateral do rosto, curvando-se até o canto da boca. Aquele era o homem que Fanli me dissera para encontrar caso precisasse lhe repassar informações: um servo de confiança de Goujian.

Forcei-me a caminhar até o sujeito em um ritmo relaxado, mantendo a expressão indiferente. Fingindo dar uma olhada nos jarros, que pareciam todos iguais, murmurei:

— O pardal canta à noite?

O homem ficou paralisado. Com a cabeça baixa, respondeu:

— Só quando o rio sobe.

Era a resposta certa para o código. Dei um suspiro silencioso de alívio e, em um gesto rápido, tirei a flor do cabelo e a coloquei na mão dele.

Era feita apenas de tinta e tecido, mas parecia pesar como uma pedra.

— Depressa.

Os dedos do vendedor se fecharam ao redor dela. Ele assentiu, e seus olhos me diziam que havia entendido.

Quando retornei pelos portões, Xiaomin ria de algo que o guarda havia dito. Seu rosto brilhava, mais radiante que todas as estrelas e a Lua juntas, a cabeça jogada para trás, os risos escapando por entre os dedos. E o rapaz estava ali, olhando para ela com uma intimidade tão confortável que me fez querer desviar o rosto. A alegria que compartilhavam era ofuscante.

— Amanhã — dizia ela para ele, tímida e ansiosa. — No lugar de sempre?

O rosto do guarda se abriu em um sorriso tão largo que Xiaomin poderia muito bem ter acabado de lhe prometer o mundo inteiro.

— Sempre.

Foi como se alguém tivesse enfiado a mão em meu peito e puxado meu coração, reacendendo aquela dor antiga. Segurei a frente das vestes, esperando o pior da dor passar antes de me aproximar de Xiaomin, meu rosto sereno feito uma flor de lótus flutuando sobre a água. Ela logo veio até mim, mas dava para perceber que não queria deixar o guarda para trás.

Também nunca quis deixar ninguém para trás.

Sabia que Wu Zixu morderia a isca — era apenas uma questão de tempo.

Eu estava nos aposentos do rei naquela noite, recostada à escrivaninha enquanto ele fingia trabalhar. Fuchai pressionava o selo real sobre documento após documento, e a tinta vermelha se espalhava, mas ele mal olhava para o que assinava antes de passar para a próxima página com movimentos impacientes. O único som no ambiente era o farfalhar fino do papel e o pio de uma coruja do lado de fora. Para ser justa, Fuchai estivera concentrado quando entrei: de cabeça baixa, expressão séria, uma minúscula ruga entre as sobrancelhas escuras, a luz brilhante da lamparina delineando os traços afiados do rosto. Por um momento, não resisti e me escondi atrás de um dos pilares entalhados em madeira de jacarandá, apenas para observá-lo em silêncio. Era raro vê-lo assim, dedicado, trabalhando duro. Não havia malícia nem zombaria em sua expressão enquanto moía a tinta e mergulhava o pincel no tinteiro raso.

Então, dei um passo à frente, com os cabelos recém-penteados e a pele perfumada, e tudo aquilo foi deixado de lado.

— Estou distraindo você, Vossa Majestade? — perguntei, ajustando as pernas para que balançassem na ponta da mesa e apoiando o queixo sobre uma das mãos. Com a outra, passei lentamente os dedos entre seus cabelos.

Fuchai pressionou o selo real duas vezes no mesmo ponto, perdeu o papel seguinte e respondeu:

— Não, nem um pouco.

Sorri.

— Tem certeza? Não gostaria de estar atrapalhando algo importante...

— Fique — insistiu ele. — Já estou quase terminando.

Suspirei e continuei a lhe fazer cafuné com gestos preguiçosos, enquanto, em segredo, lia os documentos com o máximo de atenção. Eram relatórios militares, com estatísticas sobre tudo, desde o suprimento de armas até o número de soldados e cavalos disponíveis. Memorizei os números, repetindo-os para mim mesma em silêncio. Quando Fuchai ergueu o olhar, voltei a me concentrar nele.

— Seu cabelo é tão macio — comentei, puxando com delicadeza uma mecha ondulada. Eu sabia que ele gostava disso.

Como era de se esperar, a respiração do rapaz ficou entrecortada, e os olhos se escureceram, quase embriagados.

— O que acha que as pessoas diriam ao me ver tratando o rei desse jeito? — provoquei. — Devem pensar que sou uma insolente.

— Bem, não há ninguém por perto.

— Ótima observação — respondi, sorrindo. Percebi movimentos do lado de fora. Passos. A silhueta inconfundível de Wu Zixu se projetava nas janelas de papel fino, e chegava cada vez mais perto. Mas Fuchai ainda não havia notado. — Estamos completamente sozinhos.

Ele hesitou por um instante, então entendeu. Empurrou os papéis para o lado, o selo real e os pincéis caindo no chão com um estrondo, e me virou em sua direção, ainda sentada na escrivaninha. Fuchai se levantou e se aproximou para me beijar.

Virei o rosto de propósito. *Só mais um pouquinho*. Os passos estavam cada vez mais altos.

— Espere. Me deixe olhar para você primeiro — murmurei, segurando seu rosto entre as mãos. Toda vez que fazia isso, me surpreendia o quanto ele era bonito. Parecia errado. Deveria ter o rosto de uma fera, uma criatura malévola, com olhos vermelho-sangue e presas mortais. Mas, em vez disso, a pele era lisa e livre de barba, ardente ao toque, os lábios macios e entreabertos. Reprimi o desconforto que surgiu dentro de mim. Não. Eu me recusava a sentir culpa. Já tinha ido longe demais, perdido coisas demais.

E Zixu estava ali.

— Meu rei — sussurrei, aproximando os lábios dos dele. Restavam apenas alguns centímetros entre nós quando as portas se abriram em um rompante.

Zixu entrou a passos firmes, as mãos cerradas em punhos.

— Vossa Majestade...

Soltei um gritinho abafado e me afastei no mesmo instante, com a mais perfeita expressão de surpresa estampada no rosto, mas Fuchai demorou um instante a se desvencilhar de mim, mantendo a mão na base das minhas costas. Seu olhar, antes cheio de avidez, agora estava impaciente. Parecia pronto para matar alguém.

— Se não veio me dizer que descobriu o elixir da imortalidade, então não quero ouvir — declarou, a voz baixa e mortífera, os olhos estreitos feito lâminas. — Saia.

Zixu desviou o olhar depressa, mas não desistiu.

— Perdão, Vossa Majestade. Peço desculpas pela ousadia deste ministro, mas trata-se de um assunto de extrema importância.

— Engraçado, você começa toda conversa assim — comentou Fuchai, secamente, endireitando as vestes e sentando-se de volta à mesa. Desci da escrivaninha e recuei para o lado, deixando a cabeça inclinada em um gesto submisso. — O banquete anual, os *assentos* para o banquete anual, os celeiros, a construção do novo palácio... Até mesmo a compra de novas colheres para a cozinha real. Tudo de extrema importância, ao que parece.

Por um breve instante, Zixu tornou a atenção para mim, a desconfiança estampada em seu rosto. Em seguida, se curvou profundamente diante do rei. A voz carregava um tom de urgência.

— Desta vez é diferente. Pode decidir o destino de todo o reino.

— Você deveria aprender a relaxar mais, Zixu — sugeriu Fuchai, com a voz arrastada, reclinando-se na cadeira. Por fora, parecia cumprir bem o papel de rei, mas tinha aquele semblante de sempre, que surgia quando estava morrendo de vontade de me beijar, o corpo inteiro tenso, faminto. O ministro prostrado à sua frente poderia muito bem ser uma parede, um obstáculo qualquer. — Passe tempo com suas concubinas, para que eu possa passar com as minhas. Tenho certeza de que lhe agradeceriam por isso.

Zixu engasgou e, mal conseguindo manter a compostura, disse:

— Imploro, Vossa Majestade, se ao menos me deixasse falar…

— E já não está falando? — indagou Fuchai, irritado.

O homem estremeceu, mas continuou:

— Estão ocorrendo… movimentações estranhas nas fronteiras de Yue. — Meu coração disparou. Escutei com mais atenção, com a boca seca, agarrando-me a cada palavra. — Não temos provas do que estão planejando, mas estou certo de que estão tramando *algo*. Não podemos simplesmente ficar parados, esperando que o inimigo nos surpreenda. No momento, temos a vantagem, e devemos usá-la para agir rápido, derrotá-los antes que possam nos atacar…

— Os Yue de novo? — interrompeu o rei. Parecia desinteressado, despreocupado. Ainda assim, prendi a respiração. — Zixu, estou começando a ficar cansado disso. Já tivemos essa conversa antes, e deixei minha decisão perfeitamente explícita. Não os atacaremos, e eles não nos atacarão. Os dias de guerra acabaram.

Uma veia escura latejava na têmpora do ministro, que se curvou ainda mais, quase tocando a testa no chão.

— Também gostaria que fosse assim, Vossa Majestade, acredite. Quem não sonha com a paz? Mas Goujian é muito mais astuto do que o senhor imagina…

— Você mesmo disse que não tem provas de que irão nos atacar.

— *Ainda* não tenho provas. — Os olhos do sujeito se voltaram para mim de novo. — Mas tenho certeza de que as encontrarei, mais cedo ou mais tarde.

Meu estômago se retorceu de medo. Não podia lhe dar tempo de confirmar as suspeitas, de fortalecer o argumento a favor de uma ofensiva. Se queria me livrar dele, teria que ser naquele instante. Naquela noite.

— Vossa Majestade — murmurei, deixando a voz tremer. — Não fique zangado. Tenho certeza de que o ministro tem seus... motivos pessoais para querer travar outra guerra. Isso é compreensível.

Zixu me fitou com tanta intensidade que não precisei fingir quando me encolhi. Por um momento, tive certeza de que se esqueceria nossas respectivas posições e me esganaria na mesma hora.

— Como ousa? Não tenho qualquer motivação pessoal. Tudo que digo é pelo bem do reino.

— É mesmo? — Fuchai o observou com frieza.

— Com certeza! — exclamou o homem. — Vossa Majestade sabe melhor do que ninguém há quanto tempo sirvo ao senhor, e já havia servido ao seu pai...

Os olhos de Fuchai relampejaram.

— Sim, como poderia esquecer? Que servo leal você foi para ele.

Um silêncio sombrio recaiu sobre o aposento.

Cheguei a temer que a coragem de Zixu fraquejasse, que recuasse e se retirasse antes que o rei tivesse a chance de fazer qualquer coisa. Mas era um homem teimoso e um ministro fiel. Ele não se moveu.

— Precisamos atacar, Vossa Majestade — sussurrou. — Se puder me conceder um único pedido, que seja esse. Seu pai dedicou a vida a construir este reino para o senhor. Vai mesmo manchar seu legado deixando que o inimigo, aqueles que causaram a morte dele, invada nossos muros? Seu pai jamais teria permitido algo assim.

Talvez outro rei tivesse se comovido com esse discurso. Mas eu entendia Fuchai de um jeito que seus subordinados não entendiam; eu o beijara sob a luz da lua, acolhera seus maiores medos, inseguranças e fraquezas, noite após noite. Ele se ressentia do pai tanto quanto o respeitava, e qualquer comparação entre os dois era a maneira certa de esgotar a pouca paciência que possuía.

— Já chega — esbravejou Fuchai, empertigando-se e assomando sobre o ministro do alto de toda sua autoridade, as vestes pretas de seda se derramando ao redor do corpo feito uma grande sombra. Era uma cena digna das lendas: as duas figuras, uma se dobrando o mais baixo possível, a outra se erguendo acima dela, as velas amarelas tremulando ao fundo, os murais pintados com a história turbulenta e sangrenta do reino se abrindo de cada lado. Observei Zixu de longe, já sabendo como aquilo terminaria, e senti uma pontada de algo que quase parecia pena.

Talvez fosse lembrado como um herói. Mas um herói para muitos ainda era um vilão para alguém.

— Você é obcecado pelos Yue — declarou Fuchai, dando um passo firme à frente, tal qual um predador avançando. — Fala de perigos que não existem. Todos os outros ministros discordam de suas opiniões.

— Está se referindo a Bo Pi? — Wu Zixu ergueu a cabeça; os olhos estavam avermelhados. Nunca parecera tão jovem, tão desesperado, tão humano. — Bo Pi não é confiável, Vossa Majestade. Ele é...

— Então não devo confiar em ninguém além de você, é isso? — questionou Fuchai. — Lembro que pensou a mesma coisa sobre o ministro de Yue, Fanli. — Tentei não reagir, mesmo quando o som daquele nome dilacerou meu coração. — E o que acabou acontecendo? Você o feriu por nada, e o sangue dele sujou os corredores do palácio. No fim, só me trouxe mais dor de cabeça do que qualquer outra coisa.

— É isso que o senhor pensa agora — murmurou Zixu, a voz baixa e sufocada de urgência. — É isso que querem que pense. Mas nunca se sabe, no futuro...

— *Silêncio.*

O ministro avançou de joelhos, depois abaixou a cabeça até que a testa tocasse o chão, bem diante das botas de Fuchai. Meu estômago se revirou, e quase não contive o choque a tempo. Era o gesto supremo de submissão, como um cão rolando de costas para expor a barriga.

— Por favor — sussurrou. Seus olhos escuros brilhavam... surpresa, percebi que era por causa das *lágrimas*. Eu deveria estar aproveitando aquilo. Deveria saborear cada detalhe. Mas havia algo de perturbador em ver um homem de status tão elevado se rebaixar àquele ponto, suplicando ao rei. E saber que tudo aquilo tinha a ver comigo. — Está cometendo um erro terrível. Essa mulher envenenou sua mente. — Ele apontou para mim. Encarei-o de volta com falsa inocência. — O senhor não está pensando com clareza. Desde que ela chegou...

— Se disser mais uma coisa negativa a respeito dela, eu mesmo costurarei seus lábios — disse Fuchai baixinho, a voz carregada de ameaça.

Mas era como se o ministro estivesse possuído por alguma força maior, algo que o impulsionava a continuar trilhando o caminho até a própria ruína. Ele persistiu, apressado, como se soubesse que estava ficando sem tempo.

— Ainda não é tarde demais, Vossa Majestade. Se reunirmos nossas tropas esta noite, ainda podemos...

— Zixu — interrompeu o rei. Sua expressão estava estranha, inescrutável, o tom quase gentil. Ele também se agachou e, em um movimento rápido, agarrou o rosto do homem. Poderia parecer um momento íntimo, como se Fuchai fosse encurtar a distância a qualquer instante e beijá-lo, não fosse pelos dedos cravados feito garras nas bochechas do sujeito, apertando com tanta força que a pele ao redor ficou esbranquiçada. — Durante anos, deixei que ficasse ao meu lado. Tolerei você, fiz concessões, acatei muito do que pediu...

— E me sinto honrado, Vossa Majestade — respondeu Zixu, engasgando-se com uma emoção que oscilava entre ódio e devoção pura, trágica. Era a veneração de um devoto que seguiria seu deus até a destruição da própria terra. Que acariciaria a mão que o estrangulava. — Desejo apenas... servi-lo...

— E ainda assim me desafia? — cantarolou Fuchai. Seus dedos se apertaram.

— É para o seu bem — explicou Zixu, arfando. — Para proteger o reino…

— Sabe como algumas pessoas o chamam? — intrometeu-se Fuchai, ainda naquele tom sedoso. — Dizem que você é o meu cachorro.

Pela primeira vez, uma cor vívida subiu ao rosto do homem, deixando-o vulnerável. Ele engoliu em seco, o som audível no aposento fechado.

— Mas, veja bem, esse seu comportamento equivale a trair o reino — continuou o rei, deslizando a mão das bochechas do ministro para um ponto atrás da orelha, como se ele de fato fosse um cão à espera de um afago. Depois, desceu os dedos até a longa extensão do pescoço. O primeiro instinto de qualquer um seria recuar, mas Zixu permaneceu completamente imóvel, de olhos fixos no rei. — E nenhum dono fica com um cachorro que tenta mordê-lo o tempo todo.

— Vossa Majestade… eu imploro…

— É uma pena — disse Fuchai, parecendo genuinamente triste ao soltar Zixu. No mesmo instante, algo pesado retiniu no chão. Uma espada. Compreendi o significado daquilo ao mesmo tempo que o ministro.

Ele não demonstrou surpresa, apenas uma melancolia profunda. Trêmulo, estendeu a mão até o punho da arma. Sacou a lâmina. Um feixe longo de luz prateada refletiu-se contra os muros escarlates. Então, o homem se deteve.

— Poderia me conceder um último favor? — perguntou, rouco.

Fuchai inclinou a cabeça, escutando.

— Quando eu estiver morto — começou Zixu, os dedos vacilando por um breve momento sobre a espada —, arranque meus olhos. Pendure-os nos portões da cidade, para que eu possa assistir quando o exército de Yue invadir e tomar nossa capital.

O rosto de Fuchai se endureceu. Dando as costas ao homem, ordenou, sem sequer olhar para trás:

— Não derrame sangue demais no chão.

Mas eu fiquei ali. Observando.

Wu Zixu sempre fora um homem decidido, determinado a cumprir cada missão que lhe era dada. Daquela vez, não foi diferente. Ergueu a espada até o próprio pescoço com a mesma calma e firmeza de quem aponta a lâmina contra outra pessoa — e a passou de um lado ao outro em um único corte rápido e preciso. O sangue brotou no mesmo instante. A espada caiu. O ministro soltou um ruído de engasgo, mas logo o prendeu entre os dentes, recusando-se a ceder até mesmo isso. Enquanto o coração dava as últimas vezes, seus olhos recaíram sobre mim, e um arrepio gelado percorreu meu corpo. A expressão que ardia em seu rosto moribundo era o que transformava humanos em fantasmas famintos.

Ele falou algo antes que o corpo desabasse no chão, mas sua voz já estava fraca, embargada de sangue. Nos dias que se seguiram, tentei decifrar aquelas palavras, dar voltas em torno delas, imaginando se não teria ouvido errado. Se deveria ter prestado mais atenção, levado aquilo a sério. Naquele momento, tinha considerado que era apenas uma ameaça, como se Zixu estivesse me amaldiçoando com seu último suspiro.

Tudo o que sabia é que ele pareceu ter dito:

— Quando todas as lebres são capturadas, os cães de caça viram banquete.

# CAPÍTULO VINTE

**A mensagem retornou para mim** seis luas cheias depois, quando o cadáver de Zixu já estava enterrado bem fundo na terra.

Estava dobrada na mesma flor branca, mas o interior era diferente: o mapa complexo e o diagrama haviam sumido, já sem minhas anotações. Em vez disso, havia apenas um poema, escrito em traços limpos e nítidos. Ainda dava para sentir o cheiro da tinta fresca.

*A lua branca se ergue*
*E tua beleza ilumina*
*Tua sombra que me fere*
*Até o coração fulmina*

Passei os dedos sobre as palavras, como se fossem uma criatura rara que poderia se assustar e fugir. Ali estava a prova de que Fanli estava vivo, de que havia voltado para Yue em segurança. Reli o poema várias vezes, em silêncio, formando as sílabas com os lábios. Já o tinha estudado antes, em um dos textos clássicos que Fanli me ensinara, mas a lembrança estava fraca.

Na época, ele diminuíra sua importância por ser sentimental demais, e se apressara a tratar dos textos políticos, aqueles em que cada dístico carregava vinte significados diferentes.

Lembrei-me de tê-lo provocado por isso.

— Poemas de amor não são importantes também? Talvez eu memorize este para quando conhecer o rei.

Estivéramos sentados em sua sala de estudos. Fanli me lançara um olhar indecifrável sem levantar a cabeça, o rosto imerso em uma bela sombra.

— Memorize outro. Não este.

— Por quê?

Mas ou ele não respondera, ou me esqueci da resposta.

Fitei a flor em minhas mãos. Seria uma mensagem? Uma confissão? Estava trêmula; a dor em meu peito ficou subitamente esmagadora, mais violenta que ser atravessada por uma lâmina. Queria correr até ele. Queria que me respondesse em pessoa, não com enigmas, registros ou poesia, por mais bonita que fosse. Queria envolver sua nuca com os braços e sentir o calor de sua pele.

Mas isso era tolice. Li o poema mais uma vez, memorizando-o como se fosse a data da minha morte, então o atirei ao fogo, observando as pétalas brancas dobradas definharem nas chamas, a tinta derretendo devagar até desaparecer.

Nos meses seguintes, tentei esquecer aquilo, a possibilidade contida naquelas palavras, a pessoa que as escrevera. Pensar em Fanli era como pressionar a mente contra uma faca: uma dor fria e cortante, o sangue jorrando fora de controle. Mas, ainda assim pensava nele, de novo e de novo.

A dor em meu coração se aprofundou.

Acordei suando frio, ofegante.

Era tarde da noite, uma hora escura em que o sol ainda nem ameaçava nascer. Meus olhos estavam turvos de sono, fazendo tudo ao redor parecer coberto por uma névoa branca. Minhas vestes internas estavam encharcadas. O ar estava gélido. Enquanto respirava o mais fundo que conseguia, me agarrei ao último resquício do sonho antes que escapasse por completo.

Sonhara com ele. Fanli. Estávamos de volta ao Chalé Canto do Rio, mas algo terrível havia acontecido. Um incêndio, uma enchente, algum grande desastre natural — os detalhes já me fugiam. Tudo o que sabia era que ele me dizia o tempo todo para me esconder, e me empurrava para dentro de um barco que parecia prestes a se despedaçar a qualquer instante. *Lá será mais seguro,* repetia Fanli, olhando para mim com aqueles olhos tristes e escuros, como se soubesse de algo que eu não sabia. Tentei me segurar a ele. Meus dedos se torceram nas mangas de suas vestes, e lágrimas brotavam dos meus olhos como nunca acontecera na vida real. *Não me deixe.* Só de lembrar, minha garganta ficava áspera, como se realmente tivesse dito aquilo. *Não me obrigue a ir. Não quero. Por favor, não quero.* Tinha a certeza ardente, certeira como uma lâmina, de que, se entrasse naquele barco, se Fanli me deixasse partir, nunca mais o veria.

Mas então sua expressão ficou fria, e ele exigia que eu recitasse, palavra por palavra e na ordem correta, o livro que havíamos estudado juntos. *Que livro?*, gritei, tentando desesperadamente lembrar. *Qual deles? Me diga.* Foi então que Zhengdan aparecera, e a cena mudou; estávamos em lados opostos de um rio. Ela me encarava, de rosto congelado e olhos vazios feito os de um fantasma. *Você sabe? Pode me ajudar?*, perguntei, mas quando minha amiga abria a boca para responder, vomitava sangue. O líquido vermelho jorrava sem parar. Havia tanto que vi seu corpo murchar e a pele ficar azulada. *Depressa,* sussurrava Zhengdan entre golfadas de vermelho. Até o branco de seus olhos estava injetado de veias de sangue. *Depressa, você prometeu...*

— Xishi. Xishi, está tudo bem?

Fuchai estava ajoelhado na cama ao meu lado, o rosto sincero e bonito como sempre, mas sua expressão estava apreensiva de um jeito incomum. As vestes estavam abertas no peito e caíram dos ombros quando ele se aproximou mais. Vi a tensão em seus músculos, os contornos rígidos iluminados pelo luar.

— Foi só um sonho — murmurei, esfregando os olhos com as palmas das mãos. Não eram nenhuma novidade para mim, mas ficavam mais vívidos quando passava a noite com Fuchai. Talvez fossem um reflexo da culpa que sentia. Ainda assim, vinham me atormentando com mais frequência, como se me empurrassem na direção de algo — algo terrível.

Meu coração também vinha doendo mais do que nunca. Sentia, naquele instante, a dor latejante sob as costelas, tão intensa que agarrei a frente das roupas, procurando por sangue, meio convencida de que tinha sido esfaqueada enquanto dormia. Não havia nada. E, ainda assim, eu tremia com a agonia invisível, batendo os dentes.

Sem dizer uma palavra, Fuchai ergueu as cobertas e as envolveu em torno dos meus ombros. Depois, me abraçou. Não havia malícia no gesto, nem provocação, nem segundas intenções — apenas um simples gesto reconfortante. Fiquei tão surpresa que não consegui falar. Os grilos cantavam do lado de fora, e as sombras azuladas se moviam nas paredes tal qual almas perdidas em uma cidade fantasma.

— Você estava chorando — comentou ele, passando um dedo cálido pela minha bochecha.

Espantei-me ao perceber que meu rosto estava, de fato, molhado.

— Está tudo bem.

— Não, isso é importante. — Em um piscar de olhos, Fuchai se afastou e endureceu as feições, os contornos do rosto ficando afiados e majestosos. Mesmo na cama, com os cabelos negros desgrenhados pelo travesseiro, ele assumia o ar de um rei. — Alguém está te incomodando? Quem? Vou matá-lo.

Balancei a cabeça. Ele já havia dito aquelas palavras antes, e eu sempre as enxergava como prova de sua brutalidade, de sua natureza impiedosa. *Os monstros de Wu:* dos reis aos condenados, eram todos iguais. Mas percebi naquela hora, com uma clareza esmagadora, que era o máximo que ele podia fazer, o máximo que se considerava capaz de oferecer. Assim como um cozinheiro que, diante de um problema, ocupa-se preparando uma refeição deliciosa. Ou um médico que, diante de um acidente, apressa-se em oferecer cuidados.

— Estou bem, de verdade — garanti a Fuchai. — Só…

*Só estava triste.* Mas era aquele tipo de tristeza que deixava uma sensação de vazio, que tornava cada movimento lento, torturante, que fazia qualquer comida parecer insossa. Não poderia explicar nada disso, muito menos dizer o porquê.

— É só minha velha doença — falei em vez disso. — Alguns dias dói mais que outros.

Ele fez menção de se levantar.

— Devo chamar o médico?

— Não, não adianta. — Balancei a cabeça, puxando-o de volta para a cama. — Se houvesse cura, eu já a teria encontrado. E a dor não costuma ser tão ruim quando tenho outras coisas para me distrair.

— É minha culpa — afirmou. Enquanto falava, deslizou a mão pela base da minha coluna, o calor da palma se espalhando através das minhas vestes. — Andei muito ocupado ultimamente supervisionando a construção do canal. Acabei negligenciando você. Mas não se preocupe — continuou apressado. — Ele estará pronto muito em breve, e então serei todo seu, a cada segundo do dia. O que posso fazer para que se sinta melhor?

Hesitei.

— Devo decapitar alguns servos? Açoitar alguém em público?

Não sabia se ria ou chorava.

— Não, isso… não será necessário.

— Então o quê?

A mão dele subiu para a parte de trás da minha cabeça e acariciou meu cabelo. Havia urgência e sinceridade em seu olhar.

— Me diga. Eu farei qualquer coisa.

Foi então que me ocorreu o que precisava fazer. Parecia que um enxame de vespas tinha investido contra minha mente. Lembrei-me do bilhete que Fanli enviara:

*A lua branca se ergue*
*E tua beleza ilumina*
*Tua sombra que me fere*
*Até o coração fulmina*

Passei tempo demais me concentrando nesses versos quando deveria ter pensado no poema seguinte, aquele que ele insistiu em analisar com mais cuidado. Contava a história de um rei que se disfarçara de convidado para um banquete do reino inimigo. Depois de comer e beber a noite inteira sem ser notado, não saiu pelos portões. Permaneceu ali dentro e se preparou para lançar um ataque surpresa na manhã seguinte.

Era *isso* que Fanli queria dizer. Eu estava errada; ele jamais seria tão sentimental. Sempre havia uma mensagem oculta, uma missão. Um propósito. Engoli uma risada amarga. Que tolice minha imaginar o contrário.

— Há... uma coisa — comecei a dizer, me sentando.

— O quê? — Fuchai pressionou os lábios com delicadeza em minha clavícula exposta, seus olhos encontrando os meus por baixo dos cílios longos. O calor se espalhou pela minha pele ao mesmo tempo que um arrepio gelado percorreu meus ossos. — Só quero aliviar sua dor.

Respirei fundo.

— O que acha de darmos um banquete?

# CAPÍTULO VINTE E UM

**Os pessegueiros enfim começavam a florescer** outra vez. O palácio fora limpo e polido até que se pudesse passar o dedo por qualquer parede ou corredor sem encontrar um único grão de poeira. Os ventos haviam se abrandado, e a grama, antes ressequida pelo inverno, voltava a crescer, viçosa e verde feito jade nova. Mais lanternas foram penduradas nos telhados curvados, a luz perolada iluminando os lagos e os caminhos entre os aposentos. As manhãs eram anunciadas pelo canto dos pássaros, o sol despontando a cada dia um pouco mais cedo. A primavera chegara, e o ar estava perfumado, carregando o aroma inebriante das flores dos jardins da senhorita Yu e das especiarias das cozinhas reais.

Dentro do grande salão, tudo também se transformara. Cortinas douradas e prateadas cintilavam nas paredes; todas as taças estavam recém-lavadas. Duas enormes mesas se estendiam de um extremo ao outro, deixando espaço no centro para dançarinos e flautistas.

— O que achou? — perguntou Fuchai, com a ansiedade e o entusiasmo de um aluno mostrando seu trabalho final ao mestre. — Está do seu agrado?

Olhei ao redor do imenso cômodo. O banquete já havia começado, e os convidados entravam pelas portas. Havíamos elaborado a lista juntos, chamando príncipes e princesas de terras distantes, nobres e estudiosos das famílias mais renomadas, reis e ministros de reinos vizinhos. O propósito público do evento era celebrar a conclusão do novo canal; o privado, elevar meu ânimo. Mas é claro que Fuchai não sabia o verdadeiro objetivo daquilo que ajudara a organizar.

— Está maravilhoso — respondi, sorrindo para esconder o nervosismo.

Até eu tinha que admitir como tudo estava impressionante. A comida, por si só, era de dar água na boca. O rei exigira que os melhores cozinheiros fossem trazidos naquela noite, com ingredientes coletados das montanhas mais altas e das planícies mais vastas, onde a terra era fértil e a água, doce. Havia pratos e mais pratos de sobremesas: bolos de arroz fermentado no vapor, as camadas pegajosas impregnadas com o aroma de vinho; *gaotuan* de todas as cores, recheados com pasta de feijão vermelho, nozes salgadas e gergelim, moldados no formato de lingotes de ouro, folhas de magnólia e flores desabrochando; bolinhos da lua cobertos por uma camada reluzente de óleo, gravados com padrões florais e os caracteres de paz e prosperidade. Estava tudo tão lindo, feito com tanto esmero, que quase dava dó de comer. Mas os *verdadeiros* pratos só estavam chegando naquele momento. Servos entravam carregando panelas de barro com carne de porco refogada, cada fatia dourada e caramelizada no ponto certo, com a proporção perfeita entre carne magra e gordura, pingando molho de soja. Ovos cozidos haviam sido acrescentados ao prato, com quatro cortes limpos em suas laterais para absorver o sabor.

Quando os convidados tomaram seus lugares, um sino soou. O servo postado nos portões anunciou:

— O rei Goujian e o ministro Fanli, do Reino de Yue, chegaram.

Senti uma repentina pressão no peito, como se alguém tivesse apertado meu coração entre os dedos. Com grande esforço, tentei afastar a sensação de tremor que ameaçava tomar conta do meu corpo — uma maré crescente de emoções, uma mistura de esperança, pânico e medo. Esfreguei os braços e me virei para a entrada do palácio.

Os dois entraram conforme seus papéis ditavam: Goujian à frente, vestido com pompa real pela primeira vez, e Fanli logo atrás. Minha atenção se voltou direto para o ministro. Parecia recuperado do ferimento da espada. Seus movimentos eram fluidos e leves, e a cabeça estava erguida. Usava vestes azul-marinho escuras que ondulavam conforme ele caminhava, feito a superfície de um rio ao vento.

Fanli me olhou nos olhos sem expressar reação alguma, exceto por um leve repuxar dos lábios. Meu coração disparou.

— Agradeço pelo generoso convite, Vossa Majestade.

Ele e Goujian se alternaram cumprimentando Fuchai. Com certa relutância, passei a me concentrar no rei de Yue, que sorria para Fuchai como se fossem velhos amigos. Mas era apenas fachada; sob o sorriso, havia algo frio, cortante.

— Claro, claro. — Fuchai riu, sem se dar conta disso. — Faz tanto tempo… Como é bom ver seu rosto outra vez.

O sorriso de Goujian se afilou.

— Igualmente.

— Nós nos divertimos, não foi? Ah, se bem me lembro, você era um cavalariço bem prestativo.

Aquilo era um reflexo da arrogância de Fuchai e, talvez, da equivocada crença de que era imortal. Achava-se tão intocável que podia fazer tais piadas sem temer ser esfaqueado enquanto dormia.

Até eu, apenas observando em silêncio, sentia as palmas das mãos suarem.

— Jamais me esqueceria — murmurou Goujian.

— Pois bem, sente-se. — Fuchai os acomodou nos assentos em frente ao seu... e ao meu. Fiquei cara a cara com Fanli, do outro lado da mesa. — Vamos brindar aos velhos tempos.

O rei estalou os dedos e, como em um passe de mágica, um servo apareceu trazendo uma jarra de vinho. Goujian pareceu notar o gesto. Notava tudo. Seus olhos negros percorreram o salão, absorvendo cada sinal óbvio de riqueza, opulência e conforto.

Então voltou a fitar o rei à sua frente, que lhe estendia generosamente um cálice de vinho em um gesto de paz. Algo perpassou sua expressão. Goujian pegou o copo, virou-o de um só gole e o colocou de cabeça para baixo na mesa, vazio.

— Que o rei viva dez mil anos, e dez mil anos mais.

Satisfeito, Fuchai fez sinal para que o servo enchesse o cálice mais uma vez, depois tilintou o próprio copo contra o de Goujian e repetiu o gesto com Fanli.

— Sem ressentimentos? — perguntou, lançando um olhar ligeiro ao peito de Fanli, o lugar de onde a espada de Zixu havia arrancado sangue.

Fanli sorriu e ergueu o cálice em um brinde.

— Não faço ideia do que você está falando.

Levantei-me, mirando um e depois o outro. Parecia um pesadelo acontecendo na vida real. Tudo estava errado, cada parte do meu mundo, cada lado de mim, todos os meus maiores desejos e medos se chocando de uma só vez. Engoli a onda de histeria que ameaçava crescer e controlei a respiração. Aquilo era necessário. E logo acabaria.

Quando cada um deles já tinha virado pelo menos quatro cálices cheios de vinho, Fuchai veio até mim, rindo, o rosto emoldurado pelo cabelo preto, e entrelaçou os dedos nos meus. Pelo canto do olho, vi a expressão de Fanli se contrair.

— Venha — chamou o rei, puxando-me na direção dos outros convidados.

Enquanto o seguia de mesa em mesa, forçando sorrisos e dando cumprimentos vazios, não conseguia evitar lançar olhares furtivos para Fanli. Ele permanecia no lugar, impecável e educado, o representante perfeito de um reino estrangeiro. De tempos em tempos, virava-se para murmurar algo para Goujian, em um tom baixo demais para que qualquer outro ouvisse. Ele mesmo se servia de mais vinho, esvaziando cálice após cálice.

Tentei não demonstrar surpresa. Nunca o tinha visto beber antes; para alguém que se orgulhava da própria disciplina, sempre supus que evitasse esse vício.

O banquete logo estava a todo vapor. As dançarinas se moviam de sequência em sequência, as longas mangas esvoaçando, os braceletes nos pulsos e tornozelos tilintando. O ar foi se aquecendo com o burburinho, a movimentação e o cheiro da comida. As travessas mal eram retiradas e já vinham outras, trazidas por criadas bem treinadas. O vinho e os pratos suntuosos pareciam não ter fim dentro daquele salão.

E por onde eu ia, de mãos dadas com Fuchai, a faixa carmesim tremulando sobre os braços finos, os sussurros nos seguiam como pétalas ao vento:

— Ela é tão bela quanto os boatos diziam...

— Não é de se admirar que Sua Majestade não consiga ficar longe dela...

— Formam um par e tanto, não acha? A bela e o rei. Tenho certeza de que muitos poemas e peças serão dedicados a eles.

Mas nem sempre os cochichos carregavam admiração ou reverência. Havia rumores mais sombrios, coisas que preferia não ter ouvido.

— ...você soube do que os servos disseram, sobre aquela vez que entraram e...

— Dizem que ele a visita três vezes ao dia... às vezes logo pela manhã...

— Ela parece tão inocente. Difícil de imaginar...

— … naquela noite, no meio da corte, com todos assistindo…

— Vossa Majestade. — A cadeira rangeu quando Fanli se pôs de pé, cambaleando um pouco. Seus olhos escuros tinham um brilho turvo, e as bochechas estavam tingidas de vermelho. — Me perdoe, mas terei que me retirar mais cedo.

Fuchai o encarou por um instante, e então soltou uma ruidosa gargalhada.

— Já está bêbado? Sua resistência ao álcool é tão baixa assim?

O outro rapaz não respondeu, apenas curvou a cabeça em um gesto de submissão. Sempre educado, mesmo com todo aquele álcool no sangue.

— Está bem, está bem — disse Fuchai. Depois, virou-se para mim. — Xishi, que tal acompanhá-lo até os aposentos dos hóspedes? Ele pode descansar lá até que os outros estejam prontos para partir.

Um choque percorreu meu corpo. Mal conseguia acreditar.

— Eu? — perguntei, parte de mim temendo que fosse alguma piada cruel, outro teste do rei para ver se eu sentia mais por Fanli do que deixava transparecer.

Mas não havia desconfiança em seu rosto. Ele acenou com a manga longa, descontraído.

— Sim, você. Tenho certeza de que vai mostrar como o palácio é maravilhoso.

*Então é por isso que está pedindo a mim.* Às vezes, ele parecia uma criança. Queria se vangloriar, impressionar Fanli, esfregar na cara dele que tinha as mulheres mais deslumbrantes e os aposentos mais luxuosos de todas as terras.

— Sim, Vossa Majestade. Claro — respondi, levantando-me.

Engoli em seco, tentando suprimir o tremor afobado nas mãos. O rei de Wu mandara construir o Palácio das Belas Mulheres só para mim, erguera uma alameda com milhares de jarros de barro que tilintavam a cada passo meu, desviara o curso dos rios e ordenara a criação de um novo canal simplesmente porque eu sugerira. Fuchai sempre fora generoso: me deu seu coração, tempo e afeto repetidas vezes, me mimara com os tecidos mais finos, os doces mais delicados e os aposentos mais aconchegantes. Mas nunca senti tanta gratidão quanto naquele instante. E ele nem sequer percebia o presente que me dava: tempo a sós com Fanli. Um momento para conversarmos, para deixarmos as máscaras de lado, para perguntar como ele estava. Não teria ficado tão feliz assim nem se o rei tivesse me entregado a lua com as próprias mãos ou feito para mim um colar com todas as estrelas do firmamento.

Fui até Fanli, encarando o chão. Mantive a voz firme, educada, do jeito que se falava com um estranho.

— Por favor, me acompanhe.

A resposta dele também foi neutra.

— Obrigado, senhorita Xishi.

Ondas de calor se espalhavam em minha nuca enquanto eu o guiava até as portas principais. Sentia o olhar dele sobre mim, a distância que nos separava e nos atraía ao mesmo tempo, o espaço vibrando entre nossos corpos. Abri uma porta, e o ar fresco da noite soprou em minha direção, carregando o perfume suave das begônias. Inspirei fundo.

Estávamos do lado de fora. A sós. O barulho do banquete se dissipava, abafado pelas paredes. Lanternas carmesim emitiam um brilho brando pelos corredores, iluminando cada janela de treliça e cada pilar entalhado que víamos. De ambos os lados, os murais pintados se abriam feito pergaminhos vivos: imortais dançando sobre nuvens ondulantes, templos suspensos em montanhas e amantes navegando juntos rio abaixo em uma jangada de bambu.

Examinei os caminhos vazios e estreitos ao redor antes de falar:

— Você está bem?

O som da minha voz me surpreendeu; não era o tom doce que usava com o rei para conseguir o que queria, nem o tom firme que adotava para intimidar os outros para que me obedecessem. Quase havia me esquecido de como era minha verdadeira voz.

— Na medida do possível — respondeu Fanli.

Seus passos estavam mais lentos do que de costume, as sobrancelhas ligeiramente franzidas, como se precisasse se concentrar apenas para caminhar em linha reta. Fui tomada de espanto. Tinha imaginado que talvez estivesse fingindo estar bêbado para escapar mais rápido do banquete, mas naquele momento tive certeza de que não era atuação.

— Não, isso não é verdade — disse ele de repente, soltando uma risada baixa, como se não conseguisse se conter. Fiquei paralisada. Nunca o tinha visto assim antes. — A verdade é... e não pode contar isso para ninguém... se bem que é claro que sei que você não vai...

Fanli fez uma pausa, recostando-se contra um dos pilares polidos, os olhos negros feito a meia-noite, e gesticulou para que eu me aproximasse. Meu coração disparou. Dei um passo à frente, chegando perto o suficiente para sentir seu hálito quente roçar minha pele enquanto ele sussurrava:

— Senti sua falta, Xishi.

Uma emoção intensa me atravessou: uma alegria tão profunda que se confundia com tristeza; uma tristeza tão aguda que se assemelhava à alegria. As duas coisas eram indissociáveis. Não conseguia respirar.

Então, tão abruptamente quanto antes, Fanli voltou a andar, com a cabeça virada para mim e um sorriso meio amargurado nos lábios.

— Não é irônico? — perguntou, a voz mal se sobressaindo ao vento entre as folhas e ao som cristalino da água jorrando nas fontes do jardim. — Só posso culpar a mim mesmo. Como é que diz aquele velho ditado... A esperteza é precipitada? A inteligência engana a si mesma? Durante todos esses anos, me orgulhei da minha sagacidade, mas...

Ergui a mão antes que ele dissesse mais alguma coisa, mesmo quando tudo o que mais queria era que continuasse a falar. Meu coração ainda estava batendo rápido demais, o sangue pulsando nas veias.

— Aqui não — murmurei, espiando o entorno mais uma vez. Vazio, nada além das sombras das árvores. Ainda assim, a paranoia me dominava. — Venha comigo.

Acelerei o passo. Estávamos lado a lado. Mantive os olhos fixos no caminho até os aposentos dos hóspedes, mas senti os dedos frios de Fanli encostarem nos meus. Breve demais para ter sido intencional. Talvez só coisa da minha cabeça. Ainda assim, segundos depois, a ponta de seus dedos deslizou por minha palma. Outro toque fugaz, o mais leve roçar de pele contra pele. Um pequeno suspiro subiu pela minha garganta.

Não resisti e lhe lancei um olhar furtivo. Sua expressão também estava sob controle, exceto pelo leve tom rosado que coloria a curva das orelhas e subia lentamente pelo pescoço, iluminado pelas lanternas. E, no entanto, sua mão tocou a minha de novo; sempre um movimento mínimo, sutil, escondido pela escuridão e pelas mangas largas de nossas vestes. Parecia um segredo, uma rebelião silenciosa, como trapacear o destino — ou talvez recuperar o que nos foi tirado. Minha pele ardia com esse pensamento e formigava a cada toque tênue de seus dedos longos sobre os meus.

Os aposentos dos hóspedes ficavam enfurnados em um pátio remoto. As luzes eram mais fracas ali, a grama bem aparada, mas sem flores. Não havia nenhuma criada postada do lado de fora dos portões.

Fechei as portas com firmeza assim que entramos. O ar tinha aquela qualidade estagnada e empoeirada de um quarto fechado há muito tempo, com o cheiro de incenso antigo pairando sobre os móveis de jacarandá. Acendi as velas uma por uma: ao lado da cama com dossel, sobre as gavetas, diante do espelho de bronze. Logo as chamas tremulavam em cada canto, preenchendo o ambiente com um brilho alaranjado ameno.

Então, me virei e encarei Fanli por completo.

Fazia tanto tempo desde a última vez que o vi, e mais tempo ainda desde que me permiti simplesmente admirá-lo assim. O rosto continuava tão belo quanto sempre — traços finos, ângulos marcantes —, o tipo de feição que inspirava os maiores escultores, que os poetas transformavam em sonetos, que os pintores tentavam e falhavam em capturar. Nada no mundo poderia replicá-lo. Mas toda a suavidade que restava nele havia diminuído. Onde antes havia brilho nos olhos, um quê de diversão nos lábios, os encantos naturais de um jovem rapaz, agora só restavam gelo negro e jade fria.

E, enquanto eu o observava, senti que ele também me examinava, percorrendo meu corpo lentamente, da cabeça aos pés. Não exibia aquela expressão voraz e possessiva que já esperava de Fuchai; era algo diferente, um olhar carregado de preocupação, como se procurasse por qualquer sinal de fome, sofrimento, ferimentos ou abuso.

— Como... como você está? — perguntou Fanli por fim, os olhos voltando a encontrar os meus. — Me conte tudo.

Eu queria. Todo aquele tempo que ficamos separados, a cada vez que o sol descia do céu e a lua tomava seu lugar, a cada refeição que fiz sozinha ou na companhia do rei, enquanto Fanli esperava em outro reino. Tudo o que suportei passou pela minha mente, mas não sabia por onde começar, nem como colocar em palavras. Então apenas sorri e assenti.

— Fiz tudo conforme combinamos. Recebi sua mensagem. O plano deve correr bem...

— Não estou perguntando sobre isso.

Encarei-o, surpresa. O plano sempre fora seu interesse principal; o reino sempre vinha em primeiro lugar.

— Xishi — chamou-me, de maneira um tanto arrastada, a voz repleta de uma emoção que não consegui identificar. — Me desculpe...

Ele estava pedindo *desculpas*?

— Não precisa se desculpar por nada — interrompi. — Nem se sentir em dívida, se é isso que o preocupa.

Fanli ficou imóvel. Depois franziu a testa, quase como uma criança que levou bronca.

— Você está zangada.

— Não estou.

Pelo menos, não achei que estivesse. Mas meu peito apertava por um novo motivo, e a tensão crescia no fundo da garganta. Pensei no poema outra vez; uma confissão, ou assim eu havia entendido, só para descobrir que eram novas instruções. E quando, *até que enfim*, estávamos sozinhos, Fanli ficava se desculpando por algo que ambos concordamos.

— Você se esquece que fui eu quem ajudou a lapidar essa sua máscara — murmurou. — Não te culparia se estivesse com raiva de mim.

— Não estou com raiva — repeti, fazendo questão de soar mais melosa. — E por que estaria? Estou me divertindo tanto no palácio, sabia disso?

— Xishi...

— O rei beija muito bem — continuei. Não sei ao certo o que me impulsionou a falar isso, mas fitei o rosto dele, desesperada por uma reação. E fui recompensada. Sua mandíbula se contraiu e sua expressão se retraiu em um reflexo involuntário. — Não fique pensando que eu estava *sofrendo* entre estas paredes. Nunca me diverti tanto. Ele faz qualquer coisa para me agradar e é tão experiente quanto dizem...

Nessa hora, até o corpo dele recuou.

— Deveria ver o jeito que Fuchai me olha quando estamos deitados juntos — continuei, cada palavra atravessando o espaço entre nós como pequenas lâminas, feitas para ferir. — Ou como ele...

— Aonde quer chegar com isso? — Fanli falou como se sentisse dor, os olhos emoldurados por cílios negros e ardendo em chamas. Só então me dei conta, de súbito, que estava ainda mais bêbado do que eu imaginava. — Está tentando me deixar com ciúmes?

Não respondi. Não consegui.

— Porque eu sou... também sou homem, sabia? — balbuciou, a voz rouca e pesada tal qual a noite que nos cercava. — Também sinto... Eu cheguei a imaginar. Me torturei pensando nisso noite após noite, fiquei doente de tanta inveja...

Dei um passo à frente. Sentia todo o calor do quarto pulsar pelo meu corpo. Meus nervos vibravam com a ousadia dos meus movimentos.

— Então estava mesmo com ciúmes?

Um suspiro escapou por entre seus dentes cerrados, e os dedos se contraíram, formando punhos. Em volta de nós, as velas bruxuleavam.

— Xishi...

Era como se o ar entre nós tivesse sido encharcado com óleo quente e depois incendiado. Apaguei com um sopro rápido todas as velas próximas, e a escuridão caiu sobre o quarto como um véu, nos envolvendo por completo. Na penumbra, pude distinguir apenas o contorno delicado dos lábios de Fanli, o movimento de sua garganta ao engolir em seco. Talvez devesse ter parado por ali, mas fazia uma eternidade desde a última vez que me senti daquele jeito. Poderosa. No controle.

— Quer que eu te mostre como ajo perto dele? — perguntei com inocência, aproximando-me ainda mais, até sentir a batida acelerada do coração dele através das camadas de minhas vestes. — Há um lugar, bem aqui na altura do pescoço... é um ponto fraco de Fuchai. Será que é para você também? — Meus dedos deslizaram pela cavidade de sua clavícula. Um arrepio percorreu o corpo de Fanli. — Acho que era aqui.

Subi um pouco mais a mão, passando os dedos pela base nua de sua nuca. A pele estava tão quente que parecia arder sob meu toque.

— Xishi — repetiu ele, tenso. — Por favor.

Senti um leve choque. Fanli estava implorando. E pensar que eu jamais imaginaria que ele se rebaixaria a esse ponto, nem mesmo se a própria vida estivesse em jogo. Mas a raiva era um nó apertado dentro de mim; não se desataria com tanta facilidade. Precisava que ele me desse mais. Precisava dar mais a mim mesma. Então continuei, deixando os dedos seguirem os fios delicadamente tecidos na gola das vestes de Fanli até os contornos rígidos de seu peitoral.

— Ou seria aqui? — murmurei. — Ou mais abaixo, talvez. Como...

Em um piscar de olhos, Fanli agarrou meu pulso e o prendeu contra a parede atrás de mim. Com sua beleza refinada e dedos longos, perfeitos para segurar um pincel, ele sempre parecia mais um estudioso do que um guerreiro — e às vezes me esquecia do quanto ele era forte. Que era tanto um soldado quanto um conselheiro. Em um movimento rápido e preciso, ele me imobilizou contra a parede, e a outra mão segurou meu braço com firmeza.

Então Fanli parou a poucos centímetros de mim, respirando ofegante.

Tudo parecia estar suspenso. O próprio tempo parecia parar e congelar. Mas foi o olhar dele que me fez perder o fôlego. Havia desejo, mas também uma tristeza profunda, incomensurável, como se compreendesse minha raiva, meu ressentimento, tudo o que enfrentei sozinha. Em resposta, deixei-me esmorecer. Deixei a máscara cair, a postura rígida se desfazer. Observei Fanli, sem precisar sorrir, sem precisar ostentar minha beleza. Na escuridão, ele parecia me enxergar melhor do que qualquer outra pessoa.

— Eu sei — sussurrou. — Sei que isso tudo tem sido injusto para você. Sei que quer voltar para casa.

— Quero mais do que isso — retruquei.

Ele me lançou um olhar doloroso.

— O que mais quer, então?

— Você.

A simplicidade das minhas palavras me surpreendeu. No palácio, havia me acostumado a moldá-las até que se tornassem irreconhecíveis, a aludir ao reflexo na água quando queria falar da própria lua.

Fanli ficou em completo silêncio. Sua expressão era tão angustiada, tão próxima do medo, que acabei rindo alto dele. Foi um riso genuíno, profundo e um pouco rouco, escapando à vontade dos pulmões.

— Você age como se tivesse medo de mim — comentei.

— Eu *tenho* medo de você — confessou, a verdade escapando dos seus lábios com rapidez. Seu corpo tremia, mesmo com a coluna rígida. — Tenho medo do que toma conta de mim quando estou ao seu lado. Medo de como fica fácil ignorar a razão, de quantas justificativas consigo inventar só para ficar mais perto de você. Tenho medo do quanto... do quanto eu desejo. Do *que* eu desejo. Tenho medo de como minha determinação se dissolve tão rápido. De como meu julgamento falha em um piscar de olhos. Por sua causa, preciso me questionar o tempo todo, avaliar e isolar meus sentimentos, destrinchá-los e testá-los em busca de fraquezas. — Com a voz entrecortada, ele acrescentou: — Você sabia que Zixu enviou seus homens para tentar me capturar e me trazer ao palácio?

Balancei a cabeça, atordoada.

— Devia haver uns cinquenta deles. Tentaram tirar minha vida várias vezes. Foi um incômodo e tanto, mas consegui escapar sem grandes dificuldades.

— Então como ele...

*Como ele trouxe você para cá? Como conseguiu vencê-lo no final?* Essa pergunta me atormentara nos dias que se seguiram à sua partida. Queria que tivéssemos tido mais tempo, apenas para questioná-lo. Mas, por mais que criasse cenários na mente, nunca conseguia encontrar uma resposta plausível.

— Ele não me capturou. — O canto da boca de Fanli se curvou. — O sujeito me enviou uma mensagem, dizendo que você estava gravemente ferida, e vim por vontade própria. Mesmo sabendo que era uma armadilha. Mesmo sabendo que era bem provável que você estivesse bem, que minha presença neste reino só traria problemas para todos nós. Mas só de pensar... só de existir a mínima possibilidade, por menos e mais irracional que fosse, de que algo tivesse de fato acontecido com você... Quase acabou com a minha sanidade.

— Então você veio atrás de mim.

Não parecia real. Estendi a mão pelo espaço diminuto entre nós, a ponta dos dedos roçando o lugar onde a espada havia perfurado a pele. Onde eu mesma havia enfaixado o ferimento.

Dessa vez, Fanli não tentou me impedir.

— Agora consegue entender? — perguntou baixinho, com uma ternura fatal. — Minha disciplina, minha inteligência, meu discernimento. Essas foram as coisas em que sempre me apoiei. Foram elas que me tiraram da pobreza, que me fizeram ascender na hierarquia, que me levaram até o rei. Mas não posso mais confiar em nada disso. — Sua mandíbula se contraiu. — Não posso confiar nem em mim mesmo.

Tive o pensamento vago e distante — como se viesse de outro reino, de outra vida — do rei Fuchai em seu grande e frio salão, a luz das lanternas se derramando pelas paredes douradas, tudo brilhante, reluzente e falso, o vinho transbordando dos cálices, pratos abarrotados de comida passando de mesa em mesa. Desejei nunca mais retornar àquela realidade.

— Você precisa voltar para o lado do rei logo — disse Fanli, engolindo em seco. Lia minha mente com tanta facilidade. E me conhecia tão bem. — Vá, antes que eu perca o pouco controle que me resta.

— Então me prometa que voltará — supliquei, sabendo que estava sendo imatura, irracional, fazendo um pedido nada digno de alguém que já havia deixado tudo para trás e se infiltrado no palácio de Wu como concubina do rei Fuchai, uma garota forjada em lâmina.

Também não era do feitio de Fanli fazer promessas assim. Era prático demais para tal. Esperei que me dissesse isso. No fim das contas, nossas vidas não eram tão diferentes; éramos ambos armas a serem empunhadas e descartadas ao bel-prazer do rei Goujian. Não tínhamos o poder de decidir nada por conta própria.

Mas, para minha surpresa, Fanli assentiu.

— Eu prometo — murmurou, erguendo três dedos no ar escuro em um juramento. — Assim que tudo isso acabar, vou te encontrar, e vamos velejar juntos pelo mundo, viver em algum lugar bem longe daqui, onde possamos ficar realmente a sós. E se a promessa se quebrar... que eu sofra por toda a minha vida.

Fiquei encarando-o. Depois de um instante, ainda atordoada, bati em seu ombro.

Fanli soltou um pequeno som indignado, embora houvesse um toque de diversão misturado.

— Vejo que ficou mais violenta enquanto estivemos separados.

— Por que... Eu só queria uma promessa. Não pedi para você se *amaldiçoar*...

— Achei que transmitiria sinceridade — explicou Fanli, tranquilo, me observando na escuridão. Em seguida, acrescentou em um sussurro, como se falasse consigo mesmo: — E além do mais, se por algum motivo não puder te ver de novo, então já estarei condenado a sofrer de qualquer forma.

# CAPÍTULO VINTE E DOIS

**Fechei as portas atrás dele,** tomando cuidado para deixá-las destrancadas.

Então me recostei contra a madeira fria e observei o céu. Naquela noite, a lua brilhava com uma clareza incomum; retalhos de nuvens cinzentas cruzavam seu caminho, os contornos delineados pelo brilho perolado. Dava para ver cada marca escura, cada cavidade. Lembrei-me do mito que minha mãe costumava me contar antes de dormir, sobre a moça que se tornou uma deusa após ser separada de seu amante e condenada a viver na lua, tendo apenas seu coelho de jade como companhia. Achei que conseguia ver sua silhueta naquele jogo de luz e sombra. Achei que conseguia entender sua solidão.

Mas não adiantava me prender a isso. Balancei a cabeça e soltei o ar devagar.

Logo começaria.

Em vez de voltar ao banquete, segui pelo caminho secreto que Xiaomin tinha me mostrado, tomando o atalho até os aposentos da senhorita Yu. Dessa vez, a garota estava no pátio, sentada sozinha no balanço, movendo-se de leve para a frente e para trás. Levantou a cabeça ao ouvir meus passos; não parecia surpresa ao me ver.

— Lembra do nosso acordo? — perguntei, sem perder tempo com cumprimentos.

— Infelizmente — respondeu, a voz cansada. Continuou se balançando, deixando que o vento fizesse a maior parte do trabalho. — O que você quer?

— Chame seu pai primeiro — falei. — Está na hora.

A maioria dos convidados já havia se retirado quando enfim voltei para o lado do rei. Havia homens desmaiados sobre a mesa, de cabeças tombadas, os cálices derramando vinho. Algumas damas da nobreza, rindo baixinho, haviam escapulido com os guardas e estudiosos mais encantadores, os pares entrelaçados em abraços íntimos. Sedas e serpentinas cobriam o chão; dois dos estandartes haviam deslizado das paredes. A música também tinha quase cessado. Apenas um instrumentista permanecia, dedilhando uma melodia suave e arrebatadora em seu guqin. Como era de se esperar, Goujian não se encontrava em lugar nenhum.

Enquanto isso, Fuchai estava, sem sombra de dúvida, bêbado, recostado no trono, de onde tinha uma visão elevada do salão. Girava a coroa no dedo como se fosse um brinquedo.

— Xishi — balbuciou ao me ver chegar, os olhos focando em mim. — Por que demorou tanto?

Antes que eu pudesse responder, ele segurou meu pulso, me puxou para o colo e passou o braço ao redor da minha nuca, a respiração quente encontrando meu ouvido.

— Não importa. Só… não se afaste de mim outra vez.

Quis permanecer indiferente. Mas talvez fosse o jeito como ele me olhava, tão despretensioso, sincero e fiel; talvez fosse porque eu tinha acabado de estar com Fanli enquanto Fuchai esperava por mim, observando a multidão; ou talvez fosse porque eu sabia o que estava prestes a acontecer. Uma culpa incontrolável me rasgou o peito, e cheguei mais perto dele, deixando que seus braços me envolvessem por completo. Podia ouvir as batidas ensurdecedoras de seu coração, aquele ritmo familiar, sempre tão rápido em responder à minha presença, a cada palavra minha.

— O que você deseja esta noite? — perguntei. — Me diga e eu farei.

Fuchai se afastou um pouco, a boca entreaberta de surpresa. Então riu.

— O que é isso? Normalmente sou eu quem realiza os seus desejos.

— Eu sei — respondi, sentindo aquela dor estranha e indesejada outra vez. Um frio na barriga. Imaginei a cena se desenrolando do lado de fora do salão, além dos portões escuros da cidade. O exército de Yue já teria se mobilizado, seguindo o caminho pelo canal recém-construído. Imaginei milhares de pés marchando, as pontas das lanças reluzindo sob o luar. — Só queria... retribuir. Peça o que quiser, não vou me negar.

Ele me fitou com interesse, os olhos de uma escuridão intensa.

— O que eu quiser?

O rubor subiu pelo meu pescoço. Achei que tinha alguma ideia do que ele desejava. Parte de mim ainda se surpreendia por ele ter esperado tanto tempo.

— Não pode ser aqui — anunciou, levantando-se do trono. Tive que segurar seu braço para ajudá-lo a se manter firme. — Venha comigo.

Fui atrás dele, sentindo a pele esquentar a cada segundo. Em seu quarto, cercado por lanternas escarlates, móveis dourados e esculturas de jade verde-floresta, Fuchai se deitou na cama e deu leves batidinhas no espaço ao lado. Aproximei-me devagar, com cuidado, na ponta dos pés, soltando a faixa de cetim e retirando as pesadas vestes externas. Cada respiração minha parecia carregada de tensão.

O rapaz esperou, paciente. Mas quando me deitei perto dele, não fez menção de me beijar. Em vez disso, enroscou o corpo ao meu feito uma criança, o peito pressionado contra minhas costas. Seu calor me envolveu, e não de um jeito ruim; era como dormir junto a um fogo intenso. Havia algo tão... pacífico naquele gesto.

— O que está fazendo? — perguntei, incapaz de esconder a confusão.

— Você me perguntou o que eu queria — respondeu apenas, a voz abafada. — Eu... — Ele pigarreou. Quando voltou a falar, sua voz soou quase tímida. — Quero te abraçar assim por um tempo. Tudo bem?

Foi como se uma agulha tivesse perfurado meu coração. Inspirei.

— C-claro, Fuchai.

Ele suspirou e começou a passar os dedos pelo meu cabelo, penteando-o para trás. Os movimentos eram lentos, roçavam de leve meu couro cabeludo, um toque breve, que logo sumia.

— Eu largaria tudo por você, sabia?

Não era a primeira vez que me falava algo assim, mas, no silêncio dissimulado após o banquete, diante de tudo que estava prestes a acontecer, as palavras soaram estranhamente macabras. Tentei esconder a rigidez no corpo.

— Não diga coisas tão dramáticas — repreendi, em tom brincalhão.

— Tudo bem — aceitou. — Então me conte algo bom. Uma história. Uma recordação da sua infância.

— Da minha infância? — Se não o conhecesse, pensaria que estava me testando, tentando descobrir mais sobre meu passado. Mas seu tom era gentil como sempre, e o toque mais ainda. Senti um peso nos ombros. — Que tipo de recordação?

— Qualquer uma.

Refleti por um tempo. Fuchai queria algo bom, mas tantas das minhas lembranças da aldeia carregavam alguma sombra de tristeza, medo ou preocupação. Não podia lhe contar sobre os dias em que nossos estoques de grãos se esgotavam, quando íamos para a cama mais cedo apenas para escapar da pontada da fome no estômago; sobre o pãozinho de painço racionado em três partes, depois em quatro, e por fim em cinco. Não podia contar sobre a peste que assolara o reino, os meses de incerteza e terror, em que todos se trancavam em casa e cobriam o rosto com pedaços de pano ao sair; como uma leve coceira na garganta ou erupção na pele pareciam ameaças de morte. Também não podia falar das vezes em que a pele das minhas mãos se rachava de tanto mergulhá-las no rio, esfregando a seda bruta até os dedos arderem.

Mas existiam coisas boas? Sim, claro. Mesmo quando a vida era terrível, ainda havia o conforto da minha mãe, a presença do meu pai, as gargalhadas de Zhengdan, as peônias desabrochando e o rio fluindo.

— Costumávamos ter uma brincadeira — comecei. — Meus pais e eu. Um de nós era o lobo, e os outros dois eram ovelhas, mas você só sabia o seu próprio papel, nunca o dos outros. Fechávamos os olhos, o lobo escolhia a vítima e, quando abríamos de novo, tínhamos que adivinhar quem ele era. Só tínhamos uma chance para acertar.

Fuchai assentiu, me incentivando a continuar. Ainda fazia cafuné no meu cabelo, e o gesto era surpreendentemente agradável, tranquilizante — quase até demais. Senti as pálpebras ficarem cada vez mais pesadas.

— Minha mãe e eu costumávamos fazer uma aliança secreta — contei, ignorando o aperto no peito. *Não deve fazer mal compartilhar isso com ele*, argumentei comigo mesma. Não naquele instante. Ou talvez quisesse lhe dar algo verdadeiro, algo real; talvez achasse que merecia pelo menos isso. — Era uma piada interna entre nós. Não importava quem fosse o lobo, sempre acusávamos meu pai. Mas é claro que a gente conseguia perceber quando era ele, já que era um péssimo mentiroso, sempre começava a tagarelar quando ficava nervoso e batia os nós dos dedos na mesa. Mas quando meu pai suspeitava que eu era o lobo, tentava agir como se não soubesse. Não queria me acusar de nada, mesmo que eu fosse a culpada.

Um nó se formou na minha garganta. Engoli em seco e continuei:

— Mesmo que fosse só um jogo.

— Eles parecem maravilhosos — murmurou Fuchai.

— E você? — perguntei, ansiosa para desviar a atenção de mim. — Do que brincava quando criança?

— Não me lembro muito bem — admitiu. — Depois que fui declarado príncipe herdeiro… parei de brincar.

— Não deixavam mais?

— Não. — Ele hesitou. — Bem, não me incentivavam. Meus dias eram cheios de aulas sobre etiqueta real e afins. Mas, mesmo quando tinha tempo, as brincadeiras nunca eram divertidas. As outras crianças foram ensinadas a me temer e, por isso, não importava o que acontecesse, sempre me deixavam ganhar muito rápido. Às vezes, nas brincadeiras mais físicas, elas simplesmente se recusavam a participar, com medo de me empurrar sem querer, ou de me machucar e serem executadas por isso. E havia os criados, que me seguiam aonde quer que eu fosse e sempre intervinham se achassem que havia o menor risco de eu me ferir.

Cometi o erro de me virar para encará-lo. Seu rosto parecia doce sob a luz tênue, os cabelos bagunçados sobre os lençóis.

— Já que ninguém queria brincar comigo… bem, tive que inventar outras formas de me entreter. Se tomavam tanto cuidado de seguir a etiqueta, se estavam tão receosos de me desagradar, de vez em quando eu os repreendia pelo menor deslize e arrastava alguém para fora para ser punido. Só de tempos em tempos, para mantê-los sempre atentos, sempre cautelosos. Acho que *isso* era divertido, talvez um tipo de brincadeira. Que só eu podia jogar.

Fuchai disse aquilo como se fosse uma piada, em tom casual, mas havia tristeza em seu olhar. Um quê de solidão.

Já estávamos tão próximos que podia sentir seu peito subir e descer enquanto respirava, mas me aproximei ainda mais, colando meu corpo ao dele, até que nada mais nos separasse. Havia sonhado com isso desde a primeira vez que pusera os pés no palácio, mais de dois anos antes. Treinara para esse momento, para quando Goujian chegasse, para quando todos os guardas estivessem em suas respectivas posições, para quando os soldados de Yue — *nossos* soldados — marchassem pelos portões. Mas, de repente, me peguei pensando que talvez não fosse tão terrível assim adiar tudo por mais um dia. Só um dia, para que pudesse dar mais alguma coisa a ele. Para apaziguar minha culpa.

— Está tudo bem? — perguntou Fuchai, sorrindo, seus dedos longos deslizando pelo meu cabelo. — Não estou acostumado a você ser tão... afetuosa.

— Você se incomoda?

— Nunca.

— Mesmo?

— É lógico. — O rapaz fez uma pausa. — Isto aqui é... bom — disse baixinho. — Queria que pudéssemos ficar assim para sempre.

O peso em meus ombros aumentou. Sufoquei um bocejo.

— Xishi — acho que ouvi ele me chamar. — Xishi.

Estava cansada demais para responder.

— Hum?

— Nada, não. — Era possível ouvir o sorriso em sua voz. — Descanse, se precisar. Eu cuido de você.

Não me lembro de fechar os olhos. Mas mesmo quando a escuridão tomou conta de mim, ainda sentia o calor do corpo de Fuchai, o perfume noturno de sua pele — tudo que deveria me parecer estranho, mas que passara a conhecer tão bem quanto a palma da minha mão. Enquanto os tambores de guerra ecoavam ao longe, anunciando uma nova era, um novo amanhecer, lá estava eu, adormecendo nos braços do inimigo.

Alguém estava me sacudindo.

Abri os olhos, apertando as pálpebras. As velas haviam sido acesas, e o brilho avermelhado projetava sombras esquisitas e disformes nas paredes. Fuchai estava parado diante de mim. Mas foi sua expressão que me despertou por completo. Ele sempre carregava um ar despreocupado, como se nada no mundo merecesse sua atenção. Nunca o tinha visto daquele jeito: as mãos tremendo, os lábios cerrados em uma linha pálida. No mesmo instante, um toque de trombeta reverberou; não era a primeira vez. Passos apressados retumbavam do lado de fora dos aposentos, seguidos por gritos e o tinir de aço contra aço. Tudo parecia distorcido, a paz da noite irrompendo em violência. A trombeta soou de novo, como o grito de uma criança.

*Está acontecendo*, pensei, sentindo o sangue gelar e ferver ao mesmo tempo.

Fuchai ergueu a mão do meu ombro e a pousou deliberadamente no cabo da espada. Em seguida, sacou a lâmina da bainha, lançando um reflexo prateado e gélido que quase me ofuscou.

Prendi a respiração. Ele descobriu. Sabia que eu tinha planejado tudo, e me mataria por traição. Meus pensamentos estavam tão acelerados quanto meu coração. Talvez pudesse implorar por perdão, só para ganhar tempo — talvez pudesse me aproveitar dos sentimentos que ele ainda nutria por mim, pelo menos até os soldados de Yue chegarem.

— Xishi — disse ele, a voz grave, os olhos negros como carvão. Ele ergueu a espada.

— Eu... espera, Fuchai. — Minha voz ainda estava rouca de sono. Sacudi a cabeça freneticamente. — Espera... me deixa...

O rapaz avançou na minha direção. Meu corpo inteiro congelou, esperando a dor, o fim de tudo. Mas a lâmina sequer me tocou. Em vez disso, Fuchai me puxou para junto de si, envolvendo-me em um abraço firme, e inclinou a cabeça contra meu pescoço.

— Não tenha medo — murmurou. — Eu vou te proteger. Aconteça o que acontecer, não deixarei que encostem um dedo em você.

Fui inundada de alívio, mas logo senti uma onda de culpa. Então ele não sabia. Pelo menos, ainda não.

— O que está acontecendo? — perguntei, deixando que o medo restante transparecesse. — O que houve?

As portas se escancararam antes que o rei pudesse responder. Um guarda entrou correndo, a bochecha manchada de sangue e fuligem. Caiu de joelhos no meio do aposento e se curvou, o impacto ressoando pelo quarto.

— Vossa Majestade, o palácio foi cercado. Estão entrando pelos portões do norte.

— O quê? — Fuchai ainda me segurava. Senti os músculos de seus ombros se contraírem. — O que aconteceu com o general Yu?

*O pai da senhorita Yu*. Voltei a prender a respiração.

— Ao que parece, houve um... um confronto perto dos portões do sul. — Os dentes do guarda batiam uns contra os outros. Era um milagre que não tivesse mordido a própria língua. — Ele foi chamado para investigar, mas não temos certeza do que aconteceu. Tudo o que sabemos é que metade dos homens abandonou seus postos habituais...

— Isso não faz sentido — retrucou Fuchai. Mesmo sem ver seu rosto, consegui imaginar o espanto estampado em suas feições, o leve franzir dos lábios. — Como chegaram tão rápido?

— Eles vieram de barco. Pelo canal.

A comoção do lado de fora parecia crescer ainda mais em contraste com o silêncio em que mergulhamos; gritos cortavam a noite, ordens eram berradas pelos pátios abertos e corredores estreitos. Fachos de tochas passavam pelas janelas, seguradas pelos guardas que enviados um atrás do outro, as armaduras rangendo. O ar ficou quente demais, pegajoso demais, sufocante. Um cheiro de queimado impregnou minhas narinas.

Sem querer, meus dedos apertaram o braço de Fuchai, afundando no tecido de suas vestes.

— Precisamos fugir — exclamou, como se despertasse de um transe. Falava de forma clara, com uma calma fingida. — Aqui não é mais seguro.

*Não há para onde correr*, pensei, mas, é claro, não pude dizer isso. *Fanli deve ter colocado vigias em todas as saídas. Mesmo que consigamos escapar, ele mandará homens atrás de você e em poucos dias irão encontrá-lo.*

— A carruagem já foi preparada — avisou o guarda às pressas. Seus olhos continuavam a se mover em direção às portas. Os passos ficavam cada vez mais altos, vindos de ambos os lados. Ouvi o som de lâmina contra lâmina, gritos frenéticos, e então o baque de corpos caindo no chão. — Saiam agora e…

— Vossa Majestade!

As portas se abriram de repente, mas, dessa vez, foi um servo quem entrou cambaleando. Havia algo estranho nele, algo desproporcional. Meu estômago se revirou violentamente quando percebi o que era: a mão esquerda havia sido decepada. Reduzida a um coto mutilado. O sangue jorrava, encharcando o chão. Quando o homem se ajoelhou e se curvou, foi com apenas um braço. Ele vacilou, se esforçando para manter o equilíbrio, o rosto branco feito cera.

Mesmo àquela distância, o cheiro metálico de ferrugem chegou até mim. Achei que fosse vomitar.

— Por favor, não esqueça — implorou o servo, ofegante, cada palavra saindo a duras penas, o sangue borbulhando na garganta. Enfim o reconheci. Era o servo que dava o lembrete a

Fuchai. — Não esqueça... o último desejo... de seu pai... não esqueça... os Yue...

E então ele desabou. Fiquei olhando, sentindo um novo horror se espalhar dentro de mim, tal qual uma ferida se abrindo. Eu tinha causado aquilo. Era a mensageira da morte, da ruína de todos que estavam dentro daqueles muros.

Fuchai puxava meu braço. Sua voz soava perto do meu ouvido.

— Deixe-o. Vamos.

Atordoada, juntei as vestes ao redor do corpo, puxei o manto sobre a cabeça e o segui pela porta lateral, escoltada por um grupo de guardas. As pontas das alabardas brilhavam ao nosso redor feito uma constelação. Recusei-me a olhar para os rostos dos homens; logo, eles também estariam mortos. Alguém gritou ordens, palavras de alerta. *Vá direto para... O que quer que aconteça, não pare... Você estará segura...* Assenti por reflexo, a mente zunindo. Mas hesitei diante da saída. Ainda podia ouvir os prantos das criadas dentro do palácio. Será que nossos soldados as poupariam? Ou matariam todas?

Foi um choque perceber como havia refletido pouco sobre o assunto.

— Esperem — pedi. — Tragam Xiaomin com a gente.

Fuchai franziu a testa, confuso.

— Xiaomin?

— Precisamos ir, senhorita — insistiu um dos guardas. A gritaria aumentava, cada vez mais aguda, transformando-se em súplicas. — Não temos tempo...

— A criada — teimei. — Por favor. Certifiquem-se de que ela venha também.

— Façam o que ela disse — ordenou Fuchai, e foi só quando os guardas assentiram que permiti que me guiasse para fora.

O ar da noite ardia contra minha pele. Tinha um cheiro estranho, anormal, de metal, couro e suor de cavalo. De guerra. Estava tudo escuro demais para enxergar qualquer coisa —

sorte da minha consciência —, via apenas sombras densas se chocando. Era impossível distinguir inimigo de aliado. Mas, de tempos em tempos, as tochas bruxuleavam, lançando luz aos horrores ao nosso redor: um rosto jovem contorcido de dor; um torso perfurado por uma flecha, a carne rasgada até o outro lado; cabelos e armaduras empapados de sangue escuro; uma boca escancarada em um grito silencioso. Não importava para onde olhássemos, não importava quem estivesse lutando por quem, havia apenas *sofrimento*.

Meu estômago se revirou. E por quem lutavam? Goujian. Fuchai. Dois reis, nascidos para o poder, lados opostos da mesma lâmina. Um aguardando notícias da vitória em segurança, o outro fugindo.

Os soldados continuavam a entrar pelos portões, suas armaduras e elmos de bronze cintilando feito um rio escuro e sinuoso, que se estendia do começo ao fim do mundo. Vi o estandarte de Yue tremulando na mão de um homem que pisoteava a bandeira de Wu. Suor frio brotou na minha pele.

*É assim que os reinos caem*, pensei, mas não me senti tão vitoriosa quanto havia imaginado. Meu coração pesava demais, feito uma pedra.

Chegamos ainda mais perto da batalha, e então um rosto conhecido ardeu diante dos meus olhos. General Ma. Lutava contra cinco homens ao mesmo tempo, a espada cortando o ar. Por alguns instantes, parecia estar ganhando; enfiou a lâmina no estômago de um oponente, depois derrubou outro com um chute certeiro no joelho.

Estava puxando a espada de volta quando uma flecha atravessou seu peito.

Foi muito rápido: um piscar de olhos, um zunido de forma e som. Ele mesmo parecia não acreditar. Quando olhou para o cabo cravado em seu coração, estava com a mesma expressão de incredulidade de quando minha amiga o derrotou no duelo.

E, enquanto seu corpo caía em silêncio em meio aos outros, tudo que pensei foi: *Zhengdan deveria estar aqui para ver isso.*

— Atenção, senhorita Xishi — murmurou um guarda, erguendo o escudo sobre minha cabeça e me apressando, como se eu não tivesse acabado de ver alguém morrer. Ele tinha um rosto bondoso, bochechas roliças, olhos grandes e cílios longos. — Cuidado com onde pisa. Estamos quase lá.

Mal consegui ouvi-lo em meio à algazarra, ao choque de metal contra metal. Ao estalo dos ossos se partindo. Era como se me movesse debaixo d'água em um sonho, como se nada fosse real. Tinha sido treinada apenas para o que antecedia aquele momento, para o estopim, não para as consequências.

Então o guarda se engasgou. O branco de seus olhos brilhou.

Foi a única coisa que vi antes de o homem desabar bem ao meu lado, com uma lança fincada no flanco. Não tive tempo de reagir, nem de lamentar. Outro guarda ocupou seu lugar no mesmo instante, as costas voltadas para os soldados que vinham em nossa direção.

— Não tenha medo.

Fuchai segurou minha mão e não a soltou até que fôssemos escoltados sob a proteção de um corredor e, em seguida, para dentro da carruagem que nos aguardava. Os cavalos já arranhavam o chão com os cascos, bufando, a inquietação percorrendo seus músculos.

Puxei a porta com força, fechando-a atrás de mim no mesmo instante em que uma flecha disparou em nossa direção, cravando-se na madeira da carruagem. A ponta metálica atravessou o exterior e irrompeu na pintura vermelha interna. Não consegui desviar os olhos, presa por uma espécie de fascínio repulsivo, como se tivesse despontado da minha própria carne.

— *Vamos* — ordenou Fuchai ao cocheiro, e a carruagem arrancou, os cascos dos cavalos esmagando o chão.

Foi assim que fugimos na calada da noite. O Monte Guxu nos aguardava a sudoeste; tudo já estava preparado. Observei pela janela enquanto o palácio desaparecia atrás de nós e uma fumaça negra feito cinzas se erguia das belas câmaras e salões. O sangue tingia as paredes escarlate de um vermelho ainda mais profundo, e os soldados avançavam em ondas sucessivas, uma torrente interminável de lâminas e flechas. Se alguém me pedisse para descrever aquilo tudo, talvez dissesse que era esplêndido. Não como uma pintura ou um poema, mas como um desastre natural: uma tempestade, a vinda de um cometa. A intensidade da cena capturava o olhar e o mantinha ali, uma grandiosidade de tirar o fôlego. Quantos teriam o privilégio de testemunhar a história se desdobrando diante de si? Já conseguia imaginar os livros que seriam escritos sobre aquele dia, as histórias contadas ao pé da lareira. Mas também conseguia ouvir os gritos dos homens morrendo, os xingamentos que pareciam sussurrados bem ao meu ouvido, dirigidos a mim.

Eu tremia. Não tinha me dado conta disso até que Fuchai estendeu a mão do outro lado do assento e apertou meus dedos, imobilizando-os. Suas palmas eram lisas, quentes, sem uma única cicatriz ou calo. Nunca devia ter tocado em sangue antes, não diretamente. Sempre houve todos aqueles homens na corte, nos campos de treinamento, preparados para lidar com as tarefas sujas por ele.

— Vai ficar tudo bem — garantiu o rei, em uma voz baixa, reconfortante.

Mas não ficaria, e o peso desse conhecimento me sufocava. Não consegui evitar.

— Me desculpe — soltei de repente.

— Desculpar você? — Uma ruga sutil surgiu entre suas sobrancelhas. Fuchai se recostou naquele espaço escuro e apertado, cercado por almofadas bordadas. — Pelo quê?

Engoli em seco.

— Porque... porque os Yue estão atacando, e... e eu sou Yue.

Foi o mais próximo que pude chegar da verdade.

Fuchai me fitou por um longo instante. Longo o suficiente para me deixar nervosa. Então sorriu, com grande sinceridade, e murmurou:

— Sabe, se não tivesse dito isso, eu teria esquecido. A verdade é que há muito tempo a considero uma pessoa de Wu. Onde mais eu me sentiria em casa se não ao seu lado?

Retribuí o sorriso, mas abaixei a cabeça, mergulhando nas sombras para que ele não visse meus lábios trêmulos.

# CAPÍTULO VINTE E TRÊS

**O sol começava a se erguer** no horizonte quando chegamos ao topo da montanha. A última vez que estivemos ali fora apenas para fugir do calor do verão. Um pequeno aposento isolado havia sido construído na rocha, como um templo, mas sem os altares, sem a fumaça adocicada do incenso, sem os tapetes vermelhos para se ajoelhar. Ainda assim, o ar estava impregnado de preces.

Não restavam muitos de nós. Fuchai e eu entramos primeiro, seguidos por uma dúzia de guardas, alguns ministros que reconheci vagamente e um punhado de criadas, entre elas Xiaomin. A garota ainda vestia as roupas de dormir, uma fina camada de tecido branco envolta no corpo cambaleante. Lágrimas brilhavam em suas bochechas.

— Você está bem? — perguntei. Uma pergunta tola, mas não conseguia pensar em nada melhor.

— Minha irmã — sussurrou.

— O quê?

— Minha irmãzinha. — Xiaomin quase se engasgou, como se as palavras pudessem matá-la. — Ela ainda está em algum lugar dentro do palácio. Não consegui encontrá-la. Não consegui… não consegui salvá-la. Deve ter ficado tão assustada…

Dei um passo para trás, enjoada. Lembrei-me de quando montei no cavalo às margens do rio, deixando minha casa para trás. Naquela noite, imaginei que o mundo voltaria a se equilibrar, que a balança por fim se nivelaria na ausência de Susu. Isso era vingança. Isso era o que ela prometia. Mas o chão agora parecia oscilar violentamente, e tudo girava ao contrário.

Levantei a mão para consolar Xiaomin, mas logo recuei. Era bem capaz que a garota quisesse esfregar a própria pele até sangrar quando descobrisse o que eu tinha feito.

Em vez disso, obriguei-me a voltar para o lado de Fuchai. Ele dava uma olhada no aposento. A mobília era simples, escassa, feita apenas para fins práticos, não pela estética; não havia vasos encrustados de joias nem tapeçarias intrincadas, nada dos luxos aos quais um rei estava acostumado. Todos pareciam esperar por alguma coisa, mas eu não soube dizer o quê. Talvez que Fuchai matasse alguém, ou se matasse, ou que se jogasse no chão e chorasse.

Mas então ele tirou o manto de viagem dos ombros e pegou um jarro de vinho. Quebrou o lacre. Bebeu um gole.

— Esse não é tão bom — murmurou, mas continuou bebendo mesmo assim.

Percebi de relance os olhares que foram trocados, as perguntas feitas em silêncio, sem que ninguém tivesse uma resposta. *O que vem agora?* A criada ao lado de Xiaomin chorava baixinho, abafando os soluços com o punho. Os guardas exibiam expressões variadas de choque, medo, incredulidade. Eram homens que haviam sido ensinados a obedecer ao rei a qualquer custo, a colocar o reino sempre acima de si mesmos. E a maior de todas as perguntas pairava no ar: poderia haver um rei sem um reino?

— Fuchai — chamei.

— Venha sentar comigo — pediu, abaixando-se no chão até ficar de pernas cruzadas, como um aluno em sala de aula, dando tapinhas no espaço ao seu lado. Aproximei-me devagar.

— Fuchai — falei de novo. — Você está...

— Estou bem. — Ele limpou a boca com a manga, recostando a cabeça na parede cinza desbotada, os cabelos escuros caindo sobre os olhos. Imaginei como os espetáculos futuros que contassem sua história seriam todos tragédias, e senti uma lâmina pequena e afiada se torcer dentro do meu peito. — Escute, Xishi...

A respiração dele saía estranhamente entrecortada. Fitei-o, confusa, e então vi a mancha vermelha na manga esquerda. O tecido preto das vestes disfarçava bem, mas havia sangue suficiente para concluir que o corte não era recente.

— Você está ferido — concluí, franzindo a testa.

Esperei que Fuchai fizesse um biquinho, que chegasse mais perto de mim, que exagerasse a dor e pedisse conforto. Mas ele apenas balançou a cabeça, escondeu o braço atrás de si e bebeu um longo gole do jarro de vinho com a outra mão.

— É só um arranhão — disse, a voz despreocupada.

— Mas...

— Isso é importante — insistiu. — Apenas me escute por um momento, está bem? Isso é mesmo... uma revelação. Estive pensando no assunto, e decidi que nada disso importa.

— O quê?

— O reino. — Fuchai inclinou ainda mais a cabeça para trás, de olhos fechados. — A terra, os lagos, os templos. Todo o ouro, as estátuas divinas, as joias. Estou disposto a abrir mão de tudo... — confessou, um sorriso abrupto e intenso se abrindo em seu rosto feito um raio. — Desde que possa estar com você para sempre.

Fiquei olhando para ele. Nunca tinha imaginado aquilo. Uma coisa era saber que me desejava, que apreciava minha companhia, que admirava minhas danças, que ocupava um lugar em seu coração que poucas chegariam a ocupar. Mas o que Fuchai dizia naquele instante... Era perigoso o quanto se parecia com amor.

— Você não sabe do que está falando — consegui dizer.

— Sei, sim — respondeu, sincero.

— Você está bêbado.

— Estou sempre bêbado.

Isso não era mentira.

— Você é um rei — lembrei-lhe, observando o aposento, todos aqueles rostos soturnos, aqueles que haviam deixado suas casas e vidas para trás apenas para servi-lo. — O reino é seu por direito.

— Por acaso isso é um não? — Fuchai parecia mais inquieto do que quando os Yue estavam às portas do palácio. Colocou o jarro de lado e se inclinou para a frente, os olhos fixos nos meus. — Não deseja ficar comigo também?

As palavras ficaram entaladas na minha garganta.

Não sabia o que dizer, como explicar que nada daquilo importava de qualquer forma. Seria mais bondoso lhe contar outra mentira? Ou a verdade?

Fui covarde. Eu me esquivei da pergunta, escolhi a solução mais fácil.

— Podemos falar disso outro dia — respondi com delicadeza, sabendo que não haveria mais dias.

Primeiro ouvimos o som dos cascos. Distante, mas ficando mais nítido a cada segundo, subindo cada vez mais alto pela trilha da montanha. Em seguida, o retinir das armaduras.

— São reforços? — perguntou uma criada, cheia de esperanças, correndo até a entrada. — Talvez tenham vindo nos resgatar.

Fuchai já havia acabado com todo o suprimento de vinho disponível. Piscou diante do barulho, como se tivesse sido arrancado de um lugar longínquo. Então se levantou, se apoiou na parede com o braço bom e ordenou, com uma clareza repentina e surpreendente:

— Não abra a porta.

Tarde demais.

A criada recuou com um grito sufocado, e um emissário entrou marchando, cercado por soldados. Eram todos bem treinados, uma fileira impecável de homens em uniformes da melhor qualidade, os cabelos longos presos em coques pretos e lustrosos no alto da cabeça, a bandeira de Yue tremulando logo atrás. Comparados aos Wu, às criadas encolhidas, aos guardas exaustos com as túnicas em farrapos, aos ministros largados contra as paredes, sua supremacia era um fato visível, um escárnio. O ar pareceu se solidificar ao redor deles.

Ouvi o silvo de uma espada. Em dois passos, Fuchai se colocou à minha frente, erguendo o braço ferido diante do meu corpo, a lâmina apontada para o emissário. Alguém gritou.

Meu sangue se transformara em gelo. Havia me preparado durante anos para aquele exato momento, mas tudo acontecia rápido demais.

— Recuem — alertou Fuchai.

O emissário era um homem alto e esguio, com o rosto afilado como o de um falcão e o porte de um arqueiro. Parecia alguém que Fanli escolheria em meio a uma multidão, enxergando o potencial que os outros não viam. O sujeito encarou Fuchai com desprezo, olhando para a espada como se fosse um galho de árvore empunhado por um garoto.

— Você ao menos sabe lutar? — zombou.

Vi a cor subir pela nuca de Fuchai. No palácio, tudo e todos lhe pertenciam; ninguém jamais ousava desdenhar dele. Mas, quando falou, manteve a dignidade de um rei:

— O suficiente para arrancar sua cabeça.

O emissário soltou outro riso debochado, mas não sacou a própria arma.

— Não há necessidade. Vocês estão em menor número; até você deve ser capaz de enxergar isso.

Fuchai olhou ao redor do aposento em silêncio. Para cada guarda e criada de Wu que restava, havia pelo menos dois soldados de Yue, armados com lâminas reluzentes e escudos entalhados. As portas haviam sido bloqueadas, as janelas trancadas. Do lado de fora, o penhasco se estendia em uma queda livre, e a trilha traiçoeira da montanha exigia os melhores cavalos para ser atravessada.

— Mas não se preocupe — continuou o homem, dando uma volta despreocupada pelo lugar.

Parou apenas para abrir um leque com um estalo seco e segurá-lo diante do rosto, deixando à mostra somente os olhos frios, que pareciam estar se divertindo. Eu me perguntei se Fanli teria pedido que fosse o mais insuportável possível, só para esfregar sal na ferida. Mas, não, aquele não era o estilo dele... ser cruel sem propósito, pisotear um cadáver que já havia esfriado. Era mais o tipo de coisa que o soberano de Yue faria.

— Não vim atrás de briga, apenas entregar uma mensagem do rei Goujian.

— Goujian — repetiu Fuchai, com veemência. Sob a fúria sombria de sua voz, senti também o amargor da traição. Talvez tivesse de fato chegado a acreditar que os dois eram amigos. Pelo que o rei de Wu havia me contado, não parecia que tivesse muita experiência com amizades verdadeiras.

— Ele diz que pode mostrar clemência e poupá-lo. Se concordar em partir neste exato momento, o rei está disposto a providenciar sua viagem para Yongdong; lá, você receberá trezentas famílias que lhe servirão pelo resto da vida. Nunca precisará se preocupar em passar fome ou viver na miséria até a velhice; cuidaremos de tudo.

Meu coração martelava de forma quase dolorosa. Sabia que aquilo era mais uma provocação calculada do que um gesto de boa vontade, mas ainda assim... Uma parte fraca de mim desejou que Fuchai aceitasse. O palácio estava arrasado; o reino fora arrancado de suas mãos. Talvez ele não precisasse morrer também.

Não consegui ver seu rosto por completo, mas, quando falou, havia desdém em seu tom:

— Quanta generosidade. É só isso?

— Só isso — confirmou o emissário, sorrindo. Então seus olhos me avistaram por cima do ombro de Fuchai, e um lampejo de reconhecimento cruzou sua expressão. Senti o pulso latejar. — Ah, também havia uma mensagem para Xishi.

Tudo pareceu ficar completamente imóvel. Então, bem devagar, Fuchai se virou para mim, a confusão estampada no rosto.

— Como assim?

O que aconteceu em seguida surpreendeu até a mim. O homem se curvou profundamente, como só faria diante de um rei ou de um grande herói. Um a um, os outros soldados o acompanharam, um movimento crescente de colunas se dobrando e cabeças se inclinando em minha direção.

— O rei Goujian gostaria de parabenizá-la e agradecê-la por seus inestimáveis serviços ao Reino de Yue — informou o emissário, já livre da frieza ofensiva. Agora, falava com respeito, a voz carregada de sinceridade. — Sem a sua ajuda, nossa ressurreição jamais teria sido possível. Sua missão está concluída.

Todos os olhos recaíram sobre mim. Mas os únicos que eu conseguia enxergar eram os de Fuchai. Jamais me libertaria daquela lembrança; mesmo depois da morte, eu a veria, aquele momento de terrível compreensão, quando tudo fez sentido para ele. Uma mágoa feroz ardia em seu rosto, como se eu tivesse lhe desferido um golpe, como se houvesse enfiado uma lâmina em sua carne. O luto pelos vivos era o tipo de sofrimento que podia matar uma pessoa. A mão de Fuchai tremeu no punho da espada.

— Ele está mentindo — sussurrou.

— Não — obriguei-me a responder. Minha voz saiu surpreendentemente firme, como se não fosse minha. — Não, Fuchai. Eu é que estive mentindo para você.

Ele meneou a cabeça enquanto me encarava, apenas encarava e encarava. Parecia completamente incrédulo, agarrando-se a uma ferida que ninguém mais podia enxergar. Ninguém além de mim. Observei cada lembrança que compartilhamos ser vista de outro ângulo; cada palavra murmurada, cada toque gentil, cada promessa em voz baixa. Fuchai tremia.

— Desde quando?

— Desde o começo. — Deixei a resposta se assentar, chegar até seu âmago. — Foi o único motivo de eu ter vindo para cá. Para roubar seu coração e arruinar seu reino.

O tremor em suas mãos piorou.

— Então Zixu estava certo.

Não consegui responder.

O emissário rompeu o silêncio.

— Senhorita Xishi, pode se retirar agora. Cuidaremos do resto a partir daqui.

— Não. — A palavra saiu ofegante, áspera. Fuchai ainda me fitava com aquela expressão arrasada, devastada, os olhos negros feito uma noite de inverno sem lua. — Não, ainda não. Me diga alguma coisa, Xishi. Qualquer coisa. Não há... — Ele firmou a voz antes que falhasse. Sua mão estendia-se no vazio, agarrando o nada. — Não há nada que queira me dizer?

— Eu te odeio — sussurrei.

Havia imaginado aquele momento milhares de vezes. Na minha mente, proferia aquelas palavras como uma maldição, gritando-as enquanto esmurrava o peito dele. Observava com satisfação Fuchai desmoronar, e recitava cada crime que Wu havia cometido contra Yue. Todos os soldados abatidos, todos os homens perdidos, todas as casas esfaceladas. Zhengdan, a mão caindo inerte no chão. Fanli, a lâmina se torcendo cada vez mais fundo em seu peito. Todos os fantasmas famintos por vingança se erguiam em torno de mim em uma fumaça densa, esperando exatamente aquilo. E, ainda assim, minha voz saiu suave — não uma arma, mas uma canção. Não consegui invocar as chamas; estava entorpecida demais, afundando em sangue frio, na minha dor inigualável, no meu lamento inominável. Quanto sofrimento uma alma era capaz de suportar?

— O quê? — questionou Fuchai, como se não acreditasse, ou se recusasse a acreditar.

— Eu te odeio — repeti, de novo e de novo, como um mantra, uma prece. Como se tentasse me convencer daquilo. Precisava odiá-lo. Tudo o que havia sacrificado me levara até aquele momento. — Eu te odeio, eu te odeio, eu... *eu te odeio*... — A frase morreu na minha garganta enquanto eu respirava pesado, sem forças para continuar.

As pupilas dele se contraíram até virarem dois pontos pequenos. O rosto empalideceu. Então, para minha surpresa, Fuchai sorriu. Era de uma beleza estonteante, mas tudo estava errado.

— Ótimo — murmurou, dando um passo, os dedos estendidos como se fosse tocar meu rosto, do jeito que fizera centenas de vezes. Houve um ruído de movimento; o emissário e os soldados se retesaram, de armas erguidas, prontos para intervir. Mas fiz um leve sinal negativo com a cabeça. Éramos só eu e Fuchai: o rei inimigo, meu grande algoz, meu nêmesis de coração partido. — Pelo menos você admite que sente algo por mim.

Então, virou-se para o emissário e declarou, com calma e clareza:

— Diga a Goujian que agradeço a oferta, mas não será necessário.

O homem franziu a testa, sem entender. Mas eu compreendi. Meu corpo ficou preso ao chão; tudo que consegui ouvir foi o rugido violento do sangue correndo em minhas veias feito cem rios turbulentos, fluindo até as profundezas do mundo.

Fuchai ainda sorria para mim, com uma doçura dolorosa. Então, com a mesma suavidade com que alguém ofereceria um buquê de flores, um grampo de cabelo delicado ou a própria mão em casamento, ele me entregou a própria arma.

— Vá em frente.

— Eu... eu não posso...

— Se devo morrer, quero que que seja você a me matar. — O sorriso dele se alargou, como um lampejo de luz em meio a uma tempestade cinzenta, como o gelo derretendo nos primeiros dias da primavera. E ali estava a espada entre nós, o cabo virado para mim. Uma escolha. Um desfecho. — Quero que esta seja minha última lembrança.

— Fuchai...

— Por favor — pediu. — Não pode ser ninguém além de você.

Imagens irromperam no fundo da minha mente, um turbilhão de cor e som: Susu soltando o último suspiro, as rugas em torno da boca da minha mãe, o fogo devorando nossa aldeia, as rachaduras nas paredes que pareciam cicatrizes. A satisfação gélida no olhar de Fuchai enquanto observava Fanli sofrer, o sorriso mordaz e predatório se curvando em seus lábios.

Mas também seu rosto à luz da alvorada, quando acabava de acordar, ainda sonolento e tranquilo, já se virando para mim. Suas mãos segurando as minhas no inverno para aquecê-las. Seu riso quando eu o provocava, quando se inclinava durante uma reunião para me sussurrar uma piada interna. Seus palitinhos largando a fatia mais macia de carne de porco ou a tâmara mais doce na minha tigela antes da dele.

Como poderia perdoá-lo?

Mas como poderia odiá-lo?

Vi meus dedos se fecharem em torno do punho, como se minha alma estivesse saindo do corpo e me observando de cima. Vi minha mão se firmar duas vezes. Tremia tanto que quase deixei a espada cair. Era tão pesada que podia ter sido forjada de ouro ou jade puros. Vi meus braços se moverem.

Fuchai fechou os olhos, os cílios longos e escuros lançando sombras nas bochechas, inclinando um pouco a cabeça para trás. Quando a ponta da lâmina perfurou seu peito, ele estremeceu. Um som baixo escapou de sua garganta, mas Fuchai não tentou recuar. Apenas ficou ali, permitindo que eu enterrasse a lâmina em seu coração. Riachos de vermelho escorreram sobre minhas mãos, deslizaram pelos meus pulsos. Minha pele estava quente demais, úmida e pegajosa de sangue.

Havia sangue nos lábios dele também; uma mancha carmesim sob a luz tênue.

A história parecia prender a respiração enquanto nos observava.

O rei de Wu tombou, e então já não era mais um rei, mas um garoto, sangrando contra minhas vestes. Eu o segurei. Seus olhos se abriram lentamente e focaram em mim; exibia a mesma expressão que sempre me mostrara ao longo de todo o tempo que passamos juntos: do outro lado dos rios do palácio, sobre os pisos polidos de seus aposentos, sob a luz da lua. Não importava onde estivéssemos, Fuchai sempre era o primeiro a me encontrar, o último a desviar o olhar. Como se temesse que fosse desaparecer a qualquer instante, como fumaça levada pelo vento. Como se soubesse que, um dia, ficaria sem tempo. Sem chances.

— Xishi — chamou-me. Já estava fraco demais, com a respiração rasa, a voz apenas um sussurro sutil. Eu havia enterrado a lâmina por completo. — Me deixe... me deixe olhar para você direito.

Abaixei a cabeça, e meus ombros tremeram. Seu sangue se espalhava pelo chão ao nosso redor, brilhando sobre a pedra. Ele me encarou por um longo tempo, sem dizer nada, os cabelos negros espalhados pelo meu colo. Algo molhado caiu sobre seu rosto, vindo de cima. Lágrimas.

Por quem eu chorava? Talvez por mim. Talvez por ele.

Talvez por nós dois, pelas fronteiras do nosso destino. Enquanto Fuchai morria, finalmente consegui admitir: não queria perdê-lo.

Estávamos perto o suficiente para que eu sentisse os últimos batimentos de seu coração partido. Eu estava acostumada a ouvi-lo: a forma como acelerava e mudava na minha presença, sempre que sorria para ele, tocava seus cabelos ou simplesmente me aproximava. Agora, ouvia seu ritmo esmaecer, até o último e fraco pulsar.

Depois tudo ficou em silêncio.

Lembrava-me daqueles últimos momentos apenas em partes.

Alguém veio arrancar o corpo de Fuchai de meus braços. Mais tarde, me disseram que eu chorava e pressionava as mãos contra seu peito, como se pudesse estancar o sangramento, como se pudesse desfazer o golpe final. Outra pessoa me guiou montanha abaixo, e os soldados de Yue me seguiram, o brilho das espadas e lanças reluzindo feito escamas debaixo d'água. Tudo me parecia um sonho. *Você pode voltar para casa,* era o que me diziam. Mas, quando pensei em casa, minha mente ficou vazia. Era uma palavra estrangeira. Eu estava livre, sim. Minha missão havia terminado. Talvez pudesse atravessar o reino, percorrer todos os lugares onde as águas do rio tocavam a terra, ver os quatro mares. Mas já não sabia mais o que significava casa, muito menos onde ficava.

Então me pareceu que, de repente, havia à nossa frente uma vista grandiosa do reino. O sol brilhava, forte e ofuscante, e o rio sinuoso cintilava em ondas prateadas. O céu era de um azul tão profundo que parecia de mentira. Pássaros planavam sobre as casas esbranquiçadas, sobre as pequenas pontes e estradas aglomeradas, enquanto as montanhas se amontoavam ao longe, em camadas de um índigo cada vez mais escuro. Tudo sob o céu se abria diante de mim. Era estranho. Parecia *errado*, de uma forma vaga, mas inegável. Nas lendas, quando o monstro era morto, quando o inimigo caía, sempre havia algum sinal fora do comum, algum presságio raro anunciando o nascimento de uma nova era. Fuchai deveria ser o problema, e sua queda, a solução definitiva. Mas ele havia partido, e o mundo continuava exatamente o mesmo.

Minhas vestes ainda estavam endurecidas de sangue. Manchava a barra das mangas, tingia meus cabelos. Alguém me ofereceu um pano fino para limpar as mãos, mas recusei. Não disse nada, exceto...

— Onde está Fanli? — Minha voz saiu rouca, desgastada. Precisei repetir. — Onde ele está? Está seguro? Ele vem?

— Ele está auxiliando o rei Goujian nos assuntos do reino — veio a resposta por trás de mim. — Mas pediu que eu lhe entregasse isto.

O emissário me ofereceu um pergaminho. Com os dedos trêmulos, desenrolei-o. Era sua caligrafia elegante, e o tom conciso que eu conhecia tão bem:

*Encontre-me junto ao rio onde nos vimos pela primeira vez. E tome cuidado com...*

Franzi a testa para a mensagem, meu coração disparando. Tome cuidado com... *com o quê?* A lateral do pergaminho tinha se sujado durante a batalha e estava manchada de sangue. Levantei-o contra a luz do sol, mas tudo o que vi foram borrões vermelho-escuros escondendo as palavras por baixo.

Apesar do calor do dia, um arrepio percorreu minha coluna. Era como se meu couro cabeludo quisesse se desprender da cabeça.

*Tome cuidado...*

Por instinto, virei-me para examinar o caminho estreito, mas só vi os soldados murmurando entre si enquanto seguiam adiante.

— ... está morto.

Meu coração parou. Diminuí o passo e agucei os ouvidos.

— O ministro Bo Pi, de Wu? — perguntou outra pessoa, chocada. — Tem certeza?

— A notícia já se espalhou desde o palácio. Foi morto pelo rei Goujian.

Senti como se alguém tivesse me empurrado de repente. Um frio impregnou meus ossos.

— Com que justificativa?

— Por deslealdade, ao que parece. Algo sobre enganar o rei com conselhos ruins e colocar todo o Reino de Wu em perigo.

O outro soldado ficou em silêncio por um momento.

— Então ele é um homem justo, alguém que elimina todos os traidores, até mesmo os do inimigo. Deve ser um bom rei.

Quem estava em volta assentiu, mas meu sangue apenas gelou ainda mais. Eles não sabiam o que eu sabia. Todos os péssimos conselhos de Bo Pi, suas falcatruas, suas mentiras... tudo fora feito sob as ordens de Goujian. Nós dois éramos as maiores armas na corte de Wu, os olhos e ouvidos do rei. Matar o ministro justamente pelo que havia sido subornado a fazer era...

Um arrepio de inquietação fez minha pele formigar. *Está sendo paranoica*, raciocinei, forçando os dedos a relaxarem. *Isso não tem nada a ver com você*. Afinal, não importava a quem Bo Pi era leal, porque, no fundo, ainda era um homem de Wu, nascido e criado no reino inimigo. Fazia sentido que Goujian não confiasse no sujeito. Mas eu era diferente. Era de Yue, assim como o rei, assim como os súditos que jurou proteger. Ele deveria me reconhecer como um dos seus.

Andava me perguntando se Goujian algum dia apareceria para me agradecer pessoalmente, mas passei a achar melhor que nunca mais nos víssemos. Que ficasse com suas montanhas e lagos, seu reino e seu legado. Eu seguiria para meu rio na aldeia, onde a água sempre era fresca e doce, e olharia para a outra margem em busca de Fanli. Meu coração ansiava em vê-lo. Não faltava muito. Não demoraria até que tudo chegasse ao fim de verdade.

# CAPÍTULO VINTE E QUATRO

**Era a manhã seguinte** à nossa chegada ao sopé da montanha, depois de uma noite de descanso em uma estalagem próxima. Eu havia adormecido pensando na expressão de Fuchai quando cravei a lâmina em seu peito. Acordei encharcada de suor e tremendo. Depois que troquei de roupa e desci para comer, uma figura conhecida se ergueu para me cumprimentar perto da entrada. Não era o rosto que mais queria ver, mas meu coração disparou mesmo assim. O tempo pareceu se dobrar, e por um momento eu era apenas a garota do Chalé Canto do Rio outra vez, revivendo aqueles dias agradáveis e sem sangue, envolta na névoa da montanha, tocando guqin e recitando poesia.

— Luyi! — exclamei, esquecendo completamente a formalidade e correndo para envolvê-lo em um abraço. O rapaz cheirava a ferrugem e sal do mar, e a pele estava tão quente quanto areia sob o sol do verão.

Ele abriu um sorriso, sem se importar com os olhares de leve desaprovação dos soldados e hóspedes ao redor. Estava ainda mais alto desde a última vez que nos vimos, os ombros mais largos, um pouco mais bronzeado. Nunca tivera um irmão, mas, quando Luyi deu um tapinha nas minhas costas e riu contra meu cabelo, me perguntei se seria aquela a sensação.

— Ouvi dizer que você tem andado bem ocupada. Mudando o curso da história e tudo o mais.

Revirei os olhos ao me afastar.

— Como você está?

— Do mesmo jeito de sempre. À mercê dos pedidos irracionais de Fanli. Ele anda de mau humor desde que... — Luyi parou, disfarçando com um sorriso. — Bom, você verá por si mesma.

Dei uma olhada na porta aberta atrás dele. Não consegui evitar, embora já soubesse que Fanli estava com Goujian e que, em um momento crucial como aquele, com o reino trocando de governantes, ele não abandonaria os deveres de repente para vir me encontrar. Senti um aperto no estômago pela decepção.

Luyi percebeu.

— Ele bem queria estar aqui, você não faz ideia. E me pediu pessoalmente para levá-la de volta a Yue. Não confiaria sua segurança a mais ninguém.

Fazia uma eternidade que vinha escondendo meus verdadeiros sentimentos. Consegui esboçar um sorriso convincente.

— Obrigada. Mesmo.

— Não, eu que agradeço.

Luyi parecia sincero. Na verdade, a emoção pura em seu rosto era quase demais para mim. Engoli em seco e puxei o manto para mais perto dos ombros.

— Então, quando partimos?

Não sabia muito bem o que esperava quando enfim retornei à minha aldeia. Talvez que tudo estivesse irreconhecível. Talvez que nada tivesse mudado.

Mas fui recebida por uma imagem além de qualquer coisa que pudesse imaginar. Cada casa estava iluminada por lanternas coloridas, brilhantes feito fios de doces. Fitas decorativas tremulavam nas árvores. As estradas haviam sido niveladas, redesenhadas e alinhadas por completo: não havia mais pedrinhas soltas nem lama, apenas pedra lisa e uniforme. A arquitetura como um todo parecia melhor, as janelas restauradas, as portas encaixadas com perfeição nas dobradiças, as telhas novas e reluzentes.

Todos os aldeões estavam reunidos na entrada. Dezenas de rostos amontoavam-se, os olhos cintilando pelos sorrisos. Um banquete havia sido preparado como que do nada, com cordeiro assado, pato caramelizado e mingau doce salpicado com pétalas douradas de jasmim-do-imperador e goji.

— Que dia é hoje? Tem algum festival acontecendo? — perguntei a Luyi.

Ele riu.

— Não. Isso tudo é para você.

Fitei o espetáculo diante de mim, as refeições suntuosas, as decorações elaboradas, os rostos radiantes. A aldeia inteira banhada por um brilho alaranjado e quente. Era lindo. E completamente insuportável.

— Para... para mim? Mas por quê?

— *Por quê?* Incrível. Pelo visto, seu ego não cresceu muito durante o tempo no Reino de Wu, hein? — comentou Luyi, achando graça. Então, em tom mais sério, continuou: — As histórias se espalharam por todos os cantos. Eles sabem o que você fez, o que sacrificou. Você impediu uma guerra e salvou nosso reino. É uma heroína, Xishi.

*Uma heroína.* A palavra soou estranha, como se não tivesse nada a ver comigo. Não me sentia heroica. Na verdade, mal me sentia humana. Lembrei-me do calor pegajoso do sangue de Fuchai em minhas mãos, do peso do corpo inerte de Zhengdan sobre minhas pernas, de todas as noites passadas sozinha nos aposentos escuros do palácio. Quanto tempo levaria até que essas lembranças esmaecessem? Ou seria este mais um dos meus sacrifícios: carregar esses fantasmas comigo pelo resto da vida?

Então a multidão avançou, um por um, estendendo as mãos para segurar a minha, agarrar meu braço, apenas para me tocar, como se tivesse voltado transformada em uma lenda viva. Não caminhava — praticamente deixava que as pessoas ao meu redor me levassem, me passassem de uma família para outra.

— Obrigado.

— Você é tão linda, senhorita Xishi.

— Uma heroína.

— Como está crescida. Meu Deus, tem até o porte de alguém da nobreza.

— Da realeza!

— Devemos nossas vidas a você.

— Vou dar seu nome à minha primogênita.

— Eu darei à minha sétima filha.

— Você salvou a todos.

As palavras ecoavam em meus ouvidos, o desfile de cores oscilando diante dos meus olhos. Tentei agradecer de volta, embora não conseguisse nem ouvir minha própria voz em meio ao tumulto. O tempo todo, uma sensação esquisita persistia na minha nuca, como se estivesse sendo seguida. Já havia sentido isso várias vezes durante a jornada até ali, mas, sempre que me virava, não via ninguém.

A mensagem de Fanli voltou à mente, como um sino de alerta:

*Tome cuidado com...*

Então, de repente, o caos se dissipou, e as pessoas se afastaram feito ondas enquanto duas figuras avançavam. Minha atenção se restringiu aos dois.

E minha garganta queimou.

Estavam mais velhos, o que não deveria ser uma surpresa. A pele carregava as marcas do sol, o desgaste lento do tempo. O cabelo do meu pai estava quase todo branco, ralo nas têmporas.

Os olhos da minha mãe estavam mais fundos no rosto, e as rugas ao redor pareciam rachaduras na terra. Mas vestiam tecidos luxuosos, as faces coradas de saúde.

Minha mãe parou a um passo de mim e ficou me olhando. Estudou meu rosto como se tentasse encaixar muitas luas de memórias naquele único momento. Ela sorria e chorava ao mesmo tempo, e quando falou, não mencionou nada sobre heroísmo, sobre lendas belas, sobre sacrifícios. Apenas pousou a mão no meu ombro, restaurando o equilíbrio natural das coisas, e fez um som de desaprovação com a língua.

— Você está magrinha demais — ralhou, como se fosse qualquer outro dia. — Venha para dentro. Vamos comer.

E assim comemos a noite inteira, de volta à casa onde eu crescera. Deixei minha mãe se preocupar com minhas roupas, meu peso, meu cabelo; ouvi meu pai se gabar do trabalho que fez e de como nossos ancestrais estariam orgulhosos de mim. Eles ferveram um chá antigo que vinham guardando para o meu retorno e me mostraram os cômodos. Fanli tinha cumprido a promessa e ido além: tudo o que solicitei antes de partir havia sido restaurado, e estava ainda melhor do que imaginava. Os aldeões vinham em intervalos regulares, trazendo comida suficiente para uma semana, empilhando-a sobre as mesas e esticando o pescoço só para me ver. Estavam sedentos por histórias: como era o palácio, se as outras concubinas eram bonitas, se o rei era gentil ou cruel comigo.

Então a porta rangeu de novo, e a pessoa parada ali não compartilhava da alegria exultante dos outros. O rosto estava pálido, as maçãs do rosto fundas, os cabelos cobertos de branco. Seus olhos percorriam o ambiente com fome, com desespero. Demorei um instante para reconhecê-la, para conciliar a imagem daquela mulher abatida com a que costumava nos mandar para casa antes do anoitecer, que às vezes aparecia com cestos de ervas frescas, temperos e jarros de arroz doce fermentado. E quando me dei conta de quem era, perdi o chão.

A mãe de Zhengdan estava ali, procurando por ela.

Seu olhar afiado se fixou em mim, e a mulher avançou com dificuldade, empurrando os convidados como se não fossem nada.

— Onde ela está? — sussurrou. A voz estava quase inaudível em meio aos brindes, às jarras de vinho tilintando, às conversas se espalhando pelo cômodo. — Onde está minha filha?

Minha língua pesava feito pedra. Não consegui pronunciar as palavras, mas a mulher pareceu entender só pela expressão que fiz. Cambaleou para trás e se apoiou na cadeira mais próxima, a respiração rasa.

— Sinto muito — murmurei, sabendo que era inútil.

— Não. — Ela sacudiu a cabeça, furiosa. — Não, *ela* que deveria sentir. É igualzinha ao pai, aquela desgraçada, criança ingrata. Tão tola.

Por um momento, achei que a mulher fosse arrancar o sapato e atirá-lo do outro lado da sala, como fazia quando Zhengdan se esquecia de acender o fogão ou voltava da floresta com folhas emaranhadas nos cabelos. Mas apenas ficou ali, olhando pela janela.

— Ela derrotou o general Ma em um duelo — contei. — E nos ajudou a enganar o exército de Wu. Não teríamos conseguido sem ela.

— Que diferença isso faz? — murmurou a mulher, e eu já não sabia se ainda falava comigo. — O reino logo a esquecerá e seguirá em frente, mas eu não. Trocaram um rei por outro, mas isso... *isso* aqui é a vida real. — Ela apontou para a comida, as mesas, os aldeões. — Os homens lutam por tronos, poder, legado, mas para eles não somos mais que grilos e formigas, insignificantes, descartáveis. Continuaremos preocupados com o arroz, o molho de soja, o óleo, as três refeições do dia, como escapar do frio no inverno e do calor no verão, os buracos no telhado, a roupa de cama, os impostos. Que importa quem usa a coroa se nada disso mudará para nós?

— Mas... — Fiquei atordoada. — Mas o pai de Zhengdan... Seu marido foi morto pelos Wu. *Isso* não importa?

— Ele não foi morto pelos Wu — retrucou com dureza. — Foi morto pela guerra. Pela vontade dos reis.

Fiquei ali, encarando-a, abalada. Era como se algo dentro de mim, algo fixo e estável, de repente se soltasse. O ar ficou sufocante, os corpos apertados demais naquele espaço pequeno. Murmurei outra desculpa e me apressei em sair pela porta.

*Tudo vai fazer sentido de novo*, pensei enquanto descia pela trilha. Havia uma sensação crescendo dentro de mim, um pressentimento. Fanli dissera que me encontraria às margens do rio onde nos conhecemos. Se eu fosse naquele instante, ele estaria lá. Tinha certeza disso. E quando nos reencontrássemos, ele me contaria sobre os planos de Goujian para o futuro, uma vez que o homem havia garantido o trono. Eu voltaria a me lembrar por que era vital termos derrotado os Wu. Por que nossos reis eram diferentes. Por que a vida seria melhor a partir de então.

As estrelas crivavam o céu, pontas de agulha prateadas contra a escuridão. Segui a familiar canção do rio, meu coração um pássaro cujas asas batiam cada vez mais forte. As sombras se moviam no entorno. Um graveto estalou. Penas roçaram as folhas. Não andava pelo interior havia muito tempo. Esquecera-me de como a natureza preenchia as árvores, de como a noite podia parecer um ser vivo, respirando e respirando. Observando-me.

Um arrepio subiu pela minha espinha.

Ignorei e continuei descendo até a margem. A luz fria e branca da lua caía sobre a correnteza feito neve fresca, a água respingando nos seixos sarapintados como casca de ovo. O lugar estava vazio.

Deveria ter voltado naquele momento. Mas algo me obrigava a dar mais um passo para a beira do rio. Fanli viria. Era o que eu continuava dizendo a mim mesma. *Agora*. A qualquer segundo. Minha mente já avançava para dez dias depois, um mês, um ano: ele surgiria sob o luar e eu correria até seus braços, sentiria a suavidade de seus lábios nos meus. Contaria tudo o que vira e ouvira no palácio até que meu coração ficasse mais leve, a dor se abrandasse, e ele me ouviria com atenção, sem perder a paciência nem me interromper. Então velejaríamos pelo Lago Tai juntos, e para qualquer lugar além dele. Todas as guerras cessariam. Tudo estaria em paz. Talvez, quando nos cansássemos de viajar, pudéssemos abrir um negócio juntos, distribuir riqueza para quem precisasse. Nunca mais teria que esconder as emoções, nunca mais teria que medir as palavras. Só dançaria e cantaria quando quisesse, pelo puro prazer da música.

Algo se moveu atrás de mim.

Aconteceu rápido demais. Virei-me no instante em que me empurraram com tanta força que meus pés cederam. Caí no chão, arfando, as palmas das mãos se abrindo no impacto. Minha cabeça girava. *Não era para ser assim*, foi o único pensamento que consegui formular. Era o fim. Já devia ter acabado. Então por que…

Ouvi um assobio cortante pelo ar. A dor explodiu na parte de trás do meu crânio, e minha visão se encheu de estrelas. Esforcei-me para virar a cabeça enquanto meus olhos ficavam turvos. Um homem desconhecido pairava sobre mim. Seu rosto não me dizia nada, mas o símbolo costurado em sua túnica, sim. Era a marca do rei Goujian.

O mundo pareceu desmoronar.

O pânico subiu pela minha garganta feito um animal enlouquecido. Debati-me, tentando desesperadamente me erguer, mas não conseguia encontrar o equilíbrio. Havia apenas o ar frio ao meu redor, o rio, e aquele estranho. Ele segurava um pedaço de tecido. Um saco.

*Não.*

*Não, não, não...*

Abri a boca para gritar, mas nenhum som saiu. Então o tecido foi enfiado sobre minha cabeça, e não consegui ver mais nada. Mãos calejadas agarraram meus tornozelos. Já sabia o que viria a seguir. Cada nervo do meu corpo ardia, encolhendo-se só de pensar. Minha respiração saía rápida e entrecortada, tensa. Meus pensamentos se reduziram a dor e pânico puros. Estava ficando sem ar, sem tempo, sem forças. Senti as cordas se apertarem, tão ásperas que cortavam minha pele, pesadas com algo duro, como pedra. Eles iriam me afogar. Eles iriam me *afogar*. Eu iria morrer. E, mesmo assim, não parecia real, nem enquanto acontecia. Então veio a terrível sensação da queda, a gravidade cedendo sob mim.

A água estava congelante.

Invadiu minha boca, meus pulmões. Eu afundava, meus membros tão mortos e inúteis quanto pedaços de madeira, presos de cada lado do corpo. Meu peito parecia prestes a explodir. Estava em choque — quase chocada demais para sentir medo, que veio só depois, quando a escuridão me envolveu por completo. Não havia saída. Nenhuma chance de sobrevivência.

*Me ajudem*, gritei dentro da cabeça. Bolhas escaparam da minha boca. *Alguém me ajude.*

*Por favor.*

*Socorro.*

Mas ninguém surgiu para me salvar. A heroína deveria ser eu, mas estava completamente impotente, um espírito preso em um corpo frágil e mortal. O frio era insuportável.

Já conseguia sentir o corpo se dissolvendo, a pele perdendo toda a sensação. Naqueles últimos instantes, enquanto a água me engolia, apenas uma imagem se formou diante de mim.

Sequer era uma lembrança relevante. Apenas mais uma entre tantas manhãs no Chalé Canto do Rio. Fanli e eu estávamos sentados à beira do lago, observando a água parada, as flores de lótus flutuando na superfície. Ele tinha comprado uma romã no mercado e a descascava para mim, separando as sementes rosadas, reluzentes feito pequenas pedras preciosas. Conversávamos; sobre o quê, já não lembrava mais. Algo banal, sem importância. Mas eu rira e dissera o nome dele, despreocupada, sem pensar, e Fanli olhara para mim com uma doçura que me tirou o fôlego. A cena se repetia inúmeras vezes na minha cabeça, até se tornar a primeira e a última coisa que eu conhecia. Antes da jornada pelos rios, antes do sangue do rei manchar minhas mãos, antes da queda do reino. Quando tudo ainda parecia um conto de fadas, um mito romântico. Quando estávamos juntos e o ar era morno e nada doía.

# CAPÍTULO VINTE E CINCO

**Do outro lado do rio,** Fanli fitava a lua. O vento bagunçava seus cabelos, e as bochechas ainda estavam um pouco coradas depois de cavalgar a noite inteira.

Ainda não sabia que já era tarde demais. Que se tivesse chegado apenas alguns minutos antes, teria me visto e me salvado. Mas talvez fosse pedir muito. Já salvara minha vida uma vez naquelas mesmas margens. Ninguém sob o Céu tinha tanta sorte a ponto de viver o mesmo milagre duas vezes.

Fanli também não sabia que eu estava ali, a poucos centímetros de distância, observando-o enquanto ele me procurava. Não tinha certeza do que eu era no momento, do que me tornara. Talvez fosse um fantasma. Já tinha ouvido lendas sobre isso: eram aqueles que morriam com assuntos inacabados, com raiva ou tristeza tão profundas que os impediam de seguir para as Fontes Amarelas do submundo.

A lua se erguia no céu. Um vento frio percorria as árvores.

E ele esperava.

O véu negro da noite começava a se dissipar quando Fanli sentiu que havia algo errado.

Um galho estalou às suas costas.

Ele se virou tão rápido que tudo o que vi foi um borrão escuro de movimento, as árvores encolhendo-se ao seu redor. O rosto estava tomado metade de esperança, metade de horror. Mas não fui eu que ele viu.

Foi Luyi.

— Onde ela está? — questionou Fanli.

O outro rapaz balançou a cabeça. Não conseguia falar. Temia o olhar desesperado do amigo, a aspereza em seu tom. Mesmo em batalha, Fanli sempre fora a personificação da calma, inabalável diante da morte.

Ele deu um passo à frente, o olhar negro como breu.

— Onde ela está? — repetiu, mais alto.

— E-eu não sei — conseguiu responder Luyi. — Disseram que a viram indo em direção ao rio, mas já faz horas e… — Em uma voz baixa, tomada pelo medo, completou: — Achei que ela pudesse ter ido até você.

Fanli congelou. Era uma das pessoas mais inteligentes que eu já havia conhecido, com uma mente que trabalhava três vezes mais rápido que a de um homem comum, conectando fios invisíveis para a maioria das pessoas. Eu o vi se dar conta antes de qualquer um. Seus dedos se fecharam em punho; quando voltou a abrir as mãos, forçando-se a relaxar, a palma estava marcada por pequenos semicírculos ensanguentados.

— Vasculhem toda a aldeia — ordenou, a voz rouca, carregada de ameaça. — Cada canto, cada trilha, cada casa.

— I-isso pode levar tempo — gaguejou Luyi. — Não temos muitas pessoas. A maior parte dos aldeões é velha demais para caminhar longas distâncias.

— Usem os soldados.

Luyi o encarou. Depois de um longo silêncio, murmurou:

— Mas achei que não deveriam ser usados para fins pessoais… Não vai se meter em problemas com… — O rapaz se interrompeu ao ver a expressão sombria de Fanli. Era o olhar de um homem prestes a se jogar em uma fogueira. — Sim, eu... vou fazer isso agora mesmo...

— Espere. — Havia um nó na garganta de Fanli. Ele inspirou fundo, se recompôs. Engoliu em seco. Por fim, falou tão baixo que o outro precisou se inclinar para ouvi-lo: — E procurem nos rios.

Ao amanhecer, meu corpo enfim foi retirado da água.

Uma pequena multidão silenciosa se reuniu às margens do rio. Uma criança, sem saber o que estava prestes a ver, avistou meu cadáver e irrompeu em soluços altos e inconsoláveis.

A morte não sabia o que era sentir piedade; roubara de mim toda a beleza. A pele estava inchada, começando a se desprender, com veias escuras percorrendo a superfície feito os riachos nas montanhas. Marcas vermelhas profundas estavam gravadas nos pulsos e tornozelos por causa da corda. Mechas de cabelo negro e encharcado grudavam nas bochechas como algas marinhas. Os lábios estavam sem cor e rachados, os olhos fechados.

Fanli emitiu um som que eu não imaginava que um homem mortal era capaz de fazer.

Os que observavam tiveram o bom senso de se afastar. E não podiam ter feito isso em melhor hora. Ele caiu de joelhos ao meu lado, embalando meu corpo sem vida. Nunca chorara antes, nem mesmo quando fora capturado pelos Wu e tivera as costas dilaceradas. Mas, naquele instante, chorou, os ombros tremendo.

O mais completo silêncio pairou no ar. Até mesmo os pássaros pararam de cantar.

— Fanli, por favor... — tentou falar Luyi, dando um passo à frente. Foi muito corajoso por isso; duvidava que qualquer outra pessoa ousasse dizer uma palavra. — Vamos descobrir o que aconteceu. Talvez a correnteza a tenha arrastado... talvez tenha sido um acidente...

Fanli me apertou contra si, seus cabelos se soltando do coque e caindo sobre os ombros, roçando em meu rosto. Quando abriu a boca, a voz estava rouca como a de um homem morto, alguém que já perdera tudo o que havia para perder. Os olhos estavam vermelhos feito sangue.

— Não foi um acidente.

Ele havia tentado me avisar. *E tome cuidado com o rei Goujian.* Mas errou nos cálculos; achou que Goujian esperaria mais para agir. Achou que teríamos mais tempo.

Um arrepio percorreu a multidão.

Luyi encarou o amigo, incerto.

— O-o que você quer dizer?

Mas Fanli não o ouviu, ou não se importou. Ele se voltou para mim e acariciou meu cabelo com delicadeza — tanta delicadeza —, afastando-o de meu rosto arruinado, como se temesse me machucar. Não deixou que ninguém mais se aproximasse. Não disse nada. Apenas permaneceu ali, ajoelhado sobre a terra fria e úmida, segurando meu corpo enquanto o rio continuava correndo, sempre em frente.

Um dia se passou. Dois. Três ciclos inteiros da lua expulsando o sol, enquanto o luto o enlouquecia. Não comeu, não bebeu, não dormiu, e recusava qualquer companhia, qualquer conforto.

— Você precisa se cuidar — disse Luyi com cautela, certa manhã. Dava para ver que havia ensaiado aquelas palavras inúmeras vezes, tentando encontrar a combinação perfeita. Mas era nítido que nada jamais seria suficiente. — Por favor, Fanli — continuou, a voz baixa, suplicante. O outro não respondeu. Talvez Luyi tenha confundido isso com encorajamento, porque prosseguiu: — Isso não pode continuar assim. Ela não iria querer...

Foi como se Fanli tivesse sido trazido de volta à vida, atingido por um raio. De repente, ele se moveu, veloz como uma serpente, e em um piscar de olhos imobilizou o amigo no chão, fechando a mão com firmeza ao redor de seu pescoço.

Luyi arregalou os olhos. Ele se debateu inutilmente, espalhando poeira. Fanli pressionou ainda mais os joelhos contra as laterais da barriga do rapaz, prendendo-o com o corpo.

— Fanli... *pare*... você pirou... enlouqueceu comple...

— Não ouse mencioná-la de novo — murmurou Fanli com uma violência branda, as pupilas dilatadas. — Não presuma que sabe o que ela iria querer. Você não tem como saber. Nenhum de nós jamais saberá.

Ele deixou Luyi se contorcer por mais um tempo, até a pele sob seus dedos ficar branca feito cera, antes de enfim aliviar o peso sobre o corpo do amigo e soltá-lo. Luyi se sentou de súbito, tossindo e arfando.

— Fanli — chamou em um engasgo, quando enfim conseguiu falar. — Converse comigo. Pode me bater, se isso fizer você se sentir melhor. Eu não... — Ele fez um gesto impotente com as mãos vazias. — Odeio te ver assim.

Fanli nem sequer levantou o rosto.

— Eu me arrependo.

Luyi se enrijeceu.

— O quê?

— Eu me arrependo — repetiu, a voz áspera após tanto tempo em silêncio. — Nunca deveria tê-la treinado. Nunca deveria tê-la deixado ir para os Wu.

— Mas... ela salvou o reino — disse Luyi. — Salvou a todos nós. Vai ser lembrada como uma heroína.

Devagar, Fanli ergueu o olhar. Seu rosto estava vazio, atormentado, os olhos negros como a noite mais escura. Luyi estremeceu.

— E quem estava lá para salvá-la? — sussurrou Fanli.

O amigo pareceu não encontrar uma resposta.

Então Fanli riu, uma risada feroz. Riu até que as lágrimas escorressem por seu rosto.

— Engraçado, não é? Eu costumava sonhar em mudar o mundo. Em trabalhar pelo bem maior. Mas de que vale o mundo se ela não está mais aqui?

Naquela noite, Fanli aceitou uma tigela rasa de mingau de painço. Devia estar faminto àquela altura, mas bebeu como se não tivesse gosto algum, como se fosse apenas ar. Apenas sustento, nada mais. Observei o alívio se espalhar pelo rosto de Luyi. Acreditava que o amigo estava começando a se recuperar. Que talvez superasse a situação e voltasse a ser quem era antes.

Mas eu o conhecia bem demais.

Desesperada, eu o visitava em sonhos. Era o único lugar onde podia ir para que me visse.

Estávamos em um campo aberto, cercados por dezesseis quilômetros de pessegueiros em flor. Pétalas de um rosa vibrante brotavam dos galhos finos. Duas borboletas brancas esvoaçavam pelo céu azul, entrelaçando-se no ar.

Ele usava as mesmas vestes do dia em que nos conhecemos. O sol nascia às suas costas, delineando seus contornos afiados com a luz dourada.

— Fanli — chamei, dando um passo à frente. — Preciso falar com você.

Ele levantou o rosto para mim, a esperança exaltada, a incredulidade e a dor estampadas em cada traço, e vi sua respiração falhar.

— Xishi?

Não tive nem tempo de responder quando algo relampejou em seu olhar e ele agarrou meu pulso, puxando-me para a frente. Meu corpo colidiu contra o dele. Então seus lábios encontraram os meus, firmes, desesperados, enquanto os dedos se enfiaram no meu cabelo. Parecia... real. Maravilhosamente, absurdamente real. A maciez da boca dele, o calor que emanava de sua pele à medida que o beijo se aprofundava, a mão apertando minha cintura, puxando-me para mais perto, até não restar espaço algum entre nós.

— Eu devia ter feito isso há muito tempo — murmurou contra minha boca.

— Fanli... — consegui balbuciar, até que ele me beijou de novo, com mais força do que antes, como se fosse tudo o que sempre quis, como se fosse enlouquecer se não fizesse aquilo. Senti o pulso dele vibrar sob a pele, a respiração descompassada, os pequenos tremores que percorreram seu corpo.

Quase cedi. *Deixe ele me beijar até acordar,* pensei, atordoada. *Deixe que faça o que quiser.* Mas então me lembrei do porquê queria falar com Fanli e, com todo o pouco autocontrole que ainda me restava, eu o afastei.

Foi um empurrão leve, mas ele se encolheu e me olhou, a dor tão escancarada no rosto que precisei me segurar para não voltar atrás, para não agarrá-lo pelo colarinho e puxá-lo de volta para mim.

— Não posso fazer isso nem mesmo em meus sonhos? — perguntou. — É só isso que me resta agora.

— Concentre-se, Fanli — disse, forçando a voz a endurecer, mesmo com o aperto profundo e inominável no peito. — Isso é importante.

— Nada é mais importante do que você — falou, como se nunca tivesse tido tanta certeza de algo na vida.

Palavras tão doces. Teria dado metade de minha alma para ouvi-las quando ainda estava viva.

— Eu sei o que planeja fazer — continuei. — Sei que vai atrás de Goujian.

Ele ficou imóvel.

— Como você...

— Estou certa, não estou?

Fanli não se preocupou em negar.

— Vou matá-lo — declarou, com uma violência rápida e fria, tão diferente de quem ele era. — Vou garantir que sofra. Vou arrancar cada um de seus membros e jogar seu coração para os lobos. Arrancarei tudo o que ele tem.

— Não pode fazer isso, Fanli — sussurrei. — Ele é o rei.

O rosto dele estava duro como pedra, inabalável. Imaginei-o sozinho no topo de algum penhasco íngreme, olhando para as águas revoltas do oceano, distante demais para que alguém o alcançasse.

— É por causa dele que você está morta.

— O reino irá mergulhar em caos — expliquei. Senti que ele começava a despertar, e o cenário onírico se desfazia ao nosso redor. As pétalas mais próximas murcharam e ficaram cinza. Não tinha muito tempo. Com mais urgência, continuei: — *Os dois* reinos. Tudo o que fizemos terá sido em vão. Todos os que perdemos, cada sacrifício... todas as pessoas cujas vidas protegemos. Elas merecem conhecer a paz.

Ao ouvir isso, seus olhos se voltaram para mim.

— Você é boa demais — comentou, a voz carregada de dor. — Eles não te merecem. Nenhum deles. Nem eu.

— Isso não é verdade. Também tenho meus planos de vingança. Só não quero que você se machuque.

— Mas...

— Se deseja fazer algo, então trabalhe contra Goujian em segredo. Use sua inteligência para ajudar o povo, para transformar o reino de formas que o rei jamais faria. Distribua riqueza aos pobres, apoie-os como apoiou Wuyuan, crie oportunidades para os que sofrem. Isso é o que importa.

Tudo me atingiu com uma clareza desnorteante, forte o suficiente para me tirar o chão. Vi o mapa de Wu, de Yue e de todos os reinos fragmentados, as marcas que delimitavam cada território, as estradas que memorizei tão bem que poderia desenhá-las de olhos fechados. Pisquei, e, dessa vez, os contornos se desfizeram feito marcas na areia, apagadas pelas ondas. No lugar deles, surgiu o palácio vermelho, com seus telhados dourados e salões vazios, erguendo-se imponente sobre todos os litorais, vilarejos e ruas.

Era a isso que a mãe de Zhengdan se referia quando disse *a vontade dos reis*. A ordem divina dos céus, o direito natural de governar; aquilo que nos ensinaram desde crianças, que fomos treinados para aceitar sem questionar. Mas o rei Goujian não era a resposta para a paz. Nenhum deles era. Enquanto continuássemos colocando homens mortais em tronos e os reverenciando como deuses, sacrificando nossas vidas para alimentar seus legados, a história continuaria se repetindo. Assim como as marés sob a lua avançavam e recuavam, impérios surgiam e caíam, guerras começavam e terminavam, e o resto de nós ficava para lutar contra a corrente.

Se ao menos tivesse percebido antes.

Se ao menos pudesse voltar no tempo.

Fanli ergueu a mão e a encostou de leve na minha bochecha. O céu se curvava acima de nós. Um vento varreu as árvores, arrancando as pétalas dos galhos. A imagem dele vacilou diante de mim, tal qual tinta se dissolvendo na água, e senti minha própria presença se esvaindo, como se um vento forte também estivesse me puxando para longe.

— Me prometa — pedi, minha voz já se desmanchando, fraca demais. Só pude torcer para que ele se lembrasse ao acordar.

Fanli despertou com um sobressalto, arfando, como alguém que acabara de emergir da água. Lembrava-se do sonho apenas em fragmentos, mas sabia que estive lá. À luz violeta do amanhecer, era como se tivesse me perdido outra vez. Ele enterrou o rosto nas mãos, chorando em silêncio.

Depois se levantou, prendeu o cabelo em um coque alto, afiou a espada. Era uma lâmina nova para substituir a que me dera de presente, marcada por centenas de traços finos e paralelos ao longo do metal. Eu também choraria se tivesse um corpo físico ou olhos para derramar lágrimas. Aqueles traços contavam os dias desde que parti. Uma contagem regressiva até a data exata do meu retorno. E da minha morte.

*Fanli.* Estendi a mão em sua direção, mas foi inútil. Era tão sólida quanto a brisa, e passei direto por seu corpo. *Por favor. Não faça isso.*

Ele prendeu a espada ao cinto e partiu para a capital.

Ao chegar ao palácio, não se deu ao trabalho de cumprimentar os guardas nem de esperar um convite para entrar. Simplesmente passou por eles, usando a espada para afastar as alabardas e os escudos erguidos como se fossem apenas ervas daninhas em seu caminho. Então marchou direto para o salão, onde Goujian estava sentado em seu novo trono de ouro.

Certa vez, Zhengdan dissera que ele não tinha a aparência de um rei. Mas, naquele momento, parecia um verdadeiro soberano, majestoso e distante, com a coroa bem posicionada na cabeça, o manto de seda cintilando ao redor. Por um instante inquietante, quase o confundi com Fuchai.

Goujian ergueu os olhos ao ouvir a confusão e arqueou as sobrancelhas. Os guardas se esforçavam para seguir Fanli, alguns ainda tentando contê-lo à força, outros se ajoelhando para pedir desculpas.

— Deixem para lá — ordenou o rei, dispensando todos com um gesto. — Podem sair. Quero falar com meu ministro em particular.

Um dos guardas hesitou.

— Tem certeza, Vossa Majestade? Ele parece…

Não havia necessidade de terminar a frase. Fanli parecia pronto para derrubá-lo com um único golpe.

Mas Goujian apenas sorriu com complacência e balançou a cabeça.

— Não, não. Eu o conheço bem. Não vai me machucar.

Assim que as portas se fecharam com um estrondo, Fanli atravessou o piso de mármore até ficar frente a frente com o rei. Se eu fosse Goujian, estaria nervosa. Não havia nada entre os dois, nada que pudesse impedir um golpe direto no coração.

As sobrancelhas do rei se ergueram ainda mais. Ele cruzou os braços devagar e encarou Fanli como um tio olhando para um sobrinho travesso, em partes entretido, em partes impaciente.

— Você parece bastante incomodado, Fanli. Aconteceu alguma coisa?

Quando o rapaz se pronunciou, sua voz saiu baixa, quase contida, brutalmente fria — capaz de congelar um rio em plena primavera:

— Por que a matou?

Percebi o mais sutil sinal de desconforto na expressão de Goujian. Sem dúvida, seu ministro mais estimado nunca falara com ninguém daquele jeito antes, muito menos com ele. Ainda assim, o rei soltou uma risada baixa.

— É senso comum, não acha? Ela já tinha cumprido seu propósito.

De repente, lembrei-me das palavras de Zixu, como se viessem de centenas de quilômetros de distância: *Quando todas as lebres são capturadas, os cães de caça viram banquete.*

Os dedos de Fanli se fecharam com mais força em torno da espada. Eu não sabia dizer se Goujian percebeu. Imaginei que não, ou já teria fugido na direção oposta.

— Ela abriu mão da própria felicidade pelo reino. Só se importava com… — A voz dele ameaçava falhar. Fanli continuou, com a aura terrível e determinada de um assassino: — Só se importava com a paz. Ela fez tudo certo. Era a melhor de todos os homens e mulheres. Nunca seria uma ameaça para você.

— Ah, mas ela era, sim, quer você admita ou não. — Goujian deu de ombros. — Use essa sua mente afiada e pense por um momento: se a beleza dela foi suficiente para derrubar o reino inimigo, quem garante que não faria o mesmo com o meu? Melhor agir rápido e não cometer o mesmo erro daquele tolo do Fuchai.

Fanli ficou em silêncio, o rosto inclinado para baixo, a expressão mergulhada na sombra. Estava tremendo dos pés à cabeça.

— Está triste, Fanli? — Goujian deu um passo à frente e bateu de leve na bochecha dele, duas vezes. — Sabe, parte de mim suspeitava que os boatos sobre você eram exagerados, que não poderia ser realmente desprovido de desejo. E seu interesse por ela sempre pareceu... bem, ir além do que seu dever exigia.

Fanli continuou calado.

*Pare de falar*, gritei para Goujian, minha voz se dissipando no ar. Minhas unhas o arranharam, mas é claro que não fizeram diferença. *Pare de torturá-lo.*

— Não há motivo para chorar — continuou o rei. — Concordo que era bela, mas agora sou o legítimo soberano dos dois reinos. E já que agora conheço melhor seus gostos, posso te dar quantas concubinas quiser, escolhidas nos melhores bordéis da capital. O suficiente para encher uma casa inteira. É só escolher. — Ele riu, alto e sem reservas, o som ecoando pelo enorme salão. — Aposto que vai ficar tão entretido que nem vai se lembrar dela...

Fanli atacou sem aviso. Sua mão se fechou ao redor do braço de Goujian com a força da garra de uma águia e o torceu. O estalo do osso se quebrando reverberou no silêncio mortal. O rei abriu a boca para gritar, o rosto contorcido de dor, mas Fanli o deteve, apertando seu rosto e forçando a mandíbula a se fechar.

Então, o rapaz hesitou.

Seus olhos passaram da espada para a figura do rei, que se debatia. Sempre fora mais forte, mais inteligente e mais rápido do que o sujeito. Só a lealdade o impedira de usar isso a seu favor, colocando suas habilidades a serviço do reino.

*Por favor*, implorei. *Não.*

Os segundos foram se arrastando. O compasso de um batimento cardíaco, depois outro. Um músculo se enrijeceu no maxilar de Fanli. Por fim, ele afrouxou um pouco a mão e sacou a espada, mas não a ergueu.

— Poderia matá-lo se quisesse — declarou com calma, enquanto Goujian gemia e se esforçava para respirar. — Mas não vou. Só porque ela não ficaria feliz se fizesse isso.

— Você... — balbuciou Goujian. Estava caído no chão, agarrando o braço torcido em um ângulo grotesco, quebrado pelo menos duas vezes, com estilhaços de osso perfurando a pele nos lugares errados. — Você esqueceu... que sou seu rei? Eu... tirei você da obscuridade. Daquela aldeia miserável de onde veio. Vi seu talento quando ninguém mais viu. Você não seria nada, *nada*... se não fosse por mim.

— Tudo que sei — disse Fanli, com uma expressão cortante feito uma lâmina — é que ela vale mais do que você jamais poderia sonhar em valer. Se matá-lo pudesse trazê-la de volta, sequer hesitaria.

Goujian abriu a boca, talvez para gritar, talvez para xingá-lo. Mas Fanli avançou, pisando com firmeza no braço ferido. Um gemido terrível, como o de um animal sendo esfaqueado, escapou dos lábios do rei.

— Ah, e caso ainda não tenha entendido — acrescentou Fanli ao sair, com as vestes manchadas de sangue real e o olhar fixo nas portas —, arranje outro ministro. Estou me demitindo.

Um fragmento da minha alma permaneceu no palácio. Apenas um pedacinho, mas o suficiente.

Não podia ferir Goujian fisicamente no mundo dos mortais, mas isso não significava que não tinha outros meios. Naquela noite, ele caiu em um sono inquieto e doloroso. Despejei toda a minha raiva, despeito e sofrimento em seus sonhos, preenchendo-os com sombras escuras, imagens do meu rosto, meu olhar perfurando sua carne. Os olhos dele se abriram em um sobressalto, o travesseiro encharcado de suor. Sentia uma dor terrível e lancinante no braço, cujos ossos foram precariamente colocados de volta no lugar pelo médico do palácio — mas não fora por isso que despertara. Ele tinha a sensação de que a água de um rio subia até sua garganta, o gosto salgado se espalhando feito sangue em sua língua. Goujian olhou em volta, frenético, a mão ilesa apertando os lençóis. Por um instante, pareceu quase tresloucado.

— Xi-Xishi? — sussurrou, como se tivesse visto um fantasma.

Não respondi, apenas envolvi sua garganta com minha mão espectral. Era como se alguém o tivesse coberto de gelo: seu corpo inteiro estremeceu, e Goujian passou o resto da noite se revirando na cama, atormentado pela lembrança do pesadelo horrivelmente vívido em que afundava em um rio, da escuridão e do frio, do ardor nos pulmões.

Era o mesmo sonho que teria na noite seguinte, e na outra depois dessa. Afogando-se sem fim. Sempre aterrorizante, sempre real demais, até que despertasse a cada manhã com os olhos vermelhos e um tremor incontrolável nas mãos. O rei se encolhia ao menor ruído, via espíritos nas sombras. Sempre que passava pelo rio, jurava ouvir o lamento de uma garota. Na corte, disfarçava bem o medo, mas sucumbia à histeria quando estava sozinho, ao pavor que lhe inquietava os ossos.

Eu era apenas um dos muitos que iriam assombrá-lo até o fim de seus dias. Todos aqueles que morreram por sua causa, por sua culpa, pelas suas mãos.

Não lhe daria paz. Não o deixaria esquecer.

Fanli retornou ao rio.

Carregava meu corpo nos braços com o mesmo cuidado de quem segurava porcelana. O crepúsculo já caíra, as nuvens se espalhavam pelo céu em tons de rosa e roxo, e os últimos raios de sol afundavam na superfície da água. Trouxera consigo uma pá e uma jarra de vinho. Rasgou o selo carmesim, inclinou a cabeça para trás, expondo a garganta ao ar frio, e bebeu sozinho.

— Xishi — disse, a voz suave e ligeiramente arrastada. Ele fitou aquela coisa quebrada que costumava ser meu corpo. A sensação era sempre a mesma da primeira vez: o raio fulminante da dor, o choque do luto. — Você deve me odiar — murmurou, agachando-se ao meu lado e envolvendo meus dedos ressequidos com os seus, lisos e esguios. Seus olhos escuros brilhavam, turvos de álcool e lágrimas contidas. — Também me culpo. Tenho medo de que, mesmo que nos encontremos na próxima vida, você não queira que nossos caminhos se cruzem.

*Não seja tolo*, queria dizer. *Vou te encontrar de novo em todas as vidas que existirem.*

Fanli parecia estar à espera de algo. Uma resposta. Mas meu corpo jazia ali, imóvel feito gelo. Por fim, ele engoliu em seco, apertou a pá com os dedos trêmulos e começou a cavar.

A terra era dura e inflexível, repleta de pedras ásperas. Não era trabalho para um homem só, muito menos para alguém do status e da dignidade de Fanli. A lâmina mal arranhava o chão, espalhando apenas um punhado de terra solta; ele precisou jogar todo o peso no movimento. Logo o sol desapareceu por completo, deixando apenas a mais tênue luz sobre as encostas distantes das montanhas, enquanto a lua leitosa subia para tomar seu lugar.

*A lua branca se ergue*
*E tua beleza ilumina*
*Tua sombra que me fere*
*Até o coração fulmina*

Ali, tudo estava silencioso. Os únicos sons audíveis eram o baque ritmado e o silvo da pá contra a terra, o canto das cigarras nas árvores e a respiração abafada de Fanli. O suor escorria de sua testa, um rastro de terra manchava as bochechas. Aquela imagem era desnorteante, como lama na pétala de uma flor de lótus. A pele das palmas e dos dedos começou a rachar por conta do atrito implacável, e bolhas estouravam em manchas irregulares de rosa e vermelho. O sangue pingava de suas mãos onde apertavam o cabo da pá.

Quando a cova ficou pronta, Fanli encarou a vala no solo, o peito arfando.

— Me perdoe — sussurrou repetidamente enquanto segurava meu corpo uma última vez para me depositar ali dentro. — Me perdoe, me perdoe, me perdoe...

Até que as palavras perderam o sentido, tornando-se apenas ruídos de dor inexprimível, soluços profundos e trêmulos em sua garganta. Ele cobriu a cova, depois derramou o restante do vinho sobre a terra.

Eu conseguia sentir as Fontes Amarelas me chamando, as correntes se revolvendo bem lá embaixo, muito, muito longe. Estava quase na hora de partir.

A alguns metros dali, as folhas secas estalaram aos passos de alguém.

Fanli se virou e viu um menino passando, que empalideceu no mesmo instante, o rosto ficando branco feito osso, de puro medo. Talvez os pais já o tivessem o alertado sobre Fanli. *A mente dele não está mais estável*, sussurravam à noite, no mesmo tom em que falavam sobre monstros nas árvores e assassinos espreitando na floresta. *Ele não é mais o mesmo. Por causa dela, não há nada que não seja capaz de fazer.*

O garoto se enrijeceu. Estava prestes a sair correndo, mas Fanli ergueu a mão para detê-lo.

— Você não é daqui, é? — Sua voz estava áspera, como duas pedras sendo friccionadas. — O tecido da sua túnica ainda não é comercializado nesta região de aldeias.

— Tem razão — balbuciou o menino, atônito.

— É claro que tenho. Ouça, quando sair daqui... diga a todos que Xishi vive.

O branco dos olhos do garoto brilhou, e ele lançou um olhar rápido e apavorado para o monte de terra irregular que marcava meu túmulo, como se não soubesse se valia a pena arriscar a vida ao dizer o óbvio.

— Mas, mas... me desculpe, é só que... ela está...

— Diga a todos que Xishi está viva e comigo — insistiu Fanli, brusco, um aviso sombrio cruzando seu olhar, como se dissesse: *Termine essa frase, e eu corto sua garganta*. — Diga que estamos descansando juntos depois da missão dela no Reino de Wu. Decidimos navegar pelo Lago Tai, visitando todos os lugares que nunca pudemos. Diga que ela é corajosa, honrada, feliz e que enfim está livre. Entendeu? — perguntou, com uma intensidade tão cortante que o menino congelou no lugar e engoliu em seco.

— S-sim, eu... acho que sim...

— Ótimo — murmurou, não mais prestando atenção no garoto, mas no rio, como se pudesse enxergar além, muito além, até onde as águas terminavam. — Certifique-se de que todos saibam. É o final que ela merece.

O menino assentiu e saiu correndo.

Depois que ele partiu, Fanli se ajoelhou e pousou a mão sobre a terra do meu túmulo, uma silhueta solitária na escuridão que se assentava.

— Xishi — sussurrou. — Por favor, acredite em mim. Eu vou te encontrar.

Eu acreditava nele.

O tempo no submundo fluía de maneira diferente do tempo para os vivos. Os anos escorriam feito água, passavam velozes como uma flecha cortando a luz. Acima de nós, o mundo seguia seu curso. As mesmas preocupações cotidianas e tragédias iminentes continuavam à espreita: celeiros vazios, amantes separados, mingau frio, assassinatos brutais, camas quentes, cicatrizes permanentes, crianças desaparecidas, pais adoecendo, festivais barulhentos. As pessoas se reencontravam e se despediam, comemoravam e sofriam, odiavam e amavam umas às outras com ardor, sem dar ouvidos à razão. A lua continuava subindo e descendo, e o sol reaparecia a cada manhã, apagando o sangue derramado na noite anterior.

Aqueles que morreram depois de mim já haviam seguido em frente, renascido em uma nova vida, reentrado no ciclo. Mas eu permanecia ali, esperando, observando.

Talvez um século tivesse se passado. Talvez apenas uma década.

Tudo o que sabia era que, por um longo tempo, havia apenas escuridão, o frio cortante dos mortos, tudo tão nebuloso e intangível quanto uma bruma pálida — até que um dia eu o vi na margem oposta das Fontes Amarelas.

Sua alma brilhava mais do que as outras, uma chama prateada deslumbrante; mas isso não me surpreendia. Sempre soubera que seria assim.

Nadei, atravessando a água, rompendo as correntes impiedosas até alcançar a margem. Havia tanto entre nós: os anos, as distâncias incontáveis. Corri através de tudo até ficar diante dele, a escuridão tragada por sua beleza.

Ele sorriu, e a névoa se dissipou.

# AGRADECIMENTOS

**Vou sempre me lembrar do verão** em que escrevi este livro. Eu tinha vinte e um anos, estava no meu primeiro emprego depois da faculdade, e todos os dias, quando o sol começava a nascer e eu ainda não tinha me conectado ao mundo real, ficava sentada e deixava a mente vagar pelas lendas que minha mãe me contava quando eu era criança. E então escrevia, palavra por palavra. Foi graças ao esforço de muitas pessoas incríveis que essas palavras se transformaram no livro que você está lendo agora.

Um enorme agradecimento à minha agente, Kathleen Rushall, que tornou tudo isso possível — sendo bem sincera, não sei o que faria sem seu apoio constante. Tenho muita sorte apenas por conhecê-la, e mais ainda por tê-la ao meu lado nos altos e baixos desta indústria. Meus agradecimentos também à equipe brilhante da Andrea Brown Literary Agency.

Um agradecimento especial a Tiffany Shelton, que defendeu este livro de todas as formas possíveis. Sua confiança e sua opinião significam mais para mim do que imagina, e realizei um sonho ao trabalhar com você. Obrigada a Ervin Serrano pela capa. Agradeço também à minha minuciosa preparadora, Michelle Li;

fico profundamente impressionada e grata por cada comentário que você deixou. Toda a minha gratidão a Lizz Blaise, Layla Yuro, Devan Norman, Ervin Serrano, Amelia Beckerman e Dori Weintraub pelo talento e pela dedicação.

Muito obrigada a Taryn Fagerness, da Taryn Fagerness Agency, que trabalhou incansavelmente para levar esta história a mais leitores. Não tenho palavras para expressar o quanto sou grata pelo cuidado e pelo entusiasmo que você demonstrou pelos meus livros.

Aos que trabalharam nas edições estrangeiras e tornaram possível levá-las a outros idiomas, minha gratidão eterna. Poucas experiências se comparam ao privilégio e à alegria de ver minhas histórias sendo traduzidas.

Uma das partes mais surreais de me tornar autora é saber que meus ídolos literários — autores cujos livros devorei, admirei e exibi com orgulho na estante — leram o que escrevi. Ainda mais surreal é quando esses autores tão generosos e incríveis tiram um tempo de suas agendas lotadas para oferecer os elogios mais gentis. Meus sinceros agradecimentos a Grace D. Li, Sue Lynn Tan, Shelley Parker-Chan, Chloe Gong, June Hur, e June CL Tan.

Obrigada aos livreiros, bibliotecários, leitores e a todos que deram uma chance aos meus livros. Como alguém que sonhou em ser escritora desde os doze anos, ainda me surpreendo por poder fazer isso profissionalmente, e tudo só é possível por causa de vocês.

Obrigada a Alyssa, por ouvir minhas divagações, entender meus pensamentos e oferecer pareceres valiosos sobre tudo o que escrevo. Obrigada, e desculpa também, por passar suas tardes lendo minhas histórias quando deveria estar estudando para as provas. Espero que saiba que tudo fica muito melhor quando você está por perto.

E, por fim, obrigada aos meus pais. Jamais teria sido capaz de criar esses mundos fictícios se o mundo que vocês criaram para mim não fosse tão bonito.

**Confira nossos lançamentos,
dicas de leitura e
novidades nas nossas redes:**

Este livro, composto na fonte Fairfield,
foi impresso em papel Ivory Slim 65g/m² na gráfica Coan.
Tubarão, setembro de 2025.